2024

媒体上的大连工会工作

大连市总工会　编

图书在版编目(CIP)数据
2024 媒体上的大连工会工作 / 大连市总工会编.
大连：大连出版社，2025. 1. -- ISBN 978-7-5505-2375-3
Ⅰ. I253;D412. 831. 3-53
中国国家版本馆 CIP 数据核字第 2025NB5105 号

出 品 人:王延生
策划编辑:卢 锋
责任编辑:卢 锋 乔 丽
封面设计:林 洋
版式设计:林 洋
责任校对:安晓雪
责任印制:徐丽红

出版发行者:大连出版社
地址:大连市西岗区东北路 161 号
邮编:116016
电话:0411-83620573/83620245
传真:0411-83610391
网址:http://www.dlmpm.com
邮箱:dlcbs@dlmpm.com
印 刷 者:大连天骄彩色印刷有限公司

幅面尺寸:140mm×203mm
印 张:15.5
字 数:432 千字

出版时间:2025 年 1 月第 1 版
印刷时间:2025 年 1 月第 1 次印刷
书 号:ISBN 978-7-5505-2375-3
定 价:39.00 元

《2024媒体上的大连工会工作》
编　委　会

前　言

2024年是中华人民共和国成立75周年,是实施辽宁全面振兴新突破三年行动的攻坚之年,是贯彻落实中国工会十八大精神的开局之年,也是大连工会开启新的百年征程的起步之年。

一年来,在市委和上级工会的正确领导下,全市各级工会聚焦“六个建设”目标任务,坚持“发展为先、职工为本、基层为重、创新为魂”工作理念,突出“大抓基层”主题,“五大提升工程”结出累累硕果——坚持党的全面领导,思想政治引领提升工程效果明显;牢牢把握时代主题,产业工人队伍建设改革提升工程卓有成效;切实履行维权服务基本职责,职工生活品质提升工程创新务实;牢固树立大抓基层的鲜明导向,基层活力提升工程亮点纷呈;深化工会改革和建设,落实效能提升工程效果明显。全会各项工作和事业都取得长足发展,呈现良好态势,交出了大连工会进军新百年的第一份美好答卷。

回首过去这一年,各级新闻工作者和工会通讯员笔耕不辍，脚步不停，他们用文字记录下一个个沉甸甸的成果，用镜头定格了一幕幕闪光的瞬间，这本《2024 媒体上的大连工会工作》就是对此的真实记录。愿我们能从中汲取奋进的力量，始终保持“全省站排头、全国创一流”的拼劲、闯劲和韧劲，在加快大连“两先区”高质量发展提质升级的实践中展现更大担当和作为，开创大连工运事业和工会工作更加辉煌的明天。

编　者

2025 年 1 月

目　录

言论篇

消息篇

通 讯 篇

言论篇

YANLUN PIAN

在新时代新征程铸就新辉煌

——写在"五一"国际劳动节之际

本报评论员

劳动成就梦想，实干创造未来。在第134个"五一"国际劳动节到来之际，来自全市各条战线的劳动模范、先进工作者、先进集体代表隆重集会，纪念全世界工人阶级和劳动群众的盛大节日，表彰为我市经济社会发展作出突出贡献的先进集体和个人。我们向辛勤奋战在全市各条战线上的广大劳动者致以节日问候和崇高敬意，向受到表彰的先进集体和个人表示热烈祝贺。

大连是一座有着百年工运历史的光荣城市。100多年来，大连工人阶级始终紧紧团结在党的周围，前赴后继、艰苦奋斗、拼搏争先，在不同历史时期涌现出一大批敢闯敢拼、敬业奉献的先进典型。在一代代劳动模范和先进工作者的感召激励下，全市广大劳动群众不忘初心、接续奋斗，立足本职、敬业奉献，创造了令人瞩目的辉煌成就。特别是去年以来，全市上下人心思齐、人心思进、上下同欲、争先进位，推动"两先区"高质量发展取得新的进展和成效。

今年是中华人民共和国成立75周年，是实现"十四五"规划目标任务的关键一年。站在新的历史起点，大连工人阶级和广大劳动者使命光荣、重任在肩，唯有勤于创造、勇于奋斗，满怀激情、苦干实干，方能不负新时代赋予的新使命，在高质量发展的新征程上乘风破浪、勇往直前。

全市工人阶级和广大劳动群众要坚定不移听党话、跟党走，永葆工人阶级政治本色。筑牢政治忠诚，深刻领悟“两个确立”的决定性意义，增强“四个意识”、坚定“四个自信”、做到“两个维护”。强化理论武装，坚持不懈用习近平新时代中国特色社会主义思想凝心铸魂。矢志爱党报国，身体力行“国之大者”，永葆“闯”的精神、“拼”的劲头、“实”的作风，在咬定目标不放松、敢闯敢干加实干中实现个人价值，成就人生梦想。

全市工人阶级和广大劳动群众要矢志不渝重实干、挑重担，勇当推动“两先区”高质量发展提质升级主力军。坚持“实”字为要、“干”字当头，在现代化产业体系建设主阵地大展身手，在项目建设赛马场争先进位，在科技创新卡脖处揭榜挂帅，在改革开放最前沿冲锋陷阵，在基层治理大舞台唱好主角，以卓越的劳动创造，争做“两先区”高质量发展的见证者、开创者、建设者。

全市工人阶级和广大劳动群众要与时俱进提素质、强本领，走好技能成才、技能报国之路。树立终身学习理念，习得一身好本领，掌握一手好技术，成为各行各业、各个领域的行家里手、能工巧匠。不断提高技能水平，在每项工艺、每道环节、每件作品的精心打磨中传承“匠心”、凝铸“匠魂”，成为引领行业之先的大国工匠、翘楚标杆。充分发挥首创精神，持续推动技术工艺革新、管理服务出新、业态模式创新，为“两先区”高质量发展提质升级提供不竭动力。

全市工人阶级和广大劳动群众要率先垂范树新风、扬正气，不断激发全社会向善向上正能量。深入践行社会主义核心价值观，模范遵守社会公德、职业道德、家庭美德和个人品德，自觉做道德建设的先行者、优良作风的传承者。弘扬劳模精神、劳动精神、工匠精神，见贤思齐、比学赶超，干一行、爱一行、专一行、精一行,争当各自行业领域的技术能手、业务尖兵、作风楷模。带头讲团结、促和谐,识大体、顾大局,营造心齐气顺、风清气正的良好环境。

无论时代条件如何变化,我们都要始终崇尚劳动,尊重劳动者。各级党委政府要始终坚持人民主体地位,尊重劳动创造,关爱职工群众。持续深化产业工人队伍建设改革,加快建设知识型、技能型、创新型产业工人大军。加大对劳动模范和先进工作者的宣传力度,营造尊重劳动、尊重知识、尊重人才、尊重创造的浓厚氛围。各级工会组织要发挥好党联系职工群众的桥梁和纽带作用,当好职工群众信赖的“娘家人”“贴心人”。

以奋斗启航,以劳动圆梦。让我们更加紧密地团结在以习近平同志为核心的党中央周围,始终保持一往无前的奋斗姿态,踔厉奋发、笃行不怠,用辛勤劳动、诚实劳动、创造性劳动,奋力谱写中国式现代化大连新篇章,在新时代新征程上续写新的荣光、铸就新的辉煌!

(大连日报 2024-05-01)

全国五一劳动奖状

大连重工装备集团有限公司

恒力石化(大连)炼化有限公司

(大连日报 2024-05-01)

全国五一劳动奖章

许斌　大连鉴艺精密科技股份有限公司工匠技师、项目负责人

孙伟东　大连国际机场集团有限公司党委副书记、工会主席

吕建辉　大连地铁运营有限公司车辆钳工

吴斌(女)　中国检验认证集团辽宁有限公司研究员

陈寿臣　大连星光德邦物流有限公司重货快递员

薛伟莲(女)　辽宁师范大学管理学院信息管理与信息系统专业教师、教授

王海鹏　辽宁省地质勘查院有限责任公司副总经理、总工程师、教授级高级工程师

(大连日报 2024-05-01)

全国工人先锋号

大连市水务集团有限公司自来水集团公司旅顺分公司得胜维修所

中国石油天然气股份有限公司大连石化分公司第五联合车间化三装置三班

大连石岛工业有限公司铆焊二班

大连港口设计研究院有限公司数字化研究院

辽宁省高速公路运营管理有限责任公司大连分公司党委

大连国际机场股份有限公司机务工程部航线二分部星光班组

（大连日报 2024-05-01）

辽宁五一劳动奖状

通用技术集团大连机床有限责任公司

中华人民共和国大连周水子出入境边防检查站

国家税务总局大连市西岗区税务局

大连口岸物流网股份有限公司

恒力石化(大连)化工有限公司

大连中比动力电池有限公司

大连医科大学附属第二医院

北京国电电力有限公司大连开发区热电厂

（大连日报 2024-05-01）

辽宁五一劳动奖章

王维亮　大连船舶重工集团有限公司非船事业部电焊工

赵宏　华能国际电力股份有限公司大连电厂检修部环保专工

孙文堂　大连船舶工业工程公司非船作业区作业长

蔡中枢　中国能源建设集团东北电力第二工程有限公司党委副书记、生产经营总经理、董事

李艺杰　大连集装箱码头有限公司安全培训主管

石超　中铁九局集团有限公司大连分公司单体中药生产项目技术员

曲道军　瓦房店轴承集团有限责任公司轴承配件分公司安全设备能源管理部维修电工

佘奕珂(女)　辽渔南极磷虾科技发展有限公司副总经理

王铭巍　中国石化销售股份有限公司辽宁大连石油分公司北良油库主任

雷恒大　大连文化产业集团有限公司歌唱演员

许晓楠(女)　大连新闻传媒集团采访中心记者

孙源庆　大连德泰水务环境有限公司安全组工程安全员

于美君(女)　大连市普运交通运输有限责任公司站务班班长

邵翔　獐子岛集团股份有限公司大连海珍品原良种厂经理助理

罗宗敏　天邦膜技术国家工程研究中心有限责任公司总经理助理兼工程部部长

吴学成 大连九成船舶重工舵轴有限公司机加车间大型车床班班长

许金鹏 大耐泵业有限公司工程部产品技术工程师

刘崇军 大连电瓷集团输变电材料有限公司制坯车间工段长

于令君 华润雪花啤酒(大连)有限公司包装车间电气自动化技术员

张永建 大连联合包装制品有限公司印刷成型车间车间主任

赵俊杰 大连吉蜜科技有限公司开发测试经理

赵广济(朝鲜族) 大连市建筑设计研究院有限公司第八设计研究院总建筑师

师徐彦(女,满族) 大连何氏眼科医院有限公司副院长

厉世宝 大连市建筑工程质量检测中心有限公司副总经理

孙伟 大连豪森瑞德设备制造有限公司动力总成事业部交付一中心钳工

王岩东 大连创新零部件制造公司技术中心工程师

康庆文 大连嘉运电子科技有限公司研发部经理

单丽娜(女) 大连环友屏蔽泵有限公司研发一部部长

于登旭 大连亚明汽车部件股份有限公司机械加工车间电工班班长

姚长发 大连盐化集团有限公司制盐七班班长

李应旺 美罗药业股份有限公司采购管理部二级技术督导

史振宇(满族) 中触媒新材料股份有限公司研发工程师

王娜(女) 大连吉星电子股份有限公司技术部部长

张智超 三菱电机大连机器有限公司生推部生产技术课课长

徐满纯 大连东芝机车电气设备有限公司副总工程师

唐润升　大连石岛工业有限公司研发工程师

刘婧钰（女）　大连诚泽检测有限公司质量监督员

李明启　大连日牵电机有限公司技术中心传动所所长

暴莎莎（女）　中央储备粮大连直属库有限公司仓储管理科检验员

滕守全　大连第二互感器集团有限公司技术部技术员

王胜瑾（满族）　大连金威制衣有限公司技术科研发技术员

苗群　大连财神岛海运有限公司财神岛三号船船长

贺大威　中科催化新技术（大连）股份有限公司研发工程师

王丽群（女）　简柏特（大连）有限公司行政部职员兼工会副主席

任忠恩　大连三垒科技有限公司总工程师

张丽（女）　大连鼎创科技开发有限公司副总经理兼设计中心主任

孙茂东　中车大连机车车辆有限公司城铁分厂铝合金产线总装合成工位焊工

刘金星　大连重工装备集团有限公司核电车间铆工班班长

梁阔业（满族）　大连港散粮码头公司机械维修工

陈庆美（女）　大连雅生活明日城市环境卫生管理有限公司清扫所所长

安震　大连耐跑汽车服务有限公司维修工

杨卫卫　大连顺丰速运有限公司快递员

王春玲（女）　大连志恒市容环境服务有限公司扫保班班长

刘光宇（满族）　大连东方亿鹏设备制造有限公司一车间焊工班焊工

韩秀玉（女）　大连爱丽思生活用品有限公司制造部经理

黄嵩　大连海尔电冰箱车间技术员

尹保贤　大连华联电控设备有限公司结构工程车间组长

王岩伟　大连瑞谷科技有限公司铸造车间车间主任

王选翠　大连三川建设集团有限公司技术质量部技术员

林森　大连光扬轴承制造有限公司磨工车间磨工

智永伟　大连旅桑实业有限公司机加（模具）厂北二班副班长

王璟　中交一航局第三工程有限公司党委副书记、工会主席、副总经理、执行监事

段景云　旅顺星光机械厂党委副书记

姜磊　大连公共交通建设投资集团有限公司党委副书记、工会主席

李春明　TDK 大连电子有限公司工会主席

倪朝晖　大连港湾工程有限公司党委书记、执行董事

康直（蒙古族）　大连轨道交通设计院有限公司总经理

台金刚　大连港集发物流有限责任公司党委书记、董事长

徐峰　辽宁天森消防安全技术检测有限公司董事长、总经理

许霞（女）　大连安盛资产管理股份有限公司总裁

周华东　冰山松洋冷链（大连）股份有限公司总经理

严如意　大连华锐重工集团股份有限公司港机设计院机械设计室技术专家

晁耀杰　大连长丰实业总公司激光加工技术应用实验室主管、技术与科研部主管技术员

李鹤群　中车大连电力牵引研发中心有限公司变流产品开发部系统设计师

郑克雄　大连中远海运重工有限公司技术中心经理

毕从福(满族)　中国建筑第八工程局有限公司东北分公司安装装饰经理

许正(女)　大连市现代农业生产发展服务中心办公室科员

李玉龙　辽宁省海洋水产科学研究院生物技术育种研究室研究员

李士生　大连育明高级中学化学教师

尹家俊　大连大学附属中山医院副院长

沈昉(女)　大连市中山区解放小学校长

张红果(女)　大连市中山区东港第一中学教育集团总校长

史美丽(女)　大连市第三十四中学校长

王莹(女,满族)　大连市西岗区教师进修学校附属学校教导处副主任

龚平(女)　大连市沙河口区教师幼儿园党支部书记、园长

马惠文(女,回族)　大连市甘井子区郭家街小学党支部书记、校长

徐平跃(女)　大连春田中学语文教师

刘鸿岩　大连市旅顺口区现代农业发展服务中心农艺师

韦瑛(女,布依族)　大连经济技术开发区童牛岭小学党支部书记、校长

高治庆　中国医科大学附属盛京医院大连医院副院长、呼吸内科主任

郎九立　瓦房店市中心医院心内科主任

李政　大连市普兰店区中心医院肾内科主任

宁强　瓦房店第三医院有限责任公司副院长、内镜科主任

曲万春　庄河市第三十一初级中学党委书记、校长

张福河　长海县人民医院外一科主任

吴晓红(女,锡伯族) 大连高新技术产业园区凌水小学党支部书记、校长

顾伟利(女) 大连高新技术产业园区第一中学党支部书记、校长

王世海 大连市旅顺口区卫生健康局局长

王军(蒙古族) 大连市沙河口区科技和工业信息化局党组书记、局长

杨秀雷 大连市公安局网安支队教导员

丁鑫(女) 大连市就业和人才服务中心七级普通管理岗

林新华(满族) 大连消防救援支队后革街消防救援站消防员

王鹏(女) 长海县小长山岛镇人民政府财政办主任

王守权 大连市中心医院副院长

刘晶(女) 大连医科大学学校党委委员、附属第一医院党委书记

李玉君(女) 辽宁师范大学历史文化学院院长、科研处处长

李文华 大连海事大学轮机工程学院教师

辽宁工人先锋号

国网大连供电公司开发区供电分公司配电电缆运检班

大连橡胶塑料机械有限公司石化装备研究所

中铁九局集团有限公司大连分公司海外经营开发中心海百合翻译组

大连日佳电子有限公司产品开发中心

大连贸大时装有限公司技术科

长海县通泰海上客运有限公司通泰一号客货滚装船班组

大连三仪动物药品有限公司生产车间粉剂内包组

大连瑞隆自动化科技有限公司电焊班

大连金普新区融媒体中心大黑山发射台值机班组

大连地铁运营有限公司客运二中心西安路站

大连医科大学附属第二医院急腹症外科

（大连日报 2024-05-01）

中共大连市委　大连市人民政府

关于表彰 2024 年大连市劳动模范、先进工作者和先进集体的决定

2019 年以来，全市各行各业、各条战线和广大职工群众，在市委、市政府的正确领导下，深入学习贯彻落实习近平新时代中国特色社会主义思想，一体贯彻落实习近平总书记关于东北、辽宁、大连振兴发展的重要讲话和指示批示精神，充分发挥工人阶级主力军作用，爱岗敬业、争创一流，刻苦钻研、精益求精，艰苦奋斗、锐意创新，淡泊名利、甘于奉献，为推动“两先区”高质量发展作出了积极贡献，涌现出一大批模范人物和先进集体。

为表彰先进、树立典型，大力弘扬劳模精神、劳动精神、工匠

精神，激发新时代全市工人阶级和广大劳动群众的自豪感、使命感，进一步凝聚起加快推进“六个建设”的强大力量，市委、市政府决定，授予戴长坤等357名同志“大连市劳动模范”荣誉称号，授予王嘉等136名同志“大连市先进工作者”荣誉称号，授予国网大连供电公司等50个单位“大连市先进集体”荣誉称号。

希望受到表彰的模范个人和先进集体珍惜荣誉、再接再厉，充分发挥先进典型示范引领作用，在推进中国式现代化的伟大征程上再立新功、再创佳绩。全市各地区各部门各单位和广大干部职工要以受表彰的劳动模范、先进工作者和先进集体为榜样，牢记嘱托、感恩奋进，勇于担当、敢于创新，团结协作、共同奋斗，为加速推进大连“两先区”“三个中心”建设，当好新时代东北振兴、辽宁振兴的“辽沈战役”急先锋努力奋斗，以优异成绩迎接中华人民共和国成立75周年。

（大连日报 2024-05-01）

大连市劳动模范

戴长坤　大连船舶重工集团有限公司船坞总装一部施工员

王玉坤　大连船舶重工集团舾装有限公司舾装公司焊接工

权庆东　中车大连机车车辆有限公司国铁事业部服务经理

姜昭禹　中车大连机车车辆有限公司柴油机公司技术部总体室主任

田高峰　大连长丰实业总公司飞机飞控修理技术员

于强　大连长丰实业总公司机械加工车间智能铣工组铣工

王忠革　大连九成船舶重工舵轴有限公司技术总监

栾敬钊　国网大连供电公司网络与信息安全技术专责

李振功　大连船舶重工集团有限公司船坞总装二部工程科副科长

孙德洲　国网庄河市供电公司庄河变电运维班班长

崔阳　一汽解放大连柴油机有限公司装配车间试验线班长

方世勇　大连辽南船厂轮机车间钳工六组班组长

单宝阳　大连辽南船厂电工车间电工四组班组长

韩旭　华能国际电力股份有限公司大连电厂汽机专责

张福龙　大连石油化工工程公司实华福利厂成型一班班长

郑光元　大连船舶工业工程公司大连项目部长兴作业区作业长

高美乐　中国石油天然气股份有限公司大连石化分公司第一联合车间煤柴油加氢装置班长

吴庆友　中国石油天然气股份有限公司大连石化分公司第五联合车间化三装置三班班长

米丽强　旅顺星光机械厂水面车间通信班班长

单春月　中国邮政集团有限公司大连市分公司中山区民生揽投站站长

韩永成　冰山冷热科技股份有限公司制造一部机组组立一班班组长

武玮　大连华录国正产业有限公司模具部(工厂)加工组主管

刘海常　辽宁红沿河核电有限公司辅机维修副主任工程师

张黎晖　大连电瓷集团输变电材料有限公司瓷绝缘子开发部技术员

郭福才　大连发电有限责任公司生产技术部主任

郑会波　瓦房店轴承集团有限责任公司传动轴承公司磨工作业区数控磨工

林维成　瓦房店轴承集团有限责任公司动力公司技术工程部部长

李永军　大连宝原核设备股份有限公司铆一车间工段长

张号颜　中车大连机车研究所有限公司制造中心电子设备装接工

陶丽梅(女)　大连橡胶塑料机械有限公司技术中心橡机研究所机械设计员

周田国　大连金重机器集团有限公司重容车间铆工班班长

张莹(女)　通用技术集团机床工程研究院有限公司大连分公司电气技术部电气设计员

邹乐鸿　北京国电电力有限公司大连开发区热电厂检修部汽机专责

罗俊德　大连中车大齐集装箱有限公司货车技术质量部焊接监督员

高翀　大连苏尔寿泵及压缩机有限公司装配车间主管

杨彪　大连船舶重工集团有限公司船坞总装三部工艺员

石臣　大连华锐重工集团股份有限公司起重机铆焊车间电焊班班长

由财生　通用技术集团大连机床(瓦房店)有限责任公司大件加工车间箱体班班组长

包雷(女)　大连港客运总公司电话客服班班长

李世才　大连公交客运集团有限公司汽车二分公司驾驶员

严宏　大连地铁运营有限公司会议中心站、港湾广场站、中山广场站站长

韩建辉　大连交通运输集团有限公司旅顺客运分公司驾驶员

李翔　大连空港建设发展有限公司总工程师

王成志　中交一航局第三工程有限公司电工技能专家

马传璞　中国能源建设集团东北电力第二工程有限公司菲律宾 15MWDMCI 巴拉望生物质电站 EPC 工程项目负责人

白羽　中国建筑第八工程局有限公司东北分公司总工程师

宋志强　中铁九局集团有限公司大连分公司刚果(金)联合体项目安全员

樊现超　中建安装集团有限公司东北公司总工程师

陆子刚　大连中远海运重工有限公司项目管理部经理

孙兆松　亿达发展有限公司副总经理、总工程师

赵恩海　大连洁净能源集团有限公司调度中心主任

张永旭　大连港湾工程有限公司珠海桂山海上风电项目技术负责人

李文平　中远海运船员管理有限公司大连分公司船舶轮机长

袁圣　大连公交客运集团有限公司汽车四分公司驾驶员

韩峰　大连交通运输集团有限公司资融资源数字平台主任

祁晓鑫　中铁九局集团有限公司大连分公司刚果(金)联合体项目党支部副书记(主持工作)、纪检员

杨深强　中国建筑第八工程局有限公司东北分公司大连英歌石科学城项目项目经理

刘晓南　中国能源建设集团东北电力第二工程有限公司鑫泰新能源大石桥市 200MW 风电场新建项目、大石桥市冠程新能源 550MW 风电场项目 EPC 总承包工程项目负责人

常学波　大连港散粮码头公司电动机械修理工

牛华旗　大连广连汽车租赁有限公司网约车驾驶员

张旺　辽宁省有色地质一〇七队有限责任公司测绘部门负责人

郭亮　大连公交客运集团有限公司电车分公司驾驶员

高振明　大连市水务集团水资源有限公司运行控制中心站站长

史显峰　大连盐化集团大连五运制盐有限公司班长

邢延胜　辽渔集团有限公司船长

宋丰喜　大连市自来水集团有限公司甘井子西部营业分公司经理

杜智扬　大连农渔产业集团鲲农供应链有限公司物流部部长

胡晓瑜(女)　大连加美地毯有限公司主任设计员

姚俊　华润雪花啤酒(大连)有限公司生产班班长

宁佳　大连市碧流河水库有限公司检修班班长

孙稚菁(女)　大连产品质量检验检测研究院有限公司党总支纪检委员

张强　大连富丽华大酒店工程部技术主管

蔡丽丽(女)　平安养老保险股份有限公司大连分公司副主任

杨芳超(女)　中央储备粮大连直属库有限公司党务专干

刘泊辰　邮储银行大连分行一线网点班组长

荆惠子(女)　大连市殡仪馆有限公司殡葬业务部部长

钱莽　大连装备投资集团有限公司党工部人事及党组织管理专员

戴常冶　中国石化销售股份有限公司辽宁大连石油分公司安全总监

王郃昆　兴业银行股份有限公司大连分行一线业务人员

王兵　大连银行股份有限公司风险监理

李洪威　大商所飞泰测试技术有限公司副总监

张英杰(女)　太平养老保险股份有限公司大连分公司业务主管

丁萍(女)　大连友谊(集团)股份有限公司友谊商城本店营业员

陈景荣　中冶焦耐(大连)工程技术有限公司总经理助理、市场开发部部长

孙勇　柏威年企业(大连)有限公司消防主任

于贺　大连新星亿坤房地产开发有限公司精装修工程师

王兆骞　大连新瑞晨环保科技有限公司工程管理部副部长

李洪萍(女)　大连市市政设计研究院有限责任公司副总工程师

许增强　国药控股大连有限公司运输员

牟春辉　大连三十七相文旅科技产业园(集团)有限公司物业职工

张宏宇(女)　大连轨道交通设计院有限公司综合设计部部长

王楠　大连市建筑工程质量检测中心有限公司结构所所长

陈威　大连冠通塑料城有限公司维修班班长

林文欣(女)　大连美琳达妇儿医院有限公司产科总监

江国托　大连三仪动物药品有限公司首席科学家

金吉　大连圣运工艺品有限公司总工艺师

殷存柱　一重集团大连核电石化有限公司电焊工

赵久洲　大连环友屏蔽泵有限公司研发二部部长

葛行辉　大连中远海运川崎船舶工程有限公司组长

于海军　大众汽车自动变速器(大连)有限公司 SAP 系统操作

刘义平　逸盛大化石化有限公司工务部经理

王世宇　大连融科储能装备有限公司技术系统负责人、副总经理

闫伟国　冰山松洋压缩机(大连)有限公司总经理助理、开发本部负责人

韩冰　盘起工业(大连)有限公司第一制造部三课技师

赵克田　辉瑞制药有限公司包装生产部班组长

黄跃　中交二航局市政建设有限公司总工程师

康相玖　冰山松洋制冷(大连)有限公司技术战略统括部部长、冰山集团质量QC首席专家、企业数字化转型和智能制造转型升级推进主任

韩福江　国创氢能科技有限公司总工程师

杨友剑　大连华立金港药业有限公司研发部部长

宋小佳(女)　大连纳思达汽车设备有限公司生产质量管控组组长

石琳(女)　大连科利德半导体材料股份有限公司研发副主任

范丽娟(女)　大连诚泽检测有限公司检测技术负责人、工会主席

刘彩虹(女)　大连瑞光非织造布集团有限公司研发工程师

刘淑文(女)　坚山(大连)有限公司生产厂厂长

丛桂荣(女)　三菱电机大连机器有限公司变频器事业部部长

于宪锋　大连恒平精工紧固件有限公司技术部部长

李国旭　大连英博足球俱乐部有限公司一线队主教练

沙玉洲　大连第一互感器有限责任公司总工程师

陈奇(女)　大连章谷成型科技有限公司质量科科长

于克强　大连华亿电力电器有限公司制作车间班长

张显林　大连普瑞康生物技术有限公司总经理助理

姜海　大连润丰科技有限公司钎焊车间主任

赵煜(女)　大连瓦房店港华燃有限公司抄收员

雷新春　华创重工工业(大连)有限公司工艺技术员

张盛君　大连盛鸿种苗有限公司工艺技术员

林春胜　大连北黄海实业发展集团自来水有限公司供水管理科科长

李超　国电电力大连庄河发电有限责任公司运行部副主任

姜松罕　大连方元特种电缆制造有限公司铠装车间班组长

潘相彤　大连金砣水产食品有限公司技术员

陈璐璐(女)　大连巨通塑料制品有限公司办公室文员

李庆森　广鹿岛镇渔工商总公司森林消防队队长

王楠(女)　大连獐子岛海达公用设施服务有限公司环卫驾驶员

邢丹敏(女)　新源动力股份有限公司总工程师、副总经理

赵柯　大连泰思曼科技有限公司研发二部经理、技术总监

王静　辽宁中舟得水环保科技有限公司技术总监

张谦(女)　大连高新区工创职业培训学校教务助理

朱俊雅(女)　大连金达调味品有限公司研发技术员

魏巍　柯尼卡美能达软件开发(大连)有限公司数字印刷设备测试部门组长

黄浩　思科技术服务(大连)有限公司网络咨询工程师

杜霞茹(女)　大连凯特利催化工程技术有限公司总工程师

高风文　大连益多管道有限公司焊工班班长

张为平　大连奥晟隆新材料有限公司维修班班长

解子涛　恒力石化(大连)有限公司经理

姜华峰　大连轮胎有限公司财务部职员

张健　中车大连机车车辆有限公司党委副书记、副总经理、工会主席

王建立　中国华录·松下电子信息有限公司副总经理

马宗乐　国网大连供电公司营销部副主任

姜海涛　旅顺星光机械厂厂长助理，水面车间主任、党支部副书记

郝建宽　华能（大连）热电有限责任公司党委委员、副总经理、工会主席

成云峰　中国联合网络通信有限公司大连市分公司副总经理

张威　大连泰山热电有限公司安全总监

王守真　大连船用阀门有限公司副总工程师

丛艳（女）　中国邮政集团有限公司大连市分公司甘井子辛吉营业所支局长

宫立宝　中国建筑第八工程局有限公司东北分公司工会主席

李作禄　大连公共交通建设投资集团有限公司纪委书记、市监委驻集团监察专员

刘康　中铁大连地铁五号线有限公司副总经理、纪委书记、工会主席

吴壮（女）　大连中海海港投资有限公司党支部副书记、助理总经理

史策　大连市出租汽车有限公司党委办公室主任、工会副主席

王伟　大连盐化集团大连五运制盐有限公司副经理

廉红（女）　大连康养集团纪念园有限公司副总经理

李晓琴（女）　大商集团有限公司大连商场副经理

崔文卓（女）　中国烟草辽宁进出口公司党组成员、副总经理、工会主席

李宝忠　中石化（大连）石油化工研究院有限公司环保所所长、院首席专家

崔江波　裕景兴业（大连）有限公司资产经营高级总监

于海思　大连供暖集团有限责任公司收费部副部长

孙现强　大连板桥医疗器械有限公司隐形眼镜事业部部长

王丽丽(女)　亚洲渔港股份有限公司销售经理

于筱竹(女)　大连新型企业集团有限公司审计预算部部长

郑军伟　大连圣亚旅游控股股份有限公司工会主席、安委会主任

董博(女)　大连豪森智能制造股份有限公司执行副总经理

黄健(女)　大连顺丰速运有限公司工会主席

刘夕玉　大连亚明汽车部件股份有限公司安全总监

林博　大连博瑞重工有限公司项目经理

吴志丹　英特尔半导体存储技术(大连)有限公司英特尔全球副总裁、联席厂长

刘一(女)　欧姆龙健康医疗(中国)有限公司管理部部长

李昆　大众一汽发动机(大连)有限公司党委书记、副总经理

柏芦(女)　大连昌赫客运有限公司副总经理

刘海　大杨集团有限责任公司集团副总经理、信息部部长

于仁福　大连三川建设集团有限公司成本合约中心经理

迟乐健　大连荣联网络科技有限公司副总经理、技术工程师

孙巍(女)　大连瑞谷科技有限公司副总经理

徐海超　华能辽宁清洁能源有限责任公司副总经理

陈彦博　大连融科储能集团股份有限公司研发总监

黄万成　獐子岛集团股份有限公司总裁助理、供应链事业部总经理、商品研发部经理

李俞(女)　大连软件园股份有限公司副总经理

李佳(女)　大连创业工坊科技服务有限公司副总经理

牛俊峰　恒力石化(大连)炼化有限公司副总经理

戴华斌　大连中比动力电池有限公司技术副总经理

李万胜　大连船用柴油机有限公司党委书记、执行董事

慈元新　大耐泵业有限公司总经理

邓昌连　中国船舶重工集团大连船舶工业有限公司党委副书记、董事、总经理

陈成达　大连宝原核设备股份有限公司总经理

高敬璞　大连斯频德环境设备有限公司总经理、研发中心负责人

李兆鹏　冰山技术服务(大连)有限公司总经理

王志贤　辽宁港口集团有限公司党委书记、首席执行官

王际好　中交一航局第三工程有限公司党委书记、执行董事、总经理

张广涛　中铁建大桥工程局集团第一工程有限公司党委副书记、执行董事

杜树义　中远海运物流供应链有限公司大连分公司党委书记、副总经理

王凯润　国家电投集团东北电力有限公司大连大发能源分公司党委副书记、总经理

张伟　大连远洋渔业国际贸易有限公司经理

宫强　大连市自来水集团有限公司党委书记、董事长

金春洙　辽宁成大国际贸易有限公司董事长

刘希庆　中国大连国际经济技术合作集团有限公司副总裁

奚灏瀛　美罗药业股份有限公司总经理

高广东　大连朋朋修脚服务有限公司技术总监

胡滨(女)　中国平安人寿保险股份有限公司大连分公司党委书记、总经理

高磊　大连象屿粮谷供应链有限公司总经理

张敬轩　大连之声文化科技产业集团有限公司、大连市世纪留声音乐文化博物馆董事长创办人、馆长

王勇　博澳智慧能源(大连)有限公司总经理

王淑丽(女)　大连锦辉购物广场有限责任公司总经理

李占兰(女)　大连嘉运电子科技有限公司董事长

冯帅　大连升运物流有限公司总经理

程玉珠(女)　大连市东昕特殊儿童服务中心主任

王德鹏　大连荣华彩印包装有限公司副总经理

王伟　国网大连市旅顺口区供电公司党委副书记、经理

朱永勇　奇瑞汽车股份有限公司大连分公司大连基地负责人

陈虎　科德数控股份有限公司总经理

刘洪　大连双迪科技股份有限公司董事长

寇征　国家管网集团大连液化天然气有限公司党委副书记、总经理

姜圣毅　大连保税区金宝至电子有限公司董事长

张永新　大连美德乐工业自动化股份有限公司总经理

周文瀚　大连冶金轴承股份有限公司总经理

白永杰　大连实达建工集团有限公司董事长

王振东　大连环岛食品集团有限公司董事长

王晓丽(女)　大连融科储能技术发展有限公司总经理

肖迪　大连博涛文化科技股份有限公司董事长

尹洪涛　大连奥晟隆新材料有限公司执行董事

廉晨龙　大连太平湾新能源投资发展有限公司常务副总经理

张志丹　中车大连机车车辆有限公司钢结构分厂电焊工

周超　大连船舶工业工程公司船体作业区装焊班组长

王永敏　中车大连机车车辆有限公司柴油机公司机械加工车间多工序数控加工设备操作工

柳涛　大连港保安公司保安队队长

周海旭(女)　大连三寰商业管理有限公司营运部部长

高景林　大连洁立德环境清洁有限公司维修工

洪运波(女)　辽宁迈克集团股份有限公司编辑

张俊峰　海南逸唐飞行酒店管理有限公司大连日航分公司保安

陈世秀(女)　大连雅生活明日城市环境卫生管理有限公司清扫所班长

姚金友　大连市光彩就业服务有限公司行道班班长

孙广亮　大连东方百瑞物业管理有限公司项目经理

丛培渊　大连连城数控机器股份有限公司机加工

赵长东　大连大冢制药有限公司工程师

李明雪　大连创新零部件制造公司电气维修工

关立国　大连寰奥重工有限公司数控车班班长

张兆波　乐美加发光制品(大连)有限公司安瓶车间主任

孙绍官　冰山松洋冷链(大连)股份有限公司电控工程师

刘宝利　大连迪尚华盛时装有限公司服装制版师

沙明友　大连鎏艺精密科技股份有限公司精密成型部成型车间主任

李盛全　大连北方互感器集团有限公司科员

于世宝　大连美德乐工业自动化股份有限公司机加车间副主管

刘吉术　大连远景铸造有限公司项目工程师

孙礼刚　大连顺发建筑防水工程有限公司防水工

张利福(女)　大连壮元海生态苗业股份有限公司核算员

刘健　捷太格特科技中心(大连)有限公司工会主席、数字化转型事业部软件工程师

胡云平　沈阳黑曼巴物流服务有限公司大连分公司站长

孙志强　大连荃馨物流服务有限公司站长、配送员

王冬志　沈阳鑫盛泰餐饮管理有限公司太原街站美团外卖骑手

李大鹏　中外运-敦豪国际航空快件有限公司辽宁分公司配送员

刘峰　大连忠通货物运输有限公司操作员

李成　大连瑞新国际物流有限公司驾驶员

刘家怀　大连京迅递供应链科技有限公司快递员

李海涛　澳泷餐饮配送门市部配送员

韩永明　大连光华集配现代供应链有限公司货车驾驶员

杨文志　大连君蝉金御网络科技有限公司配送员

巨红(女)　中山区桃源街道环山社区党委书记、居委会主任

周元(女)　西岗区人民广场街道黄河社区党委书记、居委会主任

汪春芳(女)　沙河口区李家街道绿清社区党委书记、居委会主任

毕唱(女)　甘井子区辛寨子街道魅力社区党委书记、居委会主任

伊晶(女)　甘井子区大连湾街道毛茔子社区党委书记、居委会主任

李虹(女)　旅顺口区登峰街道友谊社区党委书记、居委会主任

王显姝(女)　金普新区光中街道佳福社区党委书记、居委会主任

于超(女)　金普新区董家沟街道集美御湖社区党支部书记、居委会主任

李晓慧(女)　普兰店区太平街道新苑社区党委书记

张治河　瓦房店市岗店街道张山嘴社区党总支书记、居委会主任

单耕敏　庄河市城关街道龙王庙社区党总支书记、居委会主任

郝小明(女)　高新技术产业园区七贤岭街道高能社区党总支书记、居委会主任

于乾国　庄河市大郑镇银窝村党总支书记、村委会主任

姜铭公　庄河市城山镇恒利村党总支书记、村委会主任

王乃全　庄河市青堆镇河川村党总支书记、村委会主任

谭吉善　庄河市步云山乡步云山村党总支书记、村委会主任

周瑞明　庄河市太平岭满族乡大赵村党总支书记、村委会主任

辛宝海　庄河市吴炉镇吴炉村党总支书记、村委会主任

宫成彬　庄河市黑岛镇于粉房村党总支书记、村委会主任

唐强　大连嘉昕农业专业合作社理事长

郭元胜　大连金阳果菜专业合作社理事长

杨传喜　大连市万宏众禾农业服务专业合作社理事长

马玉良　庄河市双峰玉良农机专业合作社理事长

孔庆霞(女)　庄河市光明山镇冯屯村冯西屯农民

李向平　庄河市栗子房镇四家村李染坊屯农民

唐庆龙　庄河市仙人洞镇夹皮沟村农民

张德洪　庄河市桂云花满族乡头道岭村农民

郑云兄(女)　瓦房店市圣和食用菌土地股份专业合作社理事长

高华(女)　大连永恒生态果品专业合作社理事长

马祥峰　瓦房店市八里滚村双裕土地股份农民专业合作社理事长

张云明　瓦房店市泡崖鑫泽农副产品专业合作社理事长

陈伟　大连村民共赢生鲜果蔬专业合作社理事长

刘作为　瓦房店市万家岭镇马屯村党总支书记、村委会主任

高世界　瓦房店市得利寺镇卢屯村党委书记、村委会主任

姚振全　瓦房店市老虎屯镇大老虎屯村党总支书记、村委会主任

孙金玲(女)　瓦房店市复州城镇永丰村党总支书记、村委会主任

马明熟　瓦房店市红沿河镇韩庙村党总支书记、村委会主任

杨魏魏　瓦房店市瓦窝镇瓦窝村党总支书记、村委会主任

耿吉和　瓦房店市岗店街道东林村党总支书记、村委会主任

于福运　瓦房店市李官镇南沟村农民

徐长琦　瓦房店市赵屯乡郑屯村农民

董克仁　普兰店区大岭社区党总支书记、居委会主任

于胜昔　大连拓森食用菌专业合作社理事长

于贵耀　大连贵耀农业专业合作社理事长

迟新颖　普兰店区兴隆社区党总支书记、居委会主任

张文龙　普兰店区城子坦街道大卢村农民

尹世春　大连李家土地专业合作社理事长

吴林　普兰店区花房村党总支书记、村委会主任

金昕峰　普兰店区南荒社区党委书记、居委会主任

于国强　大连强成宏农业农机专业合作社联合社理事长

刘宜林　普兰店区四平街道顾家村农民

刘家峰　普兰店区沙包街道沙包社区农民

王吉新　普兰店区墨盘街道王山头社区党总支书记、居委会主任

杜国良　普兰店区星台街道初店村党总支委员

滕玉娥(女)　普兰店区唐屯村党总支书记、村委会主任

刘世华　金普新区炮台街道老染房壮芯农民专业合作社理事长

张连宝　金普新区大连赵家兴农大樱桃生产专业合作社理事长

崔世民　金普新区大魏家街道后石村运输队经理

吴勋昌　金普新区文合农耕家庭农场农场主

曹令军　金普新区站前街道杨家村党委书记、村委会主任

李庆　金普新区站前街道吴家村党委书记、村委会主任

柳杰(女)　金普新区登沙河街道排子村党总支书记、村委会主任

吴壮　金普新区先进街道八里村党委书记、村委会主任

李栋　金普新区大李家新建村党总支书记、村委会主任

王新征　金普新区大魏家街道王家村党总支书记、村委会主任

隋景哲　金普新区三十里堡街道三道湾村党总支书记、村委会主任

纪有明　金普新区董家沟街道英歌石村党总支书记、村委会主任

姜明　金普新区七顶山街道陆海村党委书记、村委会主任

王涛　旅顺口区水师营街道水师营村党委书记、村委会主任

丁春龙　旅顺口区龙头街道盐厂新村党委书记、村委会主任

刘仁君　旅顺口区三涧堡街道土城子村党委书记、村委会主任

周世喜　大连龙汇农业专业合作社理事长

王克敏　大连春城生态农业专业合作社理事长

胡志海　大连伟志畜牧有限公司经理

张立翩　大连鑫源实业总公司总经理

陈君龙　甘井子区革镇堡街道中革镇堡村村委会副主任

宁时海　长海县广鹿岛镇瓜皮村党总支书记、村委会主任

梁燕（女）　长海县小长山岛镇回龙村党委书记、村委会主任

闫宝录　大连海洋岛水产集团股份有限公司经理

秦宇贺　长海俊诚海产品有限公司经理

王志国　长兴岛经济技术开发区交流岛街道前哨村党总支书记、村委会主任

宋江波　大连华锐重工集团股份有限公司装卸设计院散料设计一室技术专家

刘祥建　大连船舶重工集团有限公司高级工程师

张文春　中车大连机车车辆有限公司科技管理部试验研究室主任

边鲁宁(女)　中昊光明化工研究设计院有限公司检测中心主任

张林　中车大连电力牵引研发中心有限公司变流产品开发部副部长

王红嵩　大连船用推进器有限公司技术研发部冷加工工艺室主任

宋伟　通用技术集团大连机床有限责任公司技术中心工艺技术员

刘扬　中国人民解放军第七八一四工厂船研所一室主任

吴子杰　辽宁省地质勘查院有限责任公司地质资源环境分院副院长

孙悦锋(女)　中交一航局第三工程有限公司检测中心经理

隽海民　大连市国土空间规划设计有限公司副总经理

吕慧(女)　美罗药业股份有限公司QC部二级技术督导

万雪(女)　中国检验认证集团辽宁有限公司科研主管

(大连日报 2024-05-01)

大连市先进工作者

王嘉　大连危险货物运输研究中心检测科副科长

张艺　中国船级社大连分社验船师

于汉勋　大连市动物疫病预防控制中心主任

刘修泽　辽宁省海洋水产科学研究院渔业资源研究室研究员

罗永宽　大连市第二十四中学校长

傅强　中国科学院大连化学物理研究所表面科学与界面催化研究组组长、催化基础国家重点实验室副主任、能源催化转化全国重点实验室副主任

王寿波　大连市第一中学校办主任

曹丽娟(女)　大连市第二十高级中学语文教研组组长

周永斌(女)　大连大学乡村产业振兴研究院常务副院长

于杰(女)　大连市第八中学副校长

蒋莉(女)　大连旅游学校(大连女子学校)教务主任

杨国　大连育明高级中学教师

于晓辉(女)　大连大学附属中山医院儿童发育行为门诊主任

于业宏(女)　大连教育学院小学研训中心主任

凌云(女)　大连市第二十三中学教师

王绍勇　大连市第二十四中学教师

陈森(女)　大连育明高级中学科研处副主任

张立军　大连市第三人民医院院长

陈东　大连市中心医院副院长

吕成志　大连市皮肤病医院院长

于华(女)　大连市第五人民医院党委书记

程丹(女)　大连市第九中学校长

王艳(女)　中山区东港小学教育集团总校长

夏治刚　大连市第五中学校长

李旭卿(女)　西岗区妇幼保健计划生育服务中心党支部书记、中心副主任

于晓丽(女)　大连市第十三中学校长

徐婷婷(女)　沙河口区第四幼儿园教师

孙超(女)　甘井子区周水子小学党支部书记、校长

马文博　大连市甘井子区疾病预防控制中心负责人

张艳(女)　甘井子区教育局实验幼儿园党支部书记、园长

刘晓辉(女)　甘井子区革镇堡社区卫生服务中心党支部书记、主任

姜长豪　旅顺口区中医医院脑病科主任

田光辉(女)　旅顺口区现代农业生产发展服务中心农艺师

蒋希宏　金普新区疾病预防控制中心副主任

陈秀桦(女)　大连经济技术开发区第一中学思政课高级教师,班主任

何竟轩　大连经济技术开发区第十高级中学学校发展服务中心主任

陈爱明　金州区第一人民医院心内科主任

尹成忠　金州区红旗小学书记、校长

蔡海燕(女)　大连经济技术开发区红星海国际学校党总支副书记、副校长

林长宝　大连经济技术开发区得胜卫生院党支部书记、院长

袁毅　大连经济技术开发区职业中专党总支书记

于春吉　北京小学大连经济技术开发区华润海中国分校党支部书记、校长

林文忠　普兰店区现代农业生产发展服务中心办事员

王美华(女)　普兰店区乐甲街道卫生院院长

曲圣强　中共瓦房店市委党校常务副校长

宫传智　瓦房店市高级中学校长

丁丽娟(女)　瓦房店市轴承小学幼儿园党支部书记、园长

梁传祥　庄河市高级中学校长

朱金艳(女)　庄河市检验检测认证技术服务中心主任

苏海涛　长海县大长山岛镇中心小学校长

范立霞(女)　高新技术产业园区龙王塘中心小学党支部书记、校长

万慧馨(女)　高新技术产业园区实验幼儿园党支部书记、园长

朱焱(女)　中国人民银行大连市分行党委委员、副行长

辛欣(女)　大连市图书馆(大连市古籍保护中心、大连市少年儿童图书馆)党总支书记、馆长

李戈　大连市中医医院副院长、肿瘤科主任

范亚欣(女) 大连市血液中心副主任

李琪(女) 国家税务总局大连长兴岛经济技术开发区税务局党委委员、副局长

迟国新 大连市发展和改革委员会物资储备管理处副处长、二级调研员

焦健(女) 中共大连市直属机关工作委员会群团工作处一级调研员

王忠贤 大连市农业农村局机关党委办公室主任

王春丽(女) 大连市财政局国库处处长

方延旭 中共大连市委组织部干部一处四级调研员

李戬 中共大连市委办公厅综合一处处长

王亮 大连市政府办公厅综合一处副处长

李子文 大连市城市管理局规划财务处处长

朱严初 大连市人力资源和社会保障局劳动关系处(信访仲裁处)处长

牛金华 中山区人力资源和社会保障局党组书记、局长

刘清华 西岗区白云街道党工委书记、人大工委主任、一级调研员

孙福强 沙河口区市场监督管理局党组书记、局长、一级调研员

王永 甘井子区中华路街道办事处党工委书记、人大工委主任

潘浩 旅顺口区水师营街道办事处党工委书记、人大街工委主任、一级调研员

贵燕凌(女) 旅顺口区总工会主席

应天旭 金普新区财政局预算科科长

王海峰 金普新区发展和改革局党组书记、局长

陈丕宏 瓦房店市总工会党组书记、主席

冯冲　庄河市财政局党组书记、局长

朱兵　高新技术产业园区龙王塘街道党工委书记

王育新　高新技术产业园区经济发展局局长

马永井(女)　长兴岛经济技术开发区自然资源局副局长

龙军　中国船舶集团有限公司第七六〇研究所第一研究室副主任

祝亮亮　大连海事局大连新港海事处鲶鱼湾东部海巡执法大队副大队长

纪涛　中国船级社大连分社验船师

范正　辽宁省大连南关岭监狱监区长

郑玮(女)　大连市现代农业生产发展服务中心农业研究部科员

杨帅　大连商品交易所市场监查部职员

孙瑾(女)　大连市妇女儿童医疗中心(集团)儿童保健医学部主任

江彬　大连市友谊医院泌尿外科主任

李国林　大连市第二人民医院心内一科副主任

黄鑫　大连市公共卫生临床中心医务部主任(六院院区)

吴玉兰(女)　大连市第七人民医院护理党支部书记、主任

王英民　国家税务总局长海县税务局海洋税务所所长

梁雪峰　国家税务总局大连市旅顺口区税务局办公室(党委办公室)主任

张星彩(女)　国家税务总局大连市中山区税务局收入核算和税收经济分析科科长

曹森　国家税务总局大连市税务局征管科技处一级主任科员

王志强　国家税务总局大连市税务局党建工作处党务专干

高东　大连市公安局警务督察支队大队长

高宏伟　大连市公安局中山分局指挥中心教导员

闫忠平　大连市公安局甘井子分局辛寨子派出所民警

阎开(女)　大连市公安局高新园区分局民警

王德生　大连市公安局交通警察支队甘井子大队中队长

马晓婧(女)　辽宁省大连市大连公证处业务二部部长

吴航　大连市交通和航运物流发展服务中心公路建设部七级普通管理岗

赵鑫龙　大连市信访局信访矛盾研判预警处一级主任科员

朱秀敏(女)　大连市中级人民法院政治部干部人事处二级主任科员

王艇　大连市应急管理局综合处一级主任科员

赵绪建　大连市纪委监委第三纪检监察室一级主任科员

陈磊　大连市人民检察院第六检察部一级检察官

汤洪亮　大连市市场监督管理局企业注册指导处一级主任科员

胡芳(女)　大连市甘井子生态环境分局法规审批科科长

袁某某　大连市国家安全局

马超　中山区科技和工业信息化局科技管理科科长

卢国全　西岗区信访局一级主任科员

马世艳(女)　西岗区人民法院立案庭(诉讼服务中心)庭长(主任)

刘祥彬　西岗区纪委二级主任科员

崔为军　沙河口区疾病预防控制中心副主任

金艳波(女)　甘井子区周水子街道党工委组织委员、城市管理办公室主任

丁少华(女)　甘井子区市场监督管理局辛寨子市场所所长

叶雪英(女)　甘井子区教育局纪检监察科科长

孙爱丽(女)　旅顺口区市政公用事业服务中心登峰清扫所所长

于小虎　旅顺口区委组织部组织一科(非公有制经济组织和社会组织党建工作科)科长

邹凤娟(女)　大连经济技术开发区人民法院民事审判庭员额法官、第四党支部书记

马舜禹　金普新区住房和城乡建设局公用事业科科长

李守　金州区永安大街消防救援站政治指导员

李广魏　金普新区应急管理局综合管理科科长

赵辉　金普新区卫生健康局医政中医与妇幼保健科科长

张晓辉　大连市公安局普兰店分局星台派出所所长

胡斌　普兰店区太平街道办事处平安建设办公室主任

于学龙　瓦房店市李官镇人民政府人大主席、工会主席

洪海　瓦房店市三台满族乡人民政府党委副书记、乡长

王兵　庄河市王家镇党委书记

顾延颖　庄河市卫生健康局党组成员、副局长

刘建华(女)　大连市长海县文化旅游体育事业服务中心中心主任

吕晓光(女)　大连市高新技术产业园区凌水街道办事处党建办主任

杨荣（女）　大连市高新技术产业园区龙王塘街道办事处城市管理办公室主任

陈冲（女）　大连市长兴岛经济技术开发区经济发展局发改科科长

王勤超　大连市北黄海经济开发区经济发展服务中心党组成员、副主任

（大连日报 2024-05-01）

大连市先进集体

国网大连供电公司
一汽解放大连柴油机有限公司
北京国电电力有限公司大连开发区热电厂
中车大连机车研究所有限公司
华能国际电力股份有限公司大连电厂
大连中车大齐集装箱有限公司
中国石油天然气股份有限公司大连石化分公司
辽宁港口集团有限公司
大连空港建设发展有限公司
大连市出租汽车有限公司
大连洁净能源集团有限公司供热公司
大连市水务集团有限公司
大商集团有限公司
中国工商银行股份有限公司大连市分行
中国人民财产保险股份有限公司大连市分公司
大连乾进国际物流有限公司
大连凯美进出口集团有限公司
大连万达集团股份有限公司
大连市勘察测绘研究院集团有限公司

辽宁天淼消防安全技术检测有限公司
大连华工创新科技股份有限公司
中石化催化剂大连有限公司
盖世食品股份有限公司
大连达利凯普科技股份公司
大连德泰控股有限公司
三菱重工叉车(大连)有限公司
中冶北方(大连)工程技术有限公司
大连地拓重工有限公司
华创重工工业(大连)有限公司
大连实达建工集团有限公司
长海县百聚鑫生态农业有限公司
大连华邦化学有限公司
大连安港建设工程有限公司
大连融德特种材料有限公司
招商局太平湾开发投资有限公司
大连市沙河口区星海湾街道莲花山社区
大连市庄河市吴炉镇英烈士村村民委员会
大连市瓦房店市红沿河镇大咀村村民委员会
大连市普兰店区皮口街道大岭社区居民委员会
大连市金普新区石河街道石河村村民委员会
大连市旅顺口区龙头街道盐厂新村村民委员会
大连市甘井子区大连湾镇人民政府湾浦村村民委员会
大连长海振禄水产有限公司
大连高新技术产业园区龙王塘街道龙王塘村村民委员会
大连职业技术学院(大连开放大学)
大连市血液中心
国家税务总局瓦房店市税务局
大连市公安局沙河口分局黑石礁派出所
中共大连市委办公厅信息综合室(市委总值班室)
大连市人民政府办公厅市政府总值班室

(大连日报 2024-05-01)

消息篇

XIAOXI PIAN

“工匠杯”职工技能竞赛优胜选手受表彰

本报讯(吴庆国 大连新闻传媒集团记者 许晓楠)为大力营造尊重劳动、崇尚技能的浓厚社会氛围,切实增强工匠人才的获得感、自豪感、荣誉感,激励全市广大职工争当高技能人才和大国工匠,近日,我市举办第五届“工匠杯”职工技能竞赛颁奖典礼,总结竞赛工作,表彰优胜选手。

颁奖典礼上,各赛项的 109 名优胜选手获颁奖杯。获奖选手宣誓,要大力弘扬劳模精神、劳动精神、工匠精神,勤学苦练、深入钻研,努力成为精于一技、专于一业的高技能人才,为加快推进“两先区”高质量发展提供有力保障。获奖选手、大连市口腔医院口腔修复制作工王晓琳表示,落实新时代“六地”目标任务,加快推动“两先区”高质量发展,对全市广大劳动者提出了更高的要求,也为每个人提供了难得的人生舞台。不管处在什么岗位,只要大力传承弘扬工匠精神,努力提升技能本领,就能在劳动中体现价值、展现风采、感受快乐。

“工匠杯”职工技能竞赛是由市总工会、市教育局、市科技局、市人社局、团市委、市妇联联合组织的市级一类竞赛,已连续举办五届。为选树出我市具有示范引领作用的工匠型领军人才,去年开展的第五届“工匠杯”职工技能竞赛以创造更多大连纪录,擦亮大连技工品牌为目标,着眼结构调整“三篇大文章”、科技创新、壮大新业态、凝聚新动能等方面,积极向现代服务业、文化旅游、体育产业、现代农业、卫生医疗等领域延展,参赛人数、工种数量再创新高。共设立 61 项赛事 105 个赛项,其中农业、医疗、体育、旅游、美容美发等 18 个赛项为首次举办。全市 1200 家企事业单位的近 30 万人次职工直接或间接参与地区、行业和企业二、三类职工技能大赛,3000 余名选手获优秀以上名次,创造行业工种“新标准”“新纪录”达数十项。各赛项第一名选手将被授予大连五一劳动奖章,团队赛奖金额度实现了大幅提升,优胜选手还将参加省赛。

(大连日报 2024-01-02)

一站式平台成为金普职工维权利器

本报讯(杜高军　王晓璐　杨霄)元旦前夕,在金普新区总工会、开发区法院及仲裁院联合调解下,一起因企业解散引发的劳资纠纷顺利解决,37 名职工拿到了总计 64.6 万元的工资和经济补偿金。

去年 10 月,金普新区总工会接大连自贸片区(保税区)总工会报告,受理了一起职工群体性维权案件,并第一时间赶到现场了解核实情况,为 37 名职工指派了法律援助律师。为高效解决劳动争议纠纷,经职工们一致同意,金普新区总工会运用劳动人事争议一站式多元解决平台,同法院、仲裁院等部门,与下级工会联动,展开部门联合多元调解工作。在企业计划解散且资不抵债的情况下,援助律师反复与企业投资人、企业订单客户及其代表律师沟通协调,争取到企业仅存资金、订单加工费以及关联企业提供的特别慰问金等款项,用来支付职工工资及经济补偿金,最终使纠纷得到圆满解决。

金普新区总工会积极发挥桥梁纽带作用,与法院、仲裁院通力合作,着力扩大解纷“朋友圈”,联手金普新区司法局、人社局、劳动保障监察大队等各职能部门,搭建劳动人事争议一站式多元解决平台,建立集调解、仲裁、审判于一体的争议解决机制,发挥各方优势,形成工作合力。

据统计,该平台自去年10月试运行以来,共调解劳动争议案件681件,为职工群众挽回各项经济损失1000余万元,有效维护了广大职工群众的合法权益,积极促进了劳动关系的和谐稳定。

(大连日报 2024-01-04)

大连高新区总在廉租房公寓建文体中心

2000职工有了文娱休闲好去处

本报讯(记者 刘旭 通讯员 顾典)城市书店、健身俱乐部、全媒体工作台……这是建在职工廉租房公寓楼下的一个个文体活动场所。记者日前获悉,辽宁省大连高新技术产业园区总工会在帮助2000多名青年职工解决“住房难”问题后,又多方协调,在公寓内建成职工文体培训中心,让住在公寓的职工有了文娱休闲的好去处。

据了解,大连高新区现有职工16万人,其中有租房需求的单身职工约占60%。为了解决这部分职工的住房难题,高新区总牵头,协调国土、人社等部门,将该区凌水街道王家村“青春公社”公租房项目改建为职工廉租房公寓。同时高新区总投资290万元为房间配备了桌椅、床铺等设施,按照每平方米24元收取月租金。该举措解决了2000多名职工的住房难题。

2023年4月,高新区总利用职工公寓闲置房屋改建成的高新区职工文体培训中心投入使用。文体中心内,城市书店宽敞明亮,还提供现磨咖啡等服务;创意空间提供烘焙、茶艺、插花、冲泡咖啡等多种培训;形体形象训练室有瑜伽、舞蹈、器乐等培训;职工驿站有全媒体工作室、书画培训室、短视频培训室等。文体中心每周三、周日 14 时至 21 时开放,由工会干部和志愿者负责服务工作。

"城市书店装修很典雅、漂亮,不输网红书店。"塔塔信息技术(中国)有限责任公司大连分公司职工何金庭是文体中心的常客,他每周都会来此看书和休闲。

(工人日报 2024-01-09)

辽宁省大连市总工会:打造五位一体数字工会工作架构

"2023 年,辽宁省大连市网上职工之家获'全国互联网+工会普惠服务——市级十佳平台'全国第二名;'凝聚网络正能量、献礼大连工运百年'活动获全国总工会网络正能量创新活动'同心圆'一等优秀活动;大连市职工医疗互助一站式结算平台获评'全国互联网+工会维权服务'典型案例……"新年伊始,谈起大连市总工会打造数字工会成果,市总工会相关负责人向记者拉起一串长长的成绩单。

近年来,大连市总工会始终把数字工会建设作为一项全局性、前瞻性、基础性工作,全力推动大连工会工作数字化转型,实现"让数据多跑路,职工少跑路或不跑路",打通联系服务职工群众“最后一公里”。

一库、一卡、一网、一平台、一系统搭建五位一体数字工会工作新架构。大连市总工会打造了基层工会组织和工会会员数据库、工会电子会员卡、大连市总工会门户网站、工会会员普惠服务平台、协同办公系统五位一体的数字工会工作架构,把工会工作全部搬到网上,职工随时随地可享受网上服务。

大连市现有网上职工之家服务平台注册会员 191 万余人,激活电子会员卡 69 万余张。以此为基础,大连市总工会打通工会工作线上线下融合新渠道,推动工会服务从“面对面”向“键对键”转变,“指尖上的职工之家”减轻了基层工作负担,增强了工会服务能力,提高了服务职工质效,工会各项工作在网上“开花结果”:思想政治引领方面,开设的有奖知识竞答网上活动吸引职工近 57 万人次参与;建会入会上,促进 11 万人网上入会转会;职工医保报销更便捷,大连市职工医疗互助一站式结算平台参与职工 30 余万人,线上补助 6.5 万人次;招聘更直观,“乐聘大连”小程序已进驻企业 1190 家,在招岗位 2911 个,求职人数 24418 人;网上鹊桥会提供服务更精准,市总工会打通了公安、民政数据接口,通过 AI 智能技术进行数据分析,自动筛选婚恋对象,有针对性地提供婚恋服务,目前已注册单身会员 2701 人。2023 年,大连市总工会还将“平安度夏送清凉”活动整体搬到网上,在“工送清凉、‘码’上就领”活动中,引导户外劳动者 48 万余人次就近领水……经统计,大连工会通过网络服务职工达到 1290.34 万人次。

现在,大连市总工会的数字工会建设已覆盖县区和产业工会,工会各类服务职工群众项目正在“互联网+”的快车道上疾驰,数字工会开启了大连工会时代发展的新篇章。

(辽宁学习平台 2024-01-10)

辽宁省大连市中山区总工会：服务职工延伸到 8 小时之外

在全国总工会公布的 2023 年“最美驿站”名单里，辽宁省大连市中山区人民路街道海港社区“港阅湾”工会户外劳动者服务站点榜上有名。

这个室内外共占地 400 平方米的站点服务设施齐全、服务功能多样，让户外劳动者冬可取暖、夏可纳凉，并通过开展应急救护培训、交通安全宣讲、子女阅读活动等，成为户外劳动者的温馨港湾。

近年来，中山区总工会积极推进建会入会工作，通过建站、建家等多种方式，吸引企业建会、职工入会。围绕新就业形态劳动者，中山区总工会开展建会入会专项行动，开展“四季送”活动，打造 15 分钟“驿站”服务圈；组织开展新就业形态劳动者专场运动会、相亲交友会等，3 年来吸纳新就业形态劳动者 1.4 万余人入会。

工作中，中山区总工会注重先服务、后建会，并通过大厦职工之家、社区职工之家将对职工的服务延伸到了 8 小时之外。中山区是楼宇大厦的聚集地，为让职工感受到工会组织的关爱，区总工会结合大厦的各自特点，指导建立了各具特色的大厦职工之家，形成了“一楼宇一特色”的建家模式。在裕景大厦职工之家，区总工会根据大厦特点和入驻企业的实际需要，建立了趣中心 · 文化工坊，开展“午间一小时”等活动，满足大厦内头部企业职工的工作、休闲需求，丰富了职工的业余文化生活，宣传了工会组织的相关政策，扩大了工会影响力。露天影院、观海解压、理想阅读……海港社区职工之家让职工们在 8 小时之外有了休闲去处，还吸引诸多外地工会前来观摩学习。

目前,中山区总工会已建设户外劳动者服务站点18个、社区职工之家53个,形成了全域服务职工的阵地网络。从谋划到实践,从调研到设计,从出钱到出力……在为职工建“家”过程中,中山区总工会全程参与,每一步都脚踏实地。3年来,区总工会累计投入630余万元建设资金,让职工充分感受到了工会组织的温暖。一分耕耘,一分收获,从48746人增至154119人,3年时间,中山区工会会员人数净增10.5万余人。

(辽宁学习平台 2024-01-15)

市总工会举办2024年首场招聘活动

80余家企业提供600余个岗位

本报讯(吴庆国 大连新闻传媒集团记者 许晓楠)为进一步提升工会就业服务水平,满足春节前后职工及用工单位求职招聘需求,1月13日,市总工会在甘井子万达广场、高新万达广场线上线下同步举办“工会送岗迎新春 稳岗留工送温暖”2024年首场招聘活动,80余家企业提供各类就业岗位600余个。

当日14时,位于甘井子万达广场的招聘会现场人头攒动,不少求职者一边浏览岗位介绍,一边用手机拍摄心仪岗位的信息。各个展位前,招聘企业工作人员详细为求职者介绍岗位信息。“请问工作地点在哪里?”“试用期薪资怎么算?”市民王先生早早就过来了解情况,很快就和一家公司达成就业意向。活动现场还设置了招聘静态展区,提供2000余个就业岗位信息。除线下招聘外,“乐聘大连”小程序同步为不同年龄段、不同学历、不同技能经验的求职者讲解岗位要求、工资待遇等,大大提高了应聘者与岗位的匹配效率。“线上招聘方便求职者足不出户了解岗位信息,真正打通了工会就业服务‘最后一公里’。”市总工会事业发展中心工作人员表示。

为办好本次招聘会,市总工会早谋划早部署,将招聘活动提前到春节前,使求职者、用人单位对招聘政策应知尽知、应享尽享,用更早的启动时间、更长的招聘周期、更多的招聘场次帮助求职者、用工单位高效解决求职用工难题。现场还为近5000名职工群众提供就业咨询、法律服务、政策咨询、中医义诊、口腔检查等一站式会员服务。

(大连日报 2024-01-16)

大连市中山区职工志愿者走入“公益课堂”

工人日报客户端(记者 刘旭 通讯员 赵兵兵 张晓峰)为解决双职工家庭“看护难”的问题,辽宁省大连市中山区总工会积极整合机关、街道、社区、企业等各类工会资源,利用精心打造的社区职工之家阵地,为学生们提供场地、书籍、文体活动等设施设备,千方百计为职工们排忧解难。

大连市中山区教育工会以志愿服务平台为依托,在收集居民意见,了解辖区内职工子女寒假看护情况及兴趣爱好的基础上,招募了来自中山区教育系统的40余名教师志愿者,深入青泥洼桥街道安民社区、桃源街道长利社区、葵英街道华昌社区等社区的职工之家,开展“助学有我,一路同行”志愿服务活动,为辖区职工子女提供假期公益托管班服务。

公益课堂于1月15日启动,共计21天,预计共198课时,服务7920小时。内容涵盖艺术教育、英语游戏、心理拓展训练、国学诵读、传统工艺、体能运动等方面,力图通过线上线下多形式的“定制化”课程服务,满足孩子们德智体美劳全面发展的需要。

(工人日报 2024-01-24)

“五小”创新激发金普职工创效活力

本报讯(记者 王彩霞 王晓璐)近日,金普新区总工会举办“五小”创新方法与技术创新成果报告撰写培训会,来自大连銮艺精密科技股份有限公司的工匠技师、项目负责人许斌登上讲台,为金普新区部分企事业单位的技术负责人、车间主任、班组长和一线技术工人代表,围绕“五小”创新方法介绍、工作中创新成果挖掘的技巧、技术创新报告的撰写方法和要点,以及专利的挖掘与申报等内容进行详细讲解。课后,学员们还意犹未尽地围住许斌,详细探讨创新成果效益及节资的计算方法、职务发明中发明人与专利权人权利和义务等问题,许斌也毫无保留地一一进行了现场解答,坚定了学员们在各自岗位上灵活运用“五小”创新方法加快技术改造,进一步提升自主创新能力的信心与决心。

近年来,金普新区总工会组织引领全区职工立足本职岗位,广泛开展技术革新、技术协作、发明创造及合理化建议等活动,涌现出一批优秀的技术创新成果。自 2016 年以来,共申报大连市群众性技术创新成果 1477 项,获奖 945 项,其中,辽宁省一等奖 1 项,三等奖 2 项;大连市一等奖 3 项,二等奖 6 项,三等奖 5 项。与此同时,金普新区总工会通过连续举办两届"五小"竞赛活动,吸引职工参与竞赛项目近 600 项,经专家评审,有 370 个项目获奖,累计发放奖励资金 15.2 万元。

各类创新成果的不断涌现,有力促进了金普新区技术革新,增强了企业竞争力,填补了多项行业空白,有力引领金普新区经济结构转型,成为汇聚全区职工创新活力、推动企业良性发展、促进产业转型升级、推动新区高质量发展、构建和谐劳动关系的新动力。

近日,在开发区大剧院举办的劳模工匠及职工技术创新成果展,成为金普新区总工会"五小"创新方法与技术创新成果的一次全面展示。展览以图文并茂的形式,生动展示了金普新区优秀的省级、市级劳模(职工)创新工作室团队的示范带头作用,以及金普新区一线职工在省市创新大赛中的获奖成果,吸引大量企业职工前来参观,在全区营造了良好的创新氛围。

(大连日报 2024-01-25)

大连市总工会开展
"送万福、进万家"书法公益活动

本报讯(记者 刘旭 通讯员 吴庆国)为大力弘扬中华优秀传统文化,丰富职工群众精神文化生活,营造欢乐祥和的节日氛围,1 月 24 日,大连市总工会开展"送万福、进万家"书法公益活动,示

范专场分别在市图书馆、老虎滩街道虎山社区工会驿站和市皮肤病医院举办。

在现场，大连市总工会组织6位职工书法家挥毫泼墨，为劳模工匠、最美职工、户外劳动者、新就业形态劳动者、一线医务工作者现场书写春联和“福”字，用书法表达尊重与敬意，用笔墨传递温暖与祝福，并赠送围巾、暖贴、福袋等节日慰问品。全国劳动模范、大连公交客运集团有限公司汽车四分公司驾驶员唐学新，代表参加活动的10名劳模工匠和最美职工致辞，向全市职工送上新春祝福。一副副寓意吉祥的春联和一张张“福”字，寄托着辞旧迎新的美好愿望，职工们边欣赏边品评，挑选着自己喜爱的书法作品。

在工会驿站，大连市总工会心连心艺术团还为环卫工作者、外卖骑手们献上了一场精彩的慰问演出。沈阳黑曼巴物流服务有限公司大连分公司骑手胡云平难掩激动的心情。他表示，小小的心意饱含着工会组织的温暖，传递着大连城市的温度，今年春节期间工作不打烊，将努力用高品质、有温度的服务，回馈党和政府、工会组织的关心关爱。

大连市总工会开展的“送万福、进万家”书法公益活动历久弥新，活动充分调动书法家和职工书法爱好者参与热情，坚持面向基层一线职工群众书写、创作，已成为深受大连市职工群众喜爱的职工文化品牌。春节前夕，市总工会将以节日期间坚守工作岗位的职工以及困难职工、新就业形态劳动者等为重点，深入瓦房店轴承集团有限责任公司、大连公交客运集团有限公司等 42 家单位，广泛开展送“福”字、送春联、送福袋等活动，预计惠及职工 6 万余人次。

大连市总工会依托网上职工之家等新媒体平台，开展送祝福、晒年味、集福卡、趣味问答等线上送祝福活动。大连各级工会通过书法志愿服务小分队等形式，组织书法家、书法爱好者深入车间班组、生产一线，走进新就业形态劳动者服务站点，广泛开展送“福”字、写春联、书“家风”活动，让职工们感受浓浓的年味和真挚的祝福，确保职工群众度过一个欢乐祥和的春节。

（工人日报 2024-01-29）

大连工会一体推进理论学习、调查研究

干部进企业助力振兴发展

本报讯（记者 刘旭）2023 年 12 月以来，辽宁省大连市连续遭遇极寒天气，两万余名执勤交警、外卖配送员、快递员、冷链从业者、公交司机等户外劳动者，陆续收到市区两级工会送来的防寒面罩、棉服、暖贴、手套、护膝等。第二批学习贯彻习近平新时代中国特色社会主义思想主题教育开展以来，大连工会一体推进理论学习、调查研究，更好地服务高质量发展，让职工生活品质进一步改善。

大连市总工会结合工作实际，确定了产业工人队伍建设改革、劳模工匠创新智库建设、提升职工生活品质、新就业形态劳动者建会入会等 9 个方面的调研课题，市总党组成员每人牵头确定一个重点课题和一个专项课题，走进项目企业一线、服务职工一线、基层组织一线，把脉问诊、排查难题，寻找破解之策。按照全市统一部署，市总 3 名市管领导干部和 25 名处级领导干部，一对

一联系服务瓦房店 28 家重点工业企业，收集的 22 件问题已全部推动解决。

主题教育开展以来，大连市、区两级工会 255 名干部走访企业 187 家，帮助解决实际问题 129 个，慰问困难职工 1.65 万人，发放慰问物资合计 460 多万元；为 194 户在档困难职工家庭发放帮扶资金 83 万元，为 34 名大病职工发放救助资金 39.5 万元；慰问一线职工 2.7 万余人，发放慰问物资合计 73.86 万余元。

大连东方亿鹏设备制造有限公司是一家生产压力容器的民营企业，旅顺口区总工会在走访这家企业时了解到，他们需求量最大的是高技能焊接工人。区总带领他们参观大连国铁装备制造有限公司的培训基地，借鉴这家公司的经验，东方亿鹏公司将一车间改造成培训基地，购置了培训所需的各种设备仪器，使培训高水平地开展起来。区总也利用这个培训基地开展全区焊接工人技能竞赛。

"在这个培训基地举办技能竞赛，不仅有利于交流技术，提高了我们公司焊接工人的技术水平，还因此提高了公司的知名度，缓解了'招工难'的难题。"东方亿鹏公司工会主席李杰说。

（工人日报 2024-01-29）

大连职工子女假期托管班陆续开班

丰富孩子假期生活
解决家长后顾之忧

本报讯（记者 吕丽）1 月 26 日早晨，大连文思海辉信息技术有限公司职工王丽带着孩子来到公司上班。“公司工会成立了职工子女寒假托管班,实在是太贴心了。每天为孩子安排了丰富的活动,她学习我工作, 两不耽误,孩子还同步跟我上下班,别提多方便了!”王丽说设在单位的假期托管班能让员工更加全身心投入工作。

职工有需求,工会有响应。记者了解到,大连文思海辉信息技术有限公司工会亲子工作室是大连市“慧成长”职工子女托管班扶持项目之一。该项目是由大连市总工会发起,联合共青团大连市委、大连市妇联、大连市科协等相关部门共同开展的公益托管项目,除了给予资金支持,还为有需求的单位和社区工会提供志愿者对接、开班指导等相关服务。自 2021 年该项目启动以来,大连市总工会已提供扶持资金 66 万元,扶持全市 50 个基层工会开办托管班 61 个班次,其中 13 家托管班获评辽宁省工会职工子女托管班示范点,2 家托管班获评全国工会爱心托管班。

今年寒假,大连市各类工会公益性职工子女托管班已陆续开班。这些托管班,有的开设在机关、企事业单位的办公楼里,有的开设在社区的活动室里,还有的开设在企业的职工书屋里,覆盖全市 31 个企事业单位和社区,惠及 800 多个职工家庭。托管班的安全性、规范性和丰富性让职工们放心“托付所爱”,各级工会也“不负所托”,实现“双向奔赴”。

在西岗区,由街道总工会开办的 3 个托管班 5 个班次已开班,辖区内 100 余名学生在专职教师和志愿者的带领下,开启了欢乐的寒假生活。香炉礁街道总工会的“三点半”学堂每周组织一次研学课程,让孩子们走出教室、拥抱自然,全面发展。日新街道总工会职工子女托管班开设美术、书法、音乐、逻辑思维、国学等特长培训,同时为增强孩子们体能,开展篮球、羽毛球等运动项目。人民广场街道总工会的“广场萌初寒假营”围绕“兴趣培养、行走的主题课堂”等主题活动，引领孩子们探索自我潜能，全面发展。

据介绍，“慧成长”职工子女托管班已成为大连市公益托管服务体系的重要组成部分，连续 3 年列入大连市总工会“我为职工办实事”项目。大连市将建立“工会办托管”长效机制，强化托管服务专项补助资金激励作用，推动更多用人单位工会开展公益性职工子女托管服务，切实帮助职工解决假期子女托管后顾之忧。

（辽宁日报 2024-01-30）

大连市西岗区总工会开展“两节”送温暖活动

工人日报客户端（记者 刘旭 通讯员 张巍 张璐）随着龙年春节的临近，为切实做好新就业形态劳动者关心关爱工作，大连市西岗区总工会为辖区内坚守岗位一线的新就业形态劳动者送去暖心物资和新春祝福。顺丰、京东、德邦、美团、饿了么等 9 个站点的 242 名新就业形态劳动者收到了来自西岗区总工会的关怀。

活动现场，西岗区总工会对在严冬仍坚守岗位的新就业形态劳动者的敬业和奉献精神以及助力大连经济社会发展所作出的贡献表示崇高的敬意，并嘱咐他们要做好防寒保暖工作，随后向新就业形态劳动者代表发放了“暖‘新’礼包”，包含帽子、围巾、手套、保温杯、新春福袋等。来自顺丰的刘师傅感慨地说:“工会发了这么多实用物资,还有福字和春联,太好啦。”外卖小哥小赵说:“我刚入职不久,这是我收到的第一份春节礼。”

在 2024 年新春佳节来临之际,大连市西岗区总工会关注各类群体,以节日期间坚守工作岗位的职工、困难职工、新就业形态劳动者等为重点,精心策划开展送春联福袋、送温暖、线上有奖答题等“两节”送温暖系列活动,丰富职工文化生活,营造浓厚的新春氛围,把党和政府的关怀、工会组织的温暖及时送到广大职工群众的心坎上。

大连市西岗区总工会还将依托微信公众号等新媒体平台,开展线上系列主题特色活动,为职工带来别样的节日体验。大连市西岗区总工会将陆续开展“两节”送温暖系列活动,持续增强广大职工的幸福感、获得感和安全感。

(工人日报 2024-02-01)

温暖过节！全市工会开展走访慰问

为把党和政府以及工会组织的关心关爱及时送到职工群众的心坎上，进一步凝聚力量打好打赢攻坚之年攻坚之战，日前，全市工会开展 2024 年“两节”送温暖系列活动。

2 月 2 日，市委常委，市总工会党组书记、主席徐广湘带队，走访慰问坚守民生保障岗位的一线职工等重点群体，向广大劳动者致以节日问候。

“大家辛苦了！”在市水务集团有限公司、大连洁净能源集团有限公司和大连地铁香炉礁站等单位，慰问组为一线职工、劳动模范送上慰问品和新年问候，感谢他们节日期间履职尽责，守护万家团圆。

全市工会筹集1158万余元，深入683家企业与一线职工促膝交谈，详细了解职工需求，通过强化政治引领、广泛帮扶慰问、做好维权服务、提升生活品质、丰富文化生活、消除安全隐患等六大举措，慰问新就业形态劳动者、农民工、困难职工、劳动模范和节假日坚守一线职工近14万人次，建立健全慰问关怀机制，凝聚工作合力，实现送温暖全覆盖、不遗漏。

今年全市工会“两节”送温暖活动更加关注提升新就业形态劳动者、农民工、困难职工等重点群体生活品质工作，发挥职工服务中心、工人文化宫、工会驿站等阵地作用，用心用情用力为职工提供生活文化健康等精准化、普惠性服务；聚焦消除安全隐患，配合相关部门加强安全监督检查，确保职工群众安全温暖过节。

（大观新闻 2024-02-02）

大连庄河市总工会为坚守岗位职工送慰问物资

工人日报客户端（记者 刘旭 通讯员 刘晓梅）正值春运，又逢寒潮，码头客运和汽车客运面临严峻考验。1 月 31 日，大连庄河市总工会为大连黄海港务有限公司及下属码头客运站和汽车站 400 余名职工会员送上牛奶、饼干、砂糖橘等慰问品，为坚守在春运岗位上的一线职工会员送上工会“娘家人”的关怀。

春节期间，大连庄河市总工会广泛开展送温暖活动，重点慰问劳模工匠、一线职工、新就业形态劳动者和春节期间坚守在面向群众服务的基层岗位职工，为广大职工送去慰问物资，送上节日的问候和祝福。庄河市总工会投入资金 12.8 万元，共走访企业 29 家，慰问职工会员 2000 余人，慰问困难职工 7 人，走访劳模 9 人。

（工人日报 2024-02-03）

工会陪你过大年

工人日报客户端(记者 刘旭 通讯员 刘芳铭)为迎接龙年新春,丰富和活跃新春佳节期间大连市长海县广大职工群众的文化生活,增进职工间的交流,长海县总工会组织全县各级工会组织开展了形式多样的迎春活动,在全县范围内营造喜庆祥和的节日氛围。

开展“翰墨飘香迎新年,挥毫送福进万家”书春送“福”活动,邀请了书法爱好者现场挥毫泼墨,为广大职工群众现场书写“福”字和春联,得到广大职工群众的热烈欢迎,营造了昂扬喜庆、欢乐祥和的节日氛围,来往的职工络绎不绝。手写的对联和“福”字,是工会组织为职工群众准备的“文化年货”。此次活动让广大职工群众感受到了中华优秀传统文化的魅力,也进一步激发了大家对书法艺术的热爱和追求。

开展 2024 年“两节”送温暖活动，走访慰问辖区内困难职工、残疾职工、新就业形态劳动者、劳模及节日期间坚守服务岗位一线的广大职工，详细了解他们的生活现状、生活中需要解决的困难和重病患者的康复情况。共走访职工 400 余人，为他们送去了近 6 万元的慰问品，也为他们送去节日的温暖和祝福。

开展别开生面的扑克联谊赛，为职工会员们提供一个欢乐互动的平台，使职工们在切磋交流牌技中增进了感情，展现了职工们积极向上的精神风貌，为创建文明和谐的社会环境营造了良好的氛围。

接下来，长海县总工会还将开展春节大拜年、喜晒年味等迎春活动喜迎龙年，欢欢喜喜过大年。

（工人日报 2024-02-03）

“重走”工运路　蓄力新征程

本报讯（吴庆国　大连新闻传媒集团记者　许晓楠）为赓续百年工运传承，凝聚大连奋进力量，团结动员工会干部和广大职工不忘初心、牢记使命，走好新的工运百年之路，春节假期后上班第一天，市总工会组织全体机关干部和直属企事业单位负责人以及部分劳模代表、最美职工代表前往大连中华工学会旧址纪念馆进行参观学习，通过“重走”工运路、重温入党誓词，团结动员广大干部职工从百年工运史中汲取力量，聚焦“六个建设”目标任务，奋力投身“两先区”高质量发展新征程。

1923年12月，沙河口工场华人工学会成立，1924年改称大连中华工学会，曾培养出一批辽宁工人运动的领袖人物和中共党组织的领导人，被誉为“辽宁人民革命的摇篮”。大连中华工学会旧址纪念馆位于大连市沙河口区黄河路658号，二层红砖建筑，占地面积140平方米，是辽宁省爱国主义教育基地、辽宁省中共党史教育基地，展示了中共大连地方组织的发展历程和大连中华工学会的历史地位，形象、生动地再现了大连工人阶级在中国共产党领导下走过的艰难历程和取得的伟大胜利，讴歌了革命先烈的历史功勋。

参观学习后，工会干部、劳模职工深受鼓舞、倍感振奋，表示要坚持不懈用习近平新时代中国特色社会主义思想凝心铸魂，深入学习领会习近平总书记关于工人阶级和工会工作的重要论述；要把工运史学习与扎实开展党史学习教育结合起来，与贯彻落实中国工会十八大部署结合起来，与贯彻落实省总工会“学当建”“三走进”“讲懂守”工作部署结合起来，与贯彻落实市委决策部署结合起来，切实把学习成效转化为推动工会工作高质量发展的强大动力，奋力谱写中国式现代化大连篇章。

（大连日报 2024-02-19）

启动“点对点”就业服务直通车，朝阳务工人——

提着“大礼包”坐上免费车 满面春风到大连

本报讯（大连新闻传媒集团记者 于艳新）春风送暖，年复一年。昨日，春节长假后首个工作日，当日下午，大连北站出站大厅，45名朝阳籍来连务工人员春风满面，再次如期而至。这一次，他们乘坐高铁而来，每个人手提沉甸甸的“就业服务大礼包”，里面装满了大连、朝阳两地人社系统、市总工会、妇联组织为他们准备的满满关爱。

孙先生家住朝阳市朝阳县，目前就职于大连顺丰速运有限公司，看到大连人社部门接站人员熟悉的面孔，他高兴地说：“这是我第三次乘坐大连和朝阳两地就业部门为我们组织的免费返岗直通车。从家门口发车，到了大连又有专车把我送到工作单位，真是太方便了。”孙先生一边说，一边展示着手中的大礼包，里面除了速冻汤圆、毛巾等，还有大连招聘信息、就业援助手册、工会免费上大学、职工医疗互助、法律援助等普惠服务宣传材料。点点滴滴汇集着来自家乡和大连的关爱。

为畅通朝阳籍务工人员返岗复工之路，大连市人社局、市总工会、市妇联，联合朝阳市人社局、市总工会组成“点对点”服务工作小组，充分发挥各部门资源优势，开展各项服务保障工作。朝阳市人社局统筹协调所辖7个区（县）人社部门，大力宣传、全面摸排、精准统计当地拟返连务工人员信息，精心做好行前准备；大连市人社局组织区市县及用工单位提供返岗复工对接及服务支持，大连市总工会筹措返连路费、提供节日礼包，大连市妇联提供女性就业援助服务。

大连市就业和人才服务中心人力资源市场服务部相关负责人表示,大连市始终把对口帮扶促进就业作为增进民生福祉、护航企业运营、促进区域协同发展的重点工作。朝阳市是大连市对口帮扶城市,自建立帮扶关系以来,两地人社部门积极创新工作方式方法,为朝阳市富余劳动力转移就业、为大连市企业用工纾困解难。两地工会组织积极联动,举办云端招聘会,扩大就业服务渠道。“点对点”就业直通车活动启动以来,受到了供需双方的热烈欢迎,近三年已通过包车方式累计运送 817 人。朝阳籍来连务工人员出家门上车门,下车门进厂门,实现了复工复产“无缝对接”。此外,人社部门还积极联合工会、妇联等相关部门,鼓励和带动企业持续加强劳动者就业吸纳,建立稳岗机制等,打通并拓宽朝阳市以及其他协作城市劳动者来连就业创业之路。

接下来,我市人社部门将组织企业赴朝阳举办就业帮扶专场招聘会,在大连创博会期间组织召开大连朝阳劳务协作研讨会,进一步整合资源、多方联动,不断提升广大来连务工人员的幸福感、获得感。

(大连日报 2024-02-19)

“连超”新消息!职工组预赛于 3 月下旬开始

本报讯(记者 吕丽)2 月 23 日, 2024 年大连市足球超级联赛职工组赛事动员部署会议召开,发布竞赛规程,明确工作流程,并对赛事相关事项再动员、再部署，让最广泛的职工群众成为赛事参与者、受益者。

目前，“连超”职工组赛事报名要求、申报流程、比赛场地、日程安排和赛制组织等工作规程均已明确。凡工会关系隶属大连市工会的企业、事业单位、机关、社会组织均可报名参赛，每单位报 1 支队伍，由所在单位工会统一组织报名。集团工会及其子或分公司工会均在大连市行政区域内的，由集团工会统一组织，报 1 支队伍。凡在国家体育总局、中国足协注册的专业足球运动员不能参加比赛，而已办理退役手续并为在职职工的运动员可以报名参赛。报名通知已发布，参赛人员资格申报截至 3 月 13 日，预赛拟于 3 月 23 日开始，整个赛事将持续 4 个月。

本次“连超”职工组赛事与各级工会已有的职工足球比赛有机融合，广泛动员广大职工参与到比赛中来，进一步夯实足球振兴发展的群众基础。严格安全保障，加强对报名参赛队伍和参赛人员的监督引导，确保比赛安全有序进行，营造健康向上、和谐文明的赛场文化氛围。加大宣传力度，积极倡导“诚信足球、健康足球、绿色足球”理念，挖掘整理大连市职工足球文化历史，讲好大连职工足球故事，提高比赛的社会影响力和关注度。

（辽宁日报 2024-02-24）

努力提升企业和职工获得感满意度

市总工会就业直通车走进交通枢纽站

本报讯（吴庆国 大连新闻传媒集团记者 许晓楠）2 月 23 日，

市总工会就业直通车走进大连北站交通枢纽广场，举办“工会送岗位 乐业在大连”招聘活动，奇瑞汽车、冰山冷热科技、医诺生物制药、瑞光非织造布集团、融科储能、黑曼巴科技等52家企业现场提供用工岗位2000余个，涉及加工制造、服务、新能源、快递物流等行业，吸引了乘坐高铁、长途客车返连的来连务工人员和市内求职者2000余人前来洽谈，400余人达成就业意向，4.2万人次通过线上直播带岗平台参与就业对接。

为助力我市打造营商环境“升级版”，持续赋能企业引才留才用才，提高企业和职工群众就业服务获得感和满意度，市总工会聚焦节后用工高峰，将就业服务直接送达交通枢纽站，让来连求职的务工人员下了高铁和长途客车，就能登上工会的就业服务直通车，实现企业与人才无缝精准对接，让返岗复工更暖心、更贴心。“我想在大连送外卖，刚下高铁就能跟企业直接面谈，福利待遇也不错，这下不用东奔西走了，工会开展的活动，俺们心里很踏实，很满意！”从山东来连务工的王会涛说。多家企业招聘负责人也表示，节后产生了大量的岗位空缺，工会在交通枢纽开展促就业行动，让求职者下车就能面试，减少了中间环节，打消了务工人员的顾虑，为企业提供了及时的用工服务。

活动前，市总工会通过176个工会就业流动服务站广泛宣传，同时在11个街道安排大巴车，免费接送求职者参与招聘活动，为职工提供最大便利，并邀请专业律师为企业及职工群众进行普法宣传、提供法律咨询，多元化推动高质量稳岗就业。下一步市总工会还将联合市人社局等部门，持续推进四季就业服务“不打烊”品牌建设，努力实现就业服务“不断档”，切实为有用工需求的企业和务工人员提供不间断服务保障。

（大连日报 2024-02-26）

辽宁瓦房店市:联合工会育能人助民富

本报讯(农民日报·中国农网记者 张仁军)近年来,辽宁省瓦房店市总工会依托工会的独特优势,拓宽建会领域,在 312 个村和社区全部建立联合工会的基础上,通过“工会+龙头企业+农户”的模式,现已在复州城镇、得利寺镇、李官镇、西杨乡分别建立以油桃种植、樱桃种植、葡萄种植和种子培育为主要品牌的 4 家现代农业产业联合工会,吸纳涉农工会组织 48 家,吸收农民工会员 2478 人,带动周边农户 1600 余户。

瓦房店市总工会积极推进工会组织向新型农业经营主体延伸,努力探索助民富、促民安途径,充分发挥工会组织在思想引领、维护权益、提高技能、培育人才等方面的独特作用,农户间实现信息、技术、资源共享,畅通了种植、生产、加工和销售各环节,使农民农业技术水平与劳动生产率得到有效提升。

瓦房店市坚持总工会支持一点、乡镇街道扶持一点、企业贡献一点,形成“1+1+1”合力思路。发挥现代农业产业联合工会的阵地优势,开展“学技术、比创新”活动,促进技术进步、品种更新,发现和培育技能人才。目前已在西杨乡和李官镇举办两场“轴都工匠杯”劳动职业技能竞赛,以种苗培育、春花授粉、葡萄套袋和修剪为竞赛内容,吸引全市 1500 余名农民参赛,共有 6 个团体、72 名个人获得工会奖励。

乡镇街道工会联合农业产业龙头企业工会,邀请省、市农业技术专家、教授,多次开展现代化农业线上线下培训,现场示范指导,参加培训农民达到 5000 余人,推动农民的生产经营理念和生产知识不断更新,劳动技能普遍提高。

此外,瓦房店市总工会还积极指导和扶持建立劳模(职工)创新工作室,发挥领衔人的作用。李官镇的于福运职工创新工作室形成了一整套葡萄管理方法并在全镇推广,提高了葡萄生产的科技含量,对带动全镇葡萄产业发展起到了良好作用。他创建的大连金哲葡萄有限公司建有3个葡萄生产示范基地,培育产业带头人9人、技术骨干5人,初步形成了培育一批能人、致富一方百姓的发展格局。

(农民日报·中国农网 2024-03-01)

市总工会十七届七次全委会召开

本报讯(吴庆国 大连新闻传媒集团记者 许晓楠)3月5日,市总工会第十七届委员会第七次全体(扩大)会议召开。会议传达学习市委和上级工会有关会议精神,总结2023年工作,部署2024年工作,通报2023年“我为职工办实事”完成情况、制度性创新创优成果,征求2024年“我为职工办实事”项目意见,履行民主程序。市委常委,市总工会党组书记、主席徐广湘出席会议并讲话。

会议指出,2023年全市各级工会把握“改革深化”主题,坚持守正创新,聚焦主责主业,推动各项工作取得新进展新成效。

会议要求,新的一年,全市各级工会要坚持党对工会工作的全面领导,深入学习贯彻习近平总书记关于东北、辽宁、大连振兴发展的重要讲话和指示批示精神,深入学习贯彻习近平总书记关于工人阶级和工会工作的重要论述,确保全市工会工作正确政治方向。要紧紧围绕高质量发展,聚焦“六个建设”目标任务,找准工会工作与党的中心任务的结合点切入点着力点,切实承担起对职工思想政治引领的政治责任,用心用情用力为职工办实事解难题,组织动员广大职工齐心协力打好打赢攻坚之年攻坚之战。要贯彻落实好年度工作主题,牢固树立“大抓基层”的鲜明导向,夯实基层基础,激发基层活力,推动基层工会建起来、转起来、强起来。要全面落实市委和上级工会工作部署,持续深化工会改革和建设,全力推进思想政治引领提升、产业工人队伍建设改革提升、职工生活品质提升、基层活力提升、落实效能提升“五大提升工程”。要弘扬光荣传统、赓续红色血脉,继续把大连工运精神继承下去、发扬光大,奋力开启大连工运第二个百年奋斗目标新征程。

(大连日报 2024-03-06)

市总工会确定今年“我为职工办实事”项目

九大行动提升职工生活品质

3 月 5 日,市总工会第十七届委员会第七次全体(扩大)会议确定实施以组织百场职工文体活动、举办“百企千才万岗”就业招聘活动、组织百名劳模工匠助企(校)活动等九大行动为主要内容的 2024 年大连市总工会“我为职工办实事”项目,涵盖维权服务、技能提升、劳模服务、健康关怀、帮困救助、生活服务等多个方面,有针对性地解决职工最关心、最直接、最现实的问题,努力推动提升职工生活品质。

组织百场职工文体活动。开展庆祝新中国成立 75 周年系列活动,举办大连市足球超级联赛(职工组)比赛以及乒乓球、篮球、羽毛球比赛,开展“阅读经典好书,争当时代工匠”主题读书活动,开办职工艺术夜校、开展职工冰雪活动等,培育先进职工文化,促进文旅产业发展。

举办“百企千才万岗”就业招聘活动。坚持就业优先，通过线下专场招聘和“云端”联动招聘等，促进转岗待岗职工、高校毕业生、农民工、新就业形态劳动者等重点群体就业 2000 人以上，实现“工会帮”就业四季不打烊。

推进 2000 名职工学历技能“双提升”。持续资助优秀职工上工人大学，推广“学历+技能”模式，用好工会资源、协同社会力量，为 2000 名以上职工提供学历提升、技能等级晋升服务，为“两先区”高质量发展提供坚实人才技能支撑。

组织百名劳模工匠助企(校)活动。用好“劳模工匠创新智库”“工匠学院”资源，打破区域界限、行业壁垒和企业屏障，组织劳模工匠进校园、进企业、进车间传授技艺、协同攻关，助力实体经济发展。

组织 40 万以上职工参与劳动和技能竞赛。举办第六届“工匠杯”职工技能竞赛，推进市(区)级重点工程重大项目劳动竞赛，支持县区、产业和基层工会开展二类和三类技能竞赛，推进“安康杯”竞赛活动，全年覆盖职工不少于 40 万人次；牵头举办大连市“产业工人科技创新周”，扶持创建劳模(职工)创新工作室 60 个，推动创新创造创效。

建设 50 家“会站家一体化”职工健康驿站和 5 个心理服务中心。持续实施“和谐温暖四季送”、职工医疗互助、大病救助、“痔愈”行动等；在园区、企业、楼宇等职工聚集区域打造 50 个职工健康驿站，提供健康指导、健康自测、疾病预防等服务；赋能 5 个区域性职工心理服务中心，保障职工身心健康，促进健康城市建设。

优化升级 100 个工会驿站。精准回应新就业形态劳动者需求，推进工会驿站提质扩面，拓展送平安、送清凉、送温暖、送福利以及健康义诊、就业咨询、法律援助等服务功能，“健康快车”免费送体检 3000 人以上，打造工会暖“新”服务前哨站。

扶持 50 个工会“慧成长”职工子女寒暑假托管班。按照每个假期每名职工子女 800 元的标准扶持工会托管班，完善升级硬件设备、师资配备等。倡导职工子女人数不足 10 人的用人单位工会通过联合办班等方式开展寒暑假托管，解决职工后顾之忧，促进生育友好型城市建设。

组织 200 名劳动模范和 1000 人次以上优秀技术工人健康疗休养。加强系统内外联动，组织劳模和技术工人疗休养，推动本市劳模外出及外地劳模赴连疗休养“双向奔赴”，提升劳模和职工生活品质。

（大连日报 2024-03-06）

大连市旅顺口区总工会
开展女职工手作系列活动

工人日报客户端（记者 武晓秋）“三八”国际劳动妇女节前夕，辽宁省大连市旅顺口区总工会举行了一系列关爱女职工活动。其中，扎染和贝雕工艺手工制作成了本次活动的亮点，吸引了 80 多名女性职工的参与。

在庆祝活动中，旅顺口区总工会特别组织了扎染工艺技能培训班。参与活动的女性职工们通过专业培训，学习了扎染的基本技巧和工艺要领。扎染是一种古老而精湛的手工艺，通过将植物染料直接应用于织物上，使得织物上出现独特的图案和色彩变化。在培训班上，工匠们倾囊相教，传授了扎染工艺的精髓，让参与者们切身体验到了扎染艺术的魅力。同时，培训班也为女性职工们提供了一个交流和分享经验的平台，增进了彼此之间的情谊和友谊。

同时，旅顺口区总工会还举办了贝雕艺术培训，在培训中，展示了女性职工们独具创意和才华的作品。贝雕是一种利用贝壳的纹理和质地进行雕刻和制作艺术品的技艺，既美观又有触感。

此次活动不仅是对女性职工的一次关怀和激励，也为丰富旅顺口区女性职工的业余生活增添了文化和艺术的元素。通过参与这些手工艺活动，女性职工们获得了更多的自信和成就感，同时也提升了她们的艺术修养和个人魅力。

旅顺口区总工会相关负责人表示，为了更好地关注和支持女性职工的成长和发展，区总将继续组织类似的活动，并致力于提供更多的培训和交流机会。

（工人日报 2024-03-08）

大连市总工会开展庆“三八”系列活动

工人日报客户端（记者 刘旭 通讯员 吴庆国）3月7日，辽宁省大连市委常委、市总工会主席徐广湘一行，来到大连大学附属中山医院，走访慰问呼吸与危重症一科病房女医护人员，向她们送上暖心祝福和节日慰问品。

大连市总工会一行与女医护人员亲切交流，详细了解她们的工作生活情况，代表市委和市总工会，对她们履职尽责，守护人民群众生命健康安全，用智慧和汗水谱写巾帼华章表示充分肯定，希望广大女医护人员能继续发挥“半边天”作用，真正成为伟大事业的建设者、文明风尚的倡导者、敢于追梦的奋斗者，并叮嘱她们在做好患者救治工作的同时，加强自身防护，注意身心健康。

"三八"国际劳动妇女节期间，为进一步维护好、实现好广大女职工的合法权益和特殊利益，大连市总工会积极开展了以"巾帼匠心逐梦，助力振兴有我"为主题的系列庆祝活动，切实为女职工做好事、办实事、解难事，不断提升广大女职工的获得感、幸福感、安全感。组织开展女职工普法宣传、提素建功行动，启动滨城女工"慧课堂"，为基层工会女职工组织提供免费公益示范课 100 场。深入开展女性常见病及"两癌"防治科普知识进企业活动、女职工先进典型事迹宣传及走访慰问活动。

（工人日报 2024-03-08）

礼遇高技能人才，提高技术工人社会地位

代表委员接力建言设立"中国工匠日"

本报北京 3 月 8 日电（记者 邓崎凡 卢越）"发展新质生产力，需要以大国工匠为代表的、能够熟练掌握新质生产资料的应用型人才。建议设立'中国工匠日'，礼遇高技能人才。"3 月 8 日，一汽解放大连柴油机有限公司高级技师鹿新弟代表和其他代表讨论了设立"中国工匠日"的建议。作为连续两届全国人大代表，这是他继 2021 年全国两会后，第 2 次提出这一建议。

这个建议与民建浙江省委会副主委、浙江财经大学副校长郑亚莉委员的想法不谋而合。今年，郑亚莉委员继续建议加快设立

“中国工匠日”。这也是她继 2021 年、2023 年全国两会后第 3 次提出相关建议。

据了解,2019 年,浙江省杭州市把每年 9 月 26 日设立为“工匠日”,成为全国首个设立“工匠日”的城市。随后,陆续有代表委员在全国两会上提出在国家层面设立“工匠日”。

松下家电(中国)有限公司康养事业营销部课长刘廷是最早提出设立“工匠日”的代表之一。“杭州设立‘工匠日’,营造了尊崇工匠的氛围,让技术工人更有荣誉感、自豪感。”因此,在 2020 年的全国两会上,刘廷代表表示:“希望这种做法得到推广,让技能人才赢得越来越多的尊重和认可,提高技术工人的社会地位。”今年,他又提出了这一建议。

记者注意到,从 2020 年开始,多位全国人大代表、全国政协委员,在历年的全国两会上呼吁设立“中国工匠日”,形成“接力式”建议。

设立“中国工匠日”的建议也受到技术工人群体的关注。今年全国两会前,全国五一劳动奖章获得者、中国电建集团湖北电力建设有限公司焊接技能教练付霞就向中国一冶焊接培训中心高级技师赵宗合代表表达心声——“很多职工希望设立工匠节”。

据了解,近年来,随着高技能人才越来越受到重视,陆续有广西柳州、江苏苏州、陕西咸阳、山东青岛等城市和浙江衢州常山县、江苏无锡惠山区等区县设立了区域性的“工匠日”。

代表委员们告诉记者,他们的建议已经得到相关部门的积极反馈。郑亚莉委员表示,应明确牵头部门,多部门协同调研论证,争取早日设立“中国工匠日”,构建完善的中国工匠荣誉制度。

(工人日报 2024-03-09)

大连瓦房店市总工会开展“三八”妇女节读书分享活动

工人日报客户端（记者 刘旭 通讯员 徐逸群）为庆祝“三八”国际劳动妇女节，丰富女职工业余文化生活，辽宁省大连瓦房店市总工会组织女职工开展以“巾帼心向党，奋进新征程”为主题的读书分享活动，引领女职工争做学习型、知识型、创新型的新时代女性。

活动中，大家围坐一起，认真学习党的二十大精神和中国工会十八大要求，共同探索创新工会工作方式，分享好书。大家畅所欲言，讲述阅读给生活和工作带来的变化，号召身边女职工平时多读书、读好书、善读书，不断提升思想境界、增强精神力量。大家在阅读与分享中更加厚植守初心、担使命的思想自觉和行动自觉。活动现场气氛浓厚，书香弥漫。

活动当天，大连瓦房店市总工会被授予“2023 最美女性榜样集体”荣誉称号，激扬女职工发挥自尊、自信、自立、自强的“四自”女性精神，做新时代女性。大家纷纷表示，要以此次活动为契机，进一步丰富自身思想文化内涵，提升能力作风素质，不断在经济社会发展大局中贡献巾帼力量。

（工人日报 2024-03-11）

大连沙河口区总工会
开展“三八”节系列活动

工人日报客户端（记者 刘旭 通讯员 蔡雨杉）为迎接“三八”国际劳动妇女节，进一步维护好、实现好广大女职工的合法权益和特殊利益，团结动员全区广大女职工为奋力谱写“两先区”高质量发展新篇章贡献沙河口力量，近期，辽宁省大连市沙河口区总工会携手区妇联，号召沙河口区机关、区属企业工会女职工会员齐聚吉林银行大连星海湾支行，通过手工制作精油皂、口红共庆妇女节。

活动中，专业老师详细讲解了日常生活中接触到的手工皂及口红的种类、作用、制作方法和工具使用步骤。大家聚精会神，认真学习制作方法，不断询问制作细节。在老师的悉心指导下，散发温润香气的精油皂及色彩艳丽的口红在女职工们的巧手间逐渐成形，大家也从小白变成技艺高超的“大神”。此次活动，女职工们不仅学到了手工皂及口红的制作方法，获得了满满的成就感，还学习到了健康生活的理念，增进了女职工之间的情谊，营造了温馨友爱的氛围。

沙河口区总工会积极组织全区各级工会开展形式多彩的“三八”妇女节期间关爱女职工活动：春柳街道总工会和黑石礁街道总工会邀请专业老师带领女职工现场手工制作古风干花团扇；星海湾街道总工会邀请辖区女职工通过手绘的方式，制作自己独特的包包；李家街道总工会联合辖区启智学校特别策划了一场教育活动，让社区内的“星星的孩子”（即孤独症儿童）表达对母亲的爱与感激之情;西安路街道总工会将插花活动与阅读分享结合;马栏街道总工会为女职工举办主题烘焙活动;南沙街道总工会联合辖区医院,通过免费"两癌"筛查为女职工健康保驾护航。

(工人日报 2024-03-11)

辽宁省大连市甘井子区总工会:线上线下沐"春风"

本报讯(记者 金雅银)3 月 6 日,由辽宁省大连市甘井子区总工会等单位联合举办的"甘井子区 2024 年'春风行动'主题活动日暨专场招聘会"在椒金山街道金家街公园举行。

此次活动以"春风送岗促就业、精准服务助发展"为主题,邀请 60 多家企业进行现场招聘,另有 522 家企业委托招聘。招聘会涵盖装备制造、生产加工、新能源、物流运输等行业,还设置了残疾人专区,为残疾人提供切实的就业帮扶。在线下,近 3000 个就业岗位供求职者挑选;在线上,甘井子区总工会抖音直播间内累计观看 1 万余人次,百余人参与讨论。

招聘会设有就业政策、人才服务、劳动维权、培训服务、医疗保障等 19 个服务专区,按照不同求职群体、不同就业需求,分区划分活动现场,集中为有就业创业意愿的劳动者、就业困难人员以及有用工需求的用人单位提供服务。

(辽宁学习平台 2024-03-11)

“工会送岗促就业,乐业中山更贴心”

本报讯(记者 刘旭 通讯员 成海平 张晓峰)3月14日,辽宁省大连市中山区总工会联合大连市总工会事业发展中心和青泥洼桥街道总工会,在大连火车站站南广场举办了中山区总工会2024年“工会送岗位,乐业在中山”春风行动线下招聘会。招聘会吸引了2000余名求职者,现场发放就业信息报和各种政策宣传手册千余份,达成就业意向206人。

招聘会吸引了54家优质企业,包括山东鲁花集团大连分公司、沈阳黑曼巴物流、良运物业、成大方圆、凯宾斯基、日航饭店等企业,提供涵盖工程师、库管、出纳、物业经理、操作类等1000余个岗位,涉及制造业、新就业形态、餐饮、服务业等各行各业。

在充分调研企业用工需求的基础上,将招聘会选在人流量比较大的大连火车站,使来连的务工人员下了火车直接就能登上工会的就业直通车,实现了企业与人才的无缝对接;为服务求职者和企业,招聘会还设置了企业用工静态展示区、口腔义诊区、健康义诊区、工会政策区,为职工群众提供更多的便利服务;恰逢3月女职工普法宣传维权月,此次招聘会还设置了法律咨询专区,为保障女职工合法权益和特殊利益保驾护航。

招聘会受到了企业和求职者的热烈欢迎。招聘会当天,依然有很多企业通过各种途径询问还能否参加。大连辉盛国际酒店人事负责人张女士表示,没能参加这次招聘会有些遗憾,她要置顶工会工作人员微信,下次有类似招聘会时一定积极报名。直到招聘会结束,依然有求职者闻讯赶来。

(工人日报 2024-03-15)

“连超”职工组小组赛开赛

用奔跑和激情点燃大连足球的春天

本报讯（大连新闻传媒集团记者 曲琦）昨日上午 10 时，随着裁判员一声哨响，全国五一劳动奖章获得者戚革庆开球，市民热切期待的 2024“连超”职工组小组赛揭幕战火热开赛。这是我市近年来举办的最大规模职工足球盛事。市委常委，市总工会党组书记、主席徐广湘来到现场为参赛队伍加油助威。

本项赛事在大连足球青训基地室内足球场举办。小组赛按照企业职工人数分为甲、乙两组，3 月 23 日、24 日两天，将进行甲组中 A 组至 H 组的 16 场比赛。小组赛每场比赛都将由各代表队选出的先进职工代表开球。昨日的揭幕战，是中国银行大连分行职工足球队对阵国网大连供电公司职工足球队。在同时开赛的另一场比赛中，由大连中集特种物流装备有限公司职工足球队对阵大连市第五人民医院职工足球队。

来自中山教育代表队的邸聪告诉记者，抽签结果显示他们第一场比赛的对手是大连造船代表队，大家都感到了一份压力。对方是一支有着几十年历史的强队，也曾拿到过很多次大连冠军。但赛场上，每个人都拼尽了全力。虽然最终 2∶4 负于对手，但大家的士气反而更足了，他们对未来的两场小组赛充满信心。

在接下来的比赛中，“连超”小组赛将继续展开激烈的角逐——70 支队伍、1705 名职工将用沸腾的激情点燃大连足球的春天。

（大连日报 2024-03-24）

2024 大连市足球超级联赛职工组比赛开赛

王谓

3 月 23 日，2024 大连市足球超级联赛职工组比赛拉开战幕！

这是大连市近年来举办的最大规模职工足球盛事，共有 70 支队伍、1705 名职工参赛。

赛事在大连足球青训基地室内足球场举办，小组赛按照企业职工人数分为甲、乙两组，3 月 23 日、3 月 24 日两天进行甲组中 A 组至 H 组的 16 场比赛。每场比赛 80 分钟，上、下半场各 40 分钟。

小组赛每场比赛由各代表队选出的先进职工代表开球，他们中有全国、省、市各级劳模工匠、最美职工、行业标兵、技术能手等。

比赛现场。大连市总工会供图

3 月 23 日的揭幕战上,中国银行大连分行职工足球队对阵国网大连供电公司职工足球队。

在同时开赛的另一场比赛中,由大连中集特种物流装备有限公司职工足球队对战大连市第五人民医院职工足球队。

比赛现场。大连市总工会供图

“我们的球队里有医生,有护士,平日里大家都很忙碌,但参与热情特别高,还认真组织了热身赛。今天来到'连超'现场,大家都激动地全情投入,也感受到这项活动的深意——用运动提高人家的健康生活意识,并号召我们向身边的劳模学习。"大连市第五人民医院工会主席王晓岩说道。

来自中山区教育工会代表队的邸聪说,虽然他们第一场比赛负于对手,但对未来的两场小组赛充满信心,要在赛出水平、赛出风格的同时,好好享受在"连超"赛场上尽情奔跑的幸福时光。

随着天气转暖,职工组排位赛将在室外场地进行,届时将设置观众席,广大球迷可到现场加油助威。

(中央广电总台国际在线 2024-03-25)

大连高新区:做好春招关键期就业工作

本报讯(记者 温济聪)日前,大连高新区 2024"春风行动"暨就业援助月首场大型招聘会在高新区万达广场举行,为用工企业和求职者牵线搭桥,推动辖区高质量充分就业。

本次活动由大连高新区总工会、社会管理局、党建综合服务中心、团工委、妇联等单位共同主办,汇集高新区 75 家优质用工单位,现场提供就业岗位 1176 个,涉及软件与信息技术、洁净能源、智能制造、元宇宙、海洋科技、生命健康等众多行业,囊括技术研发、职业教育、销售、物业服务等各类岗位。为广大应往届高校毕业生、就业困难人员等重点群体，以及各类求职人员搭建起沟通对接服务平台。

招聘会不仅“送岗位”，还为求职者们送政策、送信息、送指导。招聘会现场，高新区总工会设立了职业规划、政策咨询、法律援助、心理关爱等服务窗口，工作人员为求职者现场“诊脉”，提供一对一指导服务。活动现场人头攒动，供需两旺，共吸引近 12000 人次入场择业，企业收到求职者简历 873 份，初步达成就业意向 289 人。

据了解，除了此次专场招聘活动外，大连高新区总工会还将会同相关单位在今年就业援助月期间，深入做好春招关键期就业工作，开展更多场次与类型的招聘活动，并持续推进“互联网+就业”服务模式，挖掘优质岗位，提升供需匹配效率，多措并举促进各类人才实现更加充分、更高质量的就业，为“又高又新”高质量发展提供有力人才支撑。

（经济日报 2024-03-26）

辽宁省大连市沙河口区总工会：健身器材到基层 职工圆了健身梦

李靖怡

3月19日，正在公司健身房锻炼的中石油昆仑燃气有限公司东北分公司的职工们，对辽宁省大连市沙河口区总工会送健身器材进企业的做法赞不绝口。为此，公司还给区总工会送去一面锦旗。

提高职工身体素质一直是沙河口区总工会关注的问题，发展职工体育事业、开展职工体育健身活动也是区总工会的重要工作之一。去年2月开始，区总工会利用一个月时间深入一线，通过"问卷调查+实地考察"的方式，对辖区内的25家企事业单位职工进行了调研，了解职工所需。

经过收集整理，"缺乏健身器材，难以开展职工体育活动"是广大职工反映最突出的问题。区总工会立即着手研究，通过召开专题会议等方式，将"送健康到基层"活动作为年度"办实事"重点项目。后经广泛征求意见、实地考察调研、公开招标采购，根据企业的场地和职工建议，挑选了种类丰富、质量上乘的健身器材送往企业。目前，已经送出体育器材200余件。自今年2月下旬开始，送健身器材到基层活动陆续验收，基层反响强烈。

除了送健身器材到基层，沙河口区总工会还广泛组织职工开展体育活动。近几年开展的职工网上竞答、健步走、职工气排球大赛等活动深受职工欢迎，不仅满足了职工群众的多元化健身需求，也激发了职工参与全民健身的积极性。

沙河口区总工会相关工作人员表示，今后，区总工会将继续聚焦满足基层职工日益增长的文化体育活动需求，大力推进职工体育事业，硬件支持与活动组织齐头并进，营造人人参与体育锻炼的社会氛围，鼓励职工把热爱体育运动的激情转化为干事创业的豪情，以强健的体魄、饱满的热情、昂扬的斗志，助推沙河口区高质量发展。

（辽宁学习平台 2024-04-01）

辽宁省大连市中山区总工会：下了火车就上“就业直通车”

李靖怡

3 月 14 日，辽宁省大连市中山区总工会联合大连市总工会事业发展中心、青泥洼桥街道总工会，在大连站南广场举办“中山区总工会 2024 年‘工会送岗位，乐业在中山’春风行动线下招聘会”活动。

招聘会涵盖制造业、新就业形态、餐饮、服务业等行业，吸引了山东鲁花集团商贸有限公司大连分公司等众多优质企业，提供工程师、库管等岗位 1000 余个。

为了让企业与人才无缝对接，中山区总工会经过前期对企业用工需求的细致调研，将招聘会设在了人流量较大的大连火车站，来连的务工人员下了火车就能直接登上工会的“就业直通车”。招聘会现场不仅设置了企业用工静态展示区，还有服务求职者的工会政策区、法律咨询专区等，为求职者提供法律咨询等便利服务。

招聘会吸引了 2000 余名求职者，现场发放就业信息和各种政策宣传手册千余份，达成就业意向 206 人。

（辽宁学习平台 2024-04-02）

大连市财贸金融服务工会启动 2024“走进驻连高校 助力学子留连”校园招聘活动

为助力我市构建人才引育用留体系，更好地吸引大中专院校毕业生留连来连，4 月 2 日，市财贸金融服务工会在大连工业大学启动 2024“走进驻连高校 助力学子留连”校园招聘活动，首场 43 家企业提供就业岗位 126 个，计划招聘大中专院校毕业生近 700 人。

招聘现场气氛热烈，央企、国企和各类专精特新知名企业展台前人头攒动，企业招聘人员耐心细致地解答着毕业生们的咨询。现场设政策宣传区、信息发布区和就业指导服务区等，展示参会企业的特色和优势，帮助毕业生更快找到心仪的企业和岗位。市财贸金融服务工会联合大连工业大学做好毕业生求职简历登记、职业指导、普法宣传、政策解读等工作，设置毕业生职业规划指导服务台，多措并举为我市大中专院校毕业生顺利就业搭桥铺路。

为精准实现校企供需对接，招聘活动前，市财贸金融服务工会深入 115 家企业了解用工需求，走进大专院校掌握毕业生就业意愿，重点聚焦我市金融服务、商贸物流、康养产业、文旅服务、教育培训及智能制造等重点产业，精心筛选优质企业岗位，系统化展示产业内重点企业行业就业容量，为毕业生实现高质量就业创业提供更加宽阔的视角，推动市委、市政府稳就业、保就业各项措施在工会系统落地落实。

4 月 11 日、4 月 20 日两天，市财贸金融服务工会的就业服务直通车还将直达大连民族大学、辽宁师范大学等院校开展就业洽谈。市财贸金融服务工会专门安排就业服务大巴车，免费接送企业代表进校园，继续帮助有需求的用工单位选才留人，为毕业生提供个性化就业服务，努力实现工会四季就业服务不打烊、不断档，为大连“两先区”高质量发展贡献工会力量。

（中工网 2024-04-03）

劳模开球，为“连超”添彩

本报讯（半岛晨报、39 度视频记者　隋海涛）2024 大连市足球超级联赛职工组比赛激战正酣，各队职工文明参赛，成为职工组鲜明的主色调，彰显出大连这座足球之城的深厚足球文化底蕴。每场比赛均由各代表队选出的先进职工代表开球，他们中有全国、省、市各级劳模工匠、最美职工、行业标兵、技术能手等，更为“连超”增添了光彩。

●李晓波　中国石油大连石化公司检维修中心一区三班班

长，是大连石化公司践行“铁人精神”的楷模。无论是在夏天面对几百摄氏度高温催化热点补焊，还是冬天跳进冰冷海水中管线堵漏，他都身先士卒，以一当十，彰显了设备保运抢险“尖刀兵”的本色。他针对带温带压堵漏作业，以技术规范为基础，钻研卡具设计，改进堵漏工法，让施工更安全、更高效、更易于操作。先后荣获“全国劳动模范”“央企劳动模范”“集团公司特级劳动模范”等荣誉称号。

●戚革庆 大连供电公司变电运检三工区电气试验技术。曾荣获全国五一劳动奖章、辽宁省五一劳动奖章、辽宁省十大创新能手等荣誉称号。

作为辽宁省电力有限公司省公司高级专家，他坚持技术创新，攻坚疑难杂症，率先提出并试点开展状态检修相关工作，首次发现大连地区受城市轨道交通影响出现的电网直流偏磁问题，推动成立大连公司 C 级金属检测试验室。作为省级劳模创新工作室领创人，他带领工作室成员累计获得发明专利授权 40 件，在核心期刊发表论文 23 篇，主编专著 3 部，参编行业标准规范 4 部，荣获省公司及以上各类创新成果奖励 41 项。

●高云巍 中车大连机车车辆有限公司柴油机公司机械加工车间高级技师、高级工程师，中车集团首席技能专家，国家级技能大师工作室领衔技师。曾先后获得全国五一劳动奖章、全国技术能手、辽宁省劳动模范、大连市劳动模范、辽宁工匠、大连工匠，享受国务院政府特殊津贴。曾在中车集团职业技能大赛中取得“加工中心组”第一名的成绩，并获得“中央企业技术能手”称号。

●连健尧 大连市中山区松云街消防救援站政治指导员。参加工作以来，始终战斗在灭火救援第一线，共参加各类灭火救援及危化品事故处置 1700 余次，挽救直接经济损失 500 余万元，营救遇险人员 270 余人。2023 年，被中共大连市委宣传部、大连市文明办、大连市总工会联合评选为“2023 年度大连市十佳最美职工”。

●阎凯　国家税务总局大连市税务局稽查局四级调研员，从税 33 年一直奋战在税务稽查一线，带领着十几人的团队，打了无数场硬仗。在打虚打骗专项行动中，他战功累累，曾荣获“全国税务系统先进工作者”称号。

在税务稽查事业中，他在挥洒汗水的同时也实现着自身价值，他敬业担当奉献的精神和精益求精的工作态度深深影响着身边的每一个人。

●孙世锋　辽港集团大连集装箱码头有限公司人机培训顾问、高级技师。孙世锋有着 19 年的岸桥操作经验，被业界誉为集装箱的“神抓手”，先后获得 7 次技术比武“状元”，曾荣获“全国交通运输系统劳动模范”、“中国集装箱码头先进个人”、“全国交通技术能手”、“辽宁省技术能手”、“辽宁省五一劳动奖章”、“大连市五一劳动奖章”、“大连市技能大师”、“大连市杰出贡献高技能人才”、“大连市十大杰出青年”、“大连市名师奖”、“大连市劳动模范”等多项荣誉。

●郜喆　交通运输部北海航海保障中心大连航标处处长。他脚踏实地、埋头苦干、守正创新，带领团队先后获得国家发明专利 1 项、实用新型专利 3 项。他勇于担当善作为，履职尽责亮名片，为大连湾海底隧道工程提供技术支持和服务保障。东北地区首座跨海大桥长山大桥设置专业且可靠的桥涵标志、长兴岛恒力石化基地航标配布等一批大中型航海保障项目都是由他亲自组织实施，安全高效地顺利完成。

先后荣获直属海事系统“优秀共产党员”、直属海事系统“建设模范”、“机关先进个人”、“大连市五一劳动奖章”等荣誉称号。

●吕风波　大连市中级人民法院执行局局长。自 1996 年 9 月走上审判工作岗位后,连续多年年均结案 200 余件,且无一错案、无一发回重审案、无超审限案和无当事人上访案。先后荣获省“十佳女法官”“三八红旗手”“五一劳动奖章”“人民满意的好法官”和大连市“劳动模范”等称号,并被辽宁省高院记个人二等功一次。2008 年 2 月被最高人民法院授予“全国模范法官”称号。

●崔文　大连市退役军人事务局退休干部,原辽宁陆军预备役高射炮兵第 2 师政治部主任。

曾参加过对越自卫还击作战,被原成都军区授予“英雄指导员”荣誉称号,先后被原总政治部、原沈阳军区树为“优秀政治教员”、“优秀共产党员”、“优秀党务工作者”,荣立二等功一次。

(半岛晨报 2024-04-03)

辽宁大连:凝心聚力共建“两先区”

本报讯(记者 金雅银)近日,辽宁省大连市轻纺农林水利工会、大连市海员交通建设工会、大连市机重石化电信工会分别召开会议,总结 2023 年工作,部署 2024 年工作。

3 月 25 日,大连市轻纺农林水利工会第一届委员会第四次全体会议召开。会议强调,要紧紧围绕全面振兴新突破三年行动,聚焦“六个建设”目标任务,开展好劳动和技能竞赛活动、群众性创新创造活动,发挥好劳模工匠的示范带动作用,组织动员广大职工积极投身“两先区”“三个中心”建设的火热实践。

3 月 26 日，大连市海员交通建设工会召开第一届委员会第三次全体(扩大)会议。会议强调，2024 年大连市海员交通建设工会要构建系统化产业工会工作体系，提升产业工会分类化指导水平，聚焦航运中心和物流中心建设，组织开展具有产业特色的劳动和技能竞赛活动，不断扩大产业工会的工作覆盖。

3 月 27 日，大连市机重石化电信工会第一届委员会第三次全体(扩大)会议召开。会议强调，今年，大连市机重石化电信工会将开展数智电竞比赛、“双轮驱动促提升”一线职工求学圆梦等活动，团结动员广大产业职工在奋力谱写大连“两先区”高质量发展新篇章中作出新的更大贡献。

(辽宁工人报 2024-04-05)

“连超”职工组小组赛第二轮擂响战鼓

比赛紧张激烈，展示了职工足球队伍的竞技水平。金铭路 摄

本报讯(大连新闻传媒集团记者 许晓楠)4 月 5 日,大连市足球超级联赛职工组小组赛第二轮比赛擂响战鼓,16 支参赛队在大连足球青训基地室内足球场进行了 8 场激烈比赛。中国银行大连分行职工足球队和大连中集职工足球队率先开战。比赛中,中国银行大连分行队一扫首场失利阴霾,发挥简练有效、快速灵动的优势,踢出了自己的风格和技战术水平,取得一场酣畅淋漓的胜利。

大连供电职工足球队此前首轮获胜,队伍整体士气高昂,在昨日与市五院职工足球队对阵中,充分利用局部人数优势加强对中场控制,早早将控球率转化为进球,依靠有效战术部署和队员默契配合战胜市五院队。

在大商所职工足球队和豪森瑞德职工足球队比赛中,双方均展现出良好的技战术水平和团队合作力量。大商所队员依靠中场控制和快速进攻占据优势,在被豪森瑞德队利用任意球扳平比分后,大商所队立即对场上阵容进行调整,增加中场厚度,控制比赛节奏,最后战胜豪森瑞德队。

大连联通队首轮失利后,昨日排出 442 阵型对阵中冶焦耐队。开场两队相互试探,直至大连联通队依靠点球打开局面,随后大连联通队多次反越位成功,连进三球,最终获胜。

“连超”职工组第二轮第一天小组赛紧张刺激,漂亮的穿插进攻,奋力扑救防守,体现出参赛队员顽强的意志和良好的竞技水平,展现出我市职工队伍饱满的精气神儿。赛事标准严格、组织有序,为大家提供了良好的交流平台。

(大连日报 2024-04-06)

大连旅顺口区总工会举办“就业赶大集 送岗零距离”招聘活动

工人日报客户端(记者 刘旭 通讯员 武晓秋)3月29日至31日,辽宁省大连市旅顺口区总工会携手铁山街道总工会,在铁山街道农贸大集上举办“就业赶大集 送岗零距离”线下招聘活动,为求职者和用人单位搭建高效、便捷的就业服务平台,让职工群众在逛大集购物的同时,更便利、更及时、更有效地了解就业动向。3天招聘会共提供就业岗位300余个,用工信息800余条,现场发放各类宣传资料5000余份。

活动现场,人头攒动。旅顺口区总工会精心组织了区内30余家各行业优质用工单位参与,涵盖了技术、销售、工勤技能、管理等多种岗位,为求职者提供了丰富的岗位选择。同时,用工单位也借此机会展示了自己的企业文化和福利待遇,吸引了众多求职者的关注。

“没想到能在农贸大集上找到工作!这里企业多,岗位全,我正准备打电话咨询。”招聘现场,求职者李先生对大集活动赞不绝口。

活动现场,工会工作人员通过设立政策咨询台,发放就业宣传手册、宣传单等方式,面对面向赶集职工群众推荐工作,手把手指导求职者匹配招聘岗位,为求职者提供“面对面”“精准化”“零距离”的政策指导、就业咨询、法律咨询、女职工权益保护、医疗互助、大病救助、心理关爱等服务。

旅顺口区总工会副主席杨熠表示,区总工会结合区域特点,积极与辖区街道合作,多次开展线下就业服务活动,不仅为用工企业和求职者搭建了一个相互了解、交流的平台,还有效促进了区域内的就业工作。同时区总工会还充分利用新媒体平台,为求职者提供更多选择和机会。

(工人日报 2024-04-07)

大连长海县总工会:助力解决海岛企业用工难

工人日报客户端(记者 刘旭 通讯员 顾瑾)为更好解决海岛企业用工难题,助力企业发展,惠及有就业需求的职工群众,3月29日,辽宁省大连市长海县总工会联合县人社局、县残联、县司法局等多家单位和部门开展了2024"春风行动"暨"春风送岗 助企惠民"就业创业促发展专题活动。

招聘会现场共有8家企业参展,设专门招聘展位,提供就业岗位200余个,涉及海产品加工、新就业形态、护运、环卫、餐饮等行业,吸引了众多求职者前来咨询,现场达成就业意向10余人。现场发放就业信息手册及各种政策、法律法规宣传单600余份。

招聘会后,长海县总工会组织召开了2024年"春风行动"企业面对面座谈会,会上,就企业关心的工会建会入会、工会医疗互助政策、企业社会保险、工伤申请等问题现场进行答疑,帮助企业理清用工政策盲点,助力企业发展。

(工人日报 2024-04-07)

旅顺工"惠"大集 "关爱盲盒"有惊喜

晨报讯(武晓秋 苏艳敏 半岛晨报、39 度视频首席记者 张锡明)"哇,我抽到了一桶油!""太幸运了,我盲盒里有这么多好吃的!"4 月 7 日,旅顺口区登峰街道总工会在和顺广场举办"春风送暖工'惠'大集"活动,工会会员们领取 108 个"关爱盲盒"时收获着惊喜。

本次活动辖区近 60 家单位组成了循环市集,涵盖了"吃穿住用行玩"方方面面,让职工群众在家门口享受工会实实在在的服务,享受"娘家人"带来的福利。

活动现场有多种政策咨询类内容,有矛盾纠纷调解、燃气消防、反诈金融知识普及及垃圾分类、无偿献血公益宣传等,还有专业律师一对一解答居民问询的法律问题,吸引了不少有需求职工驻足了解。

本次市集还为辖区职工会员带来近 20 家企业百余个岗位,多名求职者与用工单位进行咨询洽谈。

(半岛晨报 2024-04-08)

庄河市总工会:工会活动数字化 职工幸福又加码

康晓潺

"我刚带孩子观看了电影《第二十条》,很有教育意义,感谢工会开展的线上有奖答题活动,让我不仅学到了知识,还赢得了观影机会。”3 月 27 日,职工刘慧芳在辽宁大连庄河市总工会微信公众号有奖答题页面上点了一个大大的赞,并留言表达自己的激动心情。

“去年以来,我们一共举办了 4 次这样的活动,职工参与热情特别高。”庄河市总工会工作人员介绍,举办第一场活动时,共有 1.2 万余名职工在网上参与答题,活动结束后,很多职工留言,希望以后市总工会能多举办这样的活动,让更多职工有机会参与进来。

职工的参与和肯定,缘于庄河市总工会依托网上职工之家,将工会数字化转型落到了实处。在上级工会的指导下,庄河市总工会以互联网思维不断挖掘数字网络背景下的职工思想政治引领新规律,建立与新传播方式相适应的思想政治工作新机制,从简单嫁接的“+网络”向深度融合的“网络+”模式全面转化,举办“学党史、工运史”等网上答题活动,共吸引几万名职工参与其中。

“以前我们也举办过类似的活动,大多是在线下进行,职工参与度有限。”庄河市总工会工作人员说,以发放电影票为例,以前可能都是通过基层工会或行业工会,将电影票发放到职工手里,但大部分职工都不知道有这样的活动,覆盖面十分有限。如今,借助数字化工会的方便快捷,在提高知晓率的基础上,职工可以根据自身情况来选择要观看的影片以及观看的时间、地点,把服务送到了职工心坎上。

近年来,庄河市总工会以数字化工会为抓手,以线上与线下相结合的方式,让更多职工参与到工会举办的各种活动中,通过设置知识问答、职工互动、积分奖励等环节,进一步加强了工会与职工之间的联系。

“在工会举办的活动中,我不仅学到了很多知识,还非常幸运地得到过几次小礼品,希望工会活动不要停。”网友莫小莫的留言,道出了很多职工的心声。

今年,庄河市总工会将依托数字化工会举办更多丰富多彩且有意义的活动,进一步满足职工的精神文化需求,为职工幸福加码。

(辽宁学习平台 2024-04-08)

省总工会在连开展送温暖活动

本报讯(吴庆国 大连新闻传媒集团记者 许晓楠)为进一步深化全省万名工会干部“走进职工群众家里、走进职工群众群里、走进职工群众心里”专项行动,团结动员全省广大职工在全面振兴新突破三年行动中建功立业,4 月 8 日,省人大常委会党组副书记、副主任,省总工会党组书记、主席陈绿平率队来连,深入医疗机构开展为一线医务人员送温暖活动,并走进部分民营企业,实地了解企业经营发展和工会工作情况。中国医科大学党委书记,省卫生健康委党组书记、主任徐英辉;市委常委,市总工会党组书记、主席徐广湘参加活动。

省总工会一行先后来到大连医科大学附属第一医院联合路院区、大连医科大学附属第二医院和大连理工大学附属中心医院,看望血管病诊疗中心、急诊中心、儿科、呼吸科等一线医务人员、劳动模范。在诊疗一线,省总工会一行详细了解医院医疗服务工作,与一线医务人员深入交流,详细询问医务人员工作、生活情况,并送上慰问金,强调医疗战线广大职工舍小家、为大家,用心用情用力为辽宁全面振兴新突破三年行动提供健康保障,工会要努力为一线医务人员提供精准、贴心的服务,切实把党和政府的关怀、工会组织的温暖及时有效送到广大“白衣天使”的心坎上。

在大连铭辉科技有限公司、亚洲渔港股份有限公司,省总工会一行与民营企业家、工会干部以及一线职工交谈交流,详细了解企业经营发展和产业工人队伍建设改革情况,强调工会要不断创新职工思想政治引领,在经费支持、创新创效、维权服务、推进工会规范化建设等方面积极探索、主动作为,用心用情用力解决好民营企业职工群众急难愁盼问题,不断提升职工群众的获得感、幸福感、安全感,推动构建和谐劳动关系,持续优化营商环境,以新时代工会工作新成效助推民营经济高质量发展。

(大连日报 2024-04-10)

旅顺口区登峰街道总工会:工“惠”大集开到家门口

金雅银

4 月 7 日,辽宁省大连市旅顺口区登峰街道总工会在和顺广场举办了“春风送暖 · 工‘惠’大集”活动,辖区近 60 家单位组成了循环市集,涵盖“吃穿住用行玩乐”和生产生活服务的各个方面,让职工群众在家门口就能享受到工会实实在在的服务。

据了解,活动提供了多个种类的政策咨询,包括矛盾纠纷调解,燃气、消防、反诈金融知识普及和垃圾分类、无偿献血公益宣传咨询等,还有专业律师一对一解答群众的法律问题,吸引不少群众驻足了解。

此次便民服务市集还为辖区群众带来了近 20 家企业的百余个岗位,多名求职者与用工单位进行咨询洽谈;检验检测认证技术服务中心为群众免费检查电子秤、血压计;医院义诊及心理咨询等服务吸引大量群众前去问询。

下一步,登峰街道总工会将不断创新服务方式,让工会服务抬眼可见、随处可享。

(辽宁学习平台 2024-04-11)

大连工匠大讲堂开讲

本报讯(记者 刘旭 通讯员 吴庆国)4 月 10 日,辽宁省大连工匠大讲堂在大连工匠学院线上学习平台火热开讲,首期邀请全国劳动模范毛正石做客直播间,开展《新时代创新工作室创建与运营管理》专题培训。

培训中,毛正石结合实际案例,在创新工作室如何建立、创新人才如何培育、创新工作室如何运营、如何做好创新成果转化、孵化和保护等方面做了深入讲解,直播间访问超 1.2 万人次,参训职工反响热烈。

大连工匠大讲堂系列活动是大连工匠学院线上学习平台的创新载体,每月组织 1 期线上直播活动,邀请大国工匠毛正石、陈兆海、张如意、戴振涛等我市劳模工匠线上传经送宝、分享技能、展示风采,方便职工足不出户在线上提升技能素质,受到企业和一线职工的一致欢迎,自 4 月 7 日以来,大连工匠学院线上学习平台已吸引注册企业508家,职工5400人,浏览量达132820人次。

聚焦大连“六个建设”目标任务,大连市总工会持续推进产业工人队伍建设改革提升工程,通过工匠学院、劳模工匠创新智库等载体,发挥劳模工匠示范引领作用,常态化开展“劳模工匠助企行”“大连工匠大讲堂”等活动,传授专业技能、弘扬劳模精神,打造适应新时代发展要求、综合素质过硬、业务技能精湛、表率作用突出的工匠队伍,为大连“两先区”高质量发展贡献力量。

(工人日报 2024-04-12)

大连跨区域举办招聘活动

工人日报客户端(记者 刘旭 通讯员 吴庆国)4月16日至18日,辽宁省大连市总工会、市人社局赴黑龙江举办“大连企业东北校园行”招聘活动。大连交通运输集团有限公司、辽宁京能电力集团有限公司等市重点企业纷纷抛出“橄榄枝”,现场发布岗位800余个。

据悉,大连市总工会、市人社局广泛征集、精心挑选市企业优质岗位,提前对接黑龙江八一农垦大学、东北石油大学等高校,深入调研分析毕业生的就业需求,启动线上线下就业推介双通道。在招聘专区,大连市总工会、市人社局为毕业生发放宣传资料,介绍大连就业政策和引才服务。参会企业从新人培养、定职稳岗、晋升机制等方面,为毕业生介绍详细的发展规划。

今年以来,大连各级工会与人社部门协同联动、多措并举,打出促就业组合拳，密集开展就业稳岗系列活动，为有就业需求的各类群体提供精准便捷的就业服务，用心用情用力交出高质量促就业答卷。目前，已举办招聘活动 76 场，提供就业岗位 4 万余个，8000 余人达成就业意向。

（工人日报 2024-04-16）

辽宁省大连市西岗区总工会举办“同心乐业　‘职’引未来”招聘会

工人日报客户端（记者 刘旭 通讯员 韩艺婷）为全面做好辽宁省大连市西岗区 2024 年春风行动专项服务活动，搭建企业与求职者双向选择平台，西岗区总工会于 4 月 19 日举办“同心乐业　‘职’引未来”专场线下招聘会活动，进一步增强落实就业援助政策，实施精准就业服务。

本次招聘会由西岗区总工会协同区人社局,地点选址在人流密集的大连火车站站北广场,共有 52 家企业参与,提供 342 个就业岗位,涵盖多个领域,企业种类丰富,能满足不同求职者的需求。众多求职者踊跃参与,穿梭于各个企业招聘展架之间,认真浏览招聘信息,仔细阅读岗位详情、薪酬待遇等相关内容。

招聘会现场还设立了就业咨询、职业指导、法律咨询等服务区域,工作人员耐心解答求职者的疑问,为他们提供职业规划、求职技巧等方面的指导。

(工人日报 2024-04-19)

大连旅顺口区总工会举办读书活动

工人日报客户端(记者 刘旭 通讯员 武晓秋)近日,辽宁省大连市旅顺口区总工会组织开展“一雨慧百谷,劲旅汇书香”读书会。来自各行各业的 50 余名职工参与了读书会。企业家、劳模、职工代表等 5 位分享嘉宾结合自身成长经历,畅谈阅读带来的真切感受,让大家深刻体会到阅读对于个人成长和职业发展的重要性。

现场,大连仓敷橡胶零部件有限公司宋莲红总经理以《暂坐》一书为引,与现场嘉宾深入探讨了经济独立与灵魂独立的重要性。大连德迈仕精密科技股份有限公司工段长、辽宁五一劳动奖章获得者马洪周将自己如何成为“大师傅”的心路历程娓娓道来。来自大连中远海运川崎船舶工程有限公司的财务主管丛婷婷分享了一本积极心理学著作《活出心花怒放的人生》,在面对工作压力的时候,她以书中案例为鉴,以书中方法和技巧为指导,不断调整自己的心理状态,从而提高幸福感。来自大连亚明汽车部件股份有限公司的张万里说,读完《工匠精神》这本书,其中最能引起他共鸣的是:态度决定一切,一个人的工作态度折射着人生的态度,而人生态度决定一个人一生的成就,这也是敬业精神的直接表现。旅顺消防救援大队的姚福君给大家带来王芳的《给孩子的50 堂情商课》。此次分享不仅让与会者感受到了情商教育的魅力,也激发了大家对于育儿方式的思考和探讨。

据悉,旅顺口区总工会将定期举办形式多样的读书活动,鼓励更多职工参与到阅读中来,同时,也将探索更多创新形式,如线上读书会、阅读挑战赛等,以满足不同职工的阅读需求。

(工人日报 2024-04-19)

辽宁探索建立
“跨界”职工创新工作室联盟平台

本报讯(记者 刘旭 通讯员 鞠家田 杨维新)4 月 12 日,瓦房店轴承集团有限责任公司和华晨宝马汽车有限公司成立了瓦轴集团 · 华晨宝马劳模(职工)创新工作室联盟,由瓦轴集团赵忠东创新工作室与华晨宝马尹景春创新工作室共同组建,实现了瓦轴集团与华晨宝马跨行业、跨企业的深度合作。这也是辽宁省建立“跨界”职工创新工作室联盟平台的有益探索,强强联合将破解行业发展中的痛点、难点问题。

华晨宝马汽车有限公司是宝马集团和华晨集团共同设立的合资企业，业务涵盖宝马品牌汽车在中国的研发、采购、生产、销售和售后服务。瓦轴集团是中国轴承工业的摇篮，主导产品涵盖重大技术装备配套轴承、轨道交通轴承、风电新能源轴承、汽车车辆轴承和特种装备轴承等领域，是华晨宝马轴承原料供应商。“轴承专家团队”与“汽车智能产线专家团队”紧密结合，发挥各自技术领域专业优势，开展设备调试、跟踪维保、网格分析、交流培训和课题研讨等工作，提升技术能力和服务质量。

瓦轴集团和华晨宝马将以创新工作室联盟为平台，加强整车工厂和零部件工厂的联系与沟通，研究轴承产品在汽车生产线上的保全、保养、自动润滑、预测性维修、数字化检测服务与记录等创新服务与应用，努力探索国产轴承在高端智能生产线上的应用，开展智能生产线的高集成、全自动、人机工程学和高效率生产线布局等各自核心业务的创新创造，通过职工创新助力打造新质生产力。

（工人日报 2024-04-19）

“连超”职工组小组赛第三轮
咬紧牙关 争先抢位

球员在比赛中。金铭路 摄

本报讯(吴庆国 大连新闻传媒集团记者 许晓楠)4 月 20 日、21 日,“连超”职工组甲组第三轮 32 支队伍的 16 场比赛在大连足球青训基地举行。随着淘汰赛的临近,各参赛队的比拼日益白热化,在积分相近的情况下,获得尽可能多的净胜球成为争夺焦点。

各参赛队在经历前两轮交锋后,基本上摸清了对手实力,更加适应比赛节奏,彼此之间的角逐也越发精彩激烈,对手之间互不相让,全力争夺小组位次和净胜球优势,各小组出线形势也日渐明朗。中国银行大连分行队着重以团队配合、技战术和体能力克对手。大商所队延续前两场稳定的发挥,展现了出色的整体实力,两粒精彩进球展示了他们攻守转换的高效,最终战胜中冶焦耐队。大连海关队对阵金普区直队比赛中,双方争夺中场的控球权,金普区直队利用角球机会首开记录,并在此后牢牢控制场面,最终赢得比赛,以三战全胜、小组第一名的成绩提前锁定16强。文旅集团队组队时间短、训练有限,仍积极备赛参赛,在绿茵场上尽情驰骋,享受运动带来的快乐,对手前关村联合工会队加强穿插跑位,最终获胜,顺利锁定16强。大连中远海运集运队在先失两球的情况下,顽强拼搏,最终实现逆转,战胜交通银行大连分行队。大连造船队稳扎稳打,展现出了大船人永不言败、奋勇争先的精神,最终三战全胜,小组第一挺进淘汰赛。全国五一劳动奖章获得者、中国船舶集团首席技师、大连船舶重工集团有限公司船舶钳工戴振涛,为大连造船队与大连石化公司队的比赛开球。

此外,大连联通队胜豪森瑞德队,大连交通集团队平水务集团队,砺舰队胜中山教育队,旅顺口区直机关队胜妇儿医疗集团队,恒力炼化队胜大冶轴队,中车大连公司队胜德泰控股队。

"连超"职工组小组赛已持续数周,本轮很多球队对阵容进行了调整,将前期未上场的替补球员安排上场。大连供电队教练肖福山表示,让替补队员轮换上场,能让每个热爱足球的职工都有机会走上赛场,享受比赛带来的激情与快乐。大连造船队教练韩涛认为,不同风格和特点的替补球员可以增加球队进攻和防守的变化,带来不同的战术选择。

大连市第五人民医院队里有医生、护士,平日里大家都很忙碌,但参与热情特别高,参赛前还认真组织了热身赛。医院工会主席王晓岩表示,参赛不仅仅是为了争胜,更重要的是让医务人员全身心地投入比赛,用运动提高大家的健康生活意识,感受大连职工足球的文化和魅力。

(大连日报 2024-04-22)

“连超”职工组甲组 16 强出炉

小组赛 5 月 5 日收官

本报讯(吴庆国 大连新闻传媒集团记者 许晓楠)4 月 27 日,“连超”职工组小组赛甲组,在大连足球青训基地迎来最后一个比赛日,根据积分榜和净胜球数量,大商所职工队等 16 支队伍一路过关斩将,挺进下一轮排位赛。乙组中 A 组、F 组 8 支队伍进行了 4 场精彩比拼。

比赛中,各队全力以赴,战况愈发激烈。甲组中,阿尔派队与珍奥集团队的比赛互有攻守,势均力敌,最终握手言和。大连重工装备集团队胜农商银行队,小组赛三战全胜。盐化集团队负市税务局队,瓦轴集团队负大连移动队。市公安局队与辽港集团队献上了一场高水平的比赛,两支劲旅长传短传快速有效,配合完美,传控丝滑,最终两队战平,携手进军排位赛。甲组 11 个小组 44 支队伍,经历了 3 轮、6 个周末的激战,最终大商所、大连供电、大连造船、大连公共交通、金普区直、前关村联合工会、金普教育、大众汽车自动变速器、阿尔派、大连重工装备集团、辽港集团、市公安局、水务集团、珍奥集团、恒力炼化、大连国际机场 16 支队伍成功出线,将进行排位赛的激烈角逐。

乙组中,大连体育局队战平市委统战部队,经贸学校队战胜安利液压队。大连航标队战胜文化行业队,市总工会队战胜中建安装队。

面对接下来的比赛,参赛职工、企业负责人、各队领队和工会干部激情满怀。

大连国际机场代表队前锋、大连国际机场站坪保障部特种车二分部客梯车驾驶员梁麒麟,以总进球10粒、点球2粒的战绩位列射手榜榜首。今年36岁的梁麒麟,曾和队友一起出征大连检验检测认证集团有限公司“岩羚杯”嘉年华足球邀请赛并夺冠,他说:“举办这次比赛,是为广大职工办的实事、好事。下一步,我会和队友积极准备,延续球队团结硬朗的风格,争取在排位赛中取得好成绩!”

大众汽车自动变速器(大连)有限公司副总经理布莱·登巴赫,观看了公司球队的每一场比赛,信心满满,他说:“我到大连之前就十分兴奋,因为大连是一座足球城市,大连市民热爱足球,大连职工情系足球,我非常荣幸能够有机会来到现场。谢谢我们的对手,他们踢得非常棒,而我们的队员在比赛中发挥得更加出色,真是令人激动和难忘的比赛!”

“职工组比赛,让职工深刻体会到了体育的魅力和足球带来的快乐。球队在训练中注重团队配合,深入研究对手的打法,采取了恰当的策略和战术,状态也越来越好。后面还有更加严峻的考验在等待着我们,无论结果如何,我们都会引以为荣。”大连重工装备集团队领队郭一松说。

比赛也在金普新区广大职工中引发热烈反响,特别是有3支队伍晋级16强,进一步激发了新区职工参与比赛的信心和热情。金普新区总工会党组成员、经审会主任周莉说:“金普新区总工会在上级工会的大力支持下,已连续举办了5届职工足球联赛,不仅极大丰富了职工业余文化生活,也为在比赛中取得优异成绩奠定了坚实基础。我们将继续为各队在参赛装备、组织协调等方面提供支持,助力球队踢出水平、赛出风采,把赛场上的激情与活力转化为立足本职、建功立业的信心决心,共同为大连实现‘六个建设’目标任务贡献更大力量。”

作为“连超”职工组小组赛收官之战的乙组最后一个周末的

比赛，将于5月5日在大连足球青训基地举行。

（大连日报 2024-04-28）

辽宁省大连市总工会：把揽才诚意送到高校学子身边

金雅银

“工会等单位组织的招聘会一个接一个，我们要利用好这样的机会，争取找到合适的岗位。”4月20日，在辽宁省大连市总工会举办的“工会送岗位 乐业在大连”线下招聘会上，正在找工作的大学生王明月说。

当天，大连市总工会“工会送岗位 乐业在大连”线下招聘会在高新区万达广场举行，广大求职者积极参与。现场展出近百家企业的450多个岗位，其中包括机械工程师、检测工程师、工程安保主管、翻译、总经理助理等。

大连市始终关注大学毕业生就业工作。为吸引更多优秀大学毕业生来连就业，4月16日至18日，大连市总工会联合大连市人力资源和社会保障局远赴黑龙江省，举办“大连企业东北校园行”招聘活动。大连交通运输集团有限公司、辽宁京能电力集团有限公司等14家企业和30多个重大项目现场发布岗位800余个，将大连揽才的诚意送到高校学子身边。

为方便黑龙江学子多渠道参加招聘活动，大连市总工会、市人社局提前调研分析毕业生的就业需求，对接黑龙江八一农垦大学、东北石油大学等高校，通过校园网等各种渠道线上发布招聘信息，并启动线上线下就业推介双通道，方便校地精准对接。在大连企业招聘专区，工会和人社部门为毕业生发放宣传资料，介绍大连市就业政策和引才服务措施。同时，参会企业还从新人培养、定职稳岗、晋升机制等方面，为毕业生介绍企业在人才培养方面详细的发展规划。

“大连企业东北校园行”招聘活动受到黑龙江学子的热烈欢迎，每场活动有近万人次在线观看。很多毕业生表示，大连城市氛围好、企业工作环境好，宜居宜业宜游，是就业目的地的首选。活动现场收取简历近600份，初步达成就业意向330人次。

今年以来，大连市各级工会聚焦“六个建设”目标任务，以“春风行动”为载体，与人社部门协同联动、多措并举，打出促就业组合拳，密集开展就业稳岗系列活动，为全市重点行业企业高质量发展提供人才支撑，为有就业需求的各类群体提供精准便捷的就业服务，用心用情用力交出高质量促就业答卷。全市各级工会已举办招聘活动76场，提供就业岗位4万余个，8000余人达成就业意向。

（辽宁学习平台 2024-04-30）

大连市庆祝“五一”国际劳动节暨2024年劳动模范、先进工作者和先进集体表彰大会举行

熊茂平讲话 王启尧 宫福清出席

本报讯（大连新闻传媒集团记者 鹿道铭）4月30日，大连市庆祝“五一”国际劳动节暨2024年劳动模范、先进工作者和先进

集体表彰大会在棒棰岛宾馆隆重举行，通报表彰为大连经济社会发展作出突出贡献的劳动模范、先进工作者和先进集体，激励全市广大干部群众学典型、争先进、建新功，奋力谱写中国式现代化大连新篇章。省委常委、市委书记熊茂平出席会议并讲话。市人大常委会主任王启尧，市政协主席宫福清出席。劳模代表毛正石、陈兆海在主席台就座。市委常委、统战部部长，市总工会党组书记、主席徐广湘主持会议。市领导刘恩举、刘士武、骆东升、王玲杰参加。

会议宣读了《中共大连市委 大连市人民政府关于表彰 2024 年大连市劳动模范、先进工作者和先进集体的决定》，通报了我市 2024 年全国、辽宁省五一劳动奖章、五一劳动奖状、工人先锋号获奖情况。

在热烈的掌声中，熊茂平、王启尧、宫福清等市领导依次为 2024 年大连市先进集体、劳动模范、先进工作者获奖代表颁奖。先进集体代表、大连重工装备集团有限公司董事长孟伟，先进个人代表、新源动力股份有限公司总工程师邢丹敏发言。

熊茂平在讲话中代表市委、市人大常委会、市政府、市政协，向受到表彰的劳动模范、先进工作者和先进集体表示热烈的祝贺，向辛勤奋战在全市各条战线上的广大劳动者致以节日问候和崇高敬意。他指出，大连是一座有着百年工运历史的光荣城市，在一代代劳动模范和先进工作者的感召激励下，全市广大劳动群众不忘初心、接续奋斗，立足本职、敬业奉献，创造了令人瞩目的辉煌成就。去年以来，全市上下一体贯彻落实习近平总书记关于东北、辽宁、大连振兴发展系列重要讲话精神，特别是“9 · 7”重要讲话精神，按照省委、省政府决策部署，坚持一手抓高质量发展，一手抓全面从严治党，把统筹发展和安全贯穿始终，锚定市委“六个建设”和《提升清单》各项目标任务，办成了许多打基础、利长远、增后劲的大事要事，主要经济指标保持稳健增长态势，重大项目建设取得突破性进展,创新动能充分释放,文体旅融合发展展现新气象,营商环境明显好转,民生福祉不断增进,“两先区”高质量发展取得新进展新成效,全市上下呈现人心思齐、人心思进、上下同欲、争先进位的生动局面。成绩的取得,根本在于习近平总书记的掌舵领航,在于习近平新时代中国特色社会主义思想的科学指引,也离不开省委、省政府的坚强领导和全市广大劳动群众的辛勤付出。

熊茂平强调,今年是中华人民共和国成立75周年,是实现“十四五”规划目标任务的关键一年。站在新的历史起点上,全市广大劳动群众要深入学习贯彻习近平总书记重要指示精神,自觉担负起新时代赋予的新使命,充分发挥主力军作用,满怀激情、苦干实干,不断为新时代“两先区”高质量发展添砖加瓦、增光添彩,奋力谱写好“中国梦、劳动美”的新篇章。希望大家坚定不移听党话、跟党走,筑牢政治忠诚,强化理论武装,矢志爱党报国,永葆工人阶级政治本色。要矢志不渝重实干、挑重担,在现代化产业体系建设主阵地大展身手,在项目建设赛马场争先进位,在科技创新卡脖处揭榜挂帅,在改革开放最前沿身先士卒,在基层治理大舞台唱好主角,勇当推动“两先区”高质量发展提质升级的主力军。要与时俱进提素质、强本领,树立终身学习理念,不断提高技能水平,充分发挥首创精神,走好技能成才、技能报国之路。要率先垂范树新风、扬正气,带头讲团结、促和谐,弘扬劳模精神、劳动精神、工匠精神,深入践行社会主义核心价值观,不断激发全社会向善向上正能量。

熊茂平强调,各级党委政府要始终坚持人民主体地位,不断增强广大职工群众的获得感、幸福感、安全感;要持续深化产业工人队伍建设改革,加快建设知识型、技能型、创新型产业工人大军;要加大对劳动模范和先进工作者的宣传力度,营造尊重劳动、尊重知识、尊重人才、尊重创造的浓厚氛围。全市各级工会组织要大力加强职工思想政治引领，引导职工群众更加紧密地团结在党的周围；要坚持以职工为中心的工作导向，积极推动构建和谐劳动关系；要深化工会改革和建设，当好职工群众信赖的“娘家人”“贴心人”。

会前，熊茂平、王启尧、宫福清等市领导看望了我市 2024 年全国五一劳动奖状、奖章、工人先锋号获得者和市劳动模范、先进工作者代表。

市（中、省）直有关单位主要负责同志，各区市县（开放先导区）党政主要负责同志，各产业工会、各区市县（开放先导区）总工会负责同志；全市各条战线职工代表和工会干部代表等参加会议。

（大连日报 2024-05-01）

中山区第四届“工匠杯”职工技能竞赛启动

本报讯（大连新闻传媒集团记者 郃治）4 月 28 日，中山区“全面振兴新突破 · 建功立业当先锋”第四届“工匠杯”职工技能竞赛正式启动。

启动仪式上，中山区 2024 年辽宁五一劳动奖章、辽宁工人先锋号、大连市劳动模范、大连市先进工作者、大连市先进集体获得表彰，来自区直机关、各街道以及部分行业、企业和驻区单位的 11 支合唱队演唱了《港东五街》《我家》等曲目。

第四届“工匠杯”职工技能竞赛共设置包括欢乐主持人技能竞赛在内的 11 项赛事。中山区总工会立足中心城区功能提升定位，精心设计职工技能竞赛项目。去年，中山区总工会组织竞赛项目51项，163场次，19个行业、24项技术工种，超过3.6万名职工参加了第三届“工匠杯”竞赛，涌现出41项创新优秀成果。

（大连日报 2024-05-01）

西岗区2024年劳动技能竞赛启动

本报讯（大连新闻传媒集团 孟颖）4月29日，“西岗区庆祝‘五一’国际劳动节暨2024年劳动和技能竞赛启动仪式”在大连宜家家居有限公司举行。200余人参加了此次活动。

活动当天进行了物流技能竞赛，设叉车驾驶、物资分拣、收银服务、安全技能4个赛项。据悉，西岗区2024年共计划开展技能竞赛22个，区重点项目劳动竞赛暨东关街历史文化街区保护与利用项目劳动竞赛正在进行中。

（大连日报 2024-05-01）

辽宁庄河市党群共建乡村工会“会、站、家”一体化服务站

本报讯（记者 刘旭 通讯员 郭楠）自2020年辽宁省大连市庄河市大营镇8个村联合工会成立以来，村工会在夯实村工会组织基础，延伸服务职工手臂，充分发挥村工会在参与基层社会治理

中起到了重要作用。2020 年至今，全镇 8 个村联合工会共吸纳灵活就业人员、农民工会员等共计 742 人。

2022 年，按照大连庄河市总工会统一工作部署，在大营镇党委的领导下，围绕“建起来、转起来、活起来”，推进“会、站、家”一体化建设，以职工需求为导向，大营镇工会投入 4 万余元，依托村民委员会、党群服务中心等阵地，倾力打造了覆盖全镇 8 个村的村级职工之家，每个村职工之家配有桌椅（沙发）、冷热饮水机、冰箱、微波炉、书柜（报栏）、应急药箱（配备常用药）、充电设备等，为乡村职工会员提供了舒适的休息和便民服务场所。

2024 年，为了更好地宣传工会办实事项目，更好地服务乡村职工会员，在驻孙屯村第一书记的协助下，大营镇孙屯村工会升级打造了大营镇孙屯村乡村职工之家文化墙，文化墙上设计有快捷入会小程序二维码，职工用手机扫码即可申请加入工会；还设有农民工上大学、就业帮扶、法律服务工作等 9 个工会为职工办实事宣传栏，职工会员可按需参加；另外设有站长（工会主席）热线和工友心愿栏，职工会员可电话或现场留言随时反映诉求。

升级后的村职工之家体现了工会元素、亮出了工会品牌，真正实现了将职工之家建在职工身边，切实满足职工需求的初衷。大营镇工会还将依托各村级职工之家，切实为职工会员、灵活就业人员、八大群体，快递员、外卖送餐员、网约车司机等新就业形态劳动者解决急难愁盼问题，让职工会员真正感受到“娘家人”的温暖。

（工人日报 2024-05-02）

雨中“连超”更精彩

职工组小组赛乙组16强排位确定
社会组掀起进球狂潮

本报讯(吴庆国 大连新闻传媒集团记者 许晓楠)5月4日,“连超”社会组第六个比赛日的赛事如期进行。5月5日是“五一”假期最后一天,尽管天公不作美,小雨连绵不断,但职工组和社会组各参赛球队没有受到影响,上演了一场场精彩的比赛。

“连超”职工组小组赛经过7个周末的酣战,进入“连超”职工组排位赛。5月5日是“连超”职工组小组赛最后一个比赛日,最终,市体育局、经贸学校、市住建局、中山区市政服务中心、大连中院、长兴控股集团、海洋渔业、市国资委、市应急局、大连石油、辽邮通建、大连航标、市总工会、西门子、组织部党校、市医保局等队伍排定乙组位次。

来到现场为职工组赛事开球鼓劲儿的劳模工匠、为赛事提供细心周到服务的工作人员以及在场外提供医疗保障的医护人员等,都是职工组赛场上最耀眼的明星。5月12日开始,甲乙两组各16支铁甲雄兵将在火车头体育场上演巅峰对决。

5月4日“连超”社会组第六个比赛日中,28支球队、14场比赛产生119个进球。所有比赛场次中,最多进球数达到16个,最少进球数也有3个。义禾、大连明秀FC、尚祺贸易等强队奉献了多场精彩赛事,隐藏在“连超”里的高手逐渐显现出来。中山足协5:0丹商汇FC、CTS 2:10义禾、致公党3:13尚祺贸易、台安老哥们9:3中山活力蹴鞠等比赛赢得了球迷阵阵欢呼和掌声。

5 月 5 日,“连超”社会组第七个比赛日的赛事继续进行,市内四大赛区的球队汇集在奥林匹克球场进行了 28 场比赛,共打出 217 个进球。虽然是雨天作战,但参赛球队配合流畅,比赛非常精彩。其中,传易文化 5 : 3 战胜大连师友,大连大特气体 4 : 1 战胜大连同源建设,场面尤为精彩。

随着社会组比赛进程的不断推进,多支实力强劲有机会晋级总决赛的市内球队浮出水面,分别是亦球童心、大连通垠电缆 FC、盛京银行大连分行、大连助飞足球俱乐部、大连陇上牧歌足球俱乐部、大连大特气体、大连师友、传易文化、同源建设、大连鲲城翰鑫。

虽然比赛时下着小雨,但阻碍不了大连球迷观看“连超”的热情,比赛当天,场地聚集了不少围观群众,一位开出租车的老球迷在场外看球时感慨:“今天我看了好几场比赛,都是高水平较量,期盼‘连超’做大做强。”

(大连日报 2024-05-07)

辽宁省大连市旅顺口区总工会:工会服务快车 直达职工身边

金雅银

5 月 6 日至 15 日,辽宁省大连市旅顺口区总工会开展“劲旅 · 工‘惠’服务快车”进企助力服务项目征集活动,把“劲旅 · 工‘惠’服务快车”品牌服务送至企业一线,聚焦职工身体健康这一共性需求,与高端医疗服务团队联手,把职工基础体检、医院义诊、专家看诊和专家健康讲座等系列健康活动免费送到职工身边。

为精准服务全区企业和广大职工,助力打造一流营商环境,旅顺口区总工会积极响应全国总工会关于提高职工生活品质等相关要求,将职工人文关怀作为服务职工工作体系和为职工群众办实事的重要内容,开展“劲旅·工‘惠’服务快车”活动。自2022年6月以来,“劲旅·工‘惠’服务快车”活动已服务建会企业40余家,惠及职工会员2万余名,切实做到向前一步、走深一度,为全区企业和广大职工的身心健康保驾护航。

此外,旅顺口区总工会还把提升职工会员技能培训和开办职工夜校作为年内工作重点,区总工会将通过个性化方案与“点餐式”服务模式,面向全区企业和广大职工征集服务时间、服务项目、服务内容和服务愿景,点亮企业和广大职工的“微心愿”。

(辽宁学习平台 2024-05-09)

大连沙河口区举办“工匠杯”职工技能竞赛

工人日报客户端(记者 刘旭 通讯员 蔡雨杉)5月11日,由辽宁省大连市沙河口区总工会和区人社局主办的沙河口区第四届“工匠杯”职工技能竞赛暨沙河口区护理职业技能大赛在沙河口区疾病预防控制中心举办。

沙河口区卫健系统护士踊跃参加比赛。经过层层选拔,最终20名选手进入决赛。决赛采用临床情景实操形式,分为外周静脉留置针输液技术操作和留置导尿(女)操作两个项目。比赛现场,选手们沉着冷静,动作规范娴熟,展示了护理人员扎实的技能功底。经过选拔,评选出一等奖 1 名、二等奖 3 名、三等奖 6 名及优秀奖数名。大赛组委会为获奖选手颁发荣誉证书。

近年来,沙河口区护理工作者默默活跃在临床一线,守卫广大职工群众生命健康。区总工会以技能竞赛中涌现的先进典型为旗帜,激发护理工作者干事创业的动力,增进广大职工群众对护理工作者的理解、尊重和关爱,共同营造全社会尊医重卫的良好氛围。

(工人日报 2024-05-14)

高新区总工会
“万人培训计划”持续展开

本报讯(宋占峰 程誉慧 大连新闻传媒集团记者 董升)近日,高新区总工会会员服务中心举行了语言类公益讲堂,这是 2024 年高新区职工素质提升“万人培训计划”的其中一场活动,该项活动从 4 月起,并将持续至 11 月,以切实提升职工综合素质和业务技能,充分激发广大职工创新创造热情,培育新质生产力人才,赋能企业高质量发展。

据了解,高新区总工会开展“万人培训计划”涉及的职业技能培训覆盖全区各企事业单位在岗职工(工会会员)、下岗失业人员、退役军人和未就业的高校毕业生等多类群体,计划全年培训职工上万人次。活动开展前,区总工会广泛征求意见,充分调查研究，围绕 IT 技能提升类、职业技能提升类、语言类、职业素养提升类和劳动保护工作类等 5 大类别，包括 Office 办公技巧课程、书法、绘画等 55 项丰富生动的培训课程，提高员工的专业技能和知识水平，丰富员工业余文化生活，满足广大职工群众多方面、多层次的学习需求。

职工群众可以通过两种方式参与培训。一方面，高新区特别推出“送培训进企业”服务模式。由企业自主申报，并根据企业需求，量身定制课程，确保培训内容与企业的实际需求紧密结合，让每一位职工都能学习到真正有用、实操性强的知识和技能。同时，专业培训团队、优质名师进企授课，企业可以灵活预约培训时间，利用自有场地开展培训，为企业及员工提供便利，省时高效。另一方面，可线上申请参与“工会大讲堂”。高新区在职工文体培训中心、工会服务中心等地设置教学点，培训时间安排在工作日的 8 小时以外，包括工作日午间、晚上和公休日，授课时间不影响职工的正常工作。每周计划安排 10 场次培训，邀请企业内专家和资深讲师开设多样化课程。

（大连日报 2024-05-14）

“劳模带岗 引才滨城”高校行活动启动

本报讯（吴庆国 大连新闻传媒集团记者 许晓楠）近日，由市海员交通建设工会主办的“劳模带岗 引才滨城”高校行系列活动启动,首场活动走进大连海事大学,由中交一航局第三工程有限公司开展“菁聚航三 潮涌滨海”专场招聘宣讲。全国劳动模范、中交一航局第三工程有限公司测量首席技能专家陈兆海作了带岗宣讲。

现场,中交一航局第三工程有限公司详细介绍了企业发展情况,深入讲解施工技术、预算管理、安全管理、财务管理等多个实习岗位,吸引200余名专业对口学生倾听和咨询。陈兆海通过劳模事迹生动分享,大力弘扬劳模精神、劳动精神、工匠精神,引领青年树立正确择业观。现场学生纷纷表示,与全国劳动模范面对面,倾听他们的成长经历、奋斗历程等,对树立正确择业观、走好职场路意义深远。

记者了解到,5月至年底,高校行系列活动将坚持劳模带岗、一企一校方式,组织系统内中交一航局第三工程有限公司、中建八局东北公司、中铁九局大连分公司、中建安装集团有限公司东北公司等建筑类企业,走进大连本地5所高校,以及黑龙江、吉林和辽宁境内11所外埠高校,就大连城市发展潜力、引才留才政策和职业规划指导等方面开展宣讲,并面向土木工程、预算管理、财务管理等相关专业学生,提供以科技类为主的岗位150余个,并增设了实习岗位,以带岗实习、顶岗实习等方式,推动准毕业生实现目标企业提前融入,为企业和毕业生搭建起双向选择之桥,鼓励、吸引高校毕业生来连兴连。

(大连日报 2024-05-15)

辽宁省长海县：持续推动三方联动机制落实，维护和谐稳定劳动关系

刘霖

近日，长海县总工会开展以“提质量、助营商、促振兴”为主题的本年度全市第二十二个“双合同月”活动，进一步发挥和谐劳动关系三方机制作用，促进企业健康发展，维护职工合法权益。

据了解，长海县总工会与县人社局、县工商联召开三方会议，围绕下一步如何联合构建和谐劳动关系的工作任务和具体方案进行研究探讨，共同围绕集体合同和劳动合同在构建和谐劳动关系中的基础性作用，新就业形态领域权益保护以及稳定就业岗位等工作进行沟通协商，继续加大监管力度，妥善化解矛盾，切实落实工资集体协商要约活动，着力打造“规范有序、公正合理、互利共赢、和谐稳定”的新型劳动关系。

长海县总工会相关负责人表示，将以维护职工合法权益为目标，各项措施同时发力，推动集体协商工作规范化和劳动争议调解新途径新模式建设，继续将和谐劳动关系纳入并形成常态化机制，为长海县经济社会高质量发展作出工会应有的贡献。

（长海融媒号 2024-05-17）

4000余名职工参与辽宁庄河市徒步大会

工人日报客户端(记者 刘旭 通讯员 刘晓梅)5月17日,第二十二届大连国际徒步大会庄河市分会场活动开幕式在庄河市明珠湖广场举行,庄河市运动员毛忠武受邀出席,庄河市各乡镇(街道)、市直机关、企事业单位职工及徒步爱好者4000余人齐聚,一起从徒步中感受运动带来的健康和快乐。

本次徒步大会活动由庄河市总工会、庄河市文化和旅游局、中共庄河市直属机关工作委员会、庄河市残疾人联合会主办,庄河市体育总会承办。与去年相比,范围涵盖更广,参与人员更多,路线设计更加丰富。职工们从明珠湖广场出发,途经世纪大街东桥,终至东方湖湿地公园,总距离约10公里。沿途风景如画,踏上河滨健身步道,沿线的美丽画卷跃然呈现。

徒步大会主办方贴心地在沿途设计了多个互动打卡点和补给站,展示大连市非遗项目——"庄河布老虎""剪纸"等,让健步之旅更加精彩。职工们陶醉于湖光山色,时而拍照打卡,时而交流感悟,寄情于山水间,一路欢声笑语。

据了解,庄河市总工会为顺应职工群众健身需求,广泛开展内容丰富、形式多样的职工文体活动。徒步大会既满足了职工群众渴望走出户外、走进大自然的意愿,又引领了职工群众健身风尚,在提振精气神的同时,激励广大职工的奋斗热情。

(工人日报 2024-05-18)

“连超”职工组甲组决出八强

乙组八强将在本周末产生

本报讯(吴庆国 大连新闻传媒集团记者 许晓楠)5月18日、19日,“连超”职工组决赛阶段比赛继续在大连火车头体育场进行,甲乙两组队伍分别捉对厮杀,最终甲组八强全部产生,乙组16进8比赛过半。

球场上,球员奋勇争先,激情四射。金普区直队与珍奥集团队的比赛开始后,金普区直队发起猛攻,数次创造前场任意球,并利用一脚远射取得领先。下半场金普区直队多次射门威胁对方球门,逐渐控制场上局势并最终取胜。大商所队与大连交通集团队的较量节奏很快,开场后双方便猛攻快打。大连交通集团队在阵地战中觅得机会,由前锋机敏补射打破僵局,该队取得领先后攻势不减,击败对手成功晋级。在阿尔派队与前关村联合工会队的比赛中,后者控球优势明显,轻松获胜。长兴控股集团队与经贸学校队的比赛一度陷入僵局,下半场经贸学校队奋起反击,逆风翻盘。中山区市政服务中心队开场5分钟便率先打入一球,随后通过调度阵型、加快传球节奏、加强穿插,最终战胜市医保局队。

此外,市国资委队战胜市应急局队,市总工会队负于大连航标队,大连中院队战胜辽邮通建队,大连石油队负于市体育局队,市住建局队胜西门子队。

看台上,现场观众的呐喊助威给予了场上球员拼搏动力。中山区市政服务中心队球员王磊的爱人吕萍带着女儿来到现场加油。吕萍说:“足球不仅是一项竞技体育项目,还是一种精神、一种传承。”她表示,通过观看比赛,让孩子走近足球、走进赛场,领略了大连职工足球的风采和大连浓厚的足球底蕴,真实感受到了大连这座足球城的活力与激情,很有意义。

“连超”职工组甲组八强队伍分别为:金普教育队、恒力炼化队、大连机场队、大连市公安局队、辽港集团队、金普区直队、大连交通集团队、前关村联合工会队。甲组将在下周进行 8 进 4 的激烈争夺,其他各队将参加 9 至 16 名比赛;乙组八强将在本周末全部产生。

(大连日报 2024-05-20)

大连市中山区工会
多举措激发企业创新创造动能

工人日报客户端(记者 刘旭 通讯员 宋雅金)记者近日获悉,辽宁省大连市中山区总工会厚植职工创新创造“土壤”,积极搭建平台,激发企业创新创造动能,积极动员辖区各企业工会参与群众性创新活动。今年年初至 4 月活动开展以来,共征集群众创新申报项目 73 项,其中优秀成果 60 项、三绝(绝招、绝技、绝活)4 项、合理化建议 9 项。征集项目覆盖教育文化、科技研发、餐饮品牌、居民医疗、检测监管等多个领域,科技类企业提交创新项目达一半以上。

活动开展以来,中山区总工会高度重视创新优秀项目申报工作,引导职工和企业负责人正确认识开展群众性技术创新活动的现实意义,企业的前途和职工的命运休戚相关,企业的发展离不开广大职工的积极性和创造性。群众性创新征集活动不仅是对企业的宣传和推动,更是对职工的认可和奖励。

近年来,中山区总工会厚植职工创新创造“土壤”,加强源头参与,积极为职工搭建创新阵地和展才平台。一是每年开展区级“工匠杯”职工技能竞赛 10 项以上、劳动和技能竞赛 20 项以上;二是组织开展小发明、小创造、小革新、小设计、小建议“五小”创新活动,征集发布“五小”典型案例和微课堂,认定区级优秀项目;三是开展劳模创新工作室“双创双提升”行动,命名 4 批共 30 个示范性劳模创新工作室,给予创新资金支持,建立跨行业、跨单位的劳模创新工作室联盟,发挥示范引领、集智创新、传承技能的作用,点燃一线职工“敢首创”热情。

(工人日报 2024-05-23)

“连超”职工组甲组决出四强 乙组八强全部产生

本报讯(吴庆国 大连新闻传媒集团记者 许晓楠)5 月 25 日、26 日,“连超”职工组决赛阶段比赛,继续在大连火车头体育场进行,其中甲组进行了第二轮 9 至 12 名及 8 进 4 的争夺,顺利决出四强。乙组八强全部产生,并进行了第二轮 9 至 12 名比赛的首场较量。经过激烈比拼,金普教育、大连机场、辽港集团、前关村联合工会 4 支队伍晋级甲组四强。中山区市政服务中心、大连中院、市国资委、经贸学校、市体育局、市住建局、大连航标、海洋渔业等队晋级乙组八强。

两天的比拼紧张激烈,场边观众掌声不断,为球员们呐喊助威。大连造船队与珍奥集团队比赛开场后,大连造船队在两翼组织进攻,数次威胁珍奥集团队球门,并利用点球打破僵局,随后大连造船队逐渐掌握节奏最终取胜。大众汽车变速器队与水务集团队实力相当,双方不断在中场对球权进行争夺,上半场大众汽车变速器队员在反击中右脚低射远角得分取得领先。下半场水务集团队加强攻势扳平比分,随后又抓住直接任意球机会反超比分取得胜利。组织部党校队与海洋渔业队为乙组最后一个八强名额展开争夺,双方啦啦队不断为队员喝彩鼓劲。在震耳欲聋的加油声中,海洋渔业队依靠持续不断的前场高压逼抢取得领先。下半场互有攻守,比分多次改写,最终海洋渔业队迈进乙组八强。大连市公安局队与大连机场队的对抗异常激烈,比赛中大连市公安局队不断加强地面传控,在对方球门前发起多轮猛攻。大连机场队则保持快速的攻防转换,双方在常规时间内互交白卷,最终大连机场队靠点球大战险胜大连市公安局队。辽港集团队中前场衔接接球能力强,战术配合灵活多变,拼抢中传控动作愈发流畅,最终战胜金普区直队。

此外,大商所队负阿尔派队,重工装备集团队负大连供电队,金普教育队胜恒力炼化队,大连交通集团队负前关村联合工会队,长兴控股集团队胜市应急局队。

比赛中,职工球迷随着赛事的起伏而心潮澎湃。赛后大家主动带走垃圾、有序离场,用自己的方式,诠释着文明观赛的真谛,成为“连超”职工组赛场上一道亮丽的风景线。职工球迷藏女士表示,来到现场感受现场紧张热烈的气氛,欢呼呐喊中,体现着大家对职工足球的热爱,对所在单位的热爱,更是对大连足球城的热爱。

(大连日报 2024-05-27)

“连超”职工组乙组决出四强

本周末甲组将决出季殿军和决赛对垒阵容

本报讯(吴庆国 大连新闻传媒集团记者 许晓楠 曲琦)6月1日、2日,在大连火车头体育场,“连超”职工组甲组进行了第二轮13至16名、9至12名的比赛,乙组进行了第二轮9至16名、8进4的比拼。其中,乙组8进4的比赛尤为精彩,各队捉对厮杀,最终大连市经贸学校队、大连航标队、大连中院队、海洋渔业队晋级四强。

甲组9至12名比赛首场争夺,由水务集团队对阵大连供电队。双方通过阵地战积极寻找对方缺口,常规时间内打成平局,最终大连供电队靠点球大战险胜水务集团队。在甲组13至16名的争夺中,大众汽车变速器队凭借传控自如和灵活技战术胜重工装备集团队。

乙组8进4比赛中,大连市经贸学校队与市国资委队的对抗颇为精彩。88周岁的大连市经贸学校原校长杨桂栋在子女的陪同下,专程来到现场为球队加油。作为全场最年长的职工球迷,杨老表示自己特别关注职工足球发展,关心学校职工足球赛事,看到年轻人在场上奋勇拼搏心情分外激动。开场不到 17 分钟，经贸学校队 9 号队员就上演帽子戏法，上半场经贸学校队一路领先，市国资委队一直在对方门前寻找突破机会，双方啦啦队助威声一浪高过一浪。下半场经贸学校队锐气不减，一路凯歌晋级乙组四强。据悉，为了打好比赛，经贸学校队加紧训练，4 号 43 岁的后边卫林光加大训练力度，迅速减重 27 斤，以提高奔跑速度。

大连航标队一开场就将球控制在自己脚下不断穿插跑位，比赛中收放自如，始终掌控场上节奏，战胜中山区市政服务中心队。大商所队左边卫 11 号曲明参加过市总工会举办的中国足协三级裁判员培训，他表示，通过学习足球规则基本理论和裁判实践方法等，让他进一步了解了足球规则以及裁判方法的基础知识，犯规与否，从普通球员和裁判员的角度，可能有着完全不同的判断和理解。比赛中，大商所队保持了高效的进攻态势，战胜珍奥集团队。

其余比赛同样精彩，市总工会队负市医保局队，辽邮通建队负大连石油队，西门子队负组织部党校队，大连中院队胜市体育局队，市住建局队负海洋渔业队。

赛场上，一次次严密的防守、漂亮的进球，赢来阵阵掌声和欢呼声。市退役军人事务局的郭建既作为球员参加了比赛，又担任解说员在线上直播了职工组的比赛。他表示，职工足球虽然是业余足球，但同样精彩，在凝聚人心方面发挥着越来越大的作用。

本周末职工组甲组将进行半决赛，决出季殿军和冠亚军大战的对垒阵容。

又讯 6 月 1 日，“连超”社会组第十三个比赛日继续进行，中山区、西岗区、沙河口区、大师组同时开赛，56 支球队进行了 28 场激烈争夺，总计打入 201 球。其中，中山赛区 28 支队伍进行了 14 场比赛，打进 109 球，场均进球为 7.8 球；西岗赛区 8 支队伍进行了 4 场比赛,打进 34 球,场均进球为 8.5 球;沙河口赛区 6 支队伍进行了 3 场比赛,打进 17 球,场均进球为 5.7 球,单场进球最多为 15 球。

(大连日报 2024-06-03)

市总工会启动关爱慰问达沃斯服务保障一线职工专项行动

本报讯(吴庆国 大连新闻传媒集团记者 许晓楠)6 月 6 日,市总工会启动关爱慰问夏季达沃斯论坛服务保障一线职工专项行动,深入市公安局指挥中心、特勤局和交警支队,实地了解维稳安保各项工作,走访慰问一线公安干警。市委副书记刘宏;市委常委,市总工会党组书记、主席徐广湘参加活动。

在市公安局指挥中心、特勤局和交警支队,慰问组详细了解夏季达沃斯论坛期间社会面巡逻防控、会议安全保障和主场馆周边交通保障工作开展情况,向辛勤奋战在安保一线的全体公安民辅警表示衷心的感谢。希望公安干警继续发扬特别能吃苦、特别能战斗的优良传统,有效构筑起严密无懈、坚不可摧的安全防线,以决战决胜的姿态、敢打必胜的决心,打好打赢夏季达沃斯论坛安保硬仗,并叮嘱大家注意劳逸结合,加强自身安全防护。

在夏季达沃斯论坛筹备进入冲刺阶段的关键节点,市总工会筹集专项资金,党组成员将兵分多路,走进服务保障一线,对全体公安民辅警、专班司机、主场馆保障人员、主城区环卫工、道路养护工,以及“清风辽宁政务窗口”、大连市 12345 政务服务便民热线的工作人员等3万余名职工,开展关爱慰问、健康关怀活动,把党和政府、工会组织的温暖,及时送到服务保障一线职工的心坎上。

(大连日报 2024-06-07)

“连超”职工组甲组半决赛结果出炉

辽港集团队和金普教育队将争夺甲组冠军宝座

本报讯(吴庆国 大连新闻传媒集团记者 许晓楠)6月8日、9日,“连超”职工组甲组5至12名比赛和半决赛,乙组5至16名比赛,在大连火车头体育场展开。经过激烈较量,辽港集团队与金普教育队携手挺进甲组决赛;大连机场队、前关村联合工会队将进行季军争夺。

在甲组半决赛中,辽港集团队与前关村联合工会队的对决,在现场观众的热烈期待中拉开帷幕。开场后辽港集团队通过短传配合杀入禁区,抢射得分,快速取得领先。上半场辽港集团队攻防发挥出色,屡屡创造得分机会,并扩大比分。下半场前关村联合工会队通过战术调整加强前场进攻,利用边路传中,中路包抄射门,扳回一球。随着裁判哨响,辽港集团队取胜挺进决赛。

金普教育队与大连机场队的对决同样精彩。金普教育队利用出色的个人突破,多次获得中前场任意球,并率先攻破对方球门。随后,金普教育队锋线队员禁区内头球得分,并持续对大连机场队后防施加压力，迅速扩大比分。大连机场队通过换人调整，逐渐找回比赛节奏，并创造出了几次好的得分机会，但金普教育队门将发挥出色，力保球门不失，最终金普教育队获得胜利。

大连造船队队员全部来自生产管理一线岗位，在完成生产任务的同时，队员们利用午休和周末时间开展训练，力争通过比赛传承大船人永不言败、奋勇争先的精神，展现昂扬向上的风貌。比赛中，大连造船队凭借出色的脚下技术和娴熟的传导球配合，牢牢地掌控了比赛节奏，最终胜阿尔派队。

大连市公安局队在 8 进 4 比赛中惜败对手后，进行了进攻补强和战术调整，开赛不久锋线队员禁区线上右脚低射取得领先。随后，31 号队员禁区外直接任意球，一脚世界波直挂球门死角扩大比分。下半场双方拼抢激烈，互有攻守，最终大连市公安局队战胜恒力炼化队。

长兴控股集团队对阵市医保局队的比赛开场后，双方展开长时间阵地战，长兴控股集团队的边锋位置善于战术配合，不断用速度和球场宽度，为中锋提供传球支援，最终长兴控股集团队胜市医保局队。

此外，大连交通集团队胜金普区直队，市总工会队胜市应急局队，市国资委队负中山市政服务中心队。

本周末甲组将产生季殿军，乙组将进行半决赛。甲组决赛时间将在市总工会微信公众号发布，辽港集团队和金普教育队谁将问鼎甲组冠军宝座，我们拭目以待。

（大连日报 2024-06-10）

“温馨驿站”为劳动者常态化送清凉

户外温馨驿站给户外劳动者送去夏日里的关爱。
大连新闻传媒集团记者 于艳新 摄

本报讯(大连新闻传媒集团记者 于艳新)昨日上午,由沙河口区总工会主办,春柳街道总工会承办的“喜迎达沃斯 关爱护航者”夏季送清凉活动,在沙园社区“法治乐园”小广场举办,现场为交警、环卫工人、外卖员、快递员等户外劳动者送清凉、送健康、送服务、送法律、送关爱。

作为职工的“娘家人”,春柳街道总工会在“法治乐园”小广场设置清凉解暑站、法律咨询站、健康服务站、环保宣传站,联合沙河口区司法局春柳司法所、大连理工大学附属中心医院在职党员、辖区爱心企业、居民代表共计 70 余人,多措并举切实维护广大户外工作职工的劳动安全和健康权益。在清凉解暑站,沙园社区志愿者为户外工作人员送去夏季健康清凉大礼包和清凉饮品;在法律咨询站,春柳司法所工作人员在现场提供劳动维权、家庭婚姻、合同欠款等法律咨询服务;在健康服务站,大连理工大学附属中心医院专家为户外劳动者免费测血压、测血糖,一对一提供个性化健康方案;在环保宣传站,沙园社区居民代表、学生代表共同发出“爱护环境、遵守交通,树城市形象,人人有责”的宣传倡导,营造良好社区宣传氛围。

据悉,从即日起至 9 月,沙园社区联合工会将在沙园社区敦煌路设置户外温馨驿站,每月固定两次为户外工作者提供清凉饮品、解暑降温用品和免费测量血压血糖服务,进一步提升职工们的获得感、幸福感。

(大连日报 2024-06-12)

市总工会举办校园招聘活动

助力民营企业发展 促进青年学子留连

本报讯(吴庆国 大连新闻传媒集团记者 许晓楠)6 月 12 日,市总工会联合市工商联、团市委,在大连工业大学举办“助力民营企业发展 促进青年学子留连”校园招聘活动,组织 62 家民营企业,线上线下提供机械设计开发、工程设计、电气工程师、系统工艺开发工程师、新媒体运营等岗位 921 个。市总工会紧紧围绕大连“六个建设”目标任务,推动建立群团组织协同联动促就业工作机制,通过综合招聘活动、精准入企送工、入校宣讲、线上招聘会及抖音带岗等方式,为民营企业拓宽引才渠道,为广大学子留连就业创业搭建平台。

同日,市总工会“乐聘大连”入企探岗直通车,首站走进大连金重机器集团有限公司,充分调研企业用工意向,征集机械设计工程师、产品质量工程师等一线岗位 150 余个。即日起，该直通车将陆续走进我市重点行业企业，根据企业用工需求，以就业流动站点为主要载体，通过送工入企、直播带岗等多种方式，一企一策持续为有用工需求的企业，提供精准就业对接服务。

（大连日报 2024-06-13）

市总工会开展“劳模海上游大连”活动

本报讯（吴庆国 大连新闻传媒集团记者 许晓楠）6 月 14 日 14 时 15 分，“老虎滩”号游船从大连港十五库旅游码头鸣笛启航，拉开了市总工会“劳模海上游大连”活动的序幕。市委常委，市总工会党组书记、主席徐广湘参加活动。

为进一步落实市委、市政府关心关爱劳模工匠的部署要求，团结动员全市职工为推动大连“两先区”“三个中心”高质量发展贡献力量，市总工会邀请 2024 年我市全国、辽宁五一劳动奖章获得者，市劳动模范、先进工作者代表近 300 人登上游船，游览大连海上风光，体验大连独特海洋文化，让劳模工匠充分放松身心、蓄能充电，为加快实现“六个建设”目标任务贡献更多智慧和力量。

活动中，劳模们乘船，途经东港国际会议中心、音乐喷泉、游艇码头、东方水城、港东五街、海之韵广场、棒棰岛等景点，大家竞相拍照打卡，留下美丽瞬间。全国五一劳动奖章获得者、大连地铁运营有限公司车辆中心车辆钳工吕建辉表示，大家深切感受到了市委、市政府和工会组织对劳模工匠的尊重和关爱，感受到大连向海图强、加快建设海洋强市、推动大连文旅融合高质量发展的信心和优势，将大力弘扬劳模精神、劳动精神、工匠精神，立足岗位,苦练本领,把大连建设得更加美好。

(大连日报 2024-06-15)

第六届“工匠杯”职工技能竞赛暨全市环卫职工技能大赛举行

“环卫工匠”垃圾分类亮绝活

本报讯(大连新闻传媒集团记者 吉存)11 支参赛队伍的“环卫工匠”们,围绕着垃圾处置、垃圾收集、精细化分类等项目,大显身手,展开激烈的比赛,这是 6 月 15 日我市举办第六届“工匠杯”职工技能竞赛暨全市环卫职工技能大赛活动的现场。大赛由市总工会、市科技局、市教育局、市人社局、团市委、市妇联联合主办,市城市管理局、大连市 CIO(首席信息官)协会承办。

全市各区市县精心推选代表队,经过第一轮垃圾分类理论知识比拼,最终 11 支代表队的 33 名参赛选手入围垃圾分类实际操作赛段的比赛。本次大赛设生活垃圾处理工一个赛项,由理论考试和实际操作两部分组成。按照《国家职业技能标准》技师规定标准和大连市垃圾分类工作相关规定标准要求实施,理论考试采取线上小程序方式进行;实际操作部分采取现场实际操作方式进行。比赛内容包括但不限于垃圾分类的原则和方法;可回收物、有害垃圾、厨余垃圾和其他垃圾具体分类标准;不同国家或地区的垃圾分类政策和实践;垃圾处理的方法和技术,如焚烧、填埋、回收等;鼓励和推动垃圾分类工作的相关政策和措施;《固体废物污染环境防治法》《大连市生活垃圾分类管理条例》等相关政策法规的掌握。

据市城管局相关负责人介绍,2024 年我市垃圾分类工作将重点围绕完善体系、健全机制、强化宣教、示范引领等 6 个方面,力求补齐短板,全面提质增效。在年底前,我市将高标准建成 200 个生活垃圾分类样板小区,提升不少于 300 个生活垃圾分类投放点位。通过举办“工匠杯”环卫技能竞赛,在环卫工人中大力弘扬“工匠精神”,助力我市环卫作业进一步标准化、精细化、品质化,不断提升城市管理水平。本次竞赛以垃圾分类处理技术为主,环卫工人通过竞赛以自身的实际行动,引领和影响全社会践行“垃圾分类就是新时尚”,有效传播垃圾分类重要意义,培养市民垃圾分类意识和分类投放习惯,推动文明素质提高。

(大连日报 2024-06-16)

中山区推动落实
市产业工会基层工会隶属关系调整

本报讯(大连新闻传媒集团记者 郃治)为推动 53 家市产业工会所属基层工会转隶区属工会工作落实落地,近日,中山区总工会召开基层工会组织隶属关系调整对接工作会议。

会议对全区基层工会组织隶属关系调整工作情况进行了说明,并简要介绍了区总工会基本情况。区总工会工作人员结合各自分工介绍了为企业提供的服务内容。此次隶属关系调整的基层工会代表就工会工作开展情况、想法体会、存在的问题困难以及对上级工会工作的建议等进行了发言交流。相关街道总工会主席作出了表态发言。会议最后,街道及行业工会的主席、副主席、专干与转隶企业工会主席和专干见面，进行了深度工作对接。

相关方面负责人表示，下一步，中山区街两级工会将尽职尽责抓好落实，做好协调服务，让转隶过来的企业工会切实感受到“娘家人”的温暖，让基层工会安心、放心，以更加饱满的热情和更加扎实的工作作风，推动工会工作不断迈上新台阶。

（大连日报 2024-06-16）

“连超”职工组甲组季殿军出炉

乙组半决赛结果揭晓

本报讯（吴庆国 大连新闻传媒集团记者 许晓楠）6 月 15 日、16 日，在大连足球青训基地和大连火车头体育场，“连超”职工组比赛精彩继续。甲组季殿军出炉，前关村联合工会队夺得季军，大连机场队获殿军。乙组半决赛结果揭晓，大连航标队、大连中院队将展开冠军争夺。此外，甲组 5 至 16 名全部决出，乙组决出 11 至 16 名。

乙组的首场半决赛，经贸学校队与大连航标队对决，双方啦啦队你方唱罢我登场，为场上队员呐喊助威。经贸学校队通过整体传控掌握大部分球权，大连航标队则利用快速反击率先取得比分领先。比赛尾声，经贸学校队依靠角球传到中路，抢点破门，将比赛拖进点球大战，最终大连航标队点球胜出，率先拿到了乙组决赛入场券。大连中院队对阵海洋渔业队，开场不久双方均利用反越位机会各打入一球，最终实力稍强的大连中院队取得比赛胜利,与大连航标队会师乙组决赛。海洋渔业队将与经贸学校队争夺乙组季军。

大连供电队对阵大连造船队,比赛常规时间双方战成平手,点球大战中大连供电队门将发挥神勇,扑出三粒点球,取得比赛胜利。大连市公安局队队员近期工作繁忙,为了备战本次比赛,队员们利用为数不多的休息日组织训练,打热身赛。大连市公安局队与大连交通集团队的对阵中,两队不约而同地打起防守反击。大连交通集团队锋线球员身材高大,在定位球中总能抢到第一点,给对方后防造成很大威胁。比赛尾声双方体力下降,最终大连交通集团队把握机会,取得比赛胜利。

甲组季军争夺战在大连机场队和前关村联合工会队间展开,开场后前关村联合工会队攻势如潮,大连机场队则稳固防守伺机反击,并利用对方后场解围失误,单刀破门取得领先。丢球后的前关村联合工会队迅速反超比分,将比赛拉回自己的节奏。大连机场队疲于防守,体力下降后很难组织起有效反击。最终前关村联合工会队取得胜利,获得甲组季军,大连机场队获得甲组殿军。

大连石油队提前半个月准备比赛,场上防守球员善于通过低平球组织进攻,球员从后场得球后能够快速前插,快速将球转移至锋线,再加上犀利的边路突破,开场后迅速撕开对手的防线,频频将球射向对方球门,最终战胜长兴控股集团队。市总工会队对阵辽邮通建队的比赛开场后,双方互相试探,随后辽邮通建队迅速调整阵型,由防守转向了全面进攻,迅速得到控球权,比赛中辽邮通建队凭借灵活配合和有效渗透不断扩大领先优势,最终胜市总工会队。

此外,市体育局队胜市住建局队,市应急局队胜西门子队,恒力炼化队胜金普区直队,重工装备集团队胜珍奥集团队,大众汽车变速器队胜大商所队,水务集团队胜阿尔派队,组织部党校队胜市医保局队。甲、乙两组冠军争夺大战以及2024“连超”职工组闭幕式,将于本周在大连火车头体育场举行。

(大连日报 2024-06-17)

“你的健康对我很重要!”大连为7000余环卫工人免费体检

6月17日,大连市总工会“提升职工生活品质”主城区环卫工人健康体检项目启动。首批主城区3000多名一线环卫工人,陆续走进定点医院参加免费健康体检活动,全市参与活动的环卫工人总计人数将达到7000余人。

为切实提升环卫工人健康意识和健康水平,大连市总工会积极争取到中华全国总工会提升“职工生活品质”试点项目,即日起至2025年底,分两批为主城区7000多名环卫工人提供免费健康

体检服务，并特别对 2024 大连夏季达沃斯论坛期间为环境卫生保驾护航的环卫工人实施健康关怀。大连市总工会事业发展中心还携手定点医院，通过开设绿色通道、设置体检专场、提供健康热线、设置回访机制等，为环卫工人提供专业健康咨询、健康问题应对方案，并对环卫工人及其家属就医提供更多公益便利条件。

活动启动首日，“因为有你，大连更美！”“你的健康对我很重要！”在大连市第五人民医院健康管理中心，环卫工人们在医护人员的声声问候中，有序领取导检表、登记个人信息，在专人引导下，进行了内外科、肝功、超声、DR 等多项检查，并在体检后享用了营养早餐。据介绍，为保障体检质量，各定点服务医院均安排副高级以上医师为环卫工人进行详细检查，针对健康问题给予专业建议，及时对健康隐患早发现早治疗。定点医院现场还布置了“我和娘家人合影”拍照打卡区、“我对娘家人说”心形留言板、“娘家人温馨提示牌”等温馨环境，并为环卫工人送上扇子等清凉用品。

图片由受访单位提供

（辽宁日报 2024-06-18）

市总工会慰问达沃斯主场馆建设及保障一线工作人员

本报讯(吴庆国 大连新闻传媒集团记者 许晓楠)6月17日,市总工会慰问组一行来到2024大连夏季达沃斯论坛主场馆大连国际会议中心,实地慰问场馆建设及保障一线工作人员。市委常委,市总工会党组书记、主席徐广湘参加活动。

在大连国际会议中心主场馆,慰问组一行详细了解建设工程进度及筹备工作开展情况,代表市委、市政府,向保障组、搭建团队、安保团队、保洁团队千余名工作人员致以诚挚问候和衷心感谢,对全体工作人员高标准、高质量推进主场馆建设及保障工作给予充分肯定,并送去了自热米饭、方便面、果汁饮品等慰问物资。希望大家在筹备最后冲刺阶段,坚持一流标准,追求一流品质,再接再厉、精益求精,用最实举措圆满完成主场馆搭建工程和服务保障各项任务,以优异的工作业绩和崭新的精神风貌展示好大连形象、大连魅力。

日前,市总工会筹集专项资金,对全体公安民辅警、达沃斯主场馆建设及保障一线工作人员、主城区环卫工、道路交通养路工、营商环境窗口一线工作人员等3万余名一线职工开展关爱行动,全力护航2024大连夏季达沃斯论坛。

(大连日报 2024-06-18)

5 分钟普法活动走进职工生活

本报讯（大连新闻传媒集团记者 郃治）为提高职工法律意识、保护职工合法权益、增强广大职工学法、知法、懂法、用法的意识，中山区总工会在 2023 年年初，提出了开展工会活动前 5 分钟进行法律宣讲的工作方法。

中山区总工会组织 6 名优秀青年律师成立法律服务宣讲团，在各类工会活动开展前 5 分钟，结合该活动特点对职工群众进行法律知识宣传。在慰问新就业形态劳动者时，向他们讲解新就业形态劳动者劳动保障权益政策相关内容；在“三八”国际劳动妇女节活动中，通过案例向广大女职工宣讲如何保护女职工的特殊权益；在“工匠杯”短视频竞赛培训前，向参赛选手普及短视频行业常见法律问题。截至目前，中山区总工会进行 5 分钟普法宣讲 40 余场，受益职工 2000 余人。

中山区总工会通过 5 分钟普法活动，以新形式有效建立起了工会与职工群众间法律学习的桥梁，维护职工合法权益，全面提升了职工的法律观念和法律维权意识。下一步，中山区总工会将积极探索法律服务新途径，进一步提升普法活动的深度和广度，为职工群众做好法律宣传、法律援助，提供法律保障，当好职工群众的“娘家人”。

（大连日报 2024-06-19）

我市机重石化电信系统职工开展电竞对决

本报讯(吴庆国 大连新闻传媒集团记者 许晓楠)为创新职工文化建设载体,丰富职工业余文化生活,近日,“凝心聚力助振兴 数智电竞竞未来”市机重石化电信系统首届电子竞技赛总决赛,在大连市工人文化宫拉开战幕。各路职工电竞高手过招争雄,最终国网大连供电公司一队凭借过硬的实力和默契的配合,一举拿下比赛冠军;大连重工装备集团有限公司的减速机厂队获得亚军;东北特殊钢集团股份有限公司的勇往直前队获得季军。

电子竞技作为一项年轻而充满活力的竞技项目,近年来在全国范围内迅速发展。它不仅是一种娱乐方式,更是一种体育竞技的新形式。通过电子设备和网络技术,将选拔、训练、比赛等环节紧密结合,吸引了大量的粉丝和参与者。

(大连日报 2024-06-20)

历经 3 个月 29 个比赛日 166 场比赛

“连超”职工组比赛落幕

本报讯(吴庆国 大连新闻传媒集团记者 许晓楠)2024 大连市足球超级联赛职工组甲组决赛及闭幕式,6 月 21 日傍晚在大连火车头体育场举行。经过紧张激烈的对决,辽宁港口集团职工代表队夺得甲组冠军，大连金普新区教育行业工会联合会职工代表队获得亚军。市领导徐广湘、李大民、于保和出席，与劳模工匠、最美职工代表为获得体育道德风尚奖、优秀组织奖、最佳裁判员、最佳教练员、最佳射手、甲乙组冠亚季军的单位和个人颁发奖杯、奖牌和证书。

“连超”职工组比赛是近年来我市最大规模的一次职工足球盛事，全市 70 支队伍 1705 名职工报名参赛，甲乙两组经过小组赛、决赛阶段共 3 个月 29 个比赛日 166 场比赛，共打入 971 粒进球。我市各行各业劳模工匠、最美职工代表踊跃为比赛开球。

甲组决赛高潮迭起、精彩不断，紧张的单刀赴会、迅速的攻防转换、漂亮的凌空长传和激烈的拼抢对抗，让观众目不暇接，最终辽宁港口集团职工代表队凭借卓越的团队协作、突出的前场衔接能力取胜。

在日前进行的乙组比赛中，大连市中级人民法院职工代表队依靠稳健的状态顺利夺冠，大连航标处职工代表队获亚军，大连市海洋与渔业综合执法队职工代表队获季军。

（大连日报 2024-06-22）

“连超”职工组比赛圆满落幕

本报讯（记者 刘旭 通讯员 吴庆国）“辽港，加油！”“金普，必胜！”……近日，充满速度与激情的 2024 年辽宁大连市足球超级联赛职工组甲组决赛在大连火车头体育场火热开赛。历时 3 个月 29 个比赛日 166 场比赛，共打入 971 粒进球，来自大连全市 70

支队伍的 1705 名职工选手结束了竞技之旅,以“企业”“工会”为名,以球会友。

大连足球历史悠久,许多企事业单位都有自己的职工足球队,比如大连造船厂还有自己的职工足球超级联赛“船超”。此次“连超”职工赛小组赛按照单位职工人数分为甲、乙两组。每场比赛都由各代表队选出先进职工代表开球,他们中有全国、省、市各级劳模工匠、最美职工、行业标兵、技术能手等。

闭幕式上,大连市总工会有关领导与劳模工匠、最美职工代表为获得最佳裁判员、最佳射手、最佳教练员、体育道德风尚奖、优秀组织奖、甲乙组冠亚季军的个人和单位颁发奖杯、奖牌和证书。甲组决赛当天,大连市总工会公众号、大连体育广播全程直播,8.3 万名职工在线观看。得到劳模精神、劳动精神和工匠精神滋养的“连超”职工赛,日益成为职工群众满意、各单位认可的品牌职工赛事。

(工人日报 2024-06-26)

大连市举办第六届“工匠杯”职工技能竞赛

本报讯(大连新闻传媒集团记者 许晓楠)7 月 1 日,由大连市总工会、市科技局、市教育局、市人社局、团市委、市妇联六部门联合主办,市财贸金融服务工会、大连朋朋修脚服务有限公司承办的大连市第六届“工匠杯”职工技能竞赛暨全市修脚职业技能大赛举办。

经过前期预赛选拔,全市共有 10 支代表队、30 名修脚师进入决赛。大赛为修脚赛项个人赛,分理论考试和实操考核两部分。其中,实操比赛脚模由大连新天地天顺环境清洁有限公司的环卫工人支持协助。

本次大赛坚持以培养、选拔和激励技能人才为宗旨,通过以赛促训、以赛促练、以赛促学、以赛选才的方式,不断提升技能水平,激励职工技能成才,加强人才队伍建设,打造修脚产业品牌,助推城市振兴发展。大赛号召参赛选手大力弘扬劳模精神、劳动精神、工匠精神,激发劳动热情,释放创造潜能,为大连"两先区"高质量发展贡献力量。

据悉,本次大赛设个人前五名和优秀奖,并颁发证书和奖金。大赛第一名,符合条件的优先推荐参评大连五一劳动奖,其他选手符合条件的可晋升相应技能等级,前三名还有机会到大连工人大学深造。大赛为选手们搭建了技能成才的舞台,更激励了选手们匠心筑梦的热情,将有效促进修脚行业的不断发展,推动行业在城市建设中发挥积极作用。

(大连日报 2024-07-01)

情系环卫工人 免费体检真贴心

本报讯(大连新闻传媒集团记者 吉存)"免费体检太贴心了,我们太感动了!"昨日,环卫工人孙大姐高兴地说。环卫工人"宁愿一人脏,换来万家洁",默默地用汗水创造出洁净优美的城市环境。为切实提升环卫工人健康意识和健康水平,大连市总工会积极争取中华全国总工会“提升职工生活品质”试点项目,并由大连市总工会事业发展中心具体实施。该项目联合大连市第二人民医院、市第四人民医院、市第五人民医院,开展主城区环卫工人健康体检活动,分两批为主城区 7000 余名环卫工人提供免费健康体检服务。近期,体检活动开始有序推进。

记者昨日在大连市第二人民医院健康管理中心活动现场看到,医院为本次环卫工人体检提供了环境最好的高端体检专用场地,并为各体检项目科室配备了副主任医师以上的医生。环卫工人在专人引导下有序领取导检表、登记个人信息,逐一进行多项检查,自身健康问题得到专业解答。体检现场还设置了“我和娘家人合影”拍照打卡区、“我对娘家人说”心情留言板、“娘家人温馨提示”牌,并为环卫工人送上防暑降温用品。大连明悦市容环境服务有限公司带队负责人表示:“免费体检活动让我们更加了解自己的身体健康情况,感谢党和政府对环卫工人的关怀,我们将一如既往地干好本职工作,为城市环境卫生工作贡献力量。”

(大连日报 2024-07-01)

大连市花艺技能大赛落幕

本报讯(记者 刘旭 通讯员 张璐)7 月 14 日,辽宁省大连市第六届“工匠杯”职工技能竞赛暨全市花艺技能大赛圆满落幕。

此次技能大赛始于今年 4 月份,历经 3 个月,90 多名选手参加了初赛,30 名选手一路过关斩将进入决赛。当天的决赛共分为两部分,分别是夏之梦——中国传统插花:盘、碗、桶、瓶、篮、缸

（六选一）和浪漫之约——花艺软装自选作品。

此次技能大赛由大连市总工会、市教育局、市科学技术局、市人力资源和社会保障局、共青团大连市委员会、市妇女联合会主办；西岗区总工会、西岗区团委、西岗区妇联、西岗区白云街道总工会、大连市花卉行业工会联合会、大连建业鲜花市场有限公司共同承办。竞赛主办、承办相关单位领导，参赛选手、裁判、观众等参加了决赛的开幕式。

本次花艺技能竞赛，旨在为花艺行业企业人才开展技术交流搭建平台，激发花艺领域广大职工劳动创造热情，引领他们在追求卓越技艺上当先锋，在传承工匠精神上做典范。获得赛项第一名的选手，将颁发“工匠杯”奖杯；按照有关规定，符合条件的，优先推荐参加大连市级劳动模范和五一（劳动）奖评选。赛项前三名的选手，优先推荐参加 2024 年省职工技能大赛相同工种的技能大赛。

（工人日报 2024-07-16）

2024 年（大连）全国职工足球邀请赛 8 月举办

打造足球盛会
谱写“中国梦 · 劳动美”时代华章

本报讯（实习生 张含弛 大连新闻传媒集团记者 许晓楠）7 月 18 日上午，2024 年（大连）全国职工足球邀请赛新闻发布会在大连市中山区原大连港老港区一号码头举行。新闻发布会由市委常委，市总工会党组书记、主席徐广湘主持。中国职工文化体育协会会长李守镇，辽宁省总工会党组副书记、分管日常工作的副主席魏红江，大连市副市长李大民分别介绍了2024年（大连）全国职工足球邀请赛相关情况，并回答记者提问。

2024年（大连）全国职工足球邀请赛主题为：大连、足球、信心、力量，将于2024年8月2日至8月13日举行。8月2日举办开幕式、揭幕战，8月13日举办闭幕式暨颁奖仪式。比赛地点为大连梭鱼湾足球场和大连足球青训基地体育场。

此次邀请赛由中华全国总工会和国家体育总局指导，中国职工文化体育协会、辽宁省总工会、大连市人民政府主办，大连市总工会和大连市体育局承办。

全国共有16家企事业单位参赛，分别是：北京环境卫生工程集团有限公司、国网北京市电力公司、新华网股份有限公司、中国火车头体育协会、中国五矿集团有限公司、中信银行股份有限公司、大连国际机场集团有限公司、辽宁港口集团有限公司、山东港口日照港集团有限公司、大庆油田股份有限责任公司、济南能源集团有限公司、宁波舟山港集团有限公司、上海申通地铁集团有限公司、沈阳飞机工业（集团）有限公司、四川宜宾五粮液集团有限公司、长春市轨道交通集团有限公司。

发布会现场，与会领导为足球名宿孙继海、张耀坤，大国工匠戴振涛颁发2024年（大连）全国职工足球邀请赛代言证书。

（大连日报 2024-07-19）

大连首个 24 小时智能化工会驿站投入使用

随时可“刷脸”进入，刷新户外劳动者“家”的体验

外卖小哥在驿站休息。受访单位供图

本报讯（大连新闻传媒集团记者 许晓楠 郃治）7 月 17 日，我市首个 24 小时智能化工会驿站——中山区海军广场街道“海之骑”工会驿站投入使用。该驿站不仅可以在日间为广大户外劳动者提供热饭、休息、充电、喝水等多项服务，还可以为夜间工作的环卫工人、外卖小哥、网约车司机等提供休憩服务，不断刷新户外劳动者的进“站”体验。

记者了解到，首个 24 小时智能化工会驿站借助数智赋能，引进先进的智能门禁管理系统，户外劳动者一经身份录入，随时可以通过人脸识别或刷码，在任何时段进入驿站，感受 24 小时“不断电”的服务保障。在工会驿站里，空调、冰箱、电视、饮水机、微

波炉、手机充电器、急救医药箱等设施一应俱全，真正满足了户外劳动者的个性化需求。远程监控系统不仅能监测室内安全，还可以实现遥控断电、室温监测等，确保在无人管理的状态下安全运行。

24 小时智能化工会驿站得到了户外劳动者的好评。“以前我们的骑手大多在户外坐在电瓶车上等单，夏天热、冬天冷，有了 24 小时智能驿站，我们随时可以进入驿站休息、充电、等单。今天恰逢‘7 · 17 骑士节’，24 小时智能驿站是为户外劳动者送上的一份特别礼物，是我们的第二个家。”饿了么中山站站长胡云平表示。

今年以来，市总工会从职工需求出发，在深入摸底调研基础上，针对环卫工、外卖员等户外劳动者早出晚归的现象，联手县区、街道、产业、行业工会，推进 24 小时智能化工会驿站建设，努力破解以往户外劳动者不敢进、不愿进、不便进的问题。当天，紧邻大连图书馆鲁迅路分馆的铁塔集团大连分公司“骑手之家”工会驿站同步启动，该驿站交通便利、设施齐全，成为骑手小哥独立休息的自主空间。两家驿站的建设，将为中山广场和二七广场周边外卖骑手小哥等户外劳动者带来便利。

盛夏来临，市总工会同步启动“城市骑手 连心关爱”行动，开展“工送清凉 ‘码’上就领”活动，线上线下为户外劳动者就近送水，携手市精神文明办、市饭店行业协会，开展百家餐饮门店微驿站关爱服务户外劳动者行动，把党和政府、工会组织的关心关爱，及时送到广大户外劳动者的心坎上。下一步，市总工会将坚持“试点先行、示范带动、全面推进、品牌提升”工作思路，进一步加大 24 小时智能化工会驿站建设扶持力度，联合各级工会、各方资源，为户外劳动者群体打造集权益维护、就业服务、健康关爱等于一体的智慧便捷服务站点，拓展工会驿站服务功能，提升服务精准化水平，更好搭建起工会组织服务户外劳动者的“连心桥”。

（大连日报 2024-07-19）

全国职工足球邀请赛8月开赛

据新华社大连7月18日电(记者 张博群 张逸飞)2024年(大连)全国职工足球邀请赛将于8月2日至13日在辽宁大连举行,来自各地的16家企事业单位将派队参赛。

比赛分为小组赛和排位赛两个阶段,所有参赛球员均为一线职工,开幕式上还将邀请劳动模范、大国工匠开球。该赛事由中华全国总工会和国家体育总局指导,中国职工文化体育协会、辽宁省总工会、大连市人民政府主办。

(人民日报 2024-07-19)

大连市普兰店区总工会开展“夏送清凉”活动

工人日报客户端(记者 刘旭 通讯员 许佳)进入7月以来,气温不断攀升,为做好户外劳动者防暑降温工作、促进各岗位安全生产,7月15日至19日,大连市普兰店区总工会开展“夏送清凉”活动,为奋战在一线的户外劳动者、高温作业职工送去丝丝凉意和滴滴关爱。

慰问组先后走访企事业单位 41 家，慰问快递、外卖、交警、消防、养路、公交、客运、港口、铸造、制造加工等行业的一线职工，为职工们送上冰袖、水壶、矿泉水、饮料等防暑降温物资。今年的送清凉活动，区总工会筹集资金 10 万余元，采购矿泉水 1370 箱、饮料 530 箱、清凉包 809 个，惠及职工 8204 人。

每到一处，慰问组都向职工们了解夏季劳动保护和高温防护工作落实情况，了解职工们的实际需求，叮嘱他们要做好夏季防暑工作，合理安排工作时间，劳逸结合，避免高温作业，确保个人安全和身体健康。同时督促企业严格落实防暑降温各项措施，合理安排职工休息时间，为企业职工营造良好的工作环境。

为更好服务广大户外劳动者，今年，大连市总工会和普兰店区总工会携手开展“工送清凉‘码’上就领”活动。区总工会在工会驿站、职工之家、快递公司等处共计设置 11 个免费领水点位，为环卫、快递、外卖等行业户外劳动者提供服务，为职工饮水提供便利条件。活动从 7 月 11 日开始，截至目前共发放矿泉水 4242 瓶。

（工人日报 2024-07-23）

大连工会“慧成长”职工子女暑假托管班陆续开班

本报讯(吴庆国 大连新闻传媒集团记者 许晓楠)7 月 23 日，2024 年大连工会“慧成长”职工子女暑假托管扶持项目启动仪式暨中铁九局大连分公司暑假托管班开班第一课举行。市委常委，市总工会党组书记、主席徐广湘出席，为孩子们送上暖心祝福和精美文具。全国五一劳动奖章获得者徐培培讲授开班第一课。

近日，大连工会“慧成长”职工子女暑假托管班陆续开班，市总工会携手团市委、市妇联及社会各界，为 66 个企事业单位开办的 91 个工会托管班提供政策、资源和平台扶持，帮助孩子们度过一个健康、快乐、充实的暑假。招募大学生志愿者 123 名，对接公益研学基地 19 个。由市总工会资助扶持的中铁九局大连分公司工会“慧成长”职工子女托管班已连续开办 3 年，以公司托管班为主要内容的“中铁情 · 幸福家”女职工工作品牌，入围全国建设家庭友好型工作场所征集活动 100 个案例。

大连工会“慧成长”职工子女托管扶持项目，是落实国家优化人口结构政策、推动解决职工生育后顾之忧的实际举措。4 年来，市总工会累计给予扶持资金 115 万元，惠及职工家庭 2500 多个。13 家托管班获评辽宁省总工会职工子女托管班示范点，2 家托管班获评中华全国总工会爱心托管班。

(大连日报 2024-07-24)

大连庄河市社区联合工会暑假托管班开班

工人日报客户端(记者 刘旭 通讯员 刘晓梅)7月22日8时30分,大连庄河市新华街道工人社区联合工会的会议室里坐满了学生和家长,工人社区联合工会"慧成长"暑期托管班开班仪式在这里举行。即日起,这些孩子将以全新的方式开启他们的暑假生活。

据悉,"慧成长"暑期托管班是由大连庄河市总工会在大连市总女工部的指导下开展的公益服务,按照每名学生800元的标准对开展暑期托管班的工会进行补贴,不对家长收费。今年暑期,在大连庄河市新华街道3个社区里,有近100名学生因此受益,解决了职工子女暑假无人陪护的难题。

据了解,这是庄河市总工会首次在社区开展"慧成长"暑期托管班,以社区职工之家为依托,将职工需求与工会服务相结合,将党群服务中心与职工之家建设相融合，实现资源共享。大连庄河市新华街道工人社区联合工会负责人告诉记者，活动一经推出就受到职工的广泛关注，大家踊跃报名，30 个名额不到一天就满了。

在大连庄河市新华街道红光社区，由高级护理专业的大学生志愿者讲授的安全健康课程已经开始，孩子们昂着稚嫩的小脸，认真地听老师讲如何防走失、防溺水等安全知识。每个班会安排四位老师轮流看护学生，辅导学生的作业、带领孩子进行体育锻炼，同时，安排了丰富多彩的社会实践活动，让孩子们的暑假过得更加充实。

今年以来，大连庄河市总工会不断延伸工会服务触角，加快推进“一站式、综合性、普惠化”工会精准服务，指导社区联合工会不断扩展服务职能，各方协调、精心筹备，逐一解决老师配备、课程设置、后勤保障等问题，推动“慧成长”暑期托管班落地，切实为社区联合工会的职工会员服务，为职工缓解寒暑假子女无人看管的后顾之忧。

（工人日报 2024-07-24）

2024 全国职工足球邀请赛开幕式、闭幕式期间

梭鱼湾足球场和大连足球青训基地周边交通管控

本报讯（大连新闻传媒集团记者　刘春鹏）昨日，记者从市公安局交通警察支队获悉，2024 全国职工足球邀请赛开幕式将于 2024 年 8 月 2 日 19 时在大连梭鱼湾足球场举行；闭幕式将于 8 月 13 日在大连足球青训基地举行。为确保开幕式、闭幕式现场

交通安全有序,将对梭鱼湾地区部分道路和大连足球青训基地周边部分道路采取临时交通管理措施。

据了解,8 月 2 日,梭鱼湾地区万景街的和美街至共享街的东侧路、万鼎路的共享街至 13 号路、共享街的万景街至万鼎路、拼搏街的万景街至万虹街、和丰路的万鼎路至万景街,9 时至 24 时,道路两侧(含停车位)禁止车辆停放,11 时至 24 时,禁止车辆通行(不含和丰路)。万虹街的拼搏街至共享街、奋进街的万鼎路至万虹街,20 时至 24 时,禁止车辆通行。

开幕式当天,和美街的万景街至万鼎路视情调整成由南向北的单行路。观众车辆在万鼎路的和丰路至共享街两侧和万鼎路以北的梭鱼湾地区道路停放,沿途单位和市民请提前合理安排出行。公安交管部门提醒,赛事期间可由东快路、万鼎路、和丰路、万景街(和丰路以西路段)、大连湾海底隧道进出梭鱼湾地区。

此外,在 8 月 2 日、13 日的 12 时至 24 时,大连足球青训基地周边的奥文街(驿承路—兴岭二街)、兴岭二街(奥文街—大连足球青训基地 6 号门)道路两侧禁止车辆停放。

(大连日报 2024-07-30)

2024 年(大连)全国职工足球邀请赛服务保障工作动员部署会召开

本报讯(吴庆国 大连新闻传媒集团记者 许晓楠)7 月 29 日,市总工会召开 2024 年(大连)全国职工足球邀请赛服务保障工作动员部署会。会议总结邀请赛筹备工作,研究部署服务保障各项任务。市委常委,市总工会党组书记、主席徐广湘参加并讲话。

会议强调,要切实把思想统一到市委、市政府关于加强我市足球工作的决策部署上来,全员参与、协调联动,为本次邀请赛提供全过程、全链条、全方位的服务保障。承办本次邀请赛,是深入学习贯彻习近平总书记关于足球工作的重要指示批示精神的重要举措,是聚焦“六个建设”目标任务,助力“建设宜居宜业宜游的国际滨海旅游目的地”的具体措施,工会干部要全力做好服务保障,展现工会干部形象,彰显大连工会作为。要服从工作安排,听从统一指挥,充分发挥工会组织“集中力量办大事”的优势,齐心协力完成好各项任务。要强化工作作风,提升工作效能,切实展现工会干部工作作风、工作标准和精神面貌,压实责任、强化措施,以更细更实更高的要求,力争把此次邀请赛办成一届高质量、高水平、有特色的职工足球赛事。

会后,市领导徐广湘、李大民带领相关责任单位负责人,就本次邀请赛筹备情况,前往大连足球青训基地、大连梭鱼湾足球场调研。

(大连日报 2024-07-30)

北黄海经开区总工会开展“夏送清凉”活动

晨报讯(半岛晨报、39 度视频首席记者 张锡明)日前,北黄海经开区总工会开展“工会送清凉 防暑保安康”活动,慰问高温下坚守一线的劳动者,为他们送上清凉和关爱,助力劳动者平安度夏。

此次“夏送清凉”活动,北黄海经开区总工会不仅走访慰问了区内会员企业高温作业一线职工,还慰问了在建项目企业和筹备建会企业高温作业一线职工。此外,北黄海经开区总工会还以线上活动为抓手,广泛吸引货车司机、快递小哥等新业态劳动者建会入会,新建了两个以服务货车司机、快递小哥为主体的服务驿站,为其购置桌椅、沙发、微波炉、电热水壶等必要的服务设施,积极关注他们的实际需求,不断增强工会组织对货车司机、快递小哥等新业态劳动者的凝聚力和影响力。

(半岛晨报 2024-08-01)

2024年(大连)全国职工足球邀请赛昨晚拉开战幕

熊茂平出席开幕式 潘健宣布开赛
陈绍旺致欢迎辞 宋凯致辞

本报讯(大连新闻传媒集团记者 刘晓华)竞技绿茵场,燃情盛夏夜。昨晚,2024年(大连)全国职工足球邀请赛在大连梭鱼湾足球场拉开战幕。省委常委、市委书记熊茂平出席开幕式,中华全国总工会书记处书记潘健宣布2024年(大连)全国职工足球邀请赛开赛,市委副书记、市长陈绍旺致欢迎辞,中国足球协会主席宋凯,省总工会党组副书记、副主席魏红江致辞。中国职工文化体育协会会长李守镇,中华全国总工会原党组副书记、副主席、书记处书记邓凯,中华全国总工会原党组成员王瑞生,中华全国总工会原党组成员、副主席、书记处书记蔡振华，中国钢铁工业协会党委书记、中华全国总工会原兼职副主席何文波，中华全国总工会原兼职副主席许振超出席。国家体育总局相关领导及有关市委常委，市人大常委会、市政府、市政协有关领导同志出席。

陈绍旺代表市委、市政府对中华全国总工会、国家体育总局的支持指导表示衷心感谢，向参赛运动员、裁判员、教练员表示诚挚欢迎。他说，举办全国职工足球邀请赛，是深入贯彻落实习近平总书记关于足球工作重要指示批示精神的务实举措。这一重要赛事在大连举办，充分体现了中华全国总工会、国家体育总局对大连加快建设全国足球发展重点城市、推动新时代足球发展振兴的鼎力支持。本次邀请赛必将成为全面展示广大职工足球运动水平的新舞台，成为增添大连“足球城”底色、加快文体旅融合发展的新名片。

陈绍旺说，当前大连市正在深入学习贯彻习近平总书记关于东北、辽宁、大连全面振兴重要讲话和指示批示精神，落实党的二十届三中全会部署，进一步全面深化改革，加快推进“两先区”“三个中心”高质量发展，奋力谱写中国式现代化大连篇章。我们将全力以赴做好赛事服务保障，向全国职工奉献一届活力四射、精彩纷呈、安全简约的足球盛会。希望各参赛队以球为媒，在绿茵场上展现职工风采，在互学互鉴中凝聚职工力量。希望大家在大连多走走、多看看，体验大连高质量发展的生机活力，感受大连时尚浪漫的城市魅力。

宋凯代表中国足协对赛事的举办表示热烈祝贺。他说，全国职工足球邀请赛是面向广大职工的足球盛会，本届赛事以“大连、足球、信心、力量”为主题，突出‘工’字特色，以足球为媒，创新开展一系列富有城市特色的群众性文化活动。大连是一座充满魅力的海滨城市,也是一座有着深厚底蕴和光荣历史的足球城,国际足联2026世界杯亚洲区预选赛第三阶段(18强赛)中国队对沙特阿拉伯队的比赛将于今年9月10日在大连梭鱼湾足球场举行,期待“足球城”良好的氛围能够助力中国队取得更好成绩。祝愿大连继续擦亮足球金字招牌,希望各参赛队伍充分享受足球带来的快乐,在绿茵场上弘扬集体主义精神,以足球促团结、增友谊,拼出信心、赛出风采,展现新时代职工力量。

魏红江代表辽宁省总工会和全省广大职工,向参加出席开幕式领导、嘉宾及参加赛事的裁判员、运动员、教练员表示欢迎。他说,辽宁是体育大省,在省委和全总的坚强领导下,辽宁省总工会突出思想引领、文化赋能,活动牵引、品牌带动,以学思想、当先锋、建新功系列活动为载体,成功举办先锋杯全省职工乒乓球篮球比赛,并将在大连举办首届全省职工羽毛球大赛,努力厚植文化强省、体育强省、旅游强省的群众基础。相信在全总和国家体育总局的大力支持下,在中国职工文化体育协会等各方共同努力下,本届邀请赛一定能够办成一届精彩、热烈、文明、和谐的职工体育盛会。

开幕式结束后,辽宁港口集团有限公司代表队和大庆油田股份有限责任公司代表队打响了揭幕战,经过激烈较量,辽港队最终以5∶0获胜,取得开门红。

此次邀请赛由中华全国总工会和国家体育总局指导,中国职工文化体育协会、辽宁省总工会、大连市人民政府主办,国内16家企事业单位派队参赛。

(大连日报 2024-08-03)

"职工文化体育+"思考与对话在我市举办

本报讯(吴庆国 大连新闻传媒集团记者 许晓楠)2024年(大连)全国职工足球邀请赛期间,8月3日,中国职工文化体育协会在大连足球青训基地举办"职工文化体育+"思考与对话,深入贯彻落实习近平文化思想,探讨如何深入推进开展职工文化体育工作与其他工作相融合,赋予职工文化体育工作新内涵。中国职工文化体育协会会长李守镇出席并作主旨发言,中国职工发展基金会理事长武建光出席,知名体育赛事评论员刘建宏主持。

会上,李守镇就推进"职工文化体育+"工作,凝聚职工队伍力量,助力经济社会高质量发展作主旨发言。他强调,要把职工文化体育工作与企业发展相融合,围绕企业中心任务创新开展富有企业特色和职工喜闻乐见的文体活动,以活动为载体,放大企业优势、树立企业形象。把职工文化体育工作与地方经济高质量发展相融合,探索以文塑旅、以旅彰文新路径,主动服务经济社会发展。把职工文化体育工作与产业工人队伍建设改革相融合,引领更多职工练好身体、练好技能。

围绕"职工文化体育+"主题,会议邀请大连市政府副秘书长张晓峰,中国足球协会党委委员、社会足球部部长李久全,贵州省榕江县县长徐勃,中国人民大学文化产业研究院教授周意,北京环境卫生工程集团有限公司党委书记、董事长高踪阳,大连文旅集团党委副书记崔波,国家一级演员、中国职工影视戏剧协会会长萨日娜,全国五一劳动奖章获得者、大国工匠戴振涛等,展开对话讨论交流。

来自中国足球协会、中国人民大学文化研究院、吉林省总工会、中国电力协会、部分省市职工文体活动相关同志,16 支参赛球队代表,特邀嘉宾,以及大连市总工会、市体育局、市文旅局等相关负责同志参会。

(大连日报 2024-08-04)

首轮战报

中国五矿 7 球大胜

本报讯(大连新闻传媒集团记者 刘冰)8 月 3 日,2024 年(大连)全国职工足球邀请赛继续进行首轮争夺。D 组两场比赛,中国五矿队 7∶0 战胜山东港口日照港队,北京环卫集团队 2∶0 战胜沈飞队。值得一提的是,中国五矿队郭重单场比赛独中五元。

北京环卫集团队比赛开始后牢牢掌握场上节奏,屡屡通过细腻的配合撕开对手防线。上半场补时阶段,北京环卫集团队来秀接队友直塞单刀推射破门,打破场上僵局。易边再战,暂时落后的沈飞队加强攻势,多次通过反击威胁对手球门。第 73 分钟,李超反越位单刀破门锁定胜局,北京环卫集团队 2∶0 战胜沈飞队。

山东港口日照港队与中国五矿队打法非常直接,没有进行过多的试探,实力相对占优的中国五矿队由张大力率先打破场上僵局,随后郭重在 20 分钟内连入 3 球上演帽子戏法。半场结束前,中国五矿队还浪费了一次点球机会。易边再战,中国五矿队持续发动攻势,郭重与张大力在两分钟内连入两球将领先优势扩大至 6 球。比赛最后阶段,中国五矿队郭重打入本场个人第 5 粒进球,将最终比分定格在 7∶0。

此外，长春轨道交通队 1∶1 战平申通地铁队，大连民航队 1∶2 不敌济南能源队，中信银行队 1∶0 战胜国网北京电力队，五粮液集团队 0∶1 负于新华网队，火车头队 3∶1 战胜宁波舟山港队。首轮战罢，辽港集团队、济南能源队、火车头队、中国五矿队暂列各小组第一名。

（大连日报 2024-08-04）

2024 年（大连）全国职工足球邀请赛在大连开幕

中新网大连 8 月 3 日电（记者 杨毅）2024 年（大连）全国职工足球邀请赛开幕式暨揭幕战 2 日晚在大连梭鱼湾足球场举行，来自国内 16 支职工足球参赛球队将进行激烈比拼。

2024 年（大连）全国职工足球邀请赛由中华全国总工会和国家体育总局指导，中国职工文化体育协会、辽宁省总工会、大连市人民政府主办，主题为“大连、足球、信心、力量”，于 8 月 2 日至 8 月 13 日在大连举办，大赛分为小组赛和排位赛两个阶段，所有参赛球员均为在职职工。

当晚 7 时许，开幕式在大气磅礴的鼓阵灯光秀中拉开帷幕。在欢快热烈气氛中，16 支参赛球队的教练员、运动员依次步入会场。主会场中，一面巨大的动态主题 TIFO 徐徐展开，该 TIFO 由萌芽、绽放、家国、传承、澎湃 5 个主题词配以巨幅图片组成，由看台上的 3000 多名职工共同演绎完成。最后，由 16 名歌手和 30 名足球少年演唱的歌曲《奔跑》为开幕式画上了圆满句号。

大连市各级劳动模范和一线职工代表 1.6 万余人参加开幕

式并观看比赛。劳模工匠代表戴振涛、许振超和足球名宿孙继海、张耀坤为揭幕战开球。

(人民网 2024-08-04)

2024年(大连)全国职工足球邀请赛组委会举办“走进城市”系列活动

参赛者登船体验大连海洋文化

金铭路 摄

本报讯(通讯员 吴庆国)8月4日，2024年(大连)全国职工足球邀请赛休赛期间，各参赛队伍分两批登上“老虎滩”号游船，从大连港十五库旅游码头鸣笛起航，参加“海上游大连”活动，拉开了赛事组委会组织的“走进城市、走进企业、走进校园”等活动的序幕。

2024年(大连)全国职工足球邀请赛由中华全国总工会和国家体育总局指导,中国职工文化体育协会、辽宁省总工会、大连市人民政府主办,来自北京、辽宁、吉林、黑龙江、上海、浙江、山东、四川8地的16家企事业单位派队来连参赛。为让来连参赛各队球员在比赛之余放松身心、蓄能充电,赛事组委会邀请近600名参赛人员登上“老虎滩”号游船,尽情游览大连海上风光,体验大连独特海洋文化。

活动中,参赛人员乘船,途经东港国际会议中心、东港音乐喷泉广场、东港国际游艇码头、海昌东方水城、港东五街、海之韵广场等知名景点,最后返回大连港十五库旅游码头。参赛人员在工会工作人员的陪同下,尽享大连的时尚与浪漫。甲板上,海风轻拂、海鸥伴飞,球员们竞相拍照打卡,留下美丽瞬间。

乘船游览后,宁波舟山港队队长王斌高兴地说:“大连的海很干净,海岸线更加迷人,我们欣赏到了大连这座三面环海城市美丽的自然风光,也深切感受到了大连人民的热情,以及大连向海图强,加快建设海洋强市的信心和优势。”他还表示,参赛期间赛事组委会各项服务保障及时、准确、到位,专业化的比赛训练场地,热情周到的工作人员,让参赛球员能够舒心比赛、安心休息。

比赛期间赛事组委会还将根据各队意愿组织参赛人员参观大连博物馆、俄罗斯风情街、星海广场、棒棰岛等,同时在比赛驻地举办“足球有情,大连有礼”大连名优产品展销活动,组织16家大连名优本土产品和文创产品企业到现场布展,并邀请6名在各级工会职业技能竞赛中荣获奖项的大连名厨每天晚餐时精心为大家制作1~2道大连老菜,让参赛人员不用四处奔走就能购买到大连名品,吃到纯正的大连地方特色菜肴。赛事期间,组委会还为过生日的球员准备了蛋糕和鲜花,让球员们在连感受到家人般的温暖。

(大连晚报 2024-08-05)

辽宁省首届“先锋杯”职工羽毛球比赛将在大连市举办

金雅银

辽宁省总工会、省体育局主办，大连市总工会、市体育局、辽宁省体育事业发展中心乒羽中心、辽宁李永波国际羽毛球俱乐部承办的辽宁省首届“先锋杯”职工羽毛球比赛将于8月26日—28日在大连市举办。

此次比赛为混合团体比赛，包括男子单打、女子单打、男女混合双打、男子双打、女子双打赛项。各市总工会、沈抚示范区工会、省产业工会作为组队单位组织球队参赛。

今年以来，全省各级工会组织聚焦辽宁全面振兴新突破三年行动，深入落实“学思想、当先锋、建新功”系列活动部署安排，以“大干三年、奋斗三年，为实现辽宁全面振兴新突破贡献力量”为主题，积极打造辽宁“工”字特色职工文化活动品牌，把职工思想政治引领寓于职工文体活动之中，统一思想、凝聚力量，组织动员广大职工积极投身全面振兴新突破三年行动火热实践。

省总工会锚定助力打造高品质文体旅融合发展示范地目标定位，按照“高水平、群众性”要求，用心用情打造了辽宁省首届“先锋杯”职工乒乓球比赛、职工篮球比赛和第二届“先锋杯”职工乒乓球比赛等多项赛事，叫响了“先锋杯”职工文体活动品牌，激发出辽宁工人的奋斗豪情，凝聚起全面振兴的磅礴力量。

（辽宁学习平台 2024-08-06）

多支参赛球队参加“走进城市”活动——

“我给此次大连之旅打满分！”

球员们游览棒棰岛景区。金铭路 摄

本报讯（大连新闻传媒集团记者 许晓楠）8 月 6 日，火车头职工代表队、新华网职工代表队、五粮液集团职工代表队和北京电力职工代表队 4 支球队，分上下午两批次参观游览了棒棰岛景区。各球队观摩了“周恩来总理在大连”纪念展室，红色讲解员带领球员们深入了解了周恩来总理在大连期间的珍贵史实。随后各支球队在随队导游的引领下参观景区。济南能源职工代表队参观游览了俄罗斯风情街。

新华网球员肖世尧是一位体育记者，此前曾多次到大连采访，对大连的印象一直非常好，这次作为球员来连，他有了新的不一样的感受，他说：“我给此次大连之旅打满分！赛事组委会服务保障到位，工作人员热情周到，让我们参赛球员感到特别安心和舒心。大连气候凉爽，山海景色美丽，不虚此行。”

（大连日报 2024-08-07）

赛事组委会开展“走进企业”活动——

“大连石化与大庆油田一脉相承，是石油精神、铁人精神的传承者和践行者”

在大连石化展览馆里，球员们详细了解企业发展历程。金铭路 摄

本报讯（吴庆国 大连新闻传媒集团记者 许晓楠）2024 年（大连）全国职工足球邀请赛期间，为加强参赛企业间交流，展示企业文化、职工文化和优秀品牌，赛事组委会以足球为媒开展富有大连城市特色的“走进企业”活动。应参赛球队要求，8 月 6 日，赛事组委会组织大庆油田队一行，来到中国石油天然气股份有限公司大连石化分公司（以下简称大连石化）参观交流。

球队一行走进大连石化展览馆、第一联合车间管控中心，了解企业在推动高质量发展和生态文明建设方面做出的努力和取得的成果。“大连石化在 90 余年的发展中，创造了很多行业第一，也见证了新中国炼油工业从无到有，不断发展壮大的光辉历程。”在大连石化展览馆里，大家详细了解企业发展历程，边走边与企业工作人员交流。展厅劳模墙上展示的一代代大连石化人，秉承以“三老四严、苦干实干”为核心的石油精神，甘于奉献、躬耕不辍，为中国石油改革发展事业谱写了一曲曲气壮山河的奋斗赞歌，球员们在展墙前久久伫立，不时交流。

在第一联合车间管控中心，球员们详细了解了公司原油加工流程和先进的炼化工艺技术。“作为同属中国石油的企业，大连石化与大庆油田一脉相承，是石油精神、铁人精神的传承者和践行者。在参观中，我深切感受到大连石化将优良精神传统转化为有效的高质量发展举措，他们精细化、标准化的管理展现了中国石油的良好形象。”球员苏雷表示。

参观过程中，恢宏的炼化装置与蔚蓝的大海相得益彰，景色宜人。球员们纷纷表示，大连是一座山海相拥美丽又浪漫的城市。大连石化始终践行中国石油绿色发展理念，与城市和谐共生共荣，花园式炼厂成为大连市亮丽的工业风景线。大家将把心得体会带回去，更好地继承发扬大庆精神、铁人精神，加强企业间职工足球赛训合作交流，当好球场上的球员和油田上的骨干，为实现“一稳三增两提升”奋斗目标，全面建设世界一流现代化百年油田作出新的更大贡献。

参观前，大庆油田队队长常立强，将刻有“铁人五讲”的纪念盘，以及签有大庆油田全体运动员、教练员名字的本次赛事宣传海报，赠予大连石化。

（大连日报 2024-08-07）

没有明星大腕，职工就是主角

开幕式上的全健排舞者都是甘区教师

本报讯(吴庆国 大连新闻传媒集团记者 许晓楠)8月2日晚，2024年(大连)全国职工足球邀请赛开幕式向全国职工传递了“大连、足球、信心、力量”的办赛主题，来自全国各地的职工运动健儿和观众，一起见证了振奋人心的时刻。甘井子区220名教师表演的全健排舞，更是为本次开幕式增添了一抹亮色。

本次开幕式不仅是一场职工体育盛事的启幕，也是一次穿越大连历史与文化的旅行。鼓阵灯光秀、职工全健排舞、动态主题TIFO共同构成了一幅流动的画卷，让观众在欣赏职工体育竞技的同时，感受到这座城市的丰富文化底蕴，领略大连市职工队伍风采。75名身着白色服装的教职工手持彩色花球，分列两侧欢迎16支球队的运动员、裁判员入场。在教职工的编排下，大连市第二十五中学的30名学生带来的竞技表演，将舞蹈与杂技充分融合，观众掌声如潮。220名甘井子区教职工表演的全健排舞，配合律动节拍，通过丰富队形变换，演绎出了鲜花、海浪、足球、笑脸等一幅幅精美图案，既突出了大连元素，又彰显了“工”字特色，以丰富的表现形式展现了大连百万职工昂扬向上的精神风貌。这里没有明星大腕，职工就是整个赛事的主角。

“接到任务时学校已经放假，很多老师外出或者有外出计划，但是一听到是职工足球赛，都更改计划积极参与。”甘井子区教育工会联合会主席叶雪英说，参加演出排练的年轻教职工接到任务后，以昂扬向上的精神面貌，第一时间出现在了排练场上。

叶雪英介绍，甘井子区中心小学、甘井子区魅力小学、甘井子区营城子中心小学、甘井子区周水子小学、甘井子区郭家街小学、甘井子区教育局枫丹丽城幼儿园、甘井子区教育局钻石湾幼儿园等单位教职工参加了本次演出。幼儿园老师没有寒暑假，只能等下班后才匆忙赶去排练。其中有位男老师是学前教育专业毕业，在幼儿园里特别受孩子欢迎。这次排练，他主动请缨，表示没有男装也不要紧，穿裙子也行。演出当晚最后有一个镜头，大家把扇子一拿开时，就看到他了。

甘井子区总工会副主席王红告诉记者，区总工会组织近 260 名师生参加表演，开幕式表演的全健排舞由甘井子区基层教职工编导。2 分 40 秒的全健排舞表演，以及随后的暖场演出，凝结着市区两级工会、甘井子区教育工会联合会的工会干部，以及全体参演师生的辛勤汗水。在时间紧、条件差、人员多的情况下，每一位工会干部和教职工都展现出了极高的热情和专注度，出色完成了开幕式展演。职工队伍的凝聚力和战斗力，保证了最后每一个细节都能做到最好和最美。王红说，这些“最好”，得益于甘井子区总工会不断创新“文化力”、凝聚“职工力”的生动实践，这些“最美”，奏响了甘井子区职工文化活动最强音。

（大连日报 2024-08-10）

以足球为媒 大庆人走进大连造船

本报讯(吴庆国 大连新闻传媒集团记者 许晓楠)8 月 12 日,来连参加 2024 年(大连)全国职工足球邀请赛的大庆油田职工代表队一行走进大连船舶重工集团参观。

据了解,大连造船始建于 1898 年,前身是大连造船厂,是与近代大连城市同时诞生的机器制造厂家之一。目前是中国综合实力最强、最有国际竞争力的大型造船集团之一。

赛事开幕式当天,大庆油田职工代表队作为揭幕战对阵球队之一,曾在大连梭鱼湾足球场附近隔海遥望大船集团。在球赛即将闭幕之际,他们真正走进了大连造船。在船坞码头作业现场,参加参观活动的大庆油田职工代表和大船集团双方人员以大海和巨轮为背景合影,并共同发出"发扬铁人精神,向大庆学习、向大船学习"的心声。

在大连造船文化展示中心、党史馆和模型展区,大家边走边看,不时交流。大庆油田昆仑投资三联实业公司经理常立强代表大庆油田向大船集团赠送了铁人王进喜的纪念银盘,他表示,自己刚参加工作时,大庆油田就曾经发出过"焊接技术学大船"的号召。希望两家企业职工相互学习借鉴,继承发扬铁人精神、大船精神,胸怀大局、拼搏进取,展现出新时代职工的奋进力量。常立强代表大庆油田职工代表队向大连造船职工足球队发出邀请,今后将以足球为媒,进一步加强交流学习。

大连造船工会主席宋佐强表示,大船集团曾经派出 500 名员工到铁人学院学习，大庆油田整体风貌，特别是劳模（职工）创新工作室建设让他深受触动。希望两支球队能够通过交流不断加强往来，共同进步、共同发展。

中国职工文化体育协会会长李守镇在参观中表示，这次足球赛事并不单纯是一次体育比赛，更重要的是以足球为媒，加强企业交流、宣传企业文化、展示企业形象、凝聚职工力量。大庆油田职工代表队在活动中充分宣传了企业文化，展示了企业精神。要切实把发扬体育精神和展示企业文化融合起来，把发展职工体育融入企业发展中，让职工文化体育活动真正起到凝聚职工磅礴力量、促进企业高质量发展的重要作用。

（大连日报 2024-08-13）

大赛圆满收官！
500“工友”品味足球城的盛夏

2024 年（大连）全国职工足球邀请赛决赛暨闭幕式，8 月 13 日傍晚在大连足球青训基地举行。经过紧张激烈的对决，济南能源队夺得冠军，北京环卫集团队获得亚军，辽港集团队获得季军，火车头队获得殿军。

中华全国总工会副主席（兼）高凤林，中国职工文化体育协会会长李守镇，辽宁省总工会党组成员、副主席黄丽颖，市领导徐广湘、艾华、李大民、岳君年等出席，并与劳动模范代表戴振涛，为获奖单位和个人颁发奖杯、奖牌。

李守镇代表中国职工文化体育协会致辞表示,赛事生动实践了“大连 足球 信心 力量”的主题,达到了以足球促团结、以足球促交流的效果,对推动社会足球高质量发展,提高社会足球普及程度发挥了重要作用。

2024 年(大连)全国职工足球邀请赛是大连市总工会近年来首次承办的全国单项职工体育赛事,来自全国各地的 16 支队伍近 500 名职工参赛,小组赛和排位赛 28 场比赛共打出 101 粒进球。比赛突出“工”字特色,创造性地开展了走进城市、走进企业、

走进校园等一系列富有特色的群众性文化活动，夺取了运动成绩和精神文明双丰收，成了增添大连“足球城”亮色、加快文体旅融合发展的一张新名片。

（足球大连 2024-08-13）

大连中山区有支“海之骑”滨城卫士志愿服务队

本报讯（顾威 孙世梅）4 月的一天，辽宁省大连市中山区海军广场街道春海社区“海之骑”滨城卫士志愿服务队收到沙河口交警大队夜勤中队送来的锦旗，表达他们对饿了么骑手金大龙帮助他们追踪酒驾肇事嫌疑人的感激之情。平安建设的宣传员、网格信息的上报员、街头巷尾的救援员 ——“海之骑”滨城卫士志愿服务队在平安社区建设方面发挥了重要作用。2023 年被大连市总工会授予“2022 年度大连市最佳职工志愿服务团队”称号。

2022 年 8 月,春海社区将辖区新就业形态劳动者组织起来,成立了由 100 余人参加的“海之骑”滨城卫士志愿服务队。为让他们更好地发挥“三大员”作用,他们统一佩戴标识、统一携带“小喇叭”,积极配合社区开展“八五”普法、“反电信网络诈骗”、安全常识等平安建设宣传活动;激励骑手利用工作之余“随手拍”“随时报”,将矛盾纠纷、环境卫生、安全隐患等信息及时传递给街道、社区;多次聘请专业培训师对骑手志愿者进行培训,包含应急救援、志愿者自护、医疗常识等,进一步提升骑手对突发事件的应急救援能力。此外,实行“海之骑”与中山交警队志愿服务共建,由交警们为骑手们提供交通安全培训等方面的专业服务,骑手们也将利用工作之余加入文明引导、交通指挥等志愿服务。

2023 年初冬,随着气温下降,一些空巢老人和困难群体家庭囤购秋菜成了难题,在春海社区号召下,“海之骑”滨城卫士志愿服务队立即行动,第一时间将白菜、萝卜和大葱等挨家挨户送上门,帮助 10 户特殊家庭囤菜过冬。志愿者们连续 3 年参加社区无偿献血活动,献血量达 16000 毫升,还定期参加护林防火安全巡查、弃管楼院的卫生清洁等活动。

同时,春海社区积极在饿了么骑手中发展工会会员,目前已实名注册工会会员 357 人。针对年轻骑手的特点,春海社区组织开展丰富多彩的文化体育活动,在市区工会的支持下,先后举办了中山区首届“新就业形态劳动者夏日趣味运动会”、“高歌颂祖国 青春永向党”新就业形态劳动者庆中秋国庆联欢会、“三八”慰问女骑手等活动,进一步增强工会组织的吸引力和凝聚力。

(工人日报 2024-08-13)

大连西岗区总工会举办退役军人相亲交友联谊活动

工人日报客户端（记者 刘旭 通讯员 韩艺婷）为推动解决青年职工婚恋难题，深化双拥共建，增进军民团结，8 月 9 日，辽宁大连市西岗区总工会、西岗区退役军人事务局在三十七相文旅科技产业园联合开展“西”望相遇“岗”好有你——西岗区“七夕”大型相亲交友联谊活动。来自西岗区机关、企业、事业单位、部队、消防大队等单位的青年职工共 60 人参与。

活动设置了破冰、自我展示、丰富多彩的互动游戏、非遗螺钿、博物馆参观等环节，营造了轻松愉快的交流氛围，大家沉浸其中，氛围感拉满。通过此次活动，增进了青年职工的相互了解。据悉，西岗区总工会将持续深化“工”字号品牌服务体系建设，化身“红娘”，帮助青年职工办好“人生大事”，增强职工的幸福感、满足感。

（工人日报 2024-08-13）

大连市普兰店区工会举办“慧成长”暑期托管班

工人日报客户端（记者 刘旭 通讯员 许佳）记者近日获悉，为满足广大职工家长需求，解决辖区职工子女暑假“看护难”问题，今年暑假，辽宁大连普兰店区总工会联合太平街道工会首次开展“慧成长”职工子女暑期托管班。

为了最大限度服务好辖区职工家庭、为职工子女提供最好的托管环境，太平街道元景社区工会专门设立并开放青少年活动中心作为暑期托管服务的独立场所。社区工会为参加托管的每一个孩子制作了小档案，同时设立了休息室和医务室，摆放了饮水机、微波炉和医药箱。此外，“慧成长”托管班的所有活动范围做到了监控视角全方位覆盖，努力为职工和孩子们提供一个安全、舒适的托管环境。

在课程安排方面,“慧成长”托管班招募了专业的教师志愿者和优秀大学生志愿者,在英语口才拓展、美术创作、舞蹈、红色教育和安全防范等方面为孩子们提供了特色课程,确保孩子们在这里度过丰富多彩的暑假生活。

在太平街道金港社区工会“慧成长”托管班开班仪式上,通过自我介绍和破冰游戏,孩子们从最初的羞涩拘谨,到后来的欢声笑语,小手拉小手,友情的种子渐渐萌发,共同开启这段难忘的暑期旅程。除了作业辅导,在托管班里更有丰富多彩的兴趣类、体育类、特色类课程,让孩子们乐享暑假。

据介绍,此次“慧成长”职工子女暑期托管班服务主要以社区党建服务中心为依托,综合利用社区职工之家的场地和设施,发挥工会阵地服务作用,聚合各方资源,让职工家长放心托管、安心工作,同时也扩大了各级工会普惠服务覆盖面。

(工人日报 2024-08-13)

第二届辽疆产业工人技术交流活动在连启动

本报讯(吴庆国 大连新闻传媒集团记者 许晓楠)日前,第二届辽疆产业工人技术交流活动在连启动。新疆生产建设兵团八师石河子市劳模工匠、技能人才和工会干部一行来连,深入我市重点企业学习交流,共叙情谊、共谋发展。

为深入学习贯彻习近平总书记关于对口支援工作重要论述,贯彻落实省委、市委关于对口支援新疆工作部署,去年,我市选派劳模工匠赴八师石河子市,成功开展了首届辽疆产业工人技术交流活动。我市劳模工匠深入企业,为技术人才传授匠心,传技解惑。成立"大连·石河子劳模工匠人才创新发展联盟",全国劳动模范、一汽解放大连柴油机有限公司高级技师鹿新弟等6名我市劳模工匠受聘"联盟顾问",与八师石河子市相关企业职工通过跨地区"名师带高徒"结对,携手传承劳模精神,助力高质量发展。

为推动辽疆产业工人技术交流活动取得新成效,八师石河子市劳模工匠等一行来连,就解决"卡脖子"技术难题、推动产业工人队伍建设改革,深入我市部分先进制造业企业、民营高科技企业、电力企业和创新工作室学习交流。来自新疆天富集团的刘壮壮即将参加第八届全国职工职业技能大赛,但对不锈钢与铜管焊接、铝管对接水平焊缝以及不锈钢管板角焊缝等三个赛项心里没底。在大连造船,全国五一劳动奖章获得者、大连造船非船事业部电焊班电焊工朱先波为他一对一、手把手教学。刘壮壮感叹:"师傅们毫无保留为我讲解了技术要领,带着我实际操作,他们不仅是技艺的传授者,更是精神的引路人。"

在大连重工装备集团有限公司、辽宁红沿河核电有限公司、大连九成船舶重工舵轴有限公司等单位,辽疆两地劳模工匠就解决"卡脖子"技术难题、推动企业技术创新等方面切磋交流。两地工会就新形势下架起高技能人才"成长阶梯",加快推动构建符合辽疆特色的工匠培育体系,为高技能人才技能展示交流提供优质平台等话题交换意见。大家一致表示,将围绕推动两地共建现代化产业体系,拓展石化、物流、高端装备制造、水产品养殖加工、特色农牧业和科技创新等领域,推动两地产业工人技术交流机制化常态化,促进两地企业交流合作,实现互利共赢、共同发展。

(大连日报 2024-08-18)

辽宁省总工会：竞技班组管理培养复合型人才

8 月 13 日、14 日，由辽宁省总工会、省人社厅主办，大连市总工会、市人社局承办，一汽解放大连柴油机有限公司协办的 2024 年辽宁省职工制造业班组管理技能大赛在大连开赛，来自全省 15 支代表队的 52 名基层班组长同台竞技，尽展风采。

赛事聚焦全面振兴新突破三年行动，锚定新时代“六地”目标定位、服务和推动“八大攻坚”任务，贯彻落实省总工会“学当建”系列活动工作部署，旨在打造一支知识型、技能型、创新型产业工人队伍。大赛坚持以赛促学、以赛促训，着力培养高素质复合型班组长队伍和管理精英，推动夯实企业基层管理基础，共同为服务发展新质生产力、打好打赢攻坚之年攻坚之战作出贡献。

此次大赛为个人赛，由理论考试、管理实践、情景模拟和团队建设 4 个部分组成，按照《机械行业制造类班组长职业技能等级标准》规定的要求进行考核。考试试题由机械行业班组长管理题库与专家命题相结合，重点围绕现场安全、质量、成本、生产、环境等，突出现代管理知识、方法及工具应用，以及信息化、数字化、智能制造等相关内容，全面考查了班组长的综合管理能力。

（辽宁学习平台 2024-08-22）

辽宁省大连市总工会:服务“嘉年华”引600余名货车司机入会

8月8日,辽宁省大连市总工会携手甘井子区总工会及铁成(大连)物流园联合工会,成功举办了“工会伴您‘益’路同行”关爱货车司机公益活动,现场迎来600余名货车司机加入工会组织,共同体验工会带来的温暖与关怀。

此次活动如同一场盛大的工会服务“嘉年华”。主办方为货车司机发放了慰问礼包,开设了健康体检、扫码入会、开通技能培训通道、就业招聘、法律援助、理发、按摩、修脚8个服务专区。在扫码入会专区,货车司机通过扫码实现即时入会,享受工会带来的种种便利服务。现场还为货车司机提供了技能培训政策咨询、就业招聘、法律援助等服务。在健康体检快车旁,货车司机们排起了长队,工会组织的医疗团队为货车司机开展彩超、血糖、心电图及内外科检查等健康义诊活动。另一旁,理发师、按摩师、修脚师等志愿服务人员现场为货车司机提供相应免费服务。

大连红马供应链管理有限公司货车司机徐学飞说:“工会的服务很贴心,从健康检查到日常服务,一应俱全,加入工会是明智的选择。”有着同样欣喜感受的还有来自大连信义德物流有限公司的货车司机王德斌,他表示:“以前对工会了解不多,今天亲身体验后,才真正感受到工会的温暖。”

大连市总工会相关负责人表示,市总工会深入贯彻落实全国总工会“559”工作部署和省总工会“三走进”专项行动,始终关心关爱货车司机等新业态劳动者群体需求。今年,市总工会专门设立1000万元专项资金用于推进货车司机服务阵地建设,通过不断丰富扩展阵地网络,切实提高服务的便捷性、普惠性、精准性、常态性。今后，大连市总工会将围绕新就业形态劳动者的实际需求，在建会入会、维权服务、阵地建设等方面积极开展心理咨询、关爱服务等活动，并将系列暖心关爱活动体系化、制度化、常态化，让包括新就业形态劳动者在内的广大职工群众切实感受到工会组织的温暖，吸引更多新就业形态劳动者加入工会组织中来，为推动大连“两先区”建设和辽宁全面振兴新突破三年行动贡献力量。

（辽宁学习平台 2024-08-23）

大连市西岗区总工会开展“平安度夏送清凉”活动

工人日报客户端（记者 刘旭 通讯员 张璐）入伏以来，气温居高不下，辽宁省大连市西岗区总工会组织动员全区各级工会开展

对五大类高温户外作业一线职工的送清凉走访慰问活动,在全区工会系统掀起送清凉活动热潮。

大连市西岗区对区交警大队、区消防大队、新就业形态劳动者等一线高温作业户外职工进行了走访慰问,叮嘱大家在认真坚守岗位的同时,一定要注意防暑降温,避免中暑。

目前,大连市西岗区总工会已投入 11 万元用于送清凉走访慰问,其中向 5 个街道总工会共拨付送清凉专项经费 5 万元,支持街道总工会走访慰问所辖一线高温作业户外职工;投入 6 万元用于区总工会本级实地走访慰问活动,区本级走访了 20 个单位点位,向一线职工发放防暑降温饮品、食品及洗漱包、降温贴等清凉物资,受益职工 3000 余人次。

大连市西岗区各街道总工会积极行动,除了区总工会划拨的专项资金外,从各自工会工作经费中列支送清凉专项经费用于送清凉走访慰问活动,共计 8 万余元,区街两级工会共惠及职工 11000 余人次。

除了线下走访慰问活动,区总工会还精心组织开展线上

"'工'送清凉'码'上就领"活动，在西岗辖区设置 32 个便于职工领水的点位，发放矿泉水 6 万余瓶，服务职工近 900 人。

（工人日报 2024-08-24）

辽宁省首届"先锋杯"职工羽毛球比赛8 月 26 日在大连开幕

熊茂平出席开幕式 陈绿平宣布比赛开幕

8 月 26 日，辽宁省首届"先锋杯"职工羽毛球比赛开幕式在大连市体育中心羽毛球馆举行。省委常委、市委书记熊茂平出席开幕式。省人大常委会党组副书记、副主任，省总工会党组书记、主席陈绿平宣布比赛开幕。市委副书记刘宏致欢迎辞。省总工会党组副书记、分管日常工作的副主席魏红江，省体育局党组副书记、主持日常工作的副局长曹阳先后致辞。省总工会党组成员、副主席黄丽颖主持开幕式。市领导郭铁钧、李海洋、刘士武、李大民、王玲杰参加。中国羽毛球功勋教练李永波特邀出席。

辽宁省首届"先锋杯"职工羽毛球比赛由省总工会、省体育局主办，大连市总工会、大连市体育局、省体育事业发展中心乒羽中心、辽宁李永波国际羽毛球俱乐部承办。本次比赛于 8 月 26 日至 28 日在大连市举办，赛制为混合团体比赛，包括男子单打、女子单打、男女混合双打、男子双打、女子双打赛项，汇聚了来自全省各地区、各产业 29 支代表队的 320 余名职工运动员。

据悉今年以来，全省各级工会组织聚焦辽宁全面振兴新突破三年行动,深入落实"学思想、当先锋、建新功"系列活动部署安排,以"大干三年、奋斗三年 为实现辽宁全面振兴新突破贡献力量"为主题,积极打造辽宁"工"字特色职工文化活动品牌,把职工思想政治引领寓于职工文体活动之中,组织动员广大职工积极投身全面振兴新突破三年行动火热实践。

此次比赛是省总工会聚焦全面振兴新突破三年行动,扎实推进"学思想、当先锋、建新功"系列活动的重要内容;是持续打造"先锋杯"文体活动品牌,展示新时代职工风采,为打好打赢攻坚之年攻坚之战凝聚力量的生动实践;是务实推动高品质文体旅融合发展示范地建设的有力举措。

省总工会、省体育局、省体育事业发展中心等省有关单位负责同志;大连市直有关单位主要负责同志;辽宁省各市总工会、沈抚示范区工会、省产业工会主要负责同志;赛事组委会成员,全体裁判员,参赛队员等参加。

(大连发布 2024-08-27)

大连旅顺海带加工技能竞赛激发产业新活力

工人日报客户端(记者 刘旭 通讯员 武晓秋)8月21日,辽宁省大连市旅顺口区总工会举办的2024年海带加工技能竞赛开赛。

该项赛事吸引了旅顺口区110余名选手参与,他们以精湛的技艺和创新的思维,展示了海带加工的多样性和创新性。选手们在速系海带扣项目中,不仅比拼速度,更要注重质量。评委们从计时、完成质量等多方面进行综合评判，确保了比赛的公正性和专业性。此外，创新产品展示环节成了本次竞赛的一大亮点。参赛单位和个人带来了多款海带深加工产品，不仅拓宽了海带的应用领域，更为产业发展注入了新活力。这些创新产品不仅体现了海带在食品领域的多样性，更彰显了旅顺口区海带产业的创新能力和发展潜力。

旅顺口区总工会有关工作负责人表示，将以此次竞赛为契机，持续推动技能人才的培养和选拔，通过技能大赛增强技能人才的获得感、成就感、自豪感，激发广大职工热爱技能、学习技能的热情，为旅顺口区的高质量发展贡献力量。

（工人日报 2024-08-27）

辽宁省大连市总工会：比拼机器人应用 助力“中国智造”

8 月 23 日，由辽宁省大连市总工会、市教育局、市科技局、市人社局、团市委、市妇联主办，大连奥远电子股份有限公司工会委员会、大连市智能制造产业协会承办，大连机床集团职业培训中心、大连金普新区新领航职业培训学校协办的大连市第六届“工匠杯”职工技能竞赛暨全市机器人应用技能大赛决赛落幕。

大赛分为协作机器人、服务机器人两个赛项，以“理论+实操”的形式全面检验了选手的综合素质和创新能力。经过初赛的理论知识比拼，51 名来自装备制造类、科技类企业，以及技能培训机构的参赛选手，凭借扎实的专业功底成功进入决赛。

装配、调试、编程、上料、分拣……在决赛中，选手要在两个小时内操纵机器人完成整套实操动作,在赛场上组建出一条“迷你”流水线。“协作机器人”赛项考查了选手的装配、调试与编程等能力;在“服务机器人”赛项中,选手需根据工业机器视觉编程与应用,完成机器人+视觉平台装配、调试、程序编写等多种技术融合的场景应用。

大连华锐重工集团股份有限公司起重机铆焊车间电焊班班长石臣表示,作为一名产业工人,将把在竞赛中所学到的理论知识和积累的技术经验应用到实际工作场景中,在创新中不断提高技艺,为“中国智造”贡献产业工人力量。

(辽宁学习平台 2024-09-02)

辽宁大连:智力援疆解决 130 余个企业技术难题

本报讯(记者 张蕴 通讯员 吴庆国)8 月 30 日,第二届辽疆产业工人队伍技术交流暨大连 · 石河子劳模工匠人才创新协作行动启动仪式在新疆维吾尔自治区八师石河子工人文化宫举行。现场举办了“师带徒”签约仪式,两地劳模工匠交流分享了成长经历。这是自 2023 年首届辽疆产业工人队伍技术交流创新协作行动以来,大连劳模工匠再次走进“戈壁明珠”——石河子市,开展组团式智力援疆行动,针对石河子市相关重点企业提出的 130 余个技术难题提出解决方案,并跟踪指导。

本次以全国劳动模范、“中华技能大奖”获得者、一汽解放大连柴油机有限公司高级技师、中国一汽集团首席技能大师鹿新弟为代表的大连劳模工匠团队,是辽宁省乃至我国机械制造、船舶工程、数字加工等领域的专家型、领军型人才。在新疆期间，劳模工匠们将依据专业领域和企业实际需求，深入重点企业生产一线，围绕加快现代制造业高端化、智能化、绿色化发展，培育青年技能人才，助力企业转型升级创新发展等方面，提供针对性的技术帮扶。同时，通过成立创新工作室、跨区域师徒结对、劳模进校园等形式，赋能工匠培养和创新驱动，努力打造智力援疆的"大连样本"，为当地企业高质量发展注入强劲动力。

新疆天业（集团）有限公司涉足热电、化工及新材料、电石、水泥等多个领域。2023 年，新疆天业集团通过石河子市总工会，邀请大连劳模工匠深入企业生产一线进行专业技术指导。劳模工匠们对电气设备、生产设施、焊接工艺、创新工作室规范化建设等四大类、43 个技术难题逐一进行分析指导，提出可行性解决方案，并通过"师带徒"模式，手把手指导，共建创新工作室，积极为企业培育工匠型技能人才。新疆天业集团工会主席李彤感慨："大连劳模工匠团队不仅为企业带来了专业技术指导和技能人才培养的宝贵经验，他们身上展现出的劳模精神、劳动精神、工匠精神，也成了集团开启新征程的强大精神力量。"

大连市与石河子市联合成立了"大连 · 石河子劳模工匠人才创新发展联盟"，联盟充分发挥大连市劳模工匠创新智库的智力枢纽作用，提升工会组织智力援疆的水平，将劳模工匠智力援疆工作打造成为推动发展、促进民族团结、凝聚人心的重要工程，通过深化两地劳模工匠技能人才之间的交流交融，共同谱写新时代对口援疆工作高质量发展的新篇章。

（科技日报 2024-09-02）

辽宁省大连市甘井子区总工会：推进职工医疗互助 服务会员“零距离”

今年以来，辽宁省大连市甘井子区总工会和各基层工会通过微信公众号、抖音号、线下活动等多渠道积极发动、广泛宣传职工医疗互助活动，营造浓厚的互助互济氛围。同时，深入企业、“两新”组织，广泛征求建议，现场解疑释惑，提升职工医疗互助保障的影响力和认可度。今年上半年，全区有 906 名职工获得医疗互助补助金 56.47 万元。

截至 8 月 28 日，在本年度职工医疗互助活动中，甘井子区共有 226 家企事业单位 17492 名职工参与，甘井子区总工会已补贴经费 60 余万元，切实把职工医疗互助活动作为为职工办实事、办好事的重要载体和服务职工群众的工作品牌，力争实现服务会员“零距离”、网上办理零跑腿，持续推进职工医疗互助活动走深走实。

(辽宁学习平台 2024-09-03)

我市劳模工匠宣讲引发石河子职工强烈反响

本报讯(吴庆国 大连新闻传媒集团记者 许晓楠)9 月 2 日，参加第二届辽疆产业工人队伍技术交流创新协作行动的大连劳模工匠，来到位于八师石河子市的中新建电力集团、新疆天富集团作劳模精神宣讲。动人的故事、精彩的讲述，赢得了线上线下400余名一线职工的阵阵掌声。

全国劳动模范、全国技术能手、一汽集团首席技能大师鹿新弟，全国五一劳动奖章获得者、全国技术能手、中国船舶集团首席技师朱先波，辽宁省劳动模范、辽宁省技术能手、中国中车集团首席技师初永春等，在宣讲中深刻解读了新时代工匠精神的内涵，帮助企业提高了对于班组建设在人才培养、素质提升、创新创效中重要作用的思想认识，号召一线产业工人为企业创新发展勇担重任、再立新功。

新疆天富能源发电产业焊工班副班长刘壮壮，结合自己的成长心路，分享了向大连劳模工匠拜师学艺的心得感受。

会上，大连劳模工匠获聘为中新建电力集团工匠学院特聘导师。市总工会党组成员、副主席于春凯，向中新建电力集团10个优秀班组长赠送了“班组长能力提升”题库丛书及教程，并与劳模工匠一同为“聚能”职工创新工作室揭牌。

天富能源发电产业技术工人曹定坤听完大连劳模的宣讲后精神振奋。他表示自己的师傅刘壮壮，就是大连劳模朱先波的徒弟。听完朱先波师傅的宣讲后，他表示，大连劳模工匠执着专注、精益求精、一丝不苟、追求卓越的工匠精神感染着他、激励着他。大家纷纷表示，要自觉做劳模精神、劳动精神、工匠精神的践行者、传承者，坚持走技能成才、技能报国之路，为企业高质量发展作出工匠技能人才的更大贡献。

（大连日报 2024-09-03）

“官方带娃”提升职工幸福感

本报讯(大连新闻传媒集团记者 郃治)2024年暑假,中山区总工会通过专业化管理、多点面推进的方式,依托机关、街道和社区等基层工会,继续开办“慧成长”职工子女托管班,全方位做好托、管、教服务,切实解决职工后顾之忧。

为了解决外来务工子女在寒暑假期间无人看护的后顾之忧,让其全身心地投入城市的建设中去,中山区总工会在不断扩大职工子女托管覆盖面的同时提升职工子女托管服务水平,达到“服务职工子女、减轻职工负担、提升工作效率、助力中山发展”的成效。

“托管班不仅有好的教学课程,孩子还能和我一起上下班,这个暑假我儿子可开心了。”中山区检察院政治处的一位工作人员说,检察院工会考虑得很周到,为了减轻青年干警的压力和负担,暑假托管班开设了整整30天,托管时间从8时30分到17时30分,早饭和午饭都由院里的食堂提供,让家长们省心又放心。此外,各基层工会打破传统办班理念,链接优秀资源,带领孩子们体验不同的文化世界。组织孩子们走进大连市气象局,通过实地参观和互动体验,提升科学素养,培养探索和创新精神。邀请交警大队的刘警官为孩子们讲解道路交通安全知识,培养文明出行的好习惯。

据悉,今年中山区的“慧成长”职工子女托管班与往年相较覆盖面更广、受益人数更多、资金投入更大,各基层工会精准发力,共开设4家暑托班,惠及职工子女150余人,投入资金10万余元,以实际服务举措提升了职工们的幸福感和认同感。

（大连日报 2024-09-05）

大连市西岗区总工会
暑期职工子女托管班结业

工人日报客户端（记者 刘旭 通讯员 韩艺婷）为“托”稳职工心、“管”好职工娃，持续加强对职工子女的关心关爱，更好地解决职工后顾之忧，为期6周涵盖5个托管班174名职工子女的辽宁省大连市西岗区总工会“慧成长”职工子女托管班顺利结业。

大连市西岗区日新街道总工会“慧成长”托管班，连续两年为学生提供高品质暑期托管服务，曾荣获省级、市级职工子女托管班示范点。暑期前，大连市西岗区日新街道总工会开设了外国文学欣赏、国学欣赏、绘本阅读、数独思维、创意美术、书法写作、机

器人编程等课程。依托优秀的运动场馆、专业教练为学生们开设了篮球、排球、体能等专项运动课程。每周一次的研学课程,让孩子们走出教室,获得新的体验。

大连市西岗区人民广场街道总工会萌初“慧成长”北岗社区职工子女托管班暑假首次开班,针对职工子女托管的多元化需求和不同阶段孩童身心发展特点,为孩子们合理安排每天的活动和课程。人民广场街道总工会在市、区总工会的指导和辖区内珠江国际大厦有限公司大力支持下,面向新开路沿线商务楼宇内企业,开办“孩子受益、职工满意”的“广场萌初暑假营”职工子女托管班。通过安全教育、中华优秀传统文化学习、每周研学、小导演课等,让孩子们沉浸在知识的海洋里遨游。

大连市西岗区香炉礁街道总工会“爱源慧”职工子女托管班将教育、托管、实践相结合,除常规的作业辅导及兴趣课程外,还联合专业社工组织创新开设了国学、音乐、基地参观、急救培训、科学实验等特色课程。

大连市西岗区香炉礁街道总工会三点半学堂“慧成长”职工子女托管班至今已办班3年,辐射两个片区——东部商贸园和西部居民区,服务涵盖香炉礁物流产业园、新就业形态劳动者、户外劳动者等职工家庭。托管服务以“托、管、培养”三位一体教育方式,达到孩子开心、职工放心、工会暖心的目的,从而增强广大职工的获得感、幸福感和安全感。在老师和教官的带领下,孩子们在结业仪式上表演了军体拳、旗语操、诗朗诵、情景剧等精彩节目,向老师和家长汇报了假期在“慧成长”托管班的学习和收获。

下一步,西岗区总工会将结合广大职工需求,以孩子成长成才为重点,努力做到提升服务意识、增强服务能力、拓宽服务领域、完善服务制度,让“工会爱心托管班”成为职工的温馨家园。

(工人日报 2024-09-09)

辽宁省大连市总工会:特色竞赛花开遍地,“六个建设”如虎添翼

金雅银

大连市铸造行业技能大赛现场。
中车大连机车车辆有限公司工会供图

金秋时节,辽宁省大连市再次迎来了技能与智慧的盛宴——第六届“工匠杯”职工技能竞赛暨全市业务外包技能大赛。比赛中,10 支代表队进行 PPT 现场演示的形式不尽相同,有单兵作战,有双人配合,也有三人协作。尽管是在赛场上进行比拼,但各支队伍都将其所在班组或者整个公司在业务流程优化方面的经典案例和成功经验,通过精彩的 PPT 演示,毫无保留地分享给在场的其他团队。

全市业务外包技能大赛只是今年大连市第六届“工匠杯”职工技能竞赛的一幅精彩画面。从今年 6 月以来,像这样的场景不时在大连全市的各区域、各行业中上演。

今年,大连市总工会联合相关部门开展了大连市第六届“工

匠杯"职工技能竞赛活动,在赛项和工种确定方面,更加突出大连特色,对标全国和辽宁省职工技能大赛项目,重点围绕"六个建设"目标任务、发展新质生产力、推动科技创新、强化技能素质提升,激励广大产业工人积极投身建功立业主战场,确定了60项分赛事共95个赛项(工种)。

"在赛项设置上,保留建筑装饰、网络信息、文体旅游等传统项目,新增机器人、人工智能、智能制造等新项目,赛项(工种)较上一届更新率为45%。"大连市总工会经济技术和劳动保护部负责人表示,目前各项赛事已完成40余项分赛事60余个赛项(工种),预计10月1日前全部完成。

凸显地区特色,助力区域发展,是本届"工匠杯"职工技能竞赛活动最大的亮点。在大连市总工会的引领下,各区市县总工会及产业工会,充分结合自身地域优势与行业特色,创新性地策划并举办了一系列独具匠心、贴近实际的技能竞赛活动。

大连市高新区内科技企业众多,创新项目集中。区总工会根据区内特点,积极开展了机器人应用技能、机器视觉、AI项目管理等10项前沿科技赛事。大连奥远电子股份有限公司创新事业部项目经理寇宗海告诉记者:"机器人应用技能竞赛聚焦机器人应用重点领域,培育机器人发展和应用生态,促进了行业高质量发展。"

中山区位于大连核心城区,社区集中,人口密度大。区总工会在前期调研的基础上,充分发挥自身优势,开展了包括养老护理在内的11项赛事。集中展现了全区养老护理员的工匠精神和专业素养,有效满足了市民多层次、多样化的养老服务需求。

你办养老比赛,我组织财务大赛。沙河口区总工会开展的会计职业技能竞赛,赢得了区内从业者的纷纷点赞。"比赛不仅提供了交流交往的机会,更是对财务工作的一次重新梳理,增强了个人财务方面的技能。"大连锦辉物业管理公司的朱青山在比赛中摘得桂冠，他表示，区总工会搞的比赛特别接地气，对职工技能提升帮助特别大。

不搞一刀切，让基层工会充分根据地域特色设定赛事，第六届“工匠杯”职工技能竞赛专业化接地气的赛事，赢得了众多企业和职工的一致好评。大连市总工会相关负责人表示，未来，还将持续开展“工匠杯”职工技能竞赛，让各具特色的比赛遍地开花，充分提升区域职工技能素质，助力地方区域经济蓬勃发展。

（辽宁学习平台 2024-09-10）

辽宁省大连市总工会：现场观摩学技巧 实务培训增技能

社会化工作者在“港阅湾”大厦共享职工之家参观学习。

中山区总工会供图

金雅银

9 月 3 日，辽宁省大连市总工会社会化工作者培训工作在中山区职工服务阵地开展现场教学，来自全市各区县的 50 余名社会化工作者参加培训。

参训社会化工作者先后参观了中山区总工会打造的“海之骑”“海之娃”“港阅湾”等职工服务阵地。“海之骑”24 小时智能工会驿站,专门为女骑手配备了母婴室,其人性化设计令人倍感温暖,每日超过 50 人次的访问量,充分彰显了驿站的实用性。“海之娃”托管班是为满足外来务工家庭托管需求而打造的共享学堂。而“港阅湾”大厦共享职工之家是人民路街道总工会打造的职工服务阵地。

通过参观,参加培训的社会化工作者们深刻感受到了智能化和人性化,每一处都凝聚着工会组织对广大职工和新就业形态劳动者的关爱。大家在交流中学到了先进经验和服务理念,为下一步做好工会工作打下了坚实基础。

(辽宁学习平台 2024-09-10)

大连沙河口区工会托管班缓解职工“带娃难”

工人日报客户端(记者 刘旭 通讯员 蔡雨杉)假期“带娃难”始终是困扰职工家庭的一大难题。今年暑假,在辽宁省大连市总工会的指导下,沙河口区总工会积极整合辖区社会资源,倡导有条件的基层工会组织为职工子女提供假期托管服务,以实际行动诠释“娘家人”对职工的关怀与温暖。截至 8 月末,沙河口区 3 个职工子女暑期托管班顺利结业,近 70 名职工子女在托管班里收获了快乐与成长。

沙河口区各级工会在托管班筹备初期广泛收集职工及其子

女的实际需求和意见,结合本单位特点,确立各具特色的办班理念。春柳街道总工会依托大冷文化艺术中心资源,确立了“以艺术启迪智慧,以实践铸就成长”的办班理念,开设表演、美术、书法、声乐等艺术特色课程,还精心安排了录音棚和大剧院的探访之旅。孩子们不仅亲眼见证了专业舞台的幕后制作,还亲身体验了站在聚光灯下的激动与荣耀,种下了对艺术追求的梦想种子。

沙河口区委党校工会联合周边多家工会,拉动专业社会机构力量,打造内容丰富、结构科学的课程体系。课程涵盖专家辅导、优秀传统文化、美育、生活技能4大类,共计150余堂课。此外,沙河口区委党校工会将学党史等红色教育引入托管班,开展参观旅顺博物馆、旅顺日俄监狱旧址博物馆等爱国主义教育研学活动,滋养了孩子的爱国情怀。

沙河口区检察院工会制定以培养学生自主学习习惯为主的办班方针,开展了变废为宝、感恩主题手工制作、趣味游戏等系列实践活动,丰富同学们的暑假生活。同时结合本单位特色,精心组织了检察开放日活动。此外沙区检察院以当下青少年喜爱的“剧本体验”模式为载体,围绕师生们高度关注的“校园霸凌”“挺身而出帮好友报复”构成共同犯罪等为切入点,组织学生参演法治情景剧。同学们热情高涨,踊跃参与,法治的种子在大家心中扎根。

沙河口区职工子女暑期托管班开班以来,收获好评如潮。职工家长代表表示:“以前我们需要带着孩子上班,不仅不方便还影响工作。自从孩子参加了这个托管班,我们双职工家庭再也没有这个烦恼了。”

(工人日报 2024-09-12)

大连市“工匠杯”以赛赋能高质量发展

5年近万名职工获通报奖励

本报讯（记者 刘旭 通讯员 吴庆国）近日，一批具有创新思维、熟练运用数智技术的“数字工匠”，通过大连市总工会举办的第六届“工匠杯”职工技能竞赛暨机器人应用技能竞赛脱颖而出。

据了解，大连市“工匠杯”职工技能竞赛自2019年以来每年举办一届，一大批行业工种“新标准”“新纪录”竞相涌现，160余名职工通过竞赛获得表彰，1500余名职工职业技能等级得到晋升，近万名职工获得通报奖励。大连市总通过建立健全激励机制、用好用活竞赛结果，助力攻克重点领域“卡脖子”技术难题，培养造就一批具有自主创新能力和核心竞争力的高技能领军人才、能工巧匠。

大连市总经济技术和劳动保护部负责人表示，第六届“工匠杯”职工技能竞赛开展60项分赛事共95个工种赛项，通过竞赛充分激发职工创新创造创效活力，助力大连打造现代化产业体系。

大连市各级工会结合实际，举办职工技能竞赛活动异彩纷呈。大连市高新区总工会开展涵盖机器人视觉、AI项目管理等10项前沿科技赛事。中山区总工会共开展11个赛项，创新打造助力文旅融合发展的职工技能竞赛升级版。西岗区总工会开展以养老护理、家政服务、物流技能、安全护理等为主要内容的技能竞赛23项。

“‘工匠杯’聚焦机器人应用重点领域，通过搭建‘机器人+’

应用创新实践平台，提升了大连职工的技术能力，赋能高质量发展。”竞赛组织者、大连奥远电子股份有限公司创新事业部项目经理寇宗海表示。

（工人日报 2024-09-16）

辽宁省大连市总工会：比拼AI应用 碰撞智慧激情

金雅银

日前，由辽宁省大连市总工会、市教育局等主办的大连市第六届“工匠杯”职工技能竞赛暨AI应用创新技能大赛完美收官，标志着大连在推动人工智能技术应用与创新方面迈出了坚实一步。

此次大赛不仅是大连市AI应用领域的首次大规模赛事，更是对工匠精神与AI技术深度融合的一次生动诠释。从启动阶段的主题演讲，到紧张激烈的笔试比拼，再到最终精彩纷呈的路演展示，每一个环节都是智慧与激情的碰撞。

在启动阶段，赛事组委会特邀业内专家围绕“数据资产推动的时代机遇”等内容作主题发言，大家共同分享了AI数据资产化的前沿理念，深入探讨了AI技术对人力资源等领域的深远影响。

笔试环节从自然语言处理到深度学习，从强化学习到AIGC生成式内容，每一个领域的知识点都被精心设计成题目，全方位检验了参赛者的专业素养和综合能力。

在 8 月 31 日的总决赛路演展示中,14 名来自大连各地的顶尖 AI 应用选手带着他们的创新成果登上了舞台,通过生动的讲解和直观演示,向评审团和观众展示了 AI 技术在实际应用中的无限可能。无论是智能机器人、大数据分析,还是图像处理、语音识别,每一个项目都展现了 AI 技术对社会进步和产业升级的强大推动力。

（辽宁学习平台 2024-09-19）

大连甘井子区
举办养老护理员职业技能竞赛
促养老人才技能水平提升

中新网辽宁新闻9月21日电 近日，由大连市甘井子区总工会、大连市甘井子区人力资源和社会保障局、大连市甘井子区民政局、大连市甘井子区养老福利协会联合主办的大连市甘井子区第三届“工匠杯”职工技能竞赛暨全区养老护理员职业技能竞赛正式拉开帷幕。

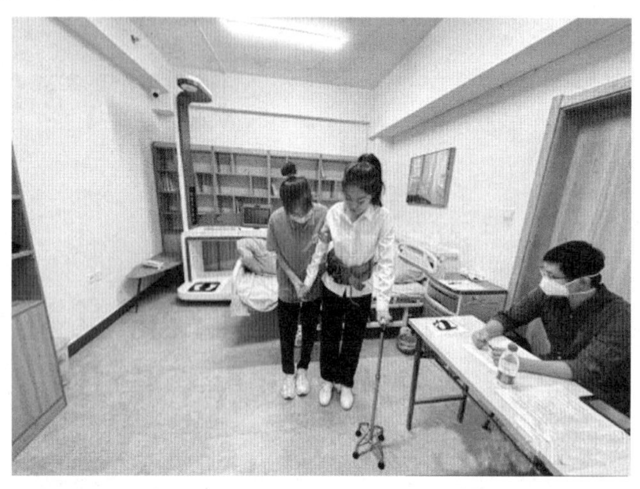

开幕式上，甘井子区总工会主席吴克华、甘井子区民政局副局长夏士斌分别致辞。

吴克华指出，甘井子区落实市委、市政府新时代辽宁人才振兴大会部署要求，提出“技能甘井子”目标，要建立一支庞大的人才大军，养老护理是重要组成部分。我们要瞄准相关产业发展主赛道，不断锤炼人才的技能水平和业务素养，为经济社会发展持续注入新活力。

夏士斌表示，要通过每年的养老护理员职业技能“系列”竞赛活动，在各养老服务机构掀起一个全员参与、全员训练、全员提高养老护理技能训练的热潮，营造出广大养老护理员钻研业务技术、提高技术水平的浓厚学习氛围,全面提高全区养老护理的水平和层次。

甘井子区是全市养老服务大区,60 周岁以上老年人口 32.95 万人,占全区总人口比例高达 21.47%,老龄化程度较重,全区有正在运营的养老机构 120 家,现有工作人员近 1200 人。为满足养老行业对人才的需求,也为进一步提升整体行业从业人员的综合素养,相关部门不定期举行培训和竞赛,选拔和培养高素质养老护理人才。

本次大赛,来自甘井子区 30 余家养老机构的 168 名选手踊跃报名参加。经过前期培训、预赛等环节,50 位参赛选手脱颖而出,进入当天的决赛。决赛采取“理论知识+实操技能”的方式进行,实操内容围绕老年人日常生活照料、护理技能等进行考核,紧贴工作实际,“协助老人使用开塞露”“为老人测量血糖”和“指导老人使用手杖行走训练”等都是护理员在日常工作中的“常规”项目。

经过激烈角逐,吕金虹、夏海燕、董璇、肖方达四位选手最终分获本次大赛的一、二、三、四等奖,另有 16 位选手荣获“优秀奖”。另外,有大连市蓝天养老集团、大连椒金山养老服务中心、大连市甘井子区辛寨子社区养老服务中心、甘井子鸿诚康复养老中心等十家单位荣获“优秀组织奖”。

（中新网辽宁 2024-09-21）

大连市旅顺口区举办 2024 年“交通杯”道路运输技能竞赛

工人日报客户端(记者 刘旭 通讯员 武晓秋)9 月 13 日,大连市旅顺口区“全面振兴新突破 · 建功立业当先锋”2024 年“交通杯”道路运输技能竞赛在大连旅开机动车驾驶员培训有限公司训练场圆满落幕。此次竞赛由大连市旅顺口区总工会、区交通运输局联合主办,旨在培养高素质职工队伍。

竞赛历时两天,分为理论知识和技能操作两部分,来自旅顺口区交通运输系统的 12 支队伍、80 余名选手参与角逐。理论知识竞赛重点检验选手对相关法律法规、职业道德等的掌握情况,

而技能操作则考验驾驶员在规定时间内完成各项驾驶任务的能力。

经过激烈比拼,赛事领导小组根据总成绩评选出前六名,并颁发证书和奖金。第一名被授予"旅顺口区'交通杯'道路运输技能竞赛技术标兵"称号,第二、三名则获得"旅顺口区'交通杯'道路运输技能竞赛技术能手"荣誉。

参赛选手纷纷表示,从业这么多年,通过这次竞赛再回炉深造一次,不但能找到自身不足,而且是一次难得的交流技术的机会,感觉这样的经历非常值得。

此次竞赛不仅展示了选手的专业技能，更为优秀技能人才提供了展示和提升的平台。区交通运输行业工会联合会将以此为契机，进一步规范行业标准，培养更多高素质专业人才，以更加优质的交通运输服务，为辽宁全面振兴新突破旅顺口三年行动添砖加瓦。

（工人日报 2024-09-23）

大连市西岗区举办
人力资源管理师技能竞赛

工人日报客户端（记者 刘旭 通讯员 张璐）9 月 6 日，大连市西岗区举办人力资源管理师技能竞赛。本次竞赛由大连市西岗区总工会、西岗区人社局主办，大连市光彩就业服务有限公司工会委员会承办，大连市劳动和社会保障学会协办。大连市西岗区政府、区总工会、区人社局有关领导参加活动。活动特别邀请了中国劳动和社会保障科学研究院副研究员黄湘闽等 5 名专家担任竞赛评委。

本次竞赛分为初赛、半决赛、决赛三轮，分别以理论考试、组队抢答、实际操作的方式进行。经过初赛和半决赛的选拔，共有 10 名选手进入决赛，最终评选出比赛前 5 名和优秀选手 5 名。

（工人日报 2024-09-23）

深情唱响《祖国颂》大连职工获金奖

大连职工合唱队在演出。金铭路 摄

本报讯(吴庆国 大连新闻传媒集团记者 许晓楠)9月20日至21日,由辽宁省总工会主办、辽宁广播电视集团(台)承办的“学思想、当先锋、建新功”——辽宁省庆祝中华人民共和国成立75周年职工歌咏大赛在沈阳举办。来自全省各市、沈抚示范区和省产业工会的17支职工合唱队伍参赛。大连职工合唱队全体演职人员凭借精湛的演绎、优异的表现获得金奖,为大连争得了荣誉。大连市总工会获得大赛优秀组织奖。

本次参赛的大连职工合唱队由105名一线职工组成,平均年龄40岁。这支队伍以中山区教职工为主要班底,吸纳我市公安、交通和文化行业等有一定音乐基础、热爱歌唱的职工参赛。舞台上,他们深情演绎的歌曲《祖国颂》,是新中国成立以来最优秀的合唱歌曲之一,其旋律宽广、气势宏伟,演唱难度较大,对演员的音乐素养及各声部的配合要求极高。比赛中,大连职工合唱队在国家一级作曲、中国音乐家协会会员、甘井子区音协主席、大连大学客座教授安九六的指挥下，默契配合，男高音、男中音、女高音和女中音四个声部相辅相成、相互呼应，音域沉稳宽广，音乐层次丰富。通过深情的歌唱，讴歌了新中国 75 年来的辉煌成就，真诚表达了全市广大职工永远听党话、感党恩、跟党走的拳拳赤子心，为观众带来了恢宏大气的艺术感受，全场不时响起热烈掌声。

"《祖国颂》是祖国的颂歌、人民的颂歌、民族的颂歌。"参加演唱的大连公共交通建设投资集团有限公司综合办公室职工边大路说，"我 1994 年出生，以前没有演唱过这首歌曲，这次比赛心情既紧张又激动，我要用歌声来歌唱祖国、赞美新时代，在歌声中接受思想与灵魂的深刻洗礼，凝聚团结奋进的力量，展示我们大连工人的担当和风采。"

（大连日报 2024-09-25）

大连市总工会举办庆祝中华人民共和国成立 75 周年系列活动

工人日报客户端（记者 刘旭 通讯员 吴庆国）为庆祝中华人民共和国成立 75 周年，唱响爱党爱国爱社会主义的时代主旋律，9 月 26 日，由辽宁省大连市总工会主办，市总工会心连心艺术团、大连盐化集团承办的大连市职工庆祝中华人民共和国成立 75 周年优秀文艺节目展演活动，在大连盐化集团举行。大连市各行各业 300 余名职工演员，用自编自演的文艺精品向祖国 75 周年华诞献礼。

当日傍晚，演出场地上一片欢腾，合唱、诗朗诵、原创歌舞、乐器演奏等节目精彩不停，衷心祝福伟大祖国欣欣向荣、繁荣昌盛。

由劳模工匠代表刘奎、宋杨、王嘉、王明珠表演的诗朗诵《当五星红旗和朝阳一同升起》掀起了晚会的高潮,劳模工匠为祖国建设发展作出的突出贡献和对祖国深沉炽热的情感打动了现场每一位观众。全市各行各业劳动模范代表、一线职工及家属代表、工会干部代表1000余人观看演出。参加活动的全国劳动模范、大连公交客运集团有限公司405路驾驶员唐学新表示,一线职工以歌传情、以声献礼,唱出了激情、唱出了力量,唱响了爱党爱国最强音。

国庆前夕,大连市总工会以"中国梦·劳动美——凝心铸魂跟党走 团结奋斗新征程"为主题,在全市广泛开展主题宣传教育、职工文体活动、劳模邀你过节、深化维权服务、提升生活品质、慰问教职员工等6大行动,庆祝中华人民共和国成立75周年。

活动中,大连市总工会加强对各级工会统筹协调和督促指导,并发挥市职工思想宣讲团作用,示范引领带动工会干部、广大职工深入学习领会党的二十届三中全会精神,确保活动取得实实在在的效果。开展大连市职工庆祝中华人民共和国成立75周年书法摄影展,精选165幅书法作品和401幅摄影作品参展,充分表达了广大职工的使命担当和家国情怀。"劳模送祝福""劳模邀你城市漫步""劳模邀你向祖国告白"等活动异彩纷呈。对参与大连市重大项目、重点工程一线职工开展关爱慰问,筹措资金121万余元,走访慰问了恒力重工产业园、英歌石科学城等16个项目工程的24102名一线职工。

大连全市各级工会丰富载体,为系列庆祝活动搭建舞台。中山区总工会举办了"遇见中山·四季美好——工会带您游中山"职工主题摄影展活动,西岗区总工会举办了"歌唱祖国"职工合唱比赛,沙河口区总工会举办了"七十五载风华颂·奋楫扬帆谱新篇"主题文艺演出,甘井子总工会举办大连市第六届"工匠杯"职工技能竞赛暨全市社会工作者技能大赛,旅顺口区总工会举办首届"劲旅杯"职工运动会,金普新区总工会举办了"聚力六地谱新篇”职工艺术作品展，普兰店区总工会举办了“礼赞劳动者 建功新时代”主题展演活动，瓦房店市总工会开展了“我爱我家”摄影作品展，庄河市总工会举办网络有奖答题活动，长海县总工会举办了职工书法摄影展，长兴岛经济技术开发区总工会举办了第二届“长兴杯”职工足球联赛和职工沙滩趣味运动会。

（工人日报 2024-09-29）

大连瓦房店市第四届“轴都工匠杯”劳动和技能竞赛落幕

工人日报客户端（记者 刘旭 通讯员 徐逸群）辽宁大连瓦房店市第四届“轴都工匠杯”劳动和技能竞赛自今年 6 月启动以来，以“锻造轴都工匠，助推振兴发展”为主题，共设 6 项赛事，13 个竞赛工种，涵盖农业、消防、烘焙、工业等多个类别。

6 月份，瓦房店市总工会联合市人力资源和社会保障局举办两场农业类竞赛——新型职业农民樱桃分拣技能竞赛和新型职业农民苹果套袋技能竞赛，参赛选手们精神抖擞，全神贯注，运用熟练手法操作，比赛过程紧张有序。经过激烈角逐，在公平、公正的原则下，最终评出一、二、三、四、五等奖各一名，优秀奖 15 名。此次竞赛的成功举办，搭建了大连瓦房店市新型职业农民的技能交流平台，展示了新型职业农民积极向上的精神风貌。

6 月末，瓦房店市举办了烘焙技能大赛，设置裱花蛋糕、面包制作、手冲咖啡赛项，邀请大连市“唐为成咖啡大师工作室”领办人唐为成老师、大连烹饪学校西式面点专业魏湘杰老师为参赛选手进行了专业的培训和演示。比赛现场气氛热烈、选手们全神贯注，最终评选出一、二、三、四、五等奖各一名，优秀奖若干名。

9月份，大连瓦房店市“轴都工匠杯”劳动和技能竞赛暨消防职业技能竞赛在瓦房店市消防救援大队训练场开赛。来自消防救援大队及全市企事业单位共148名选手参赛。经过前期初赛，共60名选手进入实操决赛。决赛融个人专业技能、体能为一体，涵盖灭火战斗员、微型消防站、消防装备维护员三个竞赛项目，经过激烈角逐，优秀选手脱颖而出，最终，大赛评选出各赛项一、二、三等奖各1名，优秀奖12名。此次竞赛既是瓦房店市消防从业人员技能的比拼，也是执业能力水平的展示，进一步激发广大消防人员爱岗敬业、锐意进取、奋勇争先的昂扬斗志，锤炼灭火救援、火灾防范过硬技术水平，实现以赛促学、以赛促训。

近日，由瓦房店市岗店街道总工会主办，华创重工工业（大连）有限公司工会、瓦房店世强轴承制造有限公司工会承办的铆焊技能竞赛、锻造技术技能竞赛结束。经过激烈角逐，各赛项最终评选出一、二、三等奖各1名，优秀奖若干名。此次竞赛全方位、多角度考查了职工的综合素质和技能水平，提升了他们工作的积极性和操作技能，为企业发展提供了技能人才保证。

（工人日报 2024-10-15）

大连市沙河口区总工会携手校企举办校园招聘会

工人日报客户端（记者 刘旭 通讯员 蔡雨杉）10月16日下午，由大连市沙河口区总工会携手区人力资源和社会保障局主办的“金秋职遇，梦想启航”沙河口区校园招聘会在大连工业大学圆满举行,1400 余名学子齐聚现场,共同踏上求职之路。

招聘会当天,大连工业大学体育馆里人头攒动,学子们早早来到招聘现场,挑选自己心仪的岗位。沙河口区总工会精心组织了 200 余家优质企业,提供 600 多个就业岗位,岗位涵盖技术、管理、销售、服务、化工等多个领域。学生们手持简历,在各个展位前仔细咨询,与企业代表进行面对面交流。交流中,学生关注就业前景、行业发展潜力、薪资待遇等方面,企业则看重学生的专业技能、沟通技巧、主观能动性等能力。活动结束后,不少企业与学子实现了“双向奔赴”,初步达成就业意向 200 余人次。

一位毕业生感慨地说,这次招聘会让他感受到了就业的紧迫性和现实性,通过与企业的交流,他更加明确了自己的职业目标,希望今后能有更多这样的机会。

除了丰富的就业信息,招聘会现场,大连市沙河口区总工会还设立了法律咨询服务区域,为学生们提供全面的职业指导和咨询服务。大连市沙河口区职工法律服务中心的律师耐心解答学生们关于合同签订、劳动权益保护等方面的疑问,帮助毕业生们提前了解职场法律法规，提升就业保护意识，并对现场签订就业协议的学生们提供服务，助力学生走稳走好就职路。

此次“金秋职遇，梦想启航”沙河口区校园招聘会是沙河口区总工会发挥工会桥梁纽带作用，做深做实工会就业帮扶工作的一抹剪影。今年以来，大连市沙河口区总工会共举办了3场校园招聘会，服务毕业生超过2000人次，达成就业意向500多人次，实实在在将企业的“橄榄枝”筑成广大学子实现职业梦想的“引凤巢”。未来，大连市沙河口区总工会将继续做好“就业红娘”，打造校企“鹊桥佳话”，为构建大连市沙河口区近悦远来的高水平人才聚集高地贡献工会力量。

（工人日报 2024-10-16）

大连市总工会开展劳模疗休养活动

工人日报客户端（记者 刘旭 通讯员 吴庆国）为大力弘扬劳模精神、劳动精神、工匠精神，10月21日，大连市总工会开展的2024年大连市劳模疗休养活动在连启动，280名大连劳模分五期，赴上海、南京、成都、锦州等四地，参加为期一周的疗休养活动。

此次劳模疗休养活动主题鲜明、内容丰富。既有强化思想政治引领、推动学养结合的重温红色经典、学习党的二十届三中全会精神系列活动，也有丰富多彩的健康疗养和趣味拓展活动，让劳模们在轻松愉快的氛围中获得心灵休憩和身体调养。大连市总工会工作人员带队，用全程贴心服务，把市委、市政府对劳模的关心关爱及时送到劳模的心坎上。参加活动的劳模纷纷表示，将珍惜这次疗休养的机会，放松身心，相互交流学习，疗休养结束后，将以更加饱满的工作热情、更加昂扬的精神状态，继续发挥示范带头作用，以新气象新作为谱写中国式现代化大连篇章作出新的更大贡献。

近两年来，大连市总工会坚持面向基层、面向一线，重点组织生产一线，特别是在大连市重大战略、重大工程、重大项目、重点产业中作出突出贡献的400余名市劳模参加疗休养。为进一步深化劳模服务工作，把工会“娘家人”的温暖融入劳模工作每个细节，大连市总工会陆续开展了劳模子女高考志愿填报服务、为劳模拍摄全家福、劳模“海上游大连”、邀请劳模看足球比赛等活动，进一步提高了劳模的获得感、安全感、幸福感。

（工人日报 2024-10-21）

市总工会召开第十七届委员会第八次全体（扩大）会议

本报讯（吴庆国 大连新闻传媒集团记者 许晓楠）10月21日，大连市总工会第十七届委员会第八次全体（扩大）会议召开，市委常委，市总工会党组书记、主席徐广湘主持会议。会议选举大连市总工会党组成员陈艳同志为大连市总工会第十七届委员会副主席。

会议强调，全市各级工会要认真落实全总“559”、省总“三大专项行动”和市总“五大提升工程”等工作部署，围绕中心、服务大局，全面履行维权服务基本职责，团结动员全市广大职工群众为大连奋力谱写好“两先区”高质量发展新篇章，当好新时代东北振兴、辽宁振兴的“辽沈战役”急先锋发挥主力军作用。要进一步推动党的二十届三中全会精神学习宣传贯彻走深走实,建好建强、用足用好职工思政宣讲团,通过线上线下相结合的方式,推进全会精神走进车间、生产一线和职工家里、群里和心里。要进一步推进产业工人队伍建设改革,切实发挥工会牵头抓总作用,锚定“思想引领、建功立业、素质提升、地位提高、队伍壮。要进一步守住兜牢民生底线,全面做好就业服务、救助帮扶、“两节”送温暖等各项工作,将党委政府对广大劳动者的关心关怀送到职工身边。要进一步做好新就业形态劳动者维权服务,坚持建会入会、提升技能、安全防护、矛盾化解、生活服务等并重。要进一步强化安全生产、劳动保护监督检查,督促企业履行安全生产首责和企业全员安全生产责任制。

要进一步落实好劳动领域政治安全责任,立足于抓源头、查隐患、畅渠道,确保劳动关系和谐稳定。

(大连日报 2024-10-22)

辽宁省大连市沙河口区总工会:校园招聘助梦启航 500余名学子现场签约

金雅银

10月16日,辽宁省大连市沙河口区总工会与区人社局在大连工业大学联合举办“金秋职遇,梦想启航”校园招聘会,吸引了1400余名学子参加。

沙河口区总工会精心组织了200余家优质企业参与此次校

招,提供涵盖技术、管理、销售、服务等领域的600余个就业岗位,200余人初步达成就业意向。

除提供丰富的就业信息,招聘会现场还特别设立法律咨询服务区域。沙河口区职工法律服务中心律师耐心为毕业生解答关于劳动合同签订、劳动权益保护等方面的问题,帮助他们提前了解相关法律法规,提升法律意识。对于现场签订就业协议的毕业生,律师还提供了专业的法律服务,助力他们走稳走好就业路。

一名高校毕业生说:"这次招聘会让我深刻感受到了就业的紧迫性和现实性。通过与企业交流,我的职业目标更明确了。"

今年以来,沙河口区总工会已举办3场校园招聘会,累计服务毕业生2000余人次,达成就业意向500余人。

(辽宁学习平台 2024-10-23)

金普新区总工会启动“劳模工匠进校园”

本报讯(记者 王彩霞)10月22日,全国劳动模范、大国工匠鹿新弟,与全国五一劳动奖章获得者、辽宁工匠许斌一道走进大连经济技术开发区职业中专,为该校300余名学生代表作了一场生动感人的现场讲座,拉开了金普新区"劳模工匠进校园"活动的帷幕。

金普新区"劳模工匠进校园"活动由大连金普新区总工会、金普新区教育局、金普新区人社局和团区委联合主办,活动以"匠心筑梦,劳动光荣"为主题,旨在发挥劳模工匠在推进产业工人队伍建设、培养高技能人才以及引领社会风尚等方面的作用,鼓励和吸引更多青年人踏上技能成才、技能报国之路。讲座中,鹿新弟回顾了自己37年的职业生涯,从匠心筑梦、技术强国、匠心传承、报效祖国四个维度,分享自己从一名普通技术工人逐步成长为全国劳动模范的奋斗故事,充分展现了一位全国劳模的敬业奉献、一名全国人大代表的责任担当和一位大国工匠的精湛技艺。许斌讲述了自己从一名中专毕业的“模具小钳工”,到逐步成长为“创新大工匠”,再到带领团队突破国外技术壁垒的个人经历。21年的坚守,是他执着专注、精益求精的工匠精神的真实写照。

两位劳模的生动讲述,博得了现场学子的热情回应,讲座现场热烈的掌声经久不息。通过此次活动,“劳模精神、劳动精神、工匠精神”在学子们心中深深地播下了种子。

(大连日报 2024-10-24)

大连中山区:“职工夜校”试点启航照亮职工成长之路

本报讯(大连新闻传媒集团记者 部治)今年6月始,大连市中山区总工会正式开启“职工夜校”试点运营,旨在提升职工的综合素质和技能水平,丰富职工业余生活,为区域夜间经济发展注入活力。这一举措不仅承载了新时代职工的期许与需求,更是对“工人夜校”这一红色工运史传统的传承与创新。

试点运行以来,“职工夜校”以丰富职工文化生活为主要方向,开设大师课、精品班,内容涵盖劳模宣讲、文化文艺、健身运动、技能培训、亲子关爱等多个领域。职工们可以在这里去“班味”、解放“大脑”，享受自由、快乐的班后生活。同时，“职工夜校”还坚持“培育、共享、创新”的办学宗旨，提倡服务性办学、公益性主导、市场化运营、社会化监督，确保教学质量和效果。

“职工夜校”以普惠的形式将优质教学资源带给职工。通过工会购买服务与职工众筹相结合的方式，为夜校的可持续发展提供资金保障。职工们仅需支付 10 到 15 元的课资，就能体验到全市顶尖的教学资源。如今，“职工夜校”已经成为中山区职工成长的新平台、新舞台。

（大连日报 2024-10-24）

环卫工人赛技能

扎扫帚竞赛。大连新闻传媒集团记者 吉存 摄

本报讯(大连新闻传媒集团记者 吉存)昨日下午,西岗区环卫劳动技能竞赛在白云雁水市民广场举行。本次竞赛旨在通过竞赛提高西岗区广大环卫工人的专业技术水平和操作技能,优化环卫作业流程,丰富环卫职工文化生活。

竞赛共设4个项目,分别为扎扫帚、道路扫保、电动保洁车驾驶保洁、垃圾分类作业。为了展现真实工作场景,模拟真实作业环境,本次竞赛升级了比赛场地和作业难度。现场哨声一响,比赛正式拉开帷幕,经过层层选拔,来自全区各环卫企业的36名环卫工人代表参加决赛。在近两个小时的激烈角逐中,经过各位裁判的严格评判,最终产生本次竞赛的个人、团体奖项。

本次竞赛在庆祝"环卫工人日"的同时,大力弘扬劳模精神、劳动精神、工匠精神,进一步规范清扫操作流程,提升环卫工人业务水平,增进环卫职工之间的交流,形成你追我赶、比学赶超的浓厚氛围,真正做到以赛促练、以赛促学,使全区的环卫水平更上一个台阶。

(大连日报 2024-10-25)

大连工匠学院线上学习平台助力产业工人技能提升

工人日报客户端(记者 刘旭 通讯员 吴庆国)今年4月,大连工匠学院线上学习平台正式投入使用,面向大连全市工会会员免费开放,着力为产业工人建功立业赋能,切实让产业工人人尽其才有位有为,如今取得可喜成果。

大连工匠学院线上学习平台充分考虑各方应用场景,同时满足劳模工匠展示交流、职工在线学习培训考试、基层工会组织管理要求。对于发挥“工匠大师”在技术攻关、技术创新、绝技绝活的引领和传承作用,提升产业工人技能素质,服务我市经济社会高质量发展具有积极意义,得到社会各界热烈欢迎。

大连市总工会推动建劳模工匠创新智库,实现工匠人才库、工匠学院讲师库、课程库打通,根据大连市产业结构和工匠学院布局,建成符合大连市工匠和高技能人才培养要求的师资体系、课程体系和教学体系,实现高技能人才培育和素质提升,推进大连市职工技能提升体系建设。师资上建成以大国工匠、全国劳动模范为主体的专家团队,课程上除了专业技能提升,同时注重职工创新创造、安全生产与个人防护、工会工作解读、工匠精神、前沿科学技术等领域内容。开展大连工匠大讲堂系列活动,邀请大连市劳模工匠、技术专家线上直播传经送宝、分享技能绝学;组织论文征集、丛书出版活动,助力高技能人才成果转化。除此之外,定期组织安全防护路演、竞赛答题等交流活动,为产业工人学习搭建桥梁。

此外,大连市总工会还加强产学研深度融合,邀请大国工匠毛正石、陈兆海、张如意、戴振涛组成工匠学院专家委员会,为工匠学院课程设置、培训教学提供专业意见和建议,指导工匠学院实践教学和校企合作,推动产学研深度融合。

下一步,大连市总工会将推动智慧工会建设与深化产业工人队伍建设改革相结合,切实发挥工会组织优势,承担起推进产业工人队伍建设改革的重大职责。

(工人日报 2024-10-25)

大连工会“慧成长”托管项目让职工实现“带娃上班”

工人日报客户端(记者 刘旭 通讯员 吴庆国)开设国学欣赏、创意美术、机器人编程等课程,开设篮球、排球、体能等专项运动课程,组织研学体验生活……近年来,由大连市总工会推广实施的“慧成长”职工子女托管项目遍地开花。截至目前,大连市总工会提供扶持资金239万余元,惠及176个班次3944个职工家庭,荣获辽宁省工会爱心托管班13家,全国工会爱心托管班2家。

作为大连市总工会提升职工生活品质的重要举措,大连工会“慧成长”职工子女托管班自2018年开始探索试点,2021年开始正式推广,连续4年被纳入大连市总工会“我为职工办实事”项目,让“带娃上班”真正走进企业,解决职工后顾之忧。

“群团协同”,突出“工”字元素。“慧成长”项目按照“单位主办、工会扶持、群团协同、社会共建”的公益托管管理模式,在各基层工会和社会各界的大力支持下,征集并开放了一批具有高科技、老工业、劳模、劳动等工业和职业元素的公益研学基地,供各办班单位“订单式”自主选择;依托大连市劳模创新智库深入开展双向“五进”系列活动,充分运用“精神传承进校园”相关资源,推动劳模工匠走进托管,让劳动精神、劳模精神、工匠精神深植职工子女心中。

统筹设计,注重长效扶持。大连市总工会制定了《托管班管理制度》《志愿服务指南》等完整的指导模板,从源头上把握好大方向。同时,在实践中不断探索修改扶持政策,从之前的仅扶持新开办托管班,到2024年按照托管班内出勤天数大于(等于)办班天数70%的职工子女每人800元标准,给予办班单位工会资金扶持,不仅把基层工会"扶上马",更要"送一程"。

精准办班,走进工地驿站。支持根据企业及行业特点,将职工子女托管班建在"项目里""楼宇里""驿站里",让托管服务走进建筑工地、楼宇经济和快递小哥的驿站,让普惠服务更加精准,不仅减轻了带娃的焦虑和担忧,还让他们能够更专心致志地投入工作。

(工人日报 2024-10-25)

我市举办环卫工人日活动
致敬城市的守护者

本报讯(大连新闻传媒集团记者 吉存)为了展示我市当代环卫工人的风采,进一步激励环卫战线职工的工作热情,促进环卫事业的持续发展,昨日,市城市管理局、市总工会、大连市环卫协会举办大连市第十八个环卫工人日活动。副市长楚天运参加活动。

全市环卫工人在艰苦而平凡的岗位上用勤劳的双手和辛勤的汗水,以改善人居环境、建设美丽大连为己任,大力弘扬"宁愿一人脏、换来万家净"的环卫精神,埋头苦干,默默奉献。大连市委、市政府高度重视环卫工作,关心关爱环卫工人,建立完善环卫工人工资保障机制,推行作业经费按月拨付模式,在保险、住房、户口、医疗、交通等方面下足功夫,解决环卫工人后顾之忧。市总工会一直致力于关心关爱环卫职工,连续多年协调相关单位、企业,为全市一线环卫工人开展"健康体检""健康直通车""夏日送清凉""冬日送温暖"等一系列关爱活动,进一步提升了环卫职工幸福感、归属感。昨日的大连市第十八个环卫工人日活动,对环卫工人先进典型和爱心企业进行表彰,并组织了歌曲表演和劳动技能竞赛及趣味运动竞赛。

(大连日报 2024-10-27)

大连市总工会多措并举 礼遇“滨城美容师”

工人日报客户端(记者 刘旭 通讯员 吴庆国)10 月 26 日是辽宁省大连市第十八个“环卫工人日”,大连市总工会联合大连市城管局开展了丰富多彩的“环卫工人日”庆祝活动,通过致敬最美环卫工人、开展竞技赛事和趣味运动会等形式,表达对环卫工人的敬意。活动中,大连市总工会还为环卫工群体赠送了暖贴等物资,送上“娘家人”的贴心关爱。

今年以来,大连市总工会聚焦大连市“宜居宜业宜游国际海滨旅游目的地”建设发展目标,努力关爱和保障环卫工群体,筹划开展了“环卫工健康快车”免费体检项目,筹集资金 30 万元,招募市二院、市四院、市五院等公益爱心医疗机构,共同为一线环卫工人进行免费健康体检。服务项目不仅包含了内外科、肝功、超声、DR 等多项检查,还提供了健康的营养早餐。各服务机构高度重视,开设绿色通道、设置体检专场、提供健康热线、启动回访机制,为环卫工人提供专业健康咨询和解决方案,还为环卫工家属就医提供便利条件。体检现场设置了“我和娘家人合影”拍照打卡区、“我对娘家人说”留言板、温馨提示牌等,给予城市美容师最高最暖的“礼遇”。

大连市各级工会通过“职工之家”“工会驿站”等阵地为环卫工提供休息服务，改善他们的工作条件。在工会夏送清凉活动中，大连市总工会免费为环卫工群体发放矿泉水 20 余万瓶。在冬送温暖项目中，各级工会为环卫工群体提供热饮、手套、棉帽等御寒物资，及时把党和政府的关心、工会组织的温暖送到一线环卫工人的心坎上，工会娘家以实际行动激励“城市美容师”共同为美丽大连建设贡献力量。

（工人日报 2024-10-27）

唱响金普：职工歌手大赛为新生活增添音符

大连金普新区最近举办了一场令人振奋的职工歌手大赛——“唱响金普”，这项活动不仅为庆祝新中国成立 75 周年和大连开发区成立 40 周年，更为全区的职工群众注入了一剂文化活力。这场盛会以“共筑金普梦，唱响新区情”为主题，旨在丰富职工的业余文化生活，推动理解和交流，从而助力新区的文化旅游事业健康发展。

比赛的决赛于 10 月 27 日在金普新区的听涛小镇文创园举行，现场聚集了各界领导和热情观众。市文旅局副局长姜微与金普新区多位领导共同出席，见证了这一具有重要意义的文化盛事。在这个充满激情的晚上，54 名选手依次登台演唱，不仅展示了个人的音乐才华，更用他们富有感染力的歌声传递出对美好生活的热爱和对新时代的赞美。曲目包括《筑梦中国》《亲吻祖国》以及《韶华青春》等，每一曲都在现场引发强烈共鸣，歌声间流露着对金普新区快速发展的坚定信念与感恩之情。

在经过激烈的角逐后,多个奖项决出胜负。来自中国石油辽宁大连销售分公司的王齐卿等5位选手分别斩获各组别的一等奖,展示出他们强大的音乐实力与舞台感染力。此外,来自向应街道办事处的郭春艳和大连全信财务咨询服务有限公司的王全等选手也表现优异,获得了二、三等奖。令人印象深刻的是,来自大连市一〇三中学的27位选手获得了优秀奖,他们的表现更是让人看到了年轻一代的积极参与,让人振奋。

此次大赛从9月中旬启动以来,吸引了近300名参赛者,覆盖了新区不同年龄和行业的职工,成为当地文化活动中的一大亮点。这样的参与不仅反映了职工群众对文化活动的热情,也显示出每个人心中对音乐与艺术的热爱。可以说,这次"唱响金普"职工歌手大赛不仅是一次音乐的盛会,更是一次全区职工共同展示精神风貌的舞台。

除了激烈的比赛和动人的表演,比赛的成功也体现了金普新区总工会及文化和旅游局等各部门的精心策划与组织。这一系列活动充分展示了金普新区在推动文化建设方面的努力与成就,提升了广大职工对文化生活的期待和参与热情,必将激励更多人投身于文化艺术的浪潮之中。

正如比赛的主题"共筑金普梦,唱响新区情"不仅是一句口号,更是对未来奋进的追求。金普新区还将持续举办丰富多彩的文化活动,为广大职工和居民提供更多的艺术享受和生活乐趣。这样的活动不仅满足了人民群众日益增长的文化需求,也有效提升了居民的文化获得感和幸福感。

总之,金普新区的职工群众歌手大赛是一次成功之举,充分展现了新区职工团结向上的精神风貌。这样的活动,必将成为未来文化建设的一部分,吸引更多人才与艺术家共同参与,推动新区在文化及旅游等领域持续迈向新的高峰。未来的金普,不仅将

是经济发展的热土，更将是艺术与文化的繁荣之地。期待下一届的“唱响金普”，再一次为我们带来更多惊喜与感动

（搜狐网 2024-10-29）

大连举办青年教职工教学竞赛

工人日报客户端（记者 刘旭 通讯员 吴庆国）10 月 26 日，辽宁省大连市第七届中小学青年教师教学竞赛和第三届幼儿园青年教师教学竞赛决赛，在大连口腔义齿中等职业技术学校开赛，来自大连市 167 名青年教师选手同台竞技、一展风采。

本次竞赛是大连市第六届“工匠杯”职工技能竞赛的重要组成部分，由大连市总工会、市教育局、市科技局、市人社局、团市委、市妇联主办，市教科文卫体工会、大连教育学院承办，大连口腔义齿中等职业技术学校协办。分为幼儿园组、小学组、中学语文组、中学数学组、中学英语组、中学思想政治组 6 个组别。邀请大连市 31 名中小学教育专家、名师担任评委，设置教学设计、教学展示两个环节，制定了详细的评分标准。大连市 1000 余名青年教师参加了各个组别的初赛。

决赛中，青年教师选手立足学生素养、课程品质、学情分析，运用现代化的教学手段和教学方法，通过精心设计教案、个性教学展示，既突出了学习方法指导，又关注到了核心素养培养，让教学过程环环相扣、层层深入，达到了以赛促学、以赛促教、以赛促能的目的。经过激烈角逐，来自大连市金州区实验小学、大连格致中学、大连嘉汇中学、大连高新技术产业园区第一中学、大连经济技术开发区滨海学校的 5 名青年教师选手分别获得中小学各

组别第一名,来自大连市甘井子区教育局第三幼儿园的青年教师选手获得幼儿园组第一名。

近年来,大连市教科文卫体工会围绕立德树人根本任务,以举办“青教赛”为抓手,在全市教职工队伍中大力弘扬劳模精神、劳动精神、工匠精神,广泛开展群众性建功立业主题活动,锤炼青年教师教学基本功,助力青年教师成长成才,为努力造就一支有理想信念、有道德情操、有扎实学识、有仁爱之心的高素质、专业化教师队伍,推动大连市中小学、幼儿园教育事业发展贡献工会力量。

(工人日报 2024-10-30)

中山区企业单身职工交友专场活动举办

50 名企业青年职工共赴浪漫之约

晨报讯(程琳 半岛晨报、39 度视频记者 苏琳)11 月 9 日,由大连市总工会、中山区“双进双促”专项行动领导小组工作专班、中山区总工会和中山区团委主办的相亲交友活动成功举办。此次活动主题为“缘‘企’中山 · 心动无限”,吸引了辖区 50 名企业青年职工参与。

活动将恋爱心理知识与互动游戏巧妙融合,首次尝试引入“OH 卡牌”游戏,参与者们在解读卡牌分享自己的想法和感受的过程中,不同的认知、观念自然地展示出来。此外还有即兴戏剧表演等趣动节目。活动结束时有 2 对男女嘉宾互选成功,多对男女嘉宾交换联系方式。

中山区总工会方面表示,将继续关注单身职工情感需求,积极搭建沟通交流平台,提供高质量的婚恋服务,为城市留人、为企业留才。

(半岛晨报 2024-11-10)

大连市总工会助力职工婚恋交友

“AI红娘+”帮助工会会员“会聚良缘”

本报讯(记者 刘旭)“工会的红娘‘渔网’又准又快。”中车大连公司城铁分厂职工梁珊珊说。26岁的她几次相亲也没碰到合适的“他”。2023年9月,在企业工会的建议下,她注册了辽宁大连市总工会的“AI+会聚良缘”婚恋交友平台,几个月后找到了“如意郎君”。

如此高效的匹配,得益于工会引入的“AI红娘”。单身职工注册之初,就可以把教育程度、工作背景、形象、家庭信息等罗列出来。2023年5月,大连市总打造了“AI+会聚良缘”平台,涵盖“寻觅TA”“AI缘分匹配”“红娘牵线”等板块。截至目前,注册单身会员4780人。

大连市总工会网络部部长李诗洋介绍,“AI红娘”利用互联网企业公域数据及数据模型,采集整理每个人的资料和择偶条件,在平台中打造人物形象数字标签,在人工智能模型中进行匹配,帮助职工精准找到潜在伴侣。

在大连市职工会聚良缘数据指挥中心的后台,记者看到,用户信息统计数据实时更新。据了解,这些数据与民政、公安部门共享,确保工会会员的信息真实可靠。同时,借助AI对平台出现的违规信息进行智能审核,保证合规性。近年来,大连市总开启工会服务数字化、智能化，同时建立起高系数安全保障体系。

“以往要统计大量职工信息，还要人工匹配组织活动。如今，我们红娘团队实时掌握平台的运行状态，根据需求举办活动，职工的活跃度极高。”大连市总工会“会幸福”红娘工作室工作人员宋阳说。

大连市总公众号开辟“工会帮你找对象”专栏，不定期发布交友活动和信息。爱情辩论会、恋爱自习室、桌游遇、鼓圈交友……33 场内容丰富、形式多样的线下交友活动密集开展起来。截至目前，参与婚恋活动的单身职工 945 人次，月活跃人数达 992 人。通过平台促成结婚的已有 210 人。

大连市总相关负责人表示，下一步，将加大交友平台的宣传力度，扩大平台的使用度和受益面。同时，进一步深挖 AI 技术，训练“会聚良缘”平台的人员匹配模型，提高匹配精准度，为更多职工婚恋交友赋能。

（工人日报 2024-11-11）

辽宁省大连市总工会：开展培训 推进劳动保护工作

金雅银

近日，辽宁省大连市总工会举办 2024 年度工会劳动保护干部培训班，130 余人参加培训。

此次培训旨在全面提升工会劳动保护干部的政策理论素养与业务能力。培训内容包括大连市当前安全生产工作的形势与任务、工会劳动保护工作的具体规定、安全文化建设的作用、实际案例分析等。

受邀培训专家细致剖析了当前安全生产工作的重点和难点，并结合案例，对工会劳动保护工作实际操作流程进行了详尽阐释。学员们积极参与讨论，提出了富有建设性的意见建议。大家表示，此次培训内容充实、针对性强，加深了他们对工会劳动保护工作的理解与认识，将把所学内容运用到工会劳动保护工作中去，切实维护职工合法权益。

（辽宁学习平台 2024-11-11）

大连设立首批
商圈“工会就业流动服务站”

本报讯（记者　吕丽）“真没想到，逛街的时候还能‘顺便’找到工作。”近日，在大连高新万达广场逛街的刘露发现，“工会送岗位乐业在大连”活动已经办到了商圈。记者了解，大连市首批商圈“工会就业流动服务站”已在全市 5 座万达广场率先设立。

截至目前，大连市总工会联合各县（市）区总工会，依托街道、社区、青年驿站和职工服务中心，协同各方社会资源，已设立 192 个“工会就业流动服务站”并提供常态化服务。今年 10 月，为加强工会多元化、精准化就业帮扶工作体系建设，灵活优化站点布局，利用商圈人气旺、交通位置便捷的优势，在全市 5 座万达广场同时设立首批商圈“工会就业流动服务站”，通过发布招聘信息、举办招聘活动等方式，提供集求职咨询、岗位推荐、政策宣传等功能于一体的“一站式”服务，推动工会促就业服务融入职工生活圈，进一步打造“工会帮就业”服务品牌。

记者了解,首批商圈“工会就业流动服务站”设立后,已收到较好成效。每次活动现场人头攒动、气氛热烈,尤其在高新万达广场, IT 服务咨询顾问、日语技术支持工程师、储备视频剪辑师等就业岗位备受附近高校学生青睐,吸引众多应届高校毕业生前来洽谈,已有 200 余人初步达成就业意向。商圈“工会就业流动服务站”里,不仅设置高新技术、制造业、金融保险、现代服务、零售业、综合企业等招聘洽谈专区,静态展区发布企业用工需求,还设置了自助招聘专区、测评专区、游戏互动专区、AI 体验专区等,免费提供法律咨询、健康义诊等多项服务,邀请人力资源专家为求职者提供职业规划建议,提升求职竞争力。

(辽宁日报 2024-11-13)

大连西岗区总工会举办 2024 年度工会干部培训班

工人日报客户端(记者 刘旭 通讯员 陈胜楠)11 月 4 日至 6 日,2024 年西岗区工会干部培训班在辽宁省大连市职工之家成功举办。本次培训班进一步强化了全区工会干部政治引领、业务素质和履职能力。来自街道总工会、行业工会、区直属基层工会、各社区联合工会、部分企业工会的工会干部、财务和经审人员近 200 人参加培训,共同接受这场知识与技能的“充电”,业务本领得到增强。

本次培训形式丰富,采用了“专题辅导+观摩体验+交流分享”的形式,课程设置面广,既有思想政治引领专题课程,也有结合工作实际紧扣当前工作重点的业务提升课程。大连市西岗区总工会党组书记、主席崔艳玲为学员们上了第一节课,深入解读党的二十届三中全会精神。本次培训得到大连市总工会大力支持,除提供了免费的学习场地外还派出业务精通的各部门领导、同志为学员授课,就劳动和技能竞赛、女职工工作、工会数智化建设、工会劳动关系、职工救助、基层工会组织建设、工会财务和经审等工会重点工作进行深入讲解。培训期间,还组织观摩体验了大连工人运动史展室、大连劳动模范展室。

开班仪式上,大连市西岗区总工会主席作动员讲话,激励大家把握宝贵的学习机会,争取学有所获,尽职履责为职工群众服务。就做好本次培训工作,提出三点意见,一是充分认识工会系统干部培训的重要意义,切实增强学习的主动性、自觉性。强调干部培训的意义在于它是干部队伍建设的先导性、基础性和战略性工程,举办培训是工会干部干好工会工作的需要,是工会干部适应新形势迎接新挑战的需要,是提高工会干部队伍素质的需要;二是要全力提供服务保障,确保培训顺利开展。区总工会一直高度重视基层工会干部的培训工作,此次培训是在各方努力下顺利开设的,安排"用心"、内容"入心"、方式"走心",希望大家认真学习、倍加珍惜、不负期望;三是要端正学习态度营造良好学风,确保学习培训取得实效。本期的工会干部培训内容丰富、针对性强、安排紧凑,要求各位学员要端正学习态度、弘扬优良学风、树立良好形象。

通过集中培训,提升了工会干部的履职能力,对下一步工会工作如何开展,大家方向更加明确、信心更加充足,为全区工会工作开创新局面奠定了坚实的业务基础。

在结业仪式上,来自西岗区街道总工会、行业工会、社区联合工会、企业工会的工会干部代表积极分享培训体会,畅谈收获与感悟,纷纷表示本次培训给大家带来了精神的指引、理论的滋养和实践的启迪,在今后的工作中要努力将学习成果转化为干事动力,勇当改革先行者,谱写工会新篇章,为西岗区新时代现代化高品质城区建设贡献工会力量。

(工人日报 2024-11-13)

将“新落地”企业女职工列为筛查对象

市总工会为5000余名女职工提供“两癌”筛查

本报讯(吴庆国 大连新闻传媒集团记者 许晓楠)为切实提高女职工自我保健意识和健康水平,日前,市总工会开展2024年女职工“两癌”筛查活动,全市80余家企业(预计)5000余名女职工参加筛查。

今年“两癌”筛查的对象,是我市已建立工会女职工委员会或设立女职工委员且已录入我市工会会员信息管理系统的困难企业在职一线女职工会员、新就业形态女性工会会员,并首次将在连“新落地”企业女职工作为筛查对象。

为开展好女职工“两癌”筛查工作,市总工会与大连大学附属中山医院、大连市妇女儿童医疗中心(集团)等10家三甲医院签订合作协议。在此基础上,市总工会还为符合条件的罹患“两癌”的女职工发放关爱慰问金,用于对工会会员“两癌”手术住院费用和后续治疗费用中个人自付部分的补助,以及精神慰藉。自2019年市总工会启动“两癌”筛查服务以来,已累计为5万余名女职工送去健康关爱,为672名罹患“两癌”女职工发放关爱慰问金664万余元,切实把党和政府、工会组织的关心关怀送到了女职工会员们的心坎上。

(大连日报 2024-11-19)

2024 大连市职工篮球超级联赛开赛

本报讯(吴庆国 大连新闻传媒集团记者 许晓楠)继大连市足球超级联赛职工组比赛之后,11 月 18 日,由市总工会、市体育局主办的又一全市职工体育盛事——2024 大连市职工篮球超级联赛在大连市民健身中心火热开赛。

进攻、抢断、防守、投篮……开赛首日第一轮甲 A 至甲 D、乙 A 至乙 D 各小组共 16 场比赛中,对垒球员的身体素质和球技旗鼓相当,比分一直交替攀升,精彩对攻不断,为大家呈现了职工篮球运动的激情与魅力。

8 时,随着一声哨响,首场比赛分别在甲组大连市甘井子区直属机关工会联合会职工代表队和大连出入境边防检查站职工代表队之间,乙组大连圣亚旅游控股股份有限公司职工代表队和大连市民政局职工代表队之间打响。全国劳动模范,一汽解放大连柴油机有限公司首席技能大师,第十三、十四届全国人大代表鹿新弟,市劳动模范、大连圣亚旅游控股股份有限公司工会主席、安委会主任郑军伟分别为比赛跳球。

大连圣亚旅游控股股份有限公司职工代表队成立于 2020 年,14 名参赛队员既有公司管理人员,又有一线岗位职工。队长李明扬是位阳光帅气、酷爱篮球的大男孩儿,作为鲸豚组驯养师,他在日常工作中负责白鲸和海豚的饮食、健康检查和日常护理,每天与白鲸和海豚亲密互动,被誉为“圣亚白鲸王子”;赛场上,李明扬擅长个人持球突破和三分球。在第一节的比赛中,大连圣亚旅游控股股份有限公司职工代表队手感欠佳,比分暂时落后。第二节后,队员们迅速找回状态,充分利用快速移动和篮下突破一路反超,最后取得胜利。

大连市第二十四中学职工代表队是一支由物理、生物等学科国家金牌教练员、市优秀班主任等组成的教师篮球队。为打好这次比赛,教师们利用午休时间,加强体能和技战术等方面训练。场上,教师球员们以精湛的球技、顽强的作风和优秀的团队协作,为观众带来一场精彩纷呈的比赛。

本次比赛赛程10天,全市66支球队分为甲乙两组,将参加小组赛和淘汰赛两个阶段共120场比赛。小组单循环赛后,每个小组第一名将晋级淘汰赛,甲乙两组将分别决出冠亚季军。获得比赛前三名的参赛队,将被授予奖杯、奖牌和荣誉证书,比赛设"优秀组织奖""体育道德风尚奖"。参赛的1009名队员平均年龄35.5岁,其中最小21岁,最大49岁,全部是来自我市各条战线的在职职工。

(大连日报 2024-11-19)

辽宁省大连市旅顺口区总工会:工事"峰会"精准把握职工需求

金雅银

11月5日至13日,辽宁省大连市旅顺口区总工会领导班子带领各部门负责人,深入铁山、三涧堡等7个街道(开发区),举办了以"工事工道新起点"为主题的第四期"旅工峰会"。

此次"峰会"紧密围绕企业工会工作实际展开,企业工会主席代表分享了各自企业职工队伍建设等工作中的经验，提出企业经营中需解决的问题，并对上级工会工作提出了富有建设性的意见和建议。通过深入交流与研讨，进一步明确了工会在企业发展中的重要作用，为上级工会精准把握基层需求提供了参考依据。

互动交流环节，旅顺口区总工会相关工作人员对企业工会主席提出的问题，进行了详细解读，确保工会各项服务企业政策能够精准落地，为基层工会工作提供强有力支持。

此次“峰会”进一步加强了区总工会与企业工会之间的沟通与协作，也为全区工会工作注入了活力。

（辽宁学习平台 2024-11-19）

中山区总工会：音乐疗愈课帮职工解压

本报讯（大连新闻传媒集团记者 郃治）近日，中山区总工会精心策划的音乐疗愈课程在世界音乐文化博物馆圆满落幕，这场跨越三个月的心灵健康之旅，吸引了 360 余名来自各行各业的职工参与。12 节深入人心的课程，有效帮助参与者释放工作生活压力，提升职工幸福感和归属感。

据了解，此次音乐疗愈课程自启动以来，便受到了社会各界的广泛关注。课程特色鲜明，涵盖自然音唤醒、芳香冥想等多元内容，让参与者在音乐的海洋中找到属于自己的宁静港湾。在课程进行过程中，多位参与者分享了自己的内心体会。劳模代表徐先生，长期受失眠困扰，却在音乐疗愈的温馨氛围中意外地找回了久违的安稳睡眠。

中山区总工会相关负责人表示，音乐疗愈课程的成功举办，不仅是对总工会服务职工能力的一次有力检验，更是对职工心理健康关怀理念的一次深入实践。未来，总工会将继续秉承“以人为本”的服务理念，不断探索和创新服务形式，努力为全区广大职工提供更加丰富多彩的精神文化大餐。

（大连日报 2024-11-22）

市总工会开展为全国劳模健康体检活动

本报讯（吴庆国 大连新闻传媒集团记者 许晓楠）为大力弘扬劳模精神、劳动精神、工匠精神，在推动大连“两先区”高质量发展中充分发挥全国劳动模范的榜样力量、带头作用，凝聚起全市广大职工群众团结奋斗的磅礴力量，11 月 18 日至 22 日，市总工会开展为全国劳模健康体检活动，组织我市各条战线的 75 名全国劳动模范，走进市中心医院体检中心接受健康体检。这是继日前市总工会组织 280 名市级以上劳模代表赴上海等四地参加疗休养活动后，对劳动模范的又一至高礼遇。

为组织好这次体检，市总工会与市中心医院协调开辟了绿色通道，安排合理时间段集中体检，并安排专业医疗服务人员一对一贴身服务，协调相关专家为劳模详细解读体检结果，提供健康指导和治疗意见，受到劳模们的一致好评。

以亲情、周到、热心的服务赢得全市广大乘客和社会各界赞誉的大连公交客运集团汽车五分公司原汽车驾驶员高杰，代表参加体检的全国劳模表示，活动让劳模充分感受到了市委、市政府和工会组织的关心关爱，大家将继续尽自己所能，努力弘扬好劳模精神、劳动精神、工匠精神，带动和激励更多一线职工在平凡的岗位上发光发热，创造出不平凡的业绩。

全国劳动模范、瓦房店轴承集团有限责任公司特大型精密轴承分公司原高级技师仲双宏，扎根瓦轴生产一线近 40 年，他表示，工会组织用心用情打造了有温度的健康关怀服务，在全社会营造了尊重劳模、学习劳模、关爱劳模的良好氛围，将继续发挥劳模示范带头作用，影响带动更多青年技工走技能报国之路，让劳模精神在大连薪火相传，不断发扬光大。

与以往不同的是，今年的全国劳模健康体检更加体现个性化需求。市总工会通过问需劳模，了解到不少全国劳模希望能针对自身疾病，做更细致的检查，并且在体检时能更灵活地选择项目，避免重复检测。市总工会高度重视，联合医院体检中心精心为男女劳模提供三种不同的体检套餐，供大家根据实际需要自行选择。通过全面和深入地了解全国劳模身体状况，做到有病早医、无病预防，更好地保障劳模身心健康。后期还将针对每个劳模的体检报告，进行答疑解惑和健康指导，让劳模们及时了解自己的身体状况，感受最优质、最贴心的健康关爱体验。

为全国劳模体检，已成为市总工会落实劳模待遇，关心关爱劳模工作、生活和健康的常态化服务工作。近年来，全市各级工会怀着对劳模的真情实意，努力当好劳模的贴心人、娘家人，为广大劳模提供实实在在的服务和帮助，持续强化劳模服务各项工作，切实提升了全市劳模的获得感幸福感。

（大连日报 2024-11-23）

大连市中山区总工会积极推动职工群众性技术创新活动

工人日报客户端（记者 刘旭 通讯员 宋雅金）为进一步提升大连市群众性技术创新活动的先进性、时代性、群众性，激发蕴藏在职工群众中的创新创造潜能，日前，辽宁省大连市总工会联合市人力资源和社会保障局、市科学技术局、市工业和信息化局一同开展群众性技术创新活动，广泛征集群众性技术创新优秀成果、“三绝（绝招、绝技、绝活）”及“先进操作法”、已采纳实施的合理化建议项目和国家发明专利四大项目。

2024年，大连市中山区总工会积极动员职工参与群众性技术创新活动，前期立足于行业环境，精准指导各行各业开展创新项目申报工作，围绕各个单位的产品及服务给予申报建议，将“没想到可以报”转为“原来这样报”，将“填报太麻烦”转为“申报哪项更合适”，将“零申报”转变为“至少报一项”，共征集群众性创新成果合计73项，创历史新高。经过专家评审，共32项获奖，其中优秀成果25项，合理化建议7项，较去年相比增加了2.5倍，实现了数量和质量的双丰收。

近年来，随着群众性技术创新活动的持续开展，群众性技术创新活动范围不断扩大，除了科技行业，还包含了农业、餐饮业、娱乐业、教育行业、医疗行业等；参与人员更加多样，本次获奖人员身份除了设计师、工程师、程序员、技术员外，还有教师、项目经理、行政人员、厨师等；经济效益更加可衡量。经统计，中山区申报的创新成果、合理化建议创造经济效益近1亿元，节省成本近

300 万元。

（工人日报 2024-11-25）

工会帮工伤职工讨回赔偿款 5.5 万元

工人日报客户端（记者 刘旭 通讯员 韩娜）记者日前获悉，农民工曹某于 2022 年在施工过程中不慎被飞屑钢丝扎伤左眼，经鉴定为工伤十级，工作单位同意支付的一次性就业补助金 1.6 万元，远低于曹某预期，在此期间，曹某一直通过各方寻求法律帮助。

今年 8 月 28 日，曹某在辽宁省大连市西岗区仲裁院提出仲裁请求后，在大连市西岗区总工会派驻律师的指导下，向大连市西岗区总工会申请法律援助，大连市西岗区总工会经审查后指派援助律师代理本案。援助律师积极准备证据，最终促成本案双方达成调解，曹某获赔工伤保险待遇赔偿款 5.5 万元，满足了曹某的仲裁请求，解决了他的实际困难。曹某感激万分，向西岗区总工会送去锦旗。

近年来，大连市西岗区总工会高度重视职工日益增长的维权需求，在大连市总工会的支持下，签约专业律师事务所，聘请律师向该区会员提供普法宣传、维权保障、法律咨询、劳动争议调解、免费代理劳动争议诉讼等法律服务，并在劳动争议调解室开辟一条农民工法律援助的绿色通道，对涉及农民工的讨薪、工伤赔偿等劳动关系领域的法律援助案件，简化审批程序、快速优先办理。

（工人日报 2024-11-25）

辽宁省大连市总工会：助退役军人精准就业

金雅银

11 月 21 日，辽宁省大连市总工会联合市退役军人事务局，举办第二期 LNG 船项目退役军人精准就业对接会。

活动现场，招聘方与退役军人求职者就岗位需求、技能培训、薪资待遇、晋升通道等进行交流。大连市总工会还邀请律师团队，为退役军人求职者提供现场法律咨询服务，解答他们在就业过程中可能遇到的法律问题，为他们的合法就业权益提供保障。

活动结束后，大连市总工会就业服务中心还与未在此次活动中达成就业意向的退役军人求职者互留联系方式，后续将持续为他们提供“一对一”的岗位推介服务，帮助他们早日找到心仪的工作岗位。此次活动吸引 31 名退役军人参与，90%的参与者与企业达成就业意向。据了解，第一期招聘活动已帮助近 30 名退役军人实现就业。

退役军人精准就业对接会通过整合资源、协同联动，为大连市退役军人顺利融入地方经济发展、实现个人价值提供了有力支持，同时也为企业输送了优秀人才。

(辽宁学习平台 2024-11-27)

辽宁省大连市长海县总工会：分享读书心得 领略非遗之美

金雅银

11 月 21 日，辽宁省大连市长海县总工会举办了以"'工'沐书香、'会'享悦读"为主题的读书交流会，吸引 40 余名职工热情参与。

活动中，5 名职工分享了阅读《额尔古纳河右岸》等书籍的深刻感悟。活动还邀请 4 名嘉宾，为大家推荐好书，分享阅读心得。

为了让职工感受中华传统文化的魅力，活动还特别设置漆扇制作环节。职工亲自动手调配颜色，制作独特漆扇，领略非遗之美。

长海县总工会相关负责人表示，县总工会将继续探索更多形式新颖、内容丰富的阅读交流活动，营造更加浓厚的读书氛围，引导广大职工养成爱读书、勤读书、读好书的良好习惯，不断丰富职工群众精神文化生活。

（辽宁学习平台 2024-11-27）

辽宁省大连市甘井子区总工会：调研 31 个站点 增配 171 件设施

金雅银

11 月 16 日，记者走进辽宁省大连市甘井子区市政公用事业服务中心下辖的泉水一号泵站，看到这里干净整洁，空调、冰箱、热水器、洗衣机等日常生活所需的大件一应俱全。

“今非昔比,泵站以前可不是这样。”负责人何蒙感慨,“这样的改变,离不开甘井子区总工会的全力支持。”

泵站旧貌换新颜,是甘井子区总工会致力升级服务阵地功能、提升职工生活品质的一个生动实例。

近年来,甘井子区总工会积极贯彻落实省总工会“三走进”专项行动工作部署,紧密结合区域特点和职工实际需求,不断深化服务阵地建设,职工生活品质得到明显提升。

“生活品质直接关系到职工身心健康、工作积极性和企业整体发展。我们多措并举,通过有效提升职工生活品质,推动企业和社会整体进步。”甘井子区总工会党组书记、主席吴克华表示。

职工的实际需求,就是工会组织的服务目标和方向。甘井子区市政公用事业服务中心下辖环卫、园林、公厕、排水等众多基层站点,职工大多在临街一线工作,劳动强度大。为切实改善一线职工的工作、生活条件,2024 年初,甘井子区总工会在市政系统开展“加强阵地建设,提升一线职工生活品质”行动,向区市政公用事业服务中心下辖的 31 个工作站点职工发出调查问卷,深入了解职工真正需要的设备和服务。工会还组成调研组,面对面征求职工意见建议。“我们用 4 天时间实地走访了 31 个工作站点,确认了每一处站点职工的实际需求,结合问卷调查结果,汇总了 22 项设备设施需求,共计需要配置设施 171 件。”区总工会组织建设和权益保障部负责人介绍。

据统计,“加强阵地建设,提升一线职工生活品质”行动覆盖全区 7 个街道,惠及职工 1650 余人,极大改善了甘井子区市政系统一线职工日常工作休息、技能培训、文体活动等场所的条件。

“区总工会真正走到职工身边、走进职工心里,了解职工真实需求,提供的服务是一线职工最需要的。”大连市甘井子区市政公用事业服务中心机关工会主席王彦春表示。

为进一步满足全区广大职工的精神文化需求，甘井子区总工会还通过丰富职工文体活动内容和载体，持续推进工会驿站建设力度：建设开放式、共享型、普惠制的综合文体活动阵地——亲亲家园职工文化广场；在华润（大连）医药有限公司建设职工文化阵地；完善升级“四二七一室一馆”建设……不断增加的服务阵地，让更多职工感受到工会组织的温暖。

目前，甘井子区共有53家工会驿站，均已上线全国总工会职工之家平台。工会服务阵地建设极大改善了职工的工作条件和文化娱乐环境，营造出积极向上、健康和谐的氛围，对提升职工生活品质、促进职工队伍团结稳定、提高职工整体素质起到积极作用。

（辽宁学习平台 2024-11-27）

2.1万平方米的大连市职工文体活动中心全新亮相

全市职工有了排解压力释放动力的好去处

本报讯（大连新闻传媒集团记者 许晓楠）11月29日上午，大连市职工文体活动中心正式揭牌投入运营。作为市总工会第二个百年新征程开启之年的重点项目，市职工文体活动中心的投入使用，将对市总工会资产的整体盘活运营起到有力的借鉴作用，对丰富全市职工文化体育生活起到积极的推动作用。

为深入贯彻落实党的二十大及二十届二中、三中全会精神，落实《中国工运事业和工会工作“十四五”发展规划》有关任务，全面推进职工文化阵地高质量发展，推动广大职工享受工会服务,不断提高工会工作影响力,大连市总工会启动了大连市职工文体活动中心建设。

大连市职工文体活动中心总面积达2.1万平方米。中心运营以公益性为主,兼顾市场化,分为免费项目和收费项目两部分,收费项目按照低于同类服务的市场价格进行收费。其中免费项目包括:一层职工驿站,面向全市职工重点是户外劳动者,提供休息、手机充电、热餐就餐、阅读、取暖纳凉等服务;十三层职工夜校,面向全市职工开展业余时间多种培训,公益课程主要从三类技能竞赛优胜课程中选取,也将采取工会经费支持等形式让广大职工享受更多课程。同时设有部分收费课程,主要以职工众筹形式支付教师讲课费,价格远低于市场价;十四、十五层职工书画摄影作品展示区;二十一层工人运动史展室;二十二层大连劳模展室,面向全市各单位、各级工会组织提供参观讲解服务。收费项目包括健身房,小球活动场地,室外篮球、排球、毽球场地,及录音棚、合唱室等。同时面向全市各级工会组织提供会议培训、开展团建活动等服务。

记者在设在十三层的职工夜校看到,目前开设中国茶文化品鉴、书法艺术与传统文化、大连非遗手工制作、女性形象美学4个课程,授课老师有大连市劳模、硕士研究生导师、国家职业评茶师、共青团青年创业导师等。“市职工文体活动中心的环境、设施都非常好,市总工会精选的老师授课生动有趣,深入浅出,我们受益匪浅。”大连市第五人民医院工会主席、主任医师王晓岩听课后说。

据介绍,市职工文体活动中心除了丰富的文化、体育内容外,还将通过承接异地劳模和产业工人疗休养服务等形式,打造工会系统文体旅融合发展的全产业链项目,积极融入全市文体旅融合发展大局,切实发挥工会阵地作用。

从12月开始,市职工文体活动中心将通过各产业工会,分批次、全覆盖组织各单位工会主席开展团建项目体验。具体内容将通过纸质宣传单、“文体惠”App、大连市总工会公众号等形式推送给全市广大职工和工会组织。

（大连日报 2024-11-30）

2024 大连市职工篮球超级联赛圆满收官

本报讯（吴庆国 大连新闻传媒集团记者 许晓楠）11 月 29 日，2024 大连市职工篮球超级联赛决赛、闭幕式暨颁奖仪式在大连市民健身中心举行。我市 1009 名职工组成的甲、乙两组 66 支参赛队，经过 10 天 120 场比赛的激烈角逐，圆满收官。中国建筑第八工程局有限公司东北分公司职工代表队、中国石化销售股份有限公司辽宁大连石油分公司职工代表队分获甲、乙组冠军。

日前，市总工会、市体育局主办了 2024 大连市职工篮球超级联赛。这是继大连市足球超级联赛职工组比赛之后，我市又一全市职工体育赛事。比赛中，我市不同行业和岗位上默默发光发热的劳动者齐聚赛场、同场竞技，展示了高超的竞技水平和昂扬向上的精神风貌。赛事邀请劳模工匠参与互动，展现普通一线职工球员风采，积极招募职工解说员，真正让一线职工在赛场上站“C 位”、唱主角。

近年来，全市各级工会始终坚持以职工为本，因地制宜开展各类职工体育健身活动，努力打造深受职工欢迎的篮球体育活动品牌，掀起职工运动健身的新热潮，不断满足职工群众日益增长的运动健身需求。

中山区总工会等 15 家县区总工会、产业工会获“优秀组织奖”，大连冰山集团有限公司职工代表队等 64 支队伍获“体育道德风尚奖”。

（大连日报 2024-11-30）

擦亮“工”字招牌 以文化赋能发展

旅顺口区集中展览庆祝新中国成立 75 周年系列主题作品

本报讯（大连新闻传媒集团记者 祝福）技艺昂扬的征集活动、美不胜收的职工作品展、沉浸式艺术创作课堂……近几个月以来，旅顺口区总工会策划并启动了系列主题作品征集展览活动。活动涵盖“强国复兴有我”微电影、短视频，“工”元素书画摄影，“匠心手作”手工艺作品共五大类别，以多种多样的艺术形式庆祝新中国成立 75 周年。

自今年 8 月份活动启动以来，活动得到了众多驻旅央国企、地方企业等单位工会的积极响应与大力支持，同时吸引了中国工艺美术学会会员、旅顺诗词楹联协会会员、当地著名书画家、摄影师、劳动模范以及广大职工群众的广泛参与。此次活动共征集作品近 300 份，其中包括书法 59 幅、绘画 45 幅、摄影 76 幅（组），手工艺近 60 件（套），微电影、短视频近 50 部，最终评选出获奖参展作品 114 份。这些优秀作品既充分展示了旅顺口区广大职工群众的文化底蕴和精神风貌，更诠释出了“工”字的鲜明特色与深厚内涵。

11 月 29 日起，一系列参展作品将在旅顺口区总工会劳模工匠之家进行为期 1 个月的持续展出。其中，书画摄影及手工艺作品会以静态呈现的方式布展，而微电影、短视频作品则以线上平台进行展映。作为职工文化风采的传播阵地，此次线下作品展还在开展仪式当天增设了互动性强的书法、剪纸、掐丝 DIY 艺术创作课堂，由本次活动中各类竞赛的优胜者担当导师，为大家现场传授指导。

（大连日报 2024-12-02）

大连市西岗区
成立新就业形态行业工会联合会

工人日报客户端（记者 刘旭 通讯员 陈胜楠）12 月 3 日，辽宁省大连市西岗区外卖配送和网络直播等多家新就业形态企业工会联合，成立了大连市西岗区新就业形态行业工会联合会，在饿了么站点二楼召开了第一次会员代表大会。会议选举产生了大连市西岗区新就业形态行业工会联合会第一届委员会主席、副主席、委员和经费审查委员会主任、委员。

此次新就业形态行业工会联合会的成立,是大连市西岗区建会入会工作进入新时期继续高质量发展的一项举措;是适应新就业形态行业当下实际状况,理清理顺头部平台、关联企业、行业工会之间关系的一次组织架构整合;是大连市西岗区总工会积极响应产业工人队伍建设改革与时俱进的体现,对促进行业健康发展具有重大意义。

大连市西岗区总工会将持续打造"凝'新'聚力,暖'新'到家"服务品牌,逐步扩大对新就业形态劳动者的组织覆盖、工作覆盖、服务覆盖,开拓服务阵地,推动爱心驿站、职工之家等阵地建设。将西岗区新就业形态行业工会联合会打造成面向新就业形态劳动者群体的政策宣传站、工会会员发展站、职工服务站,使之成为新就业形态劳动者找得到、信得过、靠得住、离不开的"职工之家"。

(工人日报 2024-12-04)

2024 大连市职工乒乓球超级联赛闭幕

本报讯(吴庆国 大连新闻传媒集团记者 许晓楠)12 月 5 日,经过两个比赛日,34 支参赛队伍进行了 71 场比赛,2024 大连市职工乒乓球超级联赛落下帷幕。大连市公安局职工代表队勇得冠军,中远海运(大连)有限公司职工代表队获得亚军,中国石油天然气股份有限公司大连石化分公司职工代表队和大连冰山集团有限公司职工代表队获得季军。

决赛中，市公安局职工代表队每名出场队员都发挥稳定，凭借精湛的球技和完美的团队配合，展现出昂扬向上、无畏拼搏的精神风貌。中远海运（大连）有限公司职工代表队在16进8、8进4以及半决赛的比赛中，一路过关斩将，用实际行动诠释了团队力量和拼搏精神。

国家税务总局大连市税务局职工代表队、大连市城市建设投资集团有限公司职工代表队、大连市旅顺口区教育工会联合会职工代表队、大连市甘井子区教育工会联合会职工代表队获得第五名。中山区总工会等16家单位获得优秀组织奖，中国华录·松下电子信息有限公司等34支代表队获得“体育道德风尚奖”。

我市时隔8年再次举办全市职工乒乓球赛事，受到全市职工乒乓球爱好者的热烈欢迎和社会各界广泛关注，近万名一线职工、乒乓球爱好者通过线上直播平台观看了比赛实况。

（大连日报 2024-12-06）

用心用情用力

大连工会驿站“花式宠你”传递爱

本报讯（吴庆国 大连新闻传媒集团记者 许晓楠）“十五分钟惠小哥生活圈”“驿站小食堂里的妈妈味道”“驿站绘本馆”“货车司机的心家园”“海之骑志愿服务队”……12月6日下午，大连市总工会最美工会驿站“花式宠你”故事展演活动在大连工人文化宫举行，来自基层的工会工作者、骑手小哥真情讲述了一件件发生在工会驿站的暖心故事，表达了工会驿站用心用情用力服务的诚意和职工群众对工会驿站的满意之情。

近年来，大连市总工会聚焦户外劳动者群体实际需求，启动“工会驿站”项目，通过共建、联建等方式，募集阵地资源，给予政策扶持，改善骑手、网约车司机、环卫工人、交警等群体的工作条件，解决他们休息难、热饭难、饮水难、如厕难等“四难”问题。经过各级工会的共同努力，目前，全市 392 个“工会驿站”已遍布城市的各个角落，惠及户外劳动者 13 万余人。各个驿站全部实现亮化工程改造和网上定位功能，户外劳动者通过大连市总工会职工之家小程序或高德、百度地图搜索“工会驿站”就可以找到。各级工会为驿站配备了饮水机、微波炉、医药箱、针线包等，部分驿站还配备了冰箱、咖啡机、维修工具箱等。

在解决“四难”问题基础上，建会入会、就业援助、普法宣传、健康关爱、特色活动、子女教育等方方面面的服务，传递着基层工会工作者的温度，更发挥着党联系职工群众的桥梁纽带作用，让新就业形态劳动者群体更好融入城市生活、服务大连发展建设。

每到冬夏极端天气或者重要节假日，“知冷知热”的工会驿站就会开启“花式宠你”模式，各个驿站扎根基层，充分发挥各自优势，开展特色服务。今年，市总工会开展“工送清凉 码上就领”活动，在炎炎夏日通过工会驿站为户外劳动者发放饮用水 50 余万瓶。市总工会建立激励机制，每年开展最美工会驿站培育活动，我市建设市级最美驿站 70 个、省级最美驿站 33 个、全国最美驿站 9 个。

今年，市总工会围绕如何激发工会驿站的“服务效能”，开展了最美工会驿站“花式宠你”故事展演活动，让工会驿站里的幕后英雄走上前台，讲一讲他们的付出和感受，让骑手小哥谈一谈他们的所见和所闻。现场观众被深深打动，大家感受到了“爱的给予和爱的传递”，看到了小驿站的大能量。

爱出者爱返，在工会驿站的感召下，新就业形态劳动者群体依托工会驿站建起了“党员服务队”“志愿服务队”，帮助辖区的孤寡老人送秋菜、送物资，发挥走街串巷的优势，积极宣传反诈知识、安全知识，发现安全隐患，监督环境卫生，帮助社区开展基层社会治理工作。

（大连日报 2024-12-07）

市总工会组织优秀技术工人和一线职工疗休养

本报讯（吴庆国 大连新闻传媒集团记者 许晓楠）日前，市总工会开展优秀技术工人和一线职工疗休养活动，组织 183 名、共计 915 人次优秀职工，分别赴湖北省兴山县、沈阳市、鞍山市开展为期 5 天的疗休养活动。

疗休养期间，我市优秀技术工人和一线职工在湖北省兴山县参加富有地域特色的疗休养活动，感受昭君文化，深化两地间跨越千山万水的真挚情谊；在鞍山市体验特色理疗、中医诊脉等康养诊疗活动；在沈阳市红色教育基地、爱国主义人文景观、劳模工匠展馆，学习革命历史，感受红色文化。

本次疗休养优先面向从事苦脏累险工作和有毒有害工种的

一线职工,快递员、外卖配送员、网约车司机、货车司机等新就业形态劳动者群体中的业务骨干、优秀职工代表,以及大连市“工匠杯”职工技能竞赛优胜选手。通过休疗并重、医养结合,将健康理疗、爱国主义、红色文化、技能交流等融为一体,让优秀技术工人和一线职工在充分休养、放松身心的同时,更好传承红色基因、激发工作热情、凝聚奋进力量。

“这是一次有温度、有健康的疗休养之旅,活动还结合新就业形态劳动者职业特点,在当地疗养院为我们准备了肩颈理疗、腰椎间盘放松等专项疗养项目,让我深深地感受到了社会对我的认可,体会到了浓浓的获得感和幸福感。”快递小哥殷建文表示。

市总工会坚持集中资源和力量,坚持面向一线基层,努力扩大疗休养活动覆盖面,全市各级工会不断创新疗休养工作内容和方式,高质量开展优秀技术工人和一线职工疗休养活动。今年以来,全市各级工会共组织 508 名、共 2540 人次优秀技术工人和一线职工疗休养。

(大连日报 2024-12-08)

大连市甘井子区 63 个技能赛事吸引参赛职工 3 万余人

工人日报客户端(记者 刘旭 通讯员 汤爽)随着辽宁省大连市甘井子区职工技能竞赛暨“金剪子”果树修剪技能大赛的结束,经过 9 个月的激烈角逐,2024 年大连市甘井子区职工技能竞赛全部落幕。

汽车营销员技能竞赛、社会工作者技能竞赛、养老护理员技能竞赛、人力资源管理技能竞赛……今年大连市甘井子区一、二、三类赛事共 63 个工种吸引了 3 万余名职工参与。近年来，大连市甘井子区职工技能竞赛每年都举办，一大批行业工种“新纪录”竞相涌现。

为充分释放和激发职工创新创效活力，大连市甘井子区总工会推动知识型、技能型、创新型人才队伍建设，开展广覆盖、多层面的职工技能竞赛，充分发挥了以赛促学、以赛促练的效果，为当地社会经济发展、企业提质增效提供坚实人才支撑。今年以来，甘井子区总工会共承办大连市人力资源管理师、社会工作者、汽车营销员等一类竞赛，主办了养老护理员、消防员、警务人员、医务人员、教师、机关人员、果树修剪、工艺美术师等二类竞赛和电工、钳工、计算机编程、数控加工等 37 个工种的三类竞赛。大连市甘井子区总工会通过建立健全激励机制，用好用活竞赛结果，培养造就一批具有自主创新能力和核心竞争力的高技能领军人才、能工巧匠。

（工人日报 2024-12-10）

大连市中山区
新就业形态行业工会联合会成立

工人日报客户端（记者 刘旭 通讯员 刘畅 李强）12 月 12 日，

辽宁省大连市中山区新就业形态行业工会联合会成立仪式在大连市职工之家举办。辖区网约车司机、外卖配送员等新就业形态劳动者代表等共计 80 余人出席仪式。

当天召开了中山区新就业形态行业工会联合会第一届第一次会员代表大会,会议选举产生了大连市中山区新就业形态行业工会联合会第一届工会委员会委员、副主席、主席,经费审查委员会委员、主任。新当选的中山区新就业形态行业工会联合会主席代表第一届委员会全体委员表态,将切实履行职责,维护好新就业形态劳动者的合法权益,为他们提供更多的服务和帮助。

近年来,大连市中山区总工会实施“六新”行动,即推进建会入会——聚“新”,创新载体活动——凝“新”,服务个性需求——暖“新”,护航群体权益——护“新”,赋能成长成才——强“新”,形成双向奔赴——同“新”,最大力度推进工会组织覆盖、工作覆盖、服务覆盖。24 小时智能工会驿站、“惠小哥”15 分钟便捷生活服务圈、社区暖“新”食堂、“5 分钟普法机制”、音乐疗愈课程等众多维权服务工作品牌受到新就业形态劳动者的热烈欢迎,产生了广泛的社会影响。

截至目前,大连市中山区已累计发展新就业形态劳动者会员 1.7 万余人。大连市中山区新就业形态行业工会联合会的成立,标志着中山区对新就业形态劳动者的维权服务工作翻开了新的一页,对规范新就业形态行业健康持续发展、团结凝聚全体新就业形态劳动者,助力中山区经济社会发展起到推动作用。

(工人日报 2024-12-14)

大连市沙河口区总工会举办中式烹调职业技能竞赛

工人日报客户端（记者 刘旭 通讯员 蔡雨杉）12月10日，辽宁省大连市沙河口区第四届“工匠杯”职工技能竞赛暨中式烹调职业技能竞赛在罗浮宫喜宴广场拉开决赛大幕。

本次大赛由大连市沙河口区总工会、区人力资源和社会保障局主办，大连市沙河口区餐饮行业工会联合会承办。

本次大赛中，大连市沙河口区总工会采取网络投票的形式进行初赛选拔，短短5天时间，职工们投出2万多票，从88名参赛选手中选出16名烹饪高手晋级决赛。大连海产以品类丰富，味道鲜美享誉国内外，决赛的热菜赛项也以本地海鲜为主题。比赛现场，选手们八仙过海，各显神通，淋漓尽致地展现技艺、挥洒创意。有的选手将香辣爽口的烧椒皮蛋与细腻浓郁的慕斯结合，让精湛技艺与奇思妙想在味蕾上碰撞出绚烂的火花；有的选手刀工出神入化，一道“虾悦松鼠鱼”将松鼠手捧坚果、憨态可掬的模样做得栩栩如生。辽宁师范大学后勤处的方丽娜选手用雪白虾球烹制的“花开富贵”与冷盘“山海有情”更是被评委赞为“有国赛水准”。经过3个多小时的激烈角逐，方丽娜以91.2的总分勇夺一等奖，来自连鹭海鲜的王威与“双盛园里的妈妈菜”选送的孙明远喜获二等奖，国宴融合菜的纪进旭、何文海，连鹭海鲜的白路等3名选手荣获三等奖，10名选手荣获优秀奖。

（工人日报 2024-12-14）

我市表彰“工匠杯”职工技能竞赛和技术创新活动优胜单位及个人

本报讯（吴庆国 大连新闻传媒集团记者 许晓楠）12月19日，大连市第六届“工匠杯”职工技能竞赛暨2024年群众性技术创新活动总结大会召开，会议通报表扬了市第六届“工匠杯”职工技能竞赛优胜选手、优秀组织单位和2023年群众性技术创新优秀成果。市委常委，市总工会党组书记、主席徐广湘出席并讲话。

市第六届“工匠杯”职工技能竞赛组委会为中车大连机车车辆有限公司姚永运等2700名决赛优胜选手（班组）代表颁发奖杯、奖金和荣誉证书，为中山区总工会等64家优秀组织单位代表颁发证书。市总工会对2023年度大连市412项优秀创新成果，30项“绝招、绝技、绝活”及先进操作法，460项合理化建议，138项获国家专利项目进行表彰奖励，授予10名技术工人“大连市技术创新能手”称号。

会议号召，全市各级工会组织要搭建建功立业平台，围绕全市重大战略、重大工程，深入持久开展劳动和技能竞赛，广泛开展技术革新、技术攻关和“五小”创新活动。要聚焦“六个建设”目标任务，做好顶层设计，深入开展引领性竞赛活动，发挥好广大职工主力军作用。要建立健全工作体系，探索创建职工技术创新体系和竞赛、培训、晋级、奖励一体化技能竞赛机制，形成技能人才培养长效工作机制。

（大连日报 2024-12-20）

我市2023年群众性优秀技术创新成果出炉

非公企业申报数量和优秀技术创新成果双过半

本报讯（吴庆国 大连新闻传媒集团记者 许晓楠）记者从12月19日召开的大连市第六届“工匠杯”职工技能竞赛暨2024年群众性技术创新活动总结大会上获悉，2023年度大连市群众性技术创新活动参评数量较前一年度增长12%，参与企业数量较前一年度增长了13%，其中非公企业申报数量占总数的53%，且优秀技术创新成果中过半来自非公企业。

日前，市总工会对申报的967项技术创新成果、268项“绝招、绝技、绝活”及先进操作法、812项合理化建议、231项专利奖励进行了科学评审，并对其中优秀的技术创新成果进行了表彰奖励。记者了解到，这些受到表彰的优秀创新成果普遍体现了新质生产力要素，完成人有劳模和职工创新工作室的领衔人，“五小”创新活动的积极参与者和非遗传承人。大连长丰实业总公司王泽亮的“战机机械系统轴承安装及检测技术研究”，从根源上解决了轴承存在安装效果过度依靠人工技能、安装合格率低等问题，提升了轴承安装合格率，效率提升400%。大连市非物质文化遗产传承项目第五代传承人钟蕾创造的“钟氏面塑艺术三维立体骨架操作法”，将支架设计、分步制作、材料选择和工具应用等方面进行了改进和优化，使面塑艺术走出了一条创新传承之路。我市39项群众性技术创新成果还参加了辽宁省创新成果转化大赛，其中十项成果分别获得了科技和“五小”两个组别的第一、第二名，七项获得优秀选手奖。

针对往年优秀技术创新成果中，大中型企业所占比例偏重，加工制造类行业项目较多，非公中小企业惠及面不足的问题，今年市区两级工会携手，积极吸引更多非公中小企业和服务行业参与。禾迅智能科技（辽宁）有限公司是中山区一家从事人工智能和 IT 服务领域的高新技术企业。市区两级工会以禾迅科技李航职工创新工作室为牵头，张秀职工创新工作室等六家创新工作室为成员，形成创新工作室联盟，统筹推进七家成员企业的技术创新及成果转化工作，全年征集创新成果 38 项，其中 17 项成果获得技术创新优秀成果奖，其中基于 AI 和机器视觉的生产作业系统项目，获得 2024 年市“工匠杯”人工智能训练竞赛第二名。以创新工作室联盟作为技术创新驱动，实现了创新成果申报和技术创新活动相辅相成，建立了技术创新活动规模化常态化机制，推动中小企业工匠职工技术创新区域性协同开展，解决了中小企业职工在形成技术成果过程中缺乏技术挖掘和总结的难题。

同时，为进一步拓宽创新成果申报渠道，解决创新成果申报中专业技术人员和职业技能人员在研究领域、攻克方向等方面不匹配的问题，今年市总工会在奖项设置上设职工组和专业组两个组别，各设一等奖 1 名、二等奖 2 名、三等奖 3 名，并给予资金奖励，切实调动起了一线技能人才和非公中小企业参与创新创效活动的主动性、积极性、创造性，高技能人才参评比例由去年的 36% 增加到 47%。

近三年来，市总工会共投入 580 余万元，对在群众性技术创新活动中的获奖职工进行奖励；投入近 5000 万元开展“工匠杯”

市级职工技能竞赛，支持县区产业、基层工会开展二类竞赛110项、三类竞赛258项。2022年，市总工会承诺三年投入经费1亿元助力大连“两先区”高质量发展，截至目前，在职工技能竞赛、创新工作室建设、群众性技术创新等活动中投入资金达1.0024亿元，已超额完成既定目标任务。

（大连日报 2024-12-20）

全市工会启动“暖冬迎春”行动

守护户外劳动者和节日一线岗位职工

本报讯（吴庆国 大连新闻传媒集团记者 许晓楠）为切实做好严寒天气下户外作业职工的御寒保障、暖心呵护，12月25日，市总工会举行全市工会“暖冬迎春”行动启动仪式，发布七项“暖冬迎春”关爱举措。市委常委，市总工会党组书记、主席徐广湘出席，为“青之云”24小时智能工会驿站揭牌，并为骑手小哥、环卫职工、交警、城市美化一线职工送去关爱物资。市总工会与市文旅局相关领导为骑手小哥代表赠送了大连文旅宣传暖冬礼包。

行动中，市总工会将为一线环卫工人、交警、骑手小哥等户外劳动者，以及道路交通、空港物流、城市保障等一线岗位职工2.8万余人，发放价值227万余元的慰问物资。发起暖冬关爱倡议，号召广大市民、社会各界共同搭建暖心港湾。各级工会深入一线发放御寒物资，利用工会驿站为户外劳动者提供取暖场所，切实改善户外作业环境。春节临近,市总工会联合相关方面为来连务工人员返乡购票;为留连职工会员发放“惠玩卡”,提供节日在连游玩福利;各级工会广泛开展“两节”慰问行动,赠送春联、福字,发动工会驿站、爱心商家为户外劳动者提供过年饺子;开展网上工会新春“文化体验”活动,陪伴职工网上过大年。

(大连日报 2024-12-26)

市总工会发出倡议

关爱户外劳动者
让滨城爱心力量相互呼应

本报讯(大连新闻传媒集团记者 许晓楠)为了传递城市温度,关爱负重前行的奉献者,昨日大连市总工会开展“暖冬迎春·关爱户外劳动者”活动,向全市各机关、企事业单位,各社会组织,广大商户、爱心市民,各级工会组织发出倡议,积极行动、利用各类服务阵地,为户外劳动者和广大市民提供休息、取暖、充电、饮水、热饭等便捷服务,让“娘家人”的贴心温暖与城市中的爱心力量相互呼应,共同营造“暖冬迎春”的良好氛围。

希望各机关、企事业单位、社会组织、商户、爱心市民,敞开大门,尽己所能,为户外劳动者提供休息、取暖、充电、热水的温馨之地。

希望具备条件的各类团体、广大市民主动开展向户外劳动者送一杯热饮、一个保温杯、一副棉手套、一顶暖帽或围巾、一双暖袜以及御寒的暖宝、暖贴或者热餐饭等爱心之举。

希望各商场、超市、餐饮门店、爱心商家等，以温暖回馈奉献，提供休息御寒场所，推出面向户外劳动者的餐饮、购物、加油、充值等专属优惠服务。

希望各单位、广大市民管好“责任田”，积极参与扫雪除冰行动，文明礼让行车，缓解环卫工人、交警压力，让道路更顺、让人心更暖。

希望各志愿组织、广大志愿者，彰显奉献、友爱、互助、进步精神，汇聚爱心资源，为奉献者奉献。

希望各爱心单位和爱心市民，积极融入“爱心互献”，通过您附近的工会驿站，捐赠一些保暖御寒的关爱物资。

欢迎全市一线交警、环卫工人、骑手小哥和公交车、出租车、网约车司机等户外劳动者来“家”暖一暖。点一点高德地图、百度地图或者“市总工会职工之家”小程序即可搜索附近的“工会驿站”。

（大连日报 2024-12-26）

通讯篇

TONGXUN PIAN

大连重工装备集团推进素质提升、职业发展、创新激励“三大工程”

为铸造“大国重器”提供人才保障

记者 刘旭 通讯员 周巧云

“接到宝钢湛江钢铁有限公司研发2套7米智能焦炉机械四大车的研制任务后,我和团队奋战了3年,给焦炉设备填装‘智慧大脑’,可实现全天候无人驾驶,绿色、高效,开启了焦炉机车‘一键链焦’行业新时代。团队抢占技术制高点的同时,锤炼了一批高技能人才。”近日,在接受记者采访时,大连重工装备集团下属大连华锐重工集团股份有限公司首席技术专家孙元华如是说。

多年来,大连重工装备集团致力于攻克国家“卡脖子”难题,破解了大型船用曲轴、多功能航天火箭发射用脐带塔等52项重大装备课题。在铸造“大国重器”的进程中,从职工“提技能、搭通道、建机制、抓晋升”四大方面入手,建体系、优机制,遵循“坚持培养”+“实践创新”两个原则,系统推进“三大工程”,为铸造“大国重器”提供了人才保障,不断推进产业工人队伍建设改革走深走实。

“导师制”梯次培养提素质

“要做就做世界第一!”全国劳模、大连华锐重工集团股份有限公司首席技术专家王金福是国内翻车机设计领域的“大拿”,他主持发明设计的多项翻车机技术达到国际领先水平,创新技术辐射全国。

在王金福的带领下,2023年研发出的全球首套大角度敞集多功能双车翻车机已成为企业拳头优势产品,订货额不断攀新。

多年来，大连重工装备集团构建了以王金福、孙元华、赵钰民等人为代表的劳模典型群体，“师带徒”共培育全国劳模及全国五一劳动奖章获得者 16 人、省市级劳模及“技能大师”“工匠”等 166 人。组建了省市及企业级劳模工作室 44 个、创新工作室联盟(团组)2 个，进行课题立项 425 项，取得专利 200 余项。近 5 年，企业“结劳模对子”343 对、“师带徒”562 对，培养骨干 110 人。

赵钰民劳模工作室由行政管理人员、劳模工匠、技能大师等骨干力量组成，先后参与了世界最大 23000 标箱集装箱船用曲轴等多项“中国第一”的研发制造，完成了多项先进操作法及技术创新成果，为企业培养了一批批技能人才。

全力营造浓厚创新氛围

2023 年 11 月，在大连重工装备集团瓦房店基地，举办了大连市机重石化电信系统铸造工大赛。同月，大连市无损检大赛和起重工大赛也在这里开赛。

“企业积极承办市级、产业工会级的技能大赛，培训提技能、竞赛选人才，并对比赛取得优异成绩的职工给予重奖，激发广大职工刻苦学技术，掌握高技能。”大连重工装备集团工会主席韩龙说。

近年来，大连重工装备集团承办了多项大连市级吊车工、冷作钣金工、电焊工、镗铣工等技能大赛，为职工搭建起了“高手”交流的平台。企业参赛职工成绩经常位列前茅，促使一批又一批优秀青年技工脱颖而出。近 5 年，企业举办劳动竞赛 175 场次，3. 4 万人次参与，涌现创新、改善成果 3191 项，创造节约价值 1. 3 亿元。

借助大赛平台，企业重点在数控加工、电焊工、铸造工、CAD

机械设计等专业方面，广邀名师开展专业培训，取得较好效果。同时，建立合理化建议竞赛机制，全力营造浓厚群众性创新氛围。2023 年累计 7126 人次参与，采纳合理化建议 3652 项，共计创效 1.3 亿元，人均创效 18 万元。

企业还把技能竞赛与日常考评结合起来，每年锚定 3 个主要工种，实现“培训、竞赛、考核、晋级”一体化。近 5 年涉及 12 个工种、1200 余名职工获得职业晋级，职工享受到了技能大赛带来的“红利”。如今，大连重工装备集团技师以上一线职工达到 562 人，占一线职工全员的 17%。

奖励激励让职工得到实惠

“企业为我们提供发表建议的平台，这不仅能促进企业的经营，也能让职工得到实惠，实现双赢。”大连重工装备集团下属减速机齿研所设计员秦龙说。作为 2023 年大连重工装备集团合理化建议竞赛中的优胜者，他共提出建议 40 条、金点子 5 个，创造价值 700 余万元，得到奖励 6 万多元。

优秀成果分别给予 500 元至 5000 元不等的奖励，年均奖励额度超过 200 万元，合理化建议活动职工参与度高、效果好。同时，2023 年以来企业引进精益改善机制，更加打开了产业工人创新创优通道，共有 350 项一线班组“疑难杂症”得到解决并固化。全员性创新氛围浓、成果优。

职工合理化建议和创新创优工作的成果突出，得益于企业“1+4+3”奖励激励机制的建立。“1”是建立 8 级职称相匹配的薪酬结构，“4”是设立合理化建议奖、技能提升奖、创新创优奖、“结对子”奖，“3”是发放特殊岗位津贴、技能大师津贴、专家津贴。3 年来，企业累计发放奖励激励 8876 万元，涉及 10956 人，产业工人队伍年均工资增长 10%以上。

“企业围绕发展战略和生产经营大局，结合企业所需、职工所需，立足工会所能，发挥工会、人力、业务部门、生产经营单位、员工五大主体协同作用，推进‘产改’走深走实。”大连重工装备集团党委书记、董事长孟伟说。

（工人日报 2024-01-10）

大连市普兰店区总工会慰问见义勇为外卖小哥

记者 刘旭 通讯员 许佳

“我觉得我只是做了应该做的事，工会却这么关心我，还送来慰问品，我都有点不好意思了。”见义勇为的美团外卖送餐员李海涛说。

2 月 16 日，辽宁省大连市普兰店区外卖员李海涛在送餐途中，意外发现一个小男孩身子悬在居民楼二楼外，头被卡在窗户的护栏上，于是果断徒手爬到二楼的窗户外，用手托住男孩的身体，维持了近 15 分钟。最后在大家共同努力下，成功把孩子安全救了出来。

普兰店区总工会知晓此事后，主动联系美团负责人和李海涛本人，及时了解他的工作生活情况，并表示，李海涛在危急时刻挺身而出的善举不仅给外卖行业树立了良好的形象，更是普兰店区职工学习的榜样。对他奋不顾身、见义勇为的举动给予了充分肯定和感谢，同时向他送上慰问品。

据了解,近年来,普兰店区总工会紧贴新就业形态劳动者实际需求,常态化开展送清凉、送温暖等暖心关怀活动,有效发挥工会桥梁纽带作用,积极帮助解决新就业形态劳动者的“急难愁盼”问题,进一步提高了该群体的获得感、幸福感、安全感。

(工人日报 2024-02-28)

辽宁省大连市总工会:滨城打响春季“抢”人大战

金雅银

招聘活动现场人头攒动。大连市总工会供图

2月23日,辽宁省大连市总工会主办的“工会送岗位、乐业在大连”春风行动招聘活动,在大连北站交通枢纽广场火爆进行。乘坐高铁、长途客车返连的务工人员和来自市内各区的求职者不断涌入,掀起了春节后人才供需对接的热潮。

50余家企业在现场抛出橄榄枝,2000个用工岗位虚位以待,涉及服务、新能源、快递物流等行业。

筹备今年的招聘会,大连市总工会格外用心。

变"交通枢纽"为"人才枢纽"。市总工会将就业服务直接送达交通枢纽站,使来连求职的务工人员下了高铁和长途客车就能登上工会的就业服务直通车,彰显大连招引人才的诚意。

免费大巴更便利。招聘会前期,大连市总工会通过176个工会"就业流动服务站"对招聘活动进行广泛宣传,并分别在中山区、西岗区、沙河口区、甘井子区的11个街道设置免费大巴车,为求职者提供交通便利。

此外,大连市就业和人才服务中心、大连公共交通建设投资集团有限公司也大力支持此次招聘活动。大连人才抖音和快手账号现场直播带岗,加大宣传,实现了工会和人社部门的工作联动、信息共享。

据统计,此次活动现场求职者达2000余人,4.2万人次通过线上直播带岗平台参与,达成就业意向400余人。

"和往年相比,今年招聘活动的节奏更快了。大连市总工会提前下手,打响春季'抢'人大战,助力经济发展,努力在优化营商环境建设中展现作为。"大连市总工会相关负责人说。

2月18日,春节后首个工作日,大连市总工会就与市人社局等单位联合开展"点对点"劳务协作活动,帮助45名朝阳籍劳动者来连就业返岗,帮他们负担高铁车费,并送上"工会礼包",助力解决春节后企业开工用工荒问题,帮助企业复工复产。据统计,"点对点"直送朝阳籍务工人员返岗活动开展4年来,大连市总工会已为800余人次提供返程路费。

2月22日,大连市总工会又率先发起并与抚顺市总工会、锦州市总工会、丹东市总工会、西藏索县人力资源和社会保障局共同举办了云端招聘活动“工会送岗促发展 五城‘职’通稳就业”在大连“乐聘大连”线上招聘会,将工会就业直通车开进对口帮扶城市。建立回访制度,帮助当地职业院校及转岗待岗职工解决就业问题,67 家企业参与招聘、提供岗位 157 个,求职人数 771 人。

近年来,大连市总工会聚焦大连高质量发展人才之需,以维护职工就业权益为根本,打造外部资源协同、市县工会协同、线上线下协同和培训送岗协同的“四协同”就业服务模式,加大就业服务力度。通过云端城际联动,将就业服务触手延伸到省内各市,吸引人才来连;通过就业流动服务站,将百企千岗送到职工和企业家门口、厂门口;通过点对点入企送工和重点企业专场招聘,精准服务企业和职工,取得了良好服务效果。

(辽宁学习平台 2024-02-28)

大连西岗职工的别样春节

记者 刘旭 通讯员 张巍

“我刚入职不久,这是我今年收到的第一份春节礼。”这是日前辽宁省大连市西岗区美团外卖站点的赵小哥接到工作人员递上的暖心礼包时,情不自禁说出的一句话。真诚的笑容挂在脸上,工作人员也被他的快乐感染。春节前,大连市西岗区总工会为辖区内的快递、外卖等新就业形态劳动者送去包含帽子、围巾、手套、保温杯的暖心礼包。“小哥们”纷纷夸赞西岗区总工会精心准备的礼物,让城市骑手们身暖心更暖。

西岗区一企业年会上，职工们拿着西岗区总工会赠送的春节福袋合影留念。“工会的春联设计得特别可爱。”“最喜欢上边的小龙人吉祥物，回去就贴上。”“对呀对呀，还有窗花，这下什么都不用买了，工会真贴心。”……红红的福袋映出了喜庆的年会氛围、映出了大家的活力和热情，更映出了职工们一年来的奋斗和对新一年的憧憬。

大年初一，大连市西岗区总工会的工作人员小张的手机响个不停，大多是问题咨询，“工会的线上抽奖答题我能参加吗？”“怎么才能成为工会的会员？”“我是灵活就业人员，可以抢电影票吗？”……她不能及时回答的就去求助同事们。一时间，同事们也被带动起来，纷纷宣传起区总工会的活动和工会会员政策。持续三天的线上答题抽奖活动，共发放 1500 张电影票，3000 多人次参与到线上答题抽奖活动中来。活动不仅让职工们在假期线上学知识、赢影票，更让职工们对工会活动的关注度涨了很多，让职工们的幸福感涨了很多。

元宵节，香炉礁街道总工会的职工小法发了一条朋友圈，被好友们纷纷点赞。他发的照片是猜灯谜活动的谜语挂牌。活动现场经过职工们的精心布置，让人仿佛置身于古代的闹市，颇具传统文化氛围。猜灯谜自古以来就是元宵节期间的文娱活动，既能活跃气氛又能启迪智慧。

这样的一幕幕只是西岗区各级工会组织的一个缩影。在西岗区总工会的指导下，全区各级工会纷纷致力于营造喜乐祥和的节日氛围，给职工朋友们带来"新"春"新"体验。新的一年，区总工会继续做职工们的贴心人，一直陪在职工的身边。

（工人日报 2024-03-01）

以暖心服务传递工会温度

——2023 年大连市工会"我为职工办实事"项目高质量完成

大连新闻传媒集团记者 许晓楠

回首 2023 年，大连市各级工会收获满满——

从纾困惠企利民行动将百企千岗搬到了职工家门口，到创新创效建功行动掀起百万职工大比武、大练兵、大竞赛热潮；从劳模工匠关爱行动为劳模工匠送上暖心暖情服务，到温暖和谐四季送行动持续增强广大职工的获得感、幸福感、安全感；从生活品质提升行动、特殊群体关爱行动为职工解除后顾之忧，到丰富"工"字系列文化活动、服务阵地提升、为基层工会赋能，倾心倾情服务彰显"娘家人"担当……在大连工会成立百年之际，2023 年大连市工会"我为职工办实事"项目高质量完成，交出亮眼"成绩单"。

第 1 项　纾困惠企利民行动

"我在地铁站看到工会展示的招聘信息，热情的工会就业服务人员主动询问我的需求和情况，认真记录后，还要了我的联系方式。"求职者曲婷说。回家后，她抱着试一试的想法向心仪的用人单位投递简历，没想到次日就接到了面试通知。

2023 年，市总工会持续聚焦助企纾困、服务基层导向，积极落实工会经费支持政策，对直属基层工会经费回拨给予补助。

聚焦职工就业问题，我市先后举办 2023 年全省“工会送岗位 乐业在辽宁”招聘会、“春风送岗促就业”线上招聘会等活动，在全市设立 176 个工会“就业服务流动站”，零距离提供就业咨询指导。全市各级工会共举办招聘会 325 场，提供岗位 47072 个，服务企业 6134 家，服务求职者百万余人次，达成就业意向 12710 人，实名制安置 2199 人，真正将百企千岗搬到了职工家门口。启动“点对点”就业服务直通车暖心服务，帮助朝阳市区及其所辖北票、建平等 7 个区(县)216 名务工人员顺利返岗复工。为我市“一带一路”海外援建项目职工搭建“惠海康桥”远程诊疗平台，实现与 9 个“一带一路”国家远程诊疗对接，惠及海外职工、农民工及海外职工家属 1326 人次，为长期派驻境外项目的职工家庭发放送温暖资金 136.95 万元。

“工会送岗位 · 乐业在辽宁”招聘活动暨金秋招聘月火爆。

第2项　创新创效建功行动

2023年11月27日，市重点工程重大项目主题劳动竞赛暨大连国际航运中心大厦工程劳动竞赛启动。竞赛通过开展以比管理、比质量、比效率、比安全、比技能，创“新时代大连全面振兴”新速度为主要内容的竞赛活动，着重推进工程进度、安全生产、施工质量“三位一体”的综合提升。

围绕《辽宁省全面振兴新突破三年行动方案》相关要求，市区两级广泛开展主题劳动和技能竞赛，各类比赛职工参赛人次达41.5万。“劳模工匠创新智库”进企业进校园送培训294场，共计697课时，培训人数达6.25万人次。命名市级各类职工创新工作室（团队）共计68个；获评省级创新工作室26个；扶持创新工作室创新项目40个。优化群众性技术创新成果评选活动组别设置，一线技能工人项目获奖率达51%。大连工匠学院揭牌成立，集结以大国工匠、全国劳动模范为主体的线上师资团队，开设18个专业，175门线上课程，整合建成线上线下相结合的技能实训基地。

劳模创新工作室成员进行机器人编程研究。

大连市第五届“工匠杯”职工技能大赛。

第3项　劳模工匠关爱行动

2023年两批共94名优秀技术工人参加了大连市总工会优秀技术工人疗休养示范活动，在思政课堂、技术交流、拓展团建、温泉水疗、健康体检、健康讲座、红色教育、参观劳模工匠和历史展馆等活动中放松身心，增进交流。大家表示，将继续扎根生产建设一线，掌握高超的技艺和精湛的技能，为大连制造、大连创造贡献力量。

劳模疗休养是对劳模辛勤劳动、无私奉献的褒奖，体现了党和国家对劳动者的关怀，也是工会组织服务劳模的实际行动。2023年，市总工会为全国劳模发放春节慰问金、生活困难补助金、特殊困难帮扶金共计77万余元；组织200余名劳模参加各级疗休养活动；为全市137名全国劳模提供家政服务；为100名一线职工拍摄“全家福”；举办劳模新春团拜会；为庆祝大连工会建会百年，选树“百名英模”“百名杰出工会工作者”并颁发“大连工运百年”纪念章。选树30个单位授予“大连五一劳动奖状”，选树299人授予“大连五一劳动奖章”，选树30个集体授予“大连五一劳动先锋号”；开展寻找“最美职工”活动，授予100名同志大连市2023年度“最美职工”称号。

“最美职工”发布仪式。

第4项 温暖和谐四季送行动

2023年大连市总工会“两节”送温暖活动共惠及职工7.6万人次,增强了广大职工的获得感、幸福感、安全感。

全市工会开展就业技能培训,组织安排再就业技能培训90场,服务职工2356人。以线上线下相结合的形式开展“送清凉”活动,投入资金178万元采购消暑物资,惠及职工78448人。为困难职工子女发放助学补助32.68万元。开展农民工、新就业形态劳动者免费上大学项目,帮助335人免费就读工人大学。对380户次困难职工发放帮扶资金196.585万元;“两节”期间向困难企业、一线职工发放慰问物资价值539.16万元;对关停并转企业职工、因公牺牲或致残干警、参与“一带一路”等境外项目职工、援藏援疆干部、驻村第一书记等各类重点群体发放慰问物资价值462.9万元;筹集资金对我市40855名抗疫一线的医务人员开展慰问活动;组织1879名抗疫一线医务人员参加温泉疗休养。

"送清凉"到工地。

第5项　生活品质提升行动

我市扎实推进提升职工生活品质试点建设,大连市总工会事业发展中心获评全总提升职工生活品质试点单位。推动基层工会发放职工集体福利3.21亿元。举办大连市第四届职工文化节,创建职工书屋示范点和职工特色文化示范基地,组织大连市职工主题阅读活动2500余场,覆盖职工17万余人次;开展送演出35场,送墨宝36场,送培训124课时,惠及职工4万余人次。组队参加辽宁省首届"先锋杯"职工乒乓球比赛获一金一银。举办大连市首届"先锋杯"职工篮球比赛,组队参加省职工篮球比赛获季军。举办职工徒步健身活动和职工运动"嘉年华"活动等,吸引4万余名职工参与。举办"尊法守法·携手筑梦"农民工公益法律服务主题户外宣传活动、新就业形态劳动者专项普法活动,为职工特别是新就业形态劳动者和农民工提供应援尽援法律服务。

大连市首届“先锋杯”职工篮球比赛。

第6项 身心健康促进行动

2023年,我市完成医疗互助线上线下新旧系统转换,医保报销同时“一站式”结算职工医疗互助补贴,真正做到“让数据多跑路,让职工少跑腿”。

2023年参与医疗互助职工30.08万人,7.79万人次享受职工医疗互助补助,补助金额达2915.46万元。持续开展职工大病救助,为51名因患重大疾病导致生活困难的职工家庭发放大病救助金61.5万元。优化“健康快车企业行”项目,为80家企业共11050名职工送去关爱体检,为职工节省体检费用550余万元。“痔愈援助行动”服务职工1302人,为职工节省手术费用129.08万元。赋能区市县总工会心理服务中心建设,组建专业团队40余人,开通心理服务热线3部,形成区市县总工会心理服务联动格局。共开展职工心理咨询459次,对602人进行了一对一咨询,举办心理健康讲座203次,惠及职工1.6万余人次。

第 7 项　特殊群体关爱行动

“公司工会成立了职工子女寒假托管班,实在是太贴心了!每天为孩子安排了丰富的活动,她学习我工作,两不耽误,孩子还同步跟我上下班,别提多方便了!”1 月 26 日一早,大连文思海辉信息技术有限公司职工王丽带着孩子来到公司上班,设在单位的假期托管班让员工更加全身心地投入工作。

大连工会“慧成长”职工子女托管扶持项目,是由市总工会发起,联合团市委、市妇联、市科协等部门共同开展的公益托管项目。2023 年市总工会共扶持基层工会职工子女托管班 35 个,对 12 个市级示范点托管班每家提供 2 万元资金扶持。

“检”在身上,“暖”在心里。2023 年,市总工会继续开展女职工免费“两癌”筛查及关爱罹患“两癌”女职工活动,在全市十三个区市县开设 143 个筛查点,方便边远山区、海岛、新就业形态女职工参与免费“两癌”筛查。全年累计实名筛查 23817 人,为 156 名罹患“两癌”女职工发放关爱慰问金 147.2 万元。

着力打造“会聚良缘 滨城有约”工会单身职工交友工作品牌。全年各级工会组织线上线下婚恋交友活动 136 场,参与活动单身职工 6310 人次。

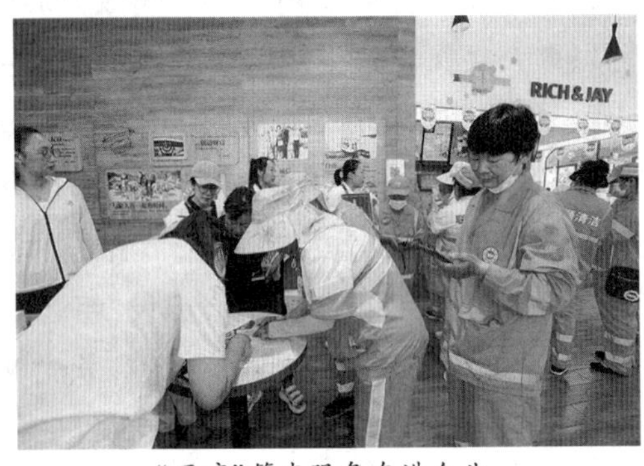

“两癌”筛查服务车进企业。

第8项 服务阵地提升行动

2023年12月19日,大连顺丰速运快递员刘富壮通过高德地图查找到了附近的“工会驿站”。在驿站里,刘富壮一边取暖一边为手机充电,他高兴地说:“手机一搜就定位到驿站了,再也不会跑冤枉路了!”市总工会会同高德、百度等互联网地图服务商,持续推进服务站点信息采集和数据上图,目前已完成全市478个户外劳动者“工会驿站”地图“点亮”工作。

近年来,为解决户外劳动者“吃饭难、喝水难、休息难、如厕难”等现实问题,全市各级工会以自建和共建等方式高标准建设“工会驿站”,打造了全国“最美驿站”——“港阅湾”、升运物流“司机之家”等一批户外劳动者服务品牌,打造“双十五”工程大连模式,开展工会驿站整改工作与百家饭店“微驿站”建设工作,478个“工会驿站”、100个“微驿站”全心服务户外劳动者,获评全国总工会“最美驿站”9个、省总工会“最美驿站”20个,选树市总工会“最美驿站”70个。

2023年,大连市工人文化宫、长海县工人文化宫、大冷文化宫、通用技术大连机床职工综合活动中心、大连大学职工之家(会堂)等一批综合服务阵地相继挂牌;大连工人运动史展室、大连劳模展室、金普新区工运史与劳模展室、旅顺劳动主题公园等一批职工思政教育基地相继对外开放,形成职工思想引领和服务矩阵。

第9项 基层工会赋能行动

2023年,市总工会为瓦房店等市、区青年教师公寓配备洗衣机244台、热水器151台以及楼层热水器8套,有效提升了公寓配套设施,将吸引更多优秀青年教师到瓦房店等地学校任教,从而进一步提升当地师资水平。

市总工会不断加大工会经费扶持力度，为基层一线职工办实事、做好事。扶持 9 个区市县（开放先导区）总工会完成 13 个“我为职工办实事”项目，扶持 7 个产业工会完成 15 个“我为职工办实事”项目。加大对乡镇（街道）、村（社区）工会直接服务职工的经费扶持力度，对 156 个乡镇（街道）工会、1764 个村（社区）工会等“小三级”工会进行经费扶持。扶持大连交通集团、辽渔集团、大连职业技术学院等基层工会为一线职工配备升级必要的生产生活和文体活动设施。

第 10 项　百年风华礼赞行动

2023 年 12 月 1 日，大连工会成立 100 周年庆祝大会隆重举行。情景史诗《光荣与梦想》同日上演，以情景表演、短剧等艺术形式集中展现了在党的领导下，大连工人运动波澜壮阔的历程和卓越的功勋，展示新时代大连百万职工昂扬向上的精神风貌和推进“两先区”高质量发展的坚定决心，线上吸引 84 万人次职工点赞。此前，作为大连工会建会百年的献礼工程，“四二七”大罢工史迹陈列室、傅景阳事迹陈列室也分别建成。

2023 年，全市各级工会全年开展学习贯彻习近平新时代中国特色社会主义思想主题教育 2360 场，覆盖职工 13 万人次。市总工会编写《大连英模》《大连百年工人运动大事记》《大连百年工人运动史》《大连百年工运图史》等百年系列丛书并配发到基层职工组织。制作播出十集系列专题片《百年荣光闪耀时》，全方位、多角度宣传大连工人阶级在各个历史时期的卓越贡献，激励广大职工接续奋进新时代。引导各级工会广泛开展形式多样的庆祝活动，打造出“我与大连百年工运”系列活动、“赓续百年工运传承，凝聚大连奋进力量”主题系列活动、“百年工运薪火相传——职工健康跑”等多个庆祝活动品牌，让全市职工会员人人有参与、个个当主角。

大连工会成立100周年庆祝大会现场。

（大连日报 2024-03-05）

辽宁省大连市金普新区总工会："小竞赛"点燃职工革新热情

金雅银

"千万别小瞧革新改造，往往一个小的革新就能收到意想不到的效果。"3月12日，提起自己的小革新——"采用组合式液体散布装置的换热器及其应用的吸收式机组"项目，冰山松洋制冷（大连）有限公司高级工程师苏盈贺说，"简洁便利的革新改造不仅节省了耗材，还保证了产品的换热效果和质量，一举双赢。"

近年来，为激发全区职工创新热情与活力，进一步挖掘培养高技能与专业技术人才，辽宁大连金普新区总工会广泛开展以技术革新、技术协作、发明创造及合理化建议，以及小发明、小创造、小革新、小设计、小建议为内容的“五小”竞赛活动。

“五小”竞赛活动已连续举办两届，吸引职工参与竞赛项目近600项，经专家评审，获奖项目370个，发放奖励资金15.2万元。其中，在第二届“五小”竞赛活动中，共有39家企事业单位的319个项目参与评比，涵盖机械、化工、电子等多个领域。评审专家小组根据创新背景、创新内容、技术亮点、取得效益、产生效果及推广应用情况进行讨论和综合评审，最终，有200个项目脱颖而出。

“开展‘五小’竞赛，是工会组织围绕中心、服务大局的有力抓手，是推进全区大众创业、万众创新的发力点，每一项小改小革，都是企业的创新动力，为推动企业技术进步、降低生产成本、提高职工素质、促进节能减排奠定了坚实基础。”金普新区总工会相关负责人表示。

与此同时，金普新区总工会还适时举办“五小”创新方法与技术创新成果报告撰写培训会，以培训增强企事业单位技术负责人、车间主任及班组长、一线技术工人的创新意识，拓展创新途径。

“培训活动为职工在岗位上挖掘创新点提供了新思路，促进大家更加灵活地在岗位上运用‘五小’的创新方法提高工作效率、总结创新经验，提升自主创新能力。”大连銮艺精密科技股份有限公司工匠技师许斌说。

冰山松洋压缩机（大连）有限公司通过实践职工邱国伟的“压缩机实验测试时余热回收利用创新”项目采取余热降温回收节能和余热供暖双向节能后，年节约费用100余万元，同时还能减排二氧化碳1300多吨，取得了良好的经济效益和社会效益。该项目获得了2022年金普新区“五小”竞赛活动一等奖、2023年大连市群众性技术创新优秀成果（职工组）三等奖。

小竞赛凝聚了大智慧，也点燃了职工的革新热情。在“五小”竞赛的推动下，全区涌现出一批优秀技术创新成果。自2016年以来,金普新区共申报大连市群众性技术创新成果1477项,获奖945项。其中,辽宁省一等奖1项,三等奖2项;大连市一等奖3项,二等奖6项,三等奖5项。

(辽宁学习平台 2024-03-19)

大连造船足球队曾被誉为“打遍全国无敌手”已提前晋级2024“连超”职工组16强

传承大船人精神 见证中国足球发展历程

大连新闻传媒集团记者 许晓楠

2024“连超”职工组比赛正如火如荼进行,70支参赛队伍中,大连造船足球队实力强劲,目前小组赛连胜两轮,已提前晋级16强。记者采访了解到,这是一支有着近80年辉煌历史的老牌劲旅,在20世纪50年代被誉为“打遍全国无敌手”。今天,在位于大连造船总部大楼一楼的大船之魂企业文化展示馆,可以看到一张珍贵的照片:毛主席在球场上与大连造船足球队队员李长平亲切握手。这是毛主席唯一一次到赛场接见足球运动员。

在大海的簇拥下,在潮汐的凝视中,始建于1898年的大连船舶重工集团有限公司(简称大连造船),创造了中国造船史上80多个“第一”,中国第一艘万吨轮、中国第一艘出口船、中国第一艘导弹驱逐舰、中国第一艘超大型油船(VLCC)、中国第一座3000米半潜式钻井平台、中国第一艘航母……见证了中国船舶工业从小到大的发展历程,成就了中国海军由弱变强的历史跨越。大连造船足球队也见证了中国足球的发展历程。

一张珍贵的照片：毛主席与大连造船厂工人球员李长平握手

中国足球史上，有一张极其珍贵的照片：毛主席在球场上与大连造船足球队队员李长平亲切握手。这张珍贵的照片见证了大连造船职工足球的辉煌历史，同时也是大连造船 126 年历史中的闪光点之一。

大连造船足球队成立于 1946 年 3 月，在 20 世纪 50 年代享誉全国。当时厂里主要给苏联等国家修船，船上的船员时常下岸踢足球，一来二去，厂里的工人们也喜欢上足球运动，双方还相互进行比赛。由于经常与高手过招，厂里足球队水平很高，并逐渐成为一支在全国都赫赫有名的球队。

1948 年 10 月大连造船足球队荣获大连市首届职工足球联赛冠军；1951 年以该队为主组成的旅大队一举夺得东北地区足球赛工人组的冠军，并多次战胜苏联“灯塔队”“沿海队”“炮兵队”“航空队”等，逐渐成为闻名全国的工人足球队。1952 年以该队为主体的旅大红队以 2∶0 战胜国家足球队。

1955 年 10 月 4 日至 10 日，国营大连造船公司足球队（现大连造船足球队），参加第一届全国工人体育运动大会足球比赛取得第一名，被誉为“打遍全国无敌手”。1955 年全国足球联赛，作为唯一受邀参赛的工厂业余队，大连造船足球队战胜众多专业球队，最终惜败于北京中央体育学院队，获得亚军。1955 年 10 月 18 日，大连造船足球队与北京中央体育学院队组成的中国联队，以 9∶0 的大比分战胜缅甸国家足球队，赛后贺龙元帅说，中国足球站起来了。

1955 年 10 月 30 日，北京先农坛体育场观众热情爆棚，大连造船足球队与中央体院队组成中国联队,迎战来访的苏联列宁格勒泽尼特足球队。毛泽东、朱德、周恩来等党和国家领导人亲临赛场助阵观战。比赛打得精彩纷呈、十分激烈,最终以 2∶2 战平。

赛后,毛泽东等党和国家领导人亲切接见了双方运动员,毛主席连声称赞说:“你们踢得好! 踢得好!”并留下了毛主席与大连造船厂工人球员李长平握手这张珍贵的照片。

改革开放后,大连造船足球队雄风不减,先后夺得过第四届全国大企业足球比赛冠军、东北六城市足球比赛冠军、全国沿海城市足球比赛冠军、辽宁省职工足球比赛冠军、辽宁省室内五人制足球比赛冠军等。

“船超”“船甲”联赛:传承大船人永不言败、奋勇争先的精神

“厂里职工爱踢球,以前经常是两个书包摆出一个球门,大家就开踢。”大连造船工会干事、资深球迷大海告诉记者,“后来厂里陆续建起了专业足球场,6 块场地,每天午休和下班后几乎从来都不空场。球场上不仅有兄弟同场竞技,球场内外还上演了好几段浪漫的爱情故事,船厂职工就是这么热爱足球。”

这种热爱也传承自 20 世纪 50 年代的老船厂足球人。据老职工讲,当年的主将丛安庆是在大连博爱市场附近马路牙子踢小皮球成长起来的,基本功扎实,技术功底深厚,反应快,动作特别灵敏,意识也好,预判能力强,总能起到全队核心作用。身高仅 1.70 米的丛安庆,担当承上启下、穿针引线的中场核心,使全队攻防转换节奏顺畅无比,对球队战绩贡献颇大。当时的中央新闻纪录电影制片厂拍摄了他的传接球技术动作,并作为示范样板在全国各

地放映,全国热爱足球的青少年都跟着电影模仿学习示范动作。

进入新时代,大连造船倡导“快乐运动,和谐大船”理念,厚植群众性足球文化,开展了自己的六人制职工足球联赛,联赛分“船超”和“船甲”两个级别,采取升降级制度。2023年联赛,“船超”有12支球队,“船甲”有14支球队。从4月到10月末,160多场比赛,400多人同场竞技,职工称之为大船的“足球盛宴”。联赛也吸引了周边配套企业、驻厂部队、船东等单位参赛。每逢运动会年,还有一项杯赛——“长平杯”,纪念功勋足球运动员李长平。联赛和杯赛秉承职工活动职工办的宗旨,工会给予经费支持和指导,由厂足球协会具体承办,厂裁判员协会提供裁判支持,全部都由单位职工参与。

大连造船足球协会会长韩涛介绍,体育是承载和传播文化的重要载体,大连造船不仅有“质量杯”足球联赛,还有“保密杯”篮球赛、“节能杯”乒乓球赛、“安康杯”羽毛球赛等。一系列比赛,不仅有利于职工的身心健康,也增进了员工的团队意识,促进和谐劳动关系建设。

职工们说:“我们船厂年轻一辈的职工,球踢得可能不如前辈好,但是通过这个平台能够把大船的足球精神传承下去,特别自豪,也特别幸福。”

3月23日,大连造船足球队完成了“连超”首秀,4∶2战胜中山教育队,取得开门红;4月5日1∶0胜砺舰队。球队队员全部来自生产管理一线岗位,承担着国防建设的重任,完成生产任务是基础和前提,所以队员们只能利用午休时间和周末休息时间开展训练,努力做到工作训练两不误。队员们表示,要通过比赛传承大船人永不言败、奋勇争先的精神,展现昂扬向上的风貌。

(大连日报 2024-04-16)

大连消防足球队队员张宏伟曾参与各类火灾抢险救援4000余次

火场训练场和“连超”赛场 他让“火焰蓝”持续绽放

大连新闻传媒集团记者 许晓楠

“赛场上,我是球队的右前锋,每一次奔跑、每一次射门,都让我感受到了生活的激情和无限可能。赛场下,我是一名消防员,刻苦训练体能,努力钻研技能,为守护大连消防安全贡献自己的一份力量。”大连消防足球队13号球员张宏伟告诉记者。“连超”职工组赛场上,司职右前锋的张宏伟,身手敏捷、技术精湛,让对手防不胜防,三场比赛已攻入两球。

球场下,张宏伟是大连消防救援支队特种灾害救援机动大队舰艇消防救援站站长助理、二级消防长。工作20年来,他始终战斗在特种抢险救援第一线,第一批参与汶川抗震救援救灾,参与处置“7·16”新港码头油库火灾,参与“8·27”凯旋国际大厦火灾等各类火灾抢险救援4000余次,团结带领舰艇消防救援站的队员们,在大海上绽放“火焰蓝”的青春风采。他先后荣立三等功6次,荣获辽宁省消防救援总队优秀士兵、优秀共产党员,大连五一劳动奖章等多项荣誉,获得大连市“工匠杯”应急救援比武第1名。

在队里,张宏伟年龄最大,体能却最好。他每天都会进行长时间的训练,腿和手经常青一块紫一块,小腿全是伤疤。4000多次救援战斗,留下了严重的腰伤和术后也不能取出的钢板,他把自己的青春、热血和对党、对人民的无限深情,全部奉献给了深爱的消防事业。

张宏伟深知“仗要怎么打,队伍就得怎么练”的重要性。他把自己过硬的专业素质本领融入日常实战化练兵中，严格要求队员进行专业技能和身体素质训练。为适应新时代“全灾种、大应急”要求，他刻苦钻研舰艇救援技术，先后考取 IRB 橡皮艇驾驶、绳索救援、消防救援队伍水域救援技术教练员等资质证书，掌握了 PADI 公共安全潜水、国家应急救援潜水等前沿水域救援技术，获得了水域救援技术的“大满贯”，成为全国消防最年轻的潜水救援教练员。作为舰艇消防救援站负责人，张宏伟带领站内人员不断加强理论学习，开展集体业务理论授课 220 余次、专项器材培训 108 次，坚持每日早、晚各 1 次不少于半小时的车辆装备实操、维护。

“只有技术过硬，才能在关键时刻挽救更多生命。”这是张宏伟经常告诫队员们的一句话。在他看来，“坚持把平凡的事情做好就是不平凡”。正是日积月累、聚沙成塔的坚持，使他淬火成钢，成为消防队伍里的“刀尖”。

（大连日报 2024-04-23）

辽宁大连庄河市
礼赞“最美职工”庆“五一”

记者 刘旭 通讯员 刘晓梅

4月28日，辽宁大连庄河市2024年“最美职工”发布大会暨“庆‘五一’·礼赞劳动者”职工文艺演出启幕。

为大力弘扬劳模精神、劳动精神、工匠精神，激励广大职工团结奋斗，积极投身到庄河市区域引领性绿色经济发展示范区和北黄海生态型现代化海滨城市的建设以及“六大百亿级产业集群”发展和“六大国家级城市品牌”创建等重点工作中来，庄河市总工会联合市委宣传部、市文明办在庄河各行各业广泛开展2024年度寻找“最美职工”活动。

通过基层工会组织推荐、职工自荐互荐、社会举荐等多种形式，选树100名“最美职工”。他们当中有扎根基层、爱心助学的人民教师，有热心公益、兢兢业业的企业一线职工，有无私奉献、心系患者的专科医生，有助力乡村振兴、直播带货农产品的村书记。“最美职工”代表上台发言，分享他们工作中的感人故事和心路历程，引发现场观众强烈共鸣。

大会共分为两个阶段，第一阶段为“最美职工”发布，第二阶段为“庆‘五一’·礼赞劳动者”职工文艺演出。演出在一首铿锵有力的大合唱《咱们工人有力量》中拉开序幕，50余名社区联合工会会员齐声高唱，气势恢宏。参演的职工来自各行各业，身为厨师的孔宪威带来一曲《扯开嗓子一声喊》；小合唱《我们庄医人》展现了庄河市中心医院广大医护人员无私奉献、顽强拼搏的精神；庄河市教育局工会选送的歌曲《劳动最光荣》激扬奋进，唱响了新时代劳动者的赞歌。

（工人日报 2024-04-29）

大连市旅顺口区
召开“五一”劳模工匠座谈会

记者 刘旭 通讯员 武晓秋

4 月 29 日，辽宁省大连市旅顺口区召开纪念“五一”国际劳动节劳模工匠座谈会，大力弘扬劳模精神、劳动精神和工匠精神。

旅顺口区劳模工匠和先进集体单位代表在会上发言，他们立足岗位、结合自身实践，交流学习劳模精神、践行劳动精神、弘扬工匠精神的心得体会，并对旅顺高质量发展提出了宝贵建议。

中石化催化剂大连有限公司执行董事、党委书记许良介绍了公司在科技、绿色发展、产学研合作、生产能力等方面的成就和未来规划，同时对优化营商环境提出了建议。

大连市旅顺口区中医医院脑病科主任姜长豪在发言中说，他将始终牢记“救死扶伤”的神圣使命，弘扬“大医精诚”的进取精神，服务更多患者。

大连忠通货物运输有限公司操作员刘峰表示：“作为一名新就业形态劳动者，我将一直秉承‘敬业担当，甘于奉献’的信念，绘就军人退伍不褪色的风采。”

大连市旅顺口区龙头街道盐厂新村党委书记、村委会主任丁春龙表示，将以劳模的榜样力量带动广大村民团结奋斗，开拓创新，为建设宜居宜业和美乡村、为旅顺口区振兴与发展贡献力量。

会议要求，要向劳模工匠学习，以忠诚可靠赓续政治本色，坚定不移听党话、跟党走；以劳模工匠精神彰显榜样力量，引领新风尚、展现新风貌;以过硬本领奋力建功立业,当好高质量发展先锋队、主力军。

(工人日报 2024-05-01)

辽宁大连:“3+X”机制建起和谐劳动关系

金雅银

“我们在处理企业职工安置问题时,发现因法律没有明确保障条款,导致两名孕期女职工在劳动合同依法终止后,无法继续享受生育津贴等待遇。经过与企业从女职工特殊权益保护、人文关怀等多角度反复沟通,企业同意额外支付津贴。”5 月 6 日,大连金普新区人力资源和社会保障局相关负责人在接受采访时表示,这一纠纷的成功化解,是人社、工会等部门共同协作的结果。

今年 3 月,第一届全国和谐劳动关系创建工作先进集体和先进个人表彰暨经验交流会在北京召开,会议表彰 100 个全国和谐劳动关系创建工作先进集体和 299 名先进个人。其中,大连金普新区人力资源和社会保障局荣获“全国和谐劳动关系创建工作先进集体”。

近年来,在金普新区党工委、管委会的坚强领导和省、市人社部门的指导下,金普新区人力资源和社会保障局把构建和谐劳动关系作为创新社会管理、构建和谐社会的重要举措,持续完善劳动关系三方工作机制,联合党工委组织部、工会、企联、工商联等部门形成联动机制，取得显著成效。

在加强党建引领、共建和谐劳动关系新格局上，金普新区成立构建和谐劳动关系工作领导小组，建立“协调劳动关系三方会议”机制，形成多部门联动的“3+X”工作机制，建立和谐创建工作目标责任制。同时，积极发挥“两新”党组织和党员在稳定职工队伍、促进劳动关系和谐中的作用，取得显著成效。

金普新区现有企业 10 万余家。金普新区人力资源和社会保障局始终坚持职工利益和企业利益“双维护”，坚持行政手段和市场手段“双调节”，坚持物质关怀和精神关怀“双落实”，坚持企业创建和区域创建“双推进”。大力推行企事业单位民主管理工作，变“为职工做主”为“让职工自己做主”。3 年来，金普新区内共选树 29 名“金普工匠之星”和 232 名“金普工匠能手”，累计发放奖励 580 万元；荣获辽宁省金牌劳动人事争议调解组织 2 家，金牌调解员 3 人；59 家企业被认定为国家、省、市级模范劳动关系和谐企业。

对于劳动争议这个“老大难”问题，金普新区人力资源和社会保障局联合区总工会等部门积极探索创新，创建“人社+司法+工会+法院”、仲裁案件“立前调”、争议案件“云庭审”一站式多元解决平台，建立区、街道、社区三级“劳动争议+网格”模式。5000 余名街道（社区）网格员全天候排查，采用“金普 E 格”APP 报送处理方式，有效提高了劳动争议预警和化解能力。

如今，在金普新区协调劳动关系三方的努力下，金普新区已形成了“企业与职工共商共建共享、政府多措并举保驾护航”的和谐劳动关系新局面。

（辽宁学习平台 2024-05-09）

许斌:突破国外技术壁垒实现精密模具国产化

大连新闻传媒集团记者 许晓楠

工作中的许斌。受访者供图

编者按:大连是一座有着百年工运历史的光荣城市,在一代代劳动模范和先进工作者的感召激励下,全市广大劳动群众不忘初心、接续奋斗,立足本职、敬业奉献,创造了令人瞩目的辉煌成就。特别是去年以来,全市上下锚定市委“六个建设”和《提升清单》各项目标任务,办成了许多打基础、利长远、增后劲的大事要事,推动“两先区”高质量发展取得新的进展和成效。全市上下呈现人心思齐、人心思进、上下同欲、争先进位的生动局面。今年是中华人民共和国成立 75 周年,是实现“十四五”规划目标任务的关键一年。本报推出“劳模风采”专栏，刊发今年获得全国、省五一劳动奖章的大连代表和大连市劳动模范代表事迹，大力弘扬劳模精神、劳动精神、工匠精神，激励全市广大职工以先进模范为榜样，为推进我市“六个建设”建功立业。

模具是制造业中不可或缺的基础工艺装备，模具制造水平更是衡量一个国家制造业水平的重要标志。许斌坚守模具及产品精密制造一线 20 年，从学徒工到工匠技师、项目负责人，离不开他对模塑技术的执着追求与刻苦钻研。“一丝一毫的误差都会影响产品成型和使用效果。”许斌说。

许斌，大连銮艺精密模塑制造有限公司工匠技师、项目负责人，高级技师、正高级工程师。曾荣获辽宁省劳动模范、辽宁五一劳动奖章、大连市劳动模范，是国家级技能大师工作室、辽宁省劳模创新工作室领衔人，也是全国技术能手、辽宁工匠、享受国务院政府特殊津贴专家。2019 年当选为金普新区总工会兼职副主席，2021 年当选大连市第十三次党代会代表。今年荣获全国五一劳动奖章。

2003 年，许斌进入銮艺公司成为一名模具钳工学徒。工作时，他发现很多零件不能按时到位，拖慢生产进度。“爱管闲事”的他坐不住了，去其他生产线找原因，发现数控机床在加工零件时刀轨存在大量重复，影响工作效率。他立即着手，通过数控编程对多种型号的机床实施系统改造，使机床加工效率平均提高 9.5%。9 台机床平均每年为企业节约 5869 工时、70 余万元成本，他的这项操作法被评为大连市职工绝招绝技绝活操作法。

在许斌参加工作的前 8 年，公司高精密模具及核心注塑技术大多依赖进口，高额的模具与技术指导费阻碍了国产化进程。不甘示弱的他,暗下决心要打破这一局面。三年间他利用下班时间自学专业英语和本科机械知识,利用网络查看国外模塑与加工技术资料,不但要理解国外模塑技术原理,还要将自己多年掌握的技能与技术方案进行融会贯通。他在模具中加入智能化结构与新技术工艺,方案获欧洲专家团队批准,将国外模具及产品进行国产化,最终达到技术要求,大批量生产并取得成功。

许斌先后被授予专利权44项,其中一项获大连市专利二等奖,《高精密汽车燃油泵泵芯60度涡轮模具及加工工艺技术项目》获大连市多部门颁发的企业创新纪录,填补国内空白。作为项目负责人,他承担了兴辽英才计划项目及大连市科技局重点科技研发项目,承担经费共1544万元,主持公司创新项目13个,投入研发费共1096万元,为企业累计创效9475万元,多项模塑"卡脖子"问题迎刃而解。

许斌性格内向,但面对专业技术与技能问题却侃侃而谈,求知若渴。他乐于助人,知无不言,言无不尽。2013年他成立了自己的工作室,并带领工作室团队取得辽宁省专精特新产品、市职工创新项目及20余项专利成果,为企业晋升与培养了50多名人才。他兼任多所高中职院校产业人才导师、技能提升专家、德技辅导员,培训师生2000余人次。

从一名普通工人,经过20年的奋斗,许斌不断创新,执着专注,追求卓越,推动精密模具及产品实现智能制造,为模塑行业培养了更多的能工巧匠与复合型人才,为加快形成新质生产力、辽宁全面振兴贡献了自己的全部力量。

(大连日报 2024-05-13)

孙伟东：勇于攻坚克难 潜心深耕机场建设新发展

大连新闻传媒集团记者 许晓楠

工作中的孙伟东。受访者供图

孙伟东，大连国际机场集团有限公司党委副书记、工会主席。2015 年，孙伟东作为大连市政府特殊人才被引进到大连机场工作，9 年来，他凭借扎实稳健的工作作风、丰富全面的机场选址、规划建设理念功底和管理经验，多次在大连新机场项目的突破性进展中发挥关键作用，为推动地区民航事业发展，助力东北振兴、辽宁振兴发挥积极作用。他先后获得中央军委原总参谋部全国军事设施保护工作先进个人、空军优秀参谋、全国民航五一劳动奖章、辽宁五一劳动奖章等荣誉称号，今年荣获全国五一劳动奖章。

2023年10月，大连金州湾国际机场项目正式启动。孙伟东在服务国家战略进程中，交出了饱含民航情怀和机场智慧的生动答卷，凸显了特殊人才的优势作用。针对新机场手续办理涉及军队、民航、国家部委多方面审批要求和需求矛盾，孙伟东带领团队多轮次协调几十个单位，行程数十万公里，取得了一个又一个里程碑式成果，成功扫除了制约大连新机场项目立项近20年的手续障碍。2022年3月由辽宁省政府正式上报国务院、中央军委新机场立项，10月取得立项批复，创造了立项审批“大连速度”。

为了突破老机场发展瓶颈，他通过协调空军拆除机场军方闲置设施，作为导航保护区，彻底解决下滑台无备份手段严重危及飞行安全问题；对机场停机坪进行扩建，停机位数量由50增加至65，极大提高了机场的运行保障能力，2019年旅客吞吐量突破2000万大关。

为维护地方政府权益，他组织协调机场军转民土地权属移交问题，经过查阅资料、运用政策以及积极协调，于2022年1月将上述土地产权由部队划归大连市政府所有，历时14年的大连机场军转民土地权属移交历史遗留问题得到解决，为新机场建设融资提供有利条件。同时，经过努力攻关协调，2022年7月大连机场由军民合用转为民航独立使用，为机场容量提升、航线引进、航班增加等获得更大的发展空间。

他还积极优化空域资源，打造长海机场低空经济新增长点，协调军民航管理单位，促成长海机场空域优化并签订一系列惠及长海机场长远发展的保障协议，为大连全域民航协调发展打牢基础，为构建辽宁振兴发展新格局提交了大连机场方案。

作为新时期国企党务干部，孙伟东始终坚持高质量发展和全面从严治党两手抓，把党的领导贯穿国企改革全过程。他积极推行新时代“支部建在连上”试点工作，改建机场95个党组织，为64名基层科长赋予支部书记职责，创造性地实现了党建和中心工作在企业的“毛细血管”中的充分融合，成为全市国企党建知名品牌。向职工传递党的关爱，在民航重保、不良天气、重大节日期间深入职工身边送温暖，使机场干部职工干事创业热情空前高涨，最大程度地凝聚在振兴发展的主题上，使机场在后疫情时代创造出各项运输指标高于全国水平的良好业绩。

（大连日报 2024-05-15）

吕建辉：用青春耕耘地铁技术的年轻人

大连新闻传媒集团记者 许晓楠

吕建辉工作照。受访者供图

2023 年 10 月中国工会第十八次全国代表大会召开期间，一名年轻的“95 后”小伙，代表大连交通集团一万六千多名产业工人发表心声：下定决心，在大连勇当东北振兴“跳高队”、“辽沈战役”急先锋的新征程中勇创佳绩、再立新功。

吕建辉,是大连地铁运营有限公司车辆中心车辆钳工,一级高级技师。2016 年 8 月入职大连地铁运营有限公司后,他用青春耕耘地铁技术,把自己的一腔热血融入大连城轨的交通建设,先后参与大连地铁 3 号线架修,大连地铁 1、2 号线架修。他曾荣获辽宁省第一届职业技能大赛“轨道车辆技术”赛项第一名,被评为辽宁技术能手,荣获辽宁五一劳动奖章,当选中国工会第十八次全国代表大会代表,今年荣获全国五一劳动奖章。

2016 年 8 月,吕建辉从学校毕业后入职大连地铁,来到地铁 3 号线九里基地,主要负责地铁车辆总装作业。他仅用三年便能熟练掌握岗位所需基本技能和业务内容,在众多青年职工中脱颖而出。“想要根本保障地铁行车安全,就必须把车辆的所有细节研究明白”,面对架修作业中的各种难题,吕建辉永远怀揣着信心,“我就是觉得我能行”。

面对架修作业中的各种难题,他认真学习《大连地铁 1、2 号线架修作业指导书》等相关维保技术标准,不断汲取新知识,并将所学理论灵活运用在实际工作中。在车辆架修工作中,吕建辉身上始终有一种爱钻研的韧劲儿,他和同事共同研究制作遮棚拆卸工装、车钩工装、下牵引拆卸工装共 3 项,大大提高工作效率,同时完成技术改进 5 项,提高车辆架修作业安全生产可靠性。

2022 年 11 月,吕建辉和李伟在辽宁省第一届职业技能大赛中夺魁。他没有骄傲,而是想着距离满分还差在哪里,吕建辉认为实干才能交出“高分卷”,躬身才可立起“上进旗”,夺冠只是一次证明,而不是目的,青年不能满足于当下成就,该是满怀激情、继续前行。被授予辽宁五一劳动奖章时他说道:“胜利的泪水是甜的,所有的努力付出都是值得的。”

2023 年 10 月 9 日,承载着全市百万职工的殷切期望和嘱托,吕建辉作为大连职工代表出席中国工会十八大开幕式,参加辽宁代表团学习讨论，热议中国工会十八大党中央致辞和大会报告。他表示：“大会向全国亿万职工发出了建功新时代的召唤，吹响了奋斗新征程的号角。作为一名地铁工人，我将继续学习前辈的劳模精神、劳动精神、工匠精神，立足岗位，苦练本领，干一行、爱一行，专一行、精一行，像雷锋同志那样做一颗平凡岗位上‘永不生锈的螺丝钉’。”

（大连日报 2024-05-20）

吴斌：勇攀科研高峰的检验检疫行业领军者

大连新闻传媒集团记者 许晓楠

吴斌工作照片。受访者供图

从一名检验员到一名真正的检验检疫领域专家,吴斌始终坚守科技报国的初心;从科技强企到科技为民,她深耕检验检疫领域,不断向科学技术广度和深度进军;30余载的科研攻坚,她严谨求实、潜心钻研,以党的事业作为毕生追求的事业,为人民群众生命健康安全筑起坚强堡垒。

吴斌是中国检验认证集团东北区域首席科学家。曾获得国务院政府特殊津贴,并获全国质量监督检验检疫系统先进工作者、辽宁省劳动模范、辽宁省三八红旗手等荣誉称号。

作为食品科学专业的博士,吴斌在学习期间和在原辽宁出入境检验检疫局食品检验工作中积累了深厚的专业知识和丰富的实践经验。我国每年从北欧进口三文鱼约6万吨,商品总值约达15亿美元。针对"进境三文鱼中检出单核细胞增生李斯特氏菌"等食品安全问题,吴斌以食品技术专家的身份代表中国前往挪威、丹麦等贸易国进行技术谈判,为国家挽回了巨大的经济损失。针对进口水产品(尤其是面包蟹)中铬(Cr)超标的问题,她作为中国代表团成员赴法国进行谈判和磋商,共同应对跨国水产品安全问题。她还曾代表中国在美国食品药品管理局(FDA)洛杉矶年会上作题为"微生物方法验证/确认技术"的全英文报告,提升了中国标准化领域的话语权和国际影响力。

调入中检辽宁公司后,吴斌牵头承担大连市重点研发项目"新型生物传感器技术及其在疾病快速检测中的应用研究",研究利用血液等体液进行肺癌肿瘤标志物快速检测的技术,开发操作简便、灵敏度高、成本低、易于社区普及和推广的检测设备,用科技创新为人民群众生命健康保驾护航。

中国中检集团是卫生处理领域的国家队。第八批、第九批在韩中国人民志愿军烈士遗骸迎回工作中，吴斌作为中国中检集团生物安全产品线首席专家，第一时间带领团队赶赴沈阳，制定方案，提前演练，现场指挥，高标准完成了对专机机舱、烈士棺椁和遗物、仪式现场的卫生处理工作。她制定的行业标准“口岸负压隔离留验设施建设及配置指南”，成功应用于北京大兴机场、重庆机场等设施建设，为守好国门提供标准依据。她研制的生物防恐装备适用于会议中心、车站、机场等公共场所，实现炭疽杆菌、布鲁氏菌等生物恐怖因子现场快速排查。

30 余载科研领域的潜心俯首，吴斌共完成国际合作、国家级、省部级科研项目 40 余项，获省部级科技奖 24 项；授权专利 27 项；制修订国家标准及行业标准 48 项；发表著作及论文 80 余篇（部），系列研究成果已广泛应用于市场监管、海洋监测、海关布控、养殖加工企业质控、公共场所防控等领域，取得显著的社会、经济和生态效益。

2019 年，她创建了中检集团首个科研创新专家工作室。吴斌创新工作室先后被命名为“辽宁省职工创新工作室”“中国中检工匠人才创新工作室”“大连市优秀劳模创新工作室”“全国教科文卫体系统示范性劳模和职工创新工作室”。

（大连日报 2024-05-22）

“快递小哥”陈寿臣:在平凡岗位上实现自己的人生价值

大连新闻传媒集团记者 许晓楠

陈寿臣在工作中。受访者供图

2016年底,退伍装甲兵陈寿臣郑重地收拾起在部队期间荣获的“优秀新兵”“优秀士官”“优秀五会教练员”“百名典型标兵”和集团军“特级射手”等奖章、奖状,走进大连星光德邦物流有限公司,成为一名普通的“快递小哥”。7年多后的今天,他以“零投诉”的业绩,在最平凡的岗位上交出不平凡的答卷,荣获全国五一劳动奖章、辽宁五一劳动奖章、“大连市最美快递员”称号。

德邦物流在运输大货、重货方面具有优势,但每个小件货物的投递员管片点多、线长、面积大,要求要比其他物流公司的投递员更加腿勤、能跑。陈寿臣拿出在部队苦练技术的那股狠劲儿,打印了辖区的详细地图,时时刻刻拿在身边背诵,很快就成为这一辖区的"活地图",取货送货效率大大提高。他从心里把每个客户当成自己的亲人,不管接到的件再多、再急,始终坚持随叫随到、不辞劳苦、任劳任怨,把每件货物当成一份责任,凭借扎实的业务能力和用心的服务态度,赢得了片区群众和单位的好评。

每年的"双11",对快递行业都是一场严峻的挑战,德邦快递实行上至60公斤货物的送货上楼服务,因此每到"双11"派送难度平添几倍。去年"双11",陈寿臣片区的周女士网上购买了一个大型床垫,派送的时候家里只有一位老人,家住顶层六楼而且老旧小区没有电梯。陈寿臣咬牙扛着床垫,一个台阶一个台阶地爬楼梯将床垫送到老人屋里,并亲手帮助老人打开包装安装成功。周女士感动得专门给陈寿臣打电话致谢,还要发红包表达心意,被陈寿臣婉拒了。他说:"看到老人满意的笑容,这一切就都是值得的。"

"无论什么事情,要做就做到最好。"加入德邦物流以来,陈寿臣保持着六年半的"零投诉"纪录。他分别在大连市第四届和第五届"工匠杯"职工技能竞赛中荣获了运作员技能竞赛第一名和快递员技能竞赛第一名。评委和同行无不为他打包的快速整洁、安检的周密细致、路线规划的快速科学所折服。

2022年6月,陈寿臣在一次送货途中发现一位老人躺在路边,身上还压着翻车散落的货物,情况十分危险。陈寿臣马上俯下身,在征得老人同意后,先帮助老人把身上散落的货物移开,随后用拖车绳将车辆拖正,又通过车上的千斤顶,反复尝试才终于把车辆拖出深坑重回路面。在确认老人及其车辆并无大碍后,他和老人一起把地上散落的货物重新装回车上,并将老人一直护送到家中。附近的老百姓见此情景,纷纷为陈寿臣竖起了大拇指。

陈寿臣是一位普通的"快递小哥",但在他工作过的区域的群众眼里,他又不仅仅是一名"快递小哥",而是有求必应的"生活帮手”。他走到哪里,就和当地老百姓打成一片,很多人有事已经习惯找他帮忙,而他也从来不讲条件不计代价,总是满面笑容地伸出援手。他说:“从来都没有平凡的岗位,只有平庸的人生。一个人如果被更多的人所需要,他的人生就变得更有价值。”

(大连日报 2024-05-27)

薛伟莲:模范树立“四有”好老师形象

大连新闻传媒集团记者 许晓楠

工作中的薛伟莲。受访者供图

薛伟莲是辽宁师范大学管理学院教授,博士生导师,管理科学与工程一级学科硕士学位授权点学科带头人,国家一流本科专业负责人。从事高等教育20余年,薛伟莲始终忠诚于党和人民的教育事业,用实际行动模范树立新时代大学教师有理想信念、有道德情操、有扎实学识、有仁爱之心的“四有”好老师形象,备受学生爱戴、同事敬重。先后荣获全国优秀教师、霍英东教育教学奖、全国巾帼建功标兵、辽宁省“兴辽英才计划”教学名师、辽宁省教育系统“最美教师”、辽宁省本科教学名师、大连市高校优秀共产党员等荣誉称号。今年又荣获全国五一劳动奖章。

师者，如泽如炬，虽微致远。从教 20 余年，薛伟莲胸怀“国之大者”，做一流学问，育一流人才。她扎根教育教学第一线、默默守护在学生身后，以润物无声、风化于成的育人方式，守望学生们的健康成长。她是学生们爱戴的老师，更是学生们真诚的朋友、暖心的家长。

在薛伟莲的眼里，没有问题学生，只有需要帮助的孩子。在信息管理与信息系统专业有这样一届学生，4 名同寝室男生热衷于网络游戏，考试挂科严重，是班里有名的“学习贫困户”。薛伟莲了解情况后，主动接近这 4 名学生，课堂内外和他们保持良好的交流和沟通，培育起深厚的友情。她和这 4 名学生约定，如果他们期末考试全部及格，老师就奖励他们去星级酒店吃大餐。这份约定是承诺、是鼓励。每个人都不想成为违约者，他们在学习态度上有了脱胎换骨的变化。但是，那次期末考试仍有一名学生未能通过，他感到万分沮丧。为了不让孩子们泄气，薛伟莲把约定延长到最后一名同学考试通过为止。一年之后，这名同学终于在重修中通过了考试，薛伟莲也如实兑现了承诺。后来，这 4 名学生 1 人考研成功，另外 3 人均就职于知名 IT 企业，成为学业逆袭的典范。

多年来，薛伟莲扎根在高等教育的土壤中，用智慧和热情培养了一届又一届的学生。学生的每一篇论文、每一个研究课题，大到整体研究思路，小到标点符号，她都认真指导。在她看来，与无数学生倾情相伴的岁月，是这份职业带给自己的最好礼物；当他们事业有成，成为母校的骄傲之时，便是对自己三尺讲台的最大嘉奖。

她主持国家自然科学基金面上项目 3 项、省社会科学基金项目 4 项、省教育厅项目 6 项，获批经费 320 余万元；在国内外重要学术刊物上发表各类学术论文 80 余篇，出版学术专著 1 部。在教学方面，主持省级教改项目 6 项，获评辽宁省教学成果一等奖、三等奖各 1 项，主讲的课程“计算机网络”获批辽宁省精品资源共享课建设项目，上线运行以来先后被东北财经大学、辽宁大学、沈阳农业大学等 10 余所高校作为跨校修读学分课程，2020 年上线“学习强国”，2022 年获评辽宁省一流课程，2024 年获评辽宁省思政示范课程。

（大连日报 2024-05-29）

王海鹏：做岁月长河中持续追索前行的地质人

大连新闻传媒集团记者 许晓楠

工作中的王海鹏。受访者供图

“山是漫长地质年代里变化极其缓慢的浪，光是遥远天文单位外速度永恒不变的信，我愿做浩瀚岁月长河中持续追索前行的地质人……”这是王海鹏的内心独白。

王海鹏是辽宁省地质勘查院有限责任公司副总经理、总工程师，高分辨率对地观测系统辽宁地质资源环境应用与服务中心副主任，辽宁省自然资源厅学术委员。多年来，他主持完成的项目获中国地质调查局优秀图幅奖、辽宁省科学技术奖、辽宁省国土资源厅科学技术成果奖等各类省部级奖项 20 余项，个人荣获自然资源部“先进个人”、辽宁五一劳动奖章、大连五一劳动奖章等荣誉称号，王海鹏创新工作室也先后荣获大连市劳模创新工作室、辽宁省劳模创新工作室称号。今年，他荣获全国五一劳动奖章。

李四光曾说过：“地质科学的源泉在野外。”在过去的大部分时间里，王海鹏多是在人迹罕至的野外进行实地勘查，完成地质填图，化探采样，槽探、钻探施工等工作，条件十分艰苦。苦中作乐的他，踏晨露、披晚霞，战严寒、迎酷暑，一次次跋山涉水，一次次翻山越岭，一次次风餐露宿，只要能为祖国寻找到更多的资源和财富，他便会义无反顾地出发。

王海鹏承担过省内外多个 1 : 5 万区矿调项目（省部级），其中内蒙古地区的项目地处大兴安岭地区森林沼泽区，蚊子、蜱虫、小咬、虻蠓等生物尤为活跃。为了避免蚊虫侵害，每天出发前，他戴蚊帽，戴手套，紧口紧领的迷彩服戒备森严。可是阳光一出来，山里的温度陡然升高，在严密的包裹和踏勘的劳累下，汗水不停地从身体里渗出来，尤其是背包的肩膀和后背，析出的盐霜一层层扩散……原始森林里不仅有丰富的昆虫、异常的气候，还有黑熊、狼、野猪等猛兽。在王海鹏的带领下，项目组人员克服困难，想尽一切办法开展野外工作，得到了内蒙古地勘专家的高度评价。

为适应新时期地质工作的发展，2017 年，在王海鹏的建议和具体实施下，地勘院成立了地质科技创新小组——创新拓展部，开展地质科技创新工作。他们积极参与并承担了“大连滨海国家地质公园规划修编”“大连市金州区矿业权设置方案”等市场项目，用旅游地质、环境地质等融入地方经济发展，并取得了一系列地质科技创新成果。

在此基础上,2018 年他又在地勘院牵头成立了高分辨率对地观测系统辽宁地质资源环境应用与服务中心,开展了一系列地质创新工作:主持大连市城市地质调查和全省矿产资源储量动态监测管理项目等体系项目,带领技术团队利用信息化与“3S”技术深度融合,搭建了“辽宁省地质勘查项目综合管理平台”“辽宁省地质灾害防治工作数字化平台”等多个省市级综合管理平台,有效助力政府高效精准管理,累计合同额达 900 余万元。

(大连日报 2024-06-03)

王维亮:用梦想点亮青春“焊花”

大连新闻传媒集团记者 许晓楠

工作中的王维亮。受访者供图

从一名电焊“小白”成长为如今的特级技师,大连造船装备公司电焊工王维亮用 10 年的焊接工作诠释了“有一种平凡叫坚守”。每当焊完的产品呈现在眼前时,他都会有一种制作一件完美艺术品的成就感。他先后获得“一带一路”金砖国家技能发展国际联盟“嘉克杯”国际焊接大赛一等奖、辽宁省“技师杯”大赛第二名、辽宁省第一届职业技能大赛第三名(铜奖)、两届大连市“工匠杯”大赛第一名等。荣获大连五一劳动奖章、大连市技术标兵、大连市技术能手等荣誉称号,今年荣获辽宁五一劳动奖章。

“我的心里始终有一个梦想,就是有一门精湛的手艺,让它发光发热。”王维亮说起自己选择电焊专业的初衷其实很简单,就是学一技之长,安身立命。从技校毕业后的 5 年里,他辗转到多家公司工作,把焊条电弧焊、氩弧焊、气体保护焊等焊接技术学了个遍,也把多种品牌焊机设备的使用方法学到了手。进入大连造船后,他在焊接工作中愈发得心应手。从 2019 年起,王维亮在各级焊接大赛中不断斩获奖项,并开始了钛合金材料焊接、激光的研究和应用工作。

大连造船承揽脱硫塔施工任务,主体材质为双相不锈钢材质与钛合金材质,板材均为 4~8 mm 薄板,其中筒体合拢焊接工序一直是生产难点,焊接难度大,易产生焊接变形、尺寸超差等问题,由于此种材料严禁使用火焰校形,导致产品变形超差无法满足业主要求。王维亮与朱先波技能大师工作室成员组成攻关小组,从施焊方法入手,经过反复试验,创新提出“双面对称焊接法”,不但成功解决了焊接变形问题,还节省了背部气刨、打磨等工序的费用,经核算,单台套脱硫塔可节省约 3 万元,累计节省 126 万元。

2021 年大连造船成功交付全球首艘 30 万吨 LNG 双燃料原油轮中,有两个 3500 立方米双燃料 LNG 储罐格外引人瞩目,其材质为 9Ni 钢材质,施焊难度大,此前,大连造船并没有相关建造经验。通过长时间的研究和试验,王维亮率先考取了 LNG 9Ni 钢的焊工资质。他与团队成员组成焊接小组,成功解决了焊缝气孔、焊缝裂纹、磁偏吹等难题,他所焊接的焊缝 RT 探伤一次合格率达 100%的骄人战绩,受到业主的高度评价。

钛合金校形是一项“卡脖子”难题，严重影响到产品质量。王维亮和朱先波研究出了激光校形专用焊枪，到目前为止累计完成5条系列船钛合金的施工，为企业节约100余万元，此项技术为行业首创，荣获大连造船第三届创新方法大赛一等奖。他还在一系列大国重器的建造中，出色完成了多项重点任务。

2022年，在制作某系列船钛合金项目过程中，对焊接要求极为严格，探伤合格率必须达到97%以上。这对首次使用激光复合焊钛合金拼板来说，是一次极大的挑战。王维亮担当主力，仔细梳理和分析焊接难点，观察焊接过程中的每一个细节，分析试验数据，编制焊接方案，和技术人员共同探讨解决方案，最终探伤合格率达到了99%以上。

（大连日报 2024-06-05）

张文春：助力复兴号驰骋世界屋脊

大连新闻传媒集团记者 许晓楠

工作中的张文春。受访者供图

张文春,是中车大连机车车辆有限公司试验研究室主任。他以卓越的技术专长和不懈的工作热情,长期奋斗在机车产品设计和试验验证的工作一线,为推动实现轨道交通装备制造业高质量发展作出了贡献。其曾先后荣获大连市新时代“最美职工”、中国中车劳动奖章、中车大连机车车辆有限公司劳动模范等荣誉称号,今年荣获大连市劳动模范称号。

2017 年,张文春从大连海事大学博士毕业后,加入中车大连机车车辆有限公司,成为一名轨道交通装备行业的科研工作者,并快速成长为公司科技创新团队的中坚力量与骨干。工作中,他始终聚焦“交通强国、轨道先行、装备支撑”发展要求,在基层科研平凡的岗位作出了不平凡的业绩和贡献。他承担了公司重大科研项目——复兴号电动车组的平稳性分析任务,以“产品+”“系统+”为目标,对标世界一流,钻研机车车辆结构可靠性领域前沿技术,深入产品实际应用场景前线,带领团队实现了公司在机车车辆结构可靠性领域研发试验能力的显著提升。他作为主要成员参与了 HXN3、FXN3B、FXN3C、FXN3J 等多款新车型产品的运维服务,在祖国的西南和西北留下了奋斗的足迹。

为积极响应习近平总书记提出的“复兴号奔驰在祖国广袤大地上”的号召,张文春主动请缨参加中国中车重大专项复兴号高原内电双源动力集中动车组项目,与研发团队一起投入动车组结构可靠性研究任务中。为了确保课题任务按计划高质量完成,他组织制定项目推进计划,制定课题实施方案,细化项目里程碑节点,统筹研发资源,提升研发效能,圆满完成了各项课题任务,实现了复兴号高原双源动车组顺利交付运用,奔驰在世界屋脊。

张文春以系统思路分析内燃动力车运用环境,带领课题团队以噪声和振动控制方向为切入点,在保证内燃动力车特有的线路和环境适应性基础上,为了保证高原动车组客运乘客舒适度,开展了深入的辐射噪声控制研究工作。通过对试验数据的深入挖掘和严谨的理论计算,最终确定了以控制排气噪声为核心、提高断面隔声性能为主线的总体方案,最终系统解决了高原内燃动力车的噪声控制难题。他全程参与了复兴号高原双源动车组试验过程,凭借敏锐的洞察力和丰富的经验,提出了多项切实可行的改进意见并取得了显著的改进效果,最终内燃动力车的噪声控制课题研究工作取得了突破性进展,型式试验结果显示其车外噪声水平与电力机车基本持平,达到了国内领先、世界先进的水平。这一成果不仅为复兴号高原双源动车组赢得了行业赞誉,也成为驰骋在高原上的一张亮丽名片。

作为公司机车车辆领域结构可靠性研究带头人,张文春勇挑研发试验重担,以高品质创新助力公司自主研发能力实现新突破。目前,他带领的团队研究成果已成功应用于200公里电力动集转向架和D180柴发机组的开发及改进工作中,为公司带来了显著的技术进步和经济效益。

(大连日报 2024-06-11)

包雷：谱写“有困难找我”新的服务传奇

大连新闻传媒集团记者 许晓楠

包雷（左）为旅客提供贴心服务。受访者供图

在电话客服这个平凡的岗位上，包雷作为新一代港口客运人的代表人物，始终传承和发扬“心与您同行，有困难找我”的客运服务精神，立足岗位，不断提升服务，用大爱之心谱写了新的服务传奇。

包雷，现任大连港客运总公司电话客服班班长。她曾被评为大连“俊”青年、大连市 2023 年度“最美女性榜样”，获得过大连市五一劳动奖章。2024 年包雷被评为大连市劳动模范。

包雷师从全国劳动模范王红。多年来在王红师傅的教导下，借助“王红服务小组”这一优质服务创新平台,她练就了一身过硬的服务技能。她是同事和领导一致认可的“业务大拿”,以匠人之心不断完善自己。她曾自主参加了手语培训班,通过学习取得了手语初级职业资格证书。2022 年包雷参加了大连市第四届“工匠杯”港口客运员职工技能大赛。这次大赛比赛内容包括了港口客运员应知应会知识、双语广播服务、旅客行包安检服务、车辆图像分析、旅客急救应急处置等所有港口客运相关岗位的工作流程。对于这次比赛,包雷充分准备,尤其是面对自身不太熟悉的安检岗位内容,包雷提前自学了安检操作知识,利用工余休息时间,来到现场跟随安检员进行实操学习。安检员们都喜欢说这样一句话:“流水的安检员,铁打的包雷。”最终凭借着自己的努力,包雷在比赛中获得了第三名的好成绩。

包雷始终坚持积极奉献,每逢 7、8 月夏运期间水路运输的客流高峰时期,包雷都会主动加班加点,义务服务旅客。她每年义务加班百余小时,工作至今已累计义务加班 1000 余小时,照顾老弱病残旅客千余人次,拾金不昧折合现金 6000 余元,收到感谢信、表扬信 30 余封,获得了旅客的一致赞誉。在持续奉献的过程中,包雷还能做到用创新的方法来提升工作成效。她在电话客服服务中提出了“让旅客‘听’见我们的微笑”这一服务理念,倡导班组成员在接听电话中不仅要态度热情友好、积极主动,还要把旅客当作亲人,用真情服务旅客,让电话客服成为大连港客运总公司营商环境“新地标”。对此,包雷总结摸索出了“四心”服务标准,即对普通旅客有诚心、对儿童旅客有关心、对病残旅客有爱心、对老年旅客有耐心，给予有特殊需求的旅客最大限度的帮助。

一次，一位家住旅顺的刘阿姨在官微“大连港船票”上预订了两张到威海的船票，老人选错了乘船日期，发现时已经超过规定退票时间，无法在网上办理退票。刘阿姨试着拨打了客服电话。包雷在询问了相关信息后，一边安抚焦急的老人，一边联系业务部门。经过和业务部门的沟通，为刘阿姨成功争取到了办理退票的服务。考虑到刘阿姨家住得比较远，老人还想再乘坐晚上的船去威海，包雷主动再次和业务部门联系，顺利地满足了老人希望能在晚上乘船前到现场办理退票的需求。在包雷的前后周转下，还把退票时间最终延长到了老人上船前。为此，刘阿姨专程致电以表达对包雷的感谢。

包雷还致力于运用大数据赋予传统服务新活力，提出了“特殊旅客预约服务”的建议，通过这种方式，即可实现旅客无须到港，提前通过登录大连港客运总公司官方微信预约后，到港确认即可享受从安检到登船全程无障碍的“绿色通道”服务。该项举措最终在大连港客运总公司得到推广应用，得到了领导和旅客的高度认可，获得了广泛赞誉。

（大连日报 2024-06-13）

郑玮:帮数十万樱桃种植户走上致富路

大连新闻传媒集团记者 许晓楠

每年6月樱桃季,郑玮都要尝遍“酸甜苦涩”。受访者供图

岁月不居,时节如流,郑玮明白:在科研路上没有捷径可走,有的只是一路攀爬,一路耕耘。郑玮,现任大连市现代农业生产发展服务中心农业研究部果树所副所长。她从事农业领域的甜樱桃、桃新品种选育与栽培技术研究工作15年,担任中国园艺学会樱桃分会常务理事,辽宁省园艺学会副理事长,是辽宁省“揭榜挂帅”项目课题主持人,辽宁省级甜樱桃资源圃负责人,大连市农业科技特派团成员。先后荣获大连市三八红旗手、辽宁省优秀科技工作者等称号,今年被评为大连市先进工作者。

在郑玮身上,能感受到她对樱桃种植工作忘我的热爱。每年的 4 月中旬，是一年中樱桃育种工作最忙的日子。她不仅要为樱桃选配亲本，更要为樱桃人工杂交授粉。拿着特制的授粉工具，用手轻轻地掐掉雄蕊，小心翼翼地对柱头进行点授……绣花般的精细活，她一干就是一天。授粉季节需要做几万朵花，一天下来真是腰酸背痛。因为长年累月顶着烈日工作，她原本白皙的皮肤晒成了小麦色。每年 6 月樱桃季，也是她尝遍"酸甜苦涩"的季节。育种圃内，有各种各样的樱桃品种，酸的、甜的、苦的、涩的……为了科研，她尝遍了樱桃园内上千种实生苗，经常是午饭都吃不下。在她的时间表里，白天在单位调查树体状况和果实情况，晚上撰写论文、项目申请书、结题报告等文字科研任务，有时工作到凌晨。近几年郑玮主持参与国家、省、市项目 20 余项，累计科研经费 900 余万元。作为联合攻关单位秘书长，她承担农业农村部《重要特色物种育种联合攻关名录》中的甜樱桃育种攻关项目，是辽宁省唯一入选特色物种。

为保障种源安全，她建立了全国首个省级甜樱桃种质资源圃，收集评价国内外甜樱桃种质资源 120 余份（砧木资源 9 份），获得 65 个性状数据，累计录入性状数据 10400 条，构建首个甜樱桃核心种质资源库，自主研发"樱桃种质云资源管理系统""樱桃种质云资源管理 APP""樱桃种质云智慧农业 APP"等，获国家 5 项软件著作权，使甜樱桃种质资源管理更加标准化、规范化、信息化、数字化。筛选出 30 余份甜樱桃优良种质，获得特异种质资源 7 份，为新品种选育及生产应用奠定基础。

她从创新杂交种子处理方法入手，解决了甜樱桃种子出芽率及成苗率低的问题，进行新品种筛选。选育出自主知识产权的甜樱桃新品种 11 个，据不完全统计，仅"早露""早红珠""状元红""明珠"等品种已推广种植 55 万亩，年创经济效益 164 亿元，遍及辽宁、山东、陕西、山西、河南、河北等主栽区，使数十万农户增产增收，靠这些新品种走上了致富路。

作为大连市科技特派员,郑玮积极参与到精准扶贫的工作中,大连地区的各乡镇、村屯都留下了她的足迹。累计培养生产技术骨干2000余人,培训果农3万人次,指导建设核心示范园50余处,下发技术资料2万多册。近年来,她还多次赴贵州六盘水、内蒙古、新疆等地进行技术指导。

(大连日报 2024-06-17)

尹家俊:精炼技术水平 护佑百姓健康

大连新闻传媒集团记者 许晓楠

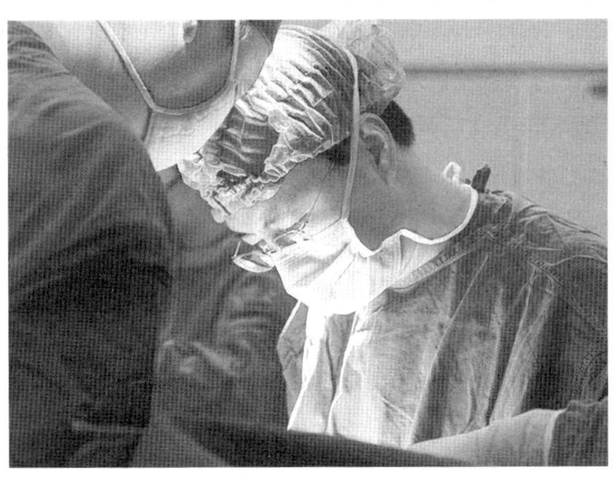

工作中的尹家俊。受访者供图

他把医者的天职深植在心中,把爱和温暖奉献给每一位患者。大连大学附属中山医院副院长、肝胆外科专家尹家俊,长期从事普通外科临床工作,始终牢记“生命相托、健康所系”的神圣誓言,以严谨求实的学风刻苦钻研技术业务,以仁者爱人的品德感动每一位患者,以科学严谨的作风带出了一支过硬的医护队伍。他不仅是本学科的学术带头人，更是广大患者的贴心人。今年荣获辽宁五一劳动奖章。

从医 30 年来，尹家俊不断提升自己的医疗技术水平，针对专业难题，在医疗技术技能上，积极开展新技术、新项目。他的主攻研究方向为胰腺及肝脏恶性肿瘤的基础研究与临床治疗。经过多年的努力，他在肝、胆、胰等复杂的外科疾病诊断、治疗方面积累了丰富的临床经验，为辽宁省肝胆外科事业的发展作出了卓越贡献。

近年来，他每年收治的消化系统恶性肿瘤患者超过千人，抢救急危重症数百人。首批开展了全腹腔镜下胰十二指肠切除术并总结出腔镜下胰肠吻合新方法“背带裤胰肠吻合法”。在手术流程优化及减少术后并发症方面发挥了重要作用，解决了老百姓看病难问题。他针对疑难重症病例开展临床研究，先后在国家级学术会议及医学杂志上发表论文 30 余篇。

作为学科带头人，尹家俊十分重视科室整体业务素质和医疗水平的提高，对下级医师在严格管理的同时，无私地进行“传帮带”。多年来，科室从未发生过医疗事故、医患纠纷，也从未出现因质量问题、服务问题而导致的患者投诉，从未给患者及其家属造成沉重心理负担和经济负担。科室医护人员总是以积极的开导、耐心细致的讲解，增强患者战胜疾病的信心。他们还千方百计为患者节省费用，针对每一位患者病情的不同，制定最佳效果、经济实用的治疗方案，让患者得到最大的实惠。

尹家俊不仅在医疗技术方面取得了优异的成绩，也是一位优秀的研究生导师。多年来，尹家俊共培养博士、硕士研究生 44 名，其中包括多名获得国家奖学金和省市优秀毕业生的优秀研究生。他指导学生参加大学生创新创业大赛，并带领团队两次荣获辽宁省银奖。

他还把参加学术大会所学到的新理念、自己潜心总结出来的经验，毫不保留地传授给科里的医生，受到了广大患者及医院职工的一致好评。他花费大量时间和精力普及健康知识、提高公众疾病防治意识，抖音科普视频已经制作 110 期，涉及健康科普知识 500 余条。

（大连日报 2024-06-19）

雷恒大：深耕精品创作 勇攀艺术高峰

大连新闻传媒集团记者 许晓楠

大连歌舞剧院总监雷恒大。受访者供图

作为一名专业声乐演员，雷恒大多年来始终坚持以人民为中心，植根人民，组织创作、参演优秀的文艺作品，勇攀艺术高峰，不断满足人民群众的精神文化需求。

雷恒大，是大连歌舞剧院总监，国家一级演员，市人大代表，民盟大连市委委员，大连市音乐家协会副主席，大连大学特聘教授、硕士研究生导师。曾荣获具有中国“格莱美”之称的全国听众最喜爱的十大金牌歌手奖——金号奖，曾连续三次获得辽宁省文化和旅游厅美声专业组金奖，两次获得大连文艺界十大有影响力人物奖。今年荣获辽宁五一劳动奖章。

2021 年，为庆祝建党百年，雷恒大组织创排并参演的大型音乐舞蹈情景诗《摇篮》，先后入选大连市和辽宁省庆祝中国共产党成立 100 周年优秀舞台艺术作品展演活动，完成演出 30 场。中央电视台、《辽宁日报》等国家、省、市媒体进行了报道，受到专家、同行和观众的高度赞誉。他组织创作并参演的大型音舞诗画《我的浪漫我的家》获辽宁省第九届艺术节金奖；大型音乐舞蹈史诗《追梦》获第十届艺术节金奖，先后演出 55 场，其中在辽宁大剧院演出 5 场，受到省内专家和领导的一致好评。

2023 年 7 月，他积极组织创排的原创音乐剧《国之韶华》在大连大剧院成功首演。该剧由中共大连市委宣传部、大连市文化和旅游局指导，大连文化产业集团总出品、大连歌舞剧院出品。9 月，音乐剧《国之韶华》作为开幕大戏亮相辽宁省第十二届艺术节。11 月，音乐剧《国之韶华》受邀前往厦门参加第二届全国优秀音乐剧展演，并获得文化和旅游部颁发的第二届全国优秀音乐剧优秀剧目奖，打破了大连歌舞剧院近 30 年没有获得国家级政府奖项的局面。

2024 年，大连歌舞剧院登上央视春晚舞台，从 1994 年第一次登上春晚舞台，到 2024 年央视春晚再放异彩，时隔 30 年，能受邀参加央视春晚不仅是对大连歌舞剧院业务能力的充分肯定，更是对大连城市文艺品牌的一次大力宣传推广。

此外，雷恒大还开创性地举办了大连歌舞剧院系列音乐会。通过每年举办 8 到 10 场主题明确、形式多样的声乐专场音乐会，有效促进了高雅艺术的传播，同时构建了大连优秀音乐家的展示平台,汇聚了大量的本地声乐爱好者。8 年来,大连歌舞剧院系列音乐会举办已近百场,走遍了大连市内的各大高校和专业剧场,受到广大高校师生和声乐爱好者们的热烈欢迎。

在雷恒大的带领下,大连歌舞剧院平均每年完成各类演出120 余场,演出足迹不仅遍布大连市内的农村、乡镇、社区、军营、高校和各大专业剧场,还覆盖了省内的主要城市。

多年来,雷恒大始终坚持在教学一线授课,辅导的学生考入意大利米兰音乐学院、星海音乐学院、沈阳音乐学院、西安音乐学院、中央戏剧学院、中国传媒大学等国内外优秀的音乐院校,在国内外声乐赛事中取得优异成绩。

(大连日报 2024-06-24)

荣耀征程

2024“连超”职工组冠亚季军球队巡礼

记者 吴庆国 摄影 金铭路

甲组决赛,大连金普新区教育行业工会联合会职工代表队对阵辽宁港口集团有限公司职工代表队。

乙组决赛，大连航标处职工代表队对阵大连市中级人民法院职工代表队。

甲组冠军——辽宁港口集团有限公司职工代表队。

甲组亚军——大连金普新区教育行业工会联合会职工代表队。

甲组季军——大连湾前关村联合工会职工代表队。

乙组冠军——大连市中级人民法院职工代表队。

乙组亚军——大连航标处职工代表队。

乙组季军——大连市海洋与渔业综合行政执法队职工代表队。

大连职工足球运动具有深厚的群众基础和文化底蕴。1946年12月，旅大职工总会成立之初，就拥有工人足球队14支，到1949年10月增加至67支。当时，各企业工人足球队伍经常进行比赛，技术水平迅速提高，大连造船足球队、大连日报社足球队等队伍战绩辉煌，震动全国体育界。伴随着经济社会的发展，各级工会不断丰富职工足球运动的形式和载体，形成了“职工四门足球联赛”、千队万人足球赛等一批职工足球赛事品牌，足球运动深受职工欢迎。

2024年，全市职工迎来了大连市足球超级联赛职工组比赛。6月21日18时45分，随着大连火车头体育场终场哨响，备受大连职工球迷关注的职工组比赛落下帷幕，70支职工球队、1705名职工球员历经3个月、29个比赛日、166场比赛，为我们呈现了971粒精彩进球。

从小组赛的热身过招，到决赛阶段的激烈对抗，职工组赛场上高潮迭起、精彩不断。赛事过程中，各参赛队始终秉持参赛初心，以乘风破浪之姿，顽强拼搏、团结奋进，在绿茵场上唱响了新时代“咱们工人有力量”的强音。

为充分展示大连职工足球群众性文化底蕴，凝聚起全市百万职工奋进“两先区”、建功“六个建设”的磅礴精神力量，今日本报特辑获得2024“连超”职工组甲乙组冠亚季军共6支球队的风采以飨读者。让我们一起期待未来的大连职工足球,能够为我们呈现更多的精彩瞬间,创造新的辉煌。

2024“连超”职工组荣耀榜单

最佳裁判员

裁判员　　张德鹏

助理裁判　罗昕、孙茂翔

第四官员　滕毅文

最佳教练员

甲组

辽宁港口集团有限公司职工代表队教练 刘成业

乙组

大连市中级人民法院职工代表队教练 宋君

最佳射手

甲组

大连市公安局职工代表队 毕书业

乙组

大连市体育局职工代表队 沈子濠

冠亚季军

甲组

冠军 ——辽宁港口集团有限公司职工代表队

亚军 ——大连金普新区教育行业工会联合会职工代表队

季军 ——大连湾前关村联合工会职工代表队

乙组

冠军 ——大连市中级人民法院职工代表队

亚军 ——大连航标处职工代表队

季军 ——大连市海洋与渔业综合行政执法队职工代表队

另有 58 家参赛单位获得体育道德风尚奖,18 家单位获得优秀组织奖。

甲组冠军　荣誉催征 续写新篇
辽宁港口集团有限公司职工代表队

辽宁港口集团有限公司锚定打造世界一流强港的目标定位,明确提出了建设大连东北亚国际航运中心、物流中心和东北海陆大通道三大中心任务,实现了大连、营口、盘锦、丹东、绥中五港的一体化运营,为辽宁实施全面振兴新突破三年行动作出了积极贡献。

为全力备战 2024“连超”职工组比赛,辽宁港口集团工会以原大连港足球队为班底,成立了由 29 名员工组成的辽宁港口集团职工代表队。“‘连超’让我们这些有着共同爱好的兄弟们再次凝聚到一起,绝不辜负公司广大职工对我们的信任与厚望。”球队教练刘成业接到任务的时候激动不已。

辽宁港口集团职工代表队队员平均年龄 39 岁,虽然年龄偏大,但全体队员用实际行动践行着“奋斗创造价值,实干成就未来”的企业价值观,仍然坚持大强度有氧训练。队长孙丹说:“激烈的比赛训练背后,是常人难以忍受的艰难。但绿茵场就是我们的战场,我们身披辽港的战袍,就要为辽港而战。”

回首来时路,辽宁港口集团职工代表队永远是绿茵场上最亮眼的那一抹蓝色。责任、荣誉、梦想,始终烙印在每一名队员的心中,每个人都能成为团队的铺路石,为集体发出自己的光与热。球员们携手前行、互为风帆,用一次次精准长传、大力远射、霸气头槌轰开了冠军的大门,以7场不败、39个净胜球的骄人战绩摘得职工组甲组桂冠,用拼搏和奋斗书写着“创新、担当、服务、奉献”新时期“辽港精神”的绿茵篇章,在美丽的绿茵赛场上勾勒出了辽港人不甘人后、奋勇争先的拼搏图景。

甲组亚军 投身教育 “足”够精彩
大连金普新区教育行业工会联合会职工代表队

组建于2013年的大连金普新区教育行业工会联合会职工代表队由热爱足球的26名教职工组成,平均年龄35岁,他们当中有爱岗敬业、恪尽职守的班主任,也有知识渊博、专业精湛的课任老师。他们为梦想而奋斗,从讲台走向绿茵赛场,用实际行动诠释着对足球的热爱和追求。

从小组赛到冲入决赛,大连金普新区教育行业工会联合会职工代表队克服了队员单位分散、训练时间较难统一、与监考任务冲突等困难,凭借团结一致、敢打敢拼的精神,一路过关斩将,从甲组44支参赛队中脱颖而出,登上了亚军的领奖台。

1972年出生的队长李家峰是球队中年龄最大的,但在球队参加的全部7场比赛中,他的出场时间长达560分钟,是整个球队唯一打满全部比赛的队员,充分展现出了大连金普新区教育行业工会联合会职工代表队奋进拼搏的团队精神,为年轻球员成长树立了榜样。

在3个月的激烈角逐中,大连金普新区教育行业工会联合会职工代表队几次遭遇劲敌,在小组赛和决赛阶段中两次对阵传统强队大连机场职工代表队。面对强队,他们赛前认真分析对手战术特点,制定详细的应对策略,比赛时队员们始终保持着高昂的斗志,顽强拼搏、团结鏖战,取得了这两场关键比赛的胜利。在冠军争夺赛中,队员们上午刚刚结束监考任务,下午就集结出发前往赛场,虽然球队未能赢得比赛,但他们在场上的精彩表现,同样赢得了观众雷鸣般的掌声。

甲组季军　来自足球之乡 圆梦职工球场
大连湾前关村联合工会职工代表队

在大连湾街道前关村原村委会办公楼上,有一个醒目的足球标志。村内原址还有一块足球场,这块场地记载了前关足球的历史。

成立于 1945 年的前关村足球队有着辉煌历程。1985 年和 1987 年,前关村足球队两次代表辽宁省参加农行举办的全国“储蓄杯”足球邀请赛,都获得了冠军。2018 年 6 月,前关足球队夺得辽宁省第十三届运动会群众组足球比赛冠军,再次为大连赢得了荣誉。

“连超”职工组比赛前,23 名来自前关村的职工组成了大连湾前关村联合工会职工代表队。队员中有刚参加工作的小学教师,还有社区工作者、机动车检测员、新就业形态劳动者等,覆盖老中青三代,是一支充满活力、团结协作的队伍。球场上他们是勇敢拼搏的健将,场下他们是各行各业的优秀工作者。他们凭借对足球的热爱,坚持不懈的训练,不断提升自己的技战术水平。

为了打好“连超”职工组比赛,球员包世潮每天坚持锻炼,体重从 102 公斤降到了 94 公斤。为不耽误 6 月 16 日举行的甲组季军争夺战,左边后卫李雨亭驾车从丹东行驶 300 多公里按时到达比赛现场,球员在决赛阶段奋力争先、矢志不渝,充分展现出了足球之乡职工球员的风采。

开赛以来,大连湾前关村联合工会职工代表队取得了7战6胜的好成绩,最终位列甲组季军。

乙组冠军　展现风采 背水一战
大连市中级人民法院职工代表队

大连市中级人民法院职工代表队于2024年3月正式组建,20余名球员当中既有55岁的老队员,也有20岁出头的新生力量。法庭上他们是公平正义的捍卫者,赛场上他们是顽强拼搏的运动员,充分展现了大连法院人的风采。

虽然时间紧任务重,球员磨合时间不长,但全体队员士气高涨,在教练组的安排下,积极利用业余时间到球场进行科学系统的训练。

在小组赛3场比赛中,市中院职工代表队均以较大优势战胜对手,顺利挺进16强。但进入强手如云的排位赛后,特别是在16进8的比赛中,在比分明显落后对方的情况下,主教练宋君能够根据对手特点,及时改变策略,采用防守反击阵型,由1名防守型中场球员和4名后卫球员组成整个后防线。左边后卫是执行局的黄微庭长,55岁的他在球队里年龄最长,但他始终带领年轻球员冲锋在前。进入排位赛阶段,球员凭借出色的团队配合一路过关斩将,杀入决赛,来之不易的胜利,更加唤醒了球员们内心深处的斗志。

相比于半决赛的险象环生,决赛在市中院啦啦队的欢呼鼓舞下,球员们斗志昂扬、沉着应战、通力协作,一球未失,以绝对优势战胜对手,最终问鼎乙组冠军。

乙组亚军　青春引航 足球做伴
大连航标处职工代表队

交通运输部北海航海保障中心大连航标处成立于 1981 年，辖区单位东起丹东大东港区，西至旅顺老铁山岬角，北到瓦房店太平角，南到领海基点圆岛，海岸线总长 2300 多公里。

大连航标处职工代表队共 25 人，平均年龄 34 岁。他们当中有履职尽责、爱岗敬业的党员干部，有钻研业务、担当实干的业务能手，有驻守灯塔十余年的守塔青年，也有奋战在一线的船员水手……他们扎根基层一线，用青春和热血为远行的航船指引方向。他们坚持足球梦想、热爱足球运动，用他们的话说，如果没有职工组比赛平台，足球梦可能也只是他们压在心底的那一抹热忱。

从事航标工作 26 年的“70 后”老大哥王毅，是工作岗位上做好“传帮带”的老师傅，也是球场上司职中场的“节奏大师”，通过稳定的出球把控着进攻节奏。“足球天才”史立锟司职前锋，他有较强的控球和盘带突破能力，观察和判断能力出色，在右路和中路不断为球队创造得分机会。“边路快马”马绍赟是海巡“15056 轮”驾驶员，在工作中他不畏艰难，日复一日地维护着辖区航标，比赛场上，他一次次在前场带球突破，寻求机会冲击对方的球门。“后防铁闸”张旭能是一名灯塔工，他守塔十余年为船舶指引方向，球场上的他能胜任任何位置，球队需要他在哪儿，他就会出现在哪里。

大连航标处职工代表队球员发扬“燃烧自己，照亮航程”的航标精神，在小组赛中以 3 战全胜且仅失 1 球的成绩晋级排位赛，最终获得乙组亚军。

乙组季军　战胜困难 勇攀高峰
大连市海洋与渔业综合行政执法队职工代表队

大连市海洋与渔业综合行政执法队成立于2020年,依法行使渔业渔政、海域使用监察、海洋及海岛污染防治和生态保护等领域行政处罚以及与行政处罚相关的行政检查、行政强制等职能。通过严格规范公正文明执法,为我市海洋渔业高质量发展和全面推进乡村振兴、加快建设海洋强市提供坚强支撑保障。

大连市海洋与渔业综合行政执法队职工代表队组队较晚,主要组成人员为执法船队一线执法人员,工作中他们履职尽责,严格执法,维护海洋渔业生产秩序。球场上,球队主打“4231”阵型,进攻手段丰富,防守稳健,打法多种多样。核心球员个人能力突出,锋线球员速度快、脚下技术出色,中前场进攻和反击能力较强,门前把握机会出色。

在小组赛中,球队一路过关斩将、三战全胜。尽管遇到了强劲对手,但球员们在磨合中积累经验,凭借着默契的配合和顽强的毅力,取得了不俗的成绩。进入决赛阶段,比赛愈发激烈。队长李基晟展现出了出色的领导能力和精湛的球技。锋线球员火力全开,为球队贡献了关键进球。曲晓明、柏贵乔、于东、李海峰等是球队的中流砥柱,共同构建了球队的实力框架。比赛中球队始终秉持着“团结协作、拼搏进取、勇攀高峰”的信念,顶住了巨大的压力,一路拼搏,最终赢得乙组季军。

(大连日报 2024-06-27)

王德生:道路交通安全的守护者

大连新闻传媒集团记者 许晓楠

王德生在工作中。受访者供图

王德生,现任大连市公安局交警支队甘井子大队中华路中队一级警长。自2022年到甘井子大队后,他坚持从严治警、素质强警,不断加强队伍规范化建设,落实上级系列交通安全整治活动,努力实现提升辖区道路交通秩序。他在日常工作中积极研判辖区酒驾、超员、超载等违法行为发生规律,采取“零点行动”“错峰整治”等手段提高工作成绩,突出管控效果。在中队的共同努力下,辖区的交通秩序有了极大改观,交通事故得到了有效降低,营商环境得到很大改善,周边商场纷纷送来锦旗。他曾获大连市公安局“警界尖兵”、大连市“人民满意的公安民警”称号,荣立个人三等功。今年被评为大连市先进工作者。

甘井子大队所管辖的路街中,中华路华南广场是最重要的交通要道之一,以广场为中心辐射四面八方的主次干路纵横交错。节假日期间人流量和车流量居高不下,就餐高峰期,电动车、摩托车多且混乱,交通违法行为及交通事故风险高。现有道路条件远远满足不了周边百姓及商圈、饭店、医院、农贸市场的交通需求,导致每日交通事故频发。

王德生认真梳理交通现状,始终坚持以问题为导向,尽力克服警力不足、休息不足等困难,着力解决餐饮停车、就医车辆入院难和商圈交通压力大等难题。针对山东路餐饮集中,百姓停车难,他最大限度突出人性化执法,为山东路商户创造了更好的道路交通营商环境。针对市三院就医车辆入院难,他每日安排警力在医院门口疏导交通,引导就医车辆有序排队,并积极与医院、消防沟通,在不影响院区内救护、救火通道前提下,最大限度提高车辆进入医院的速度。在三院附近,针对大湾市场及华丰市场周边停车乱的问题,进行静态交通的常态化治理,派巡逻警力多频次、多时段对医院及市场周边交通进行及时疏导。为解决商圈交通压力大的问题,他确保广场始终有固定警力和巡逻警力,以达到最大限度地预防以及最快速度地处理事故突发、道路拥堵问题。月均静态交通整治3000件以上,保证交通顺畅有序出行。

依托街道下属的社区,王德生建立了一个覆盖中华路、泉水地区的网格平台,涵盖党员之家、社区网格员、楼长等群体,及时发布工作措施、便民举措、交通法规等涉及交管工作的宣传视频,同时针对交通方面的问题,如辖区路口交通信号灯,交通设施的损坏标志标线的缺失,对僵尸车的举报、违停投诉等,与社区进行沟通了解、共同研究，增进了警民交流。

为做好辖区隐患排查工作，王德生带领中队人员除日常工作中做好私圈乱占摸排外，对辖区内公交车站点、事故易发路段的标志标线、交通安全设施、交叉道口开展排查，登记梳理排查到的隐患，联系大队科规中队拿出增设交通设施改善信号灯、标志标线、隔离护栏等多条合理化建议。

（大连日报 2024-07-01）

行业大咖助阵
30名修脚师技艺大比拼

文 大连新闻传媒集团记者 赵卓

图 大连新闻传媒集团记者 张琦

技能大赛笔试现场。

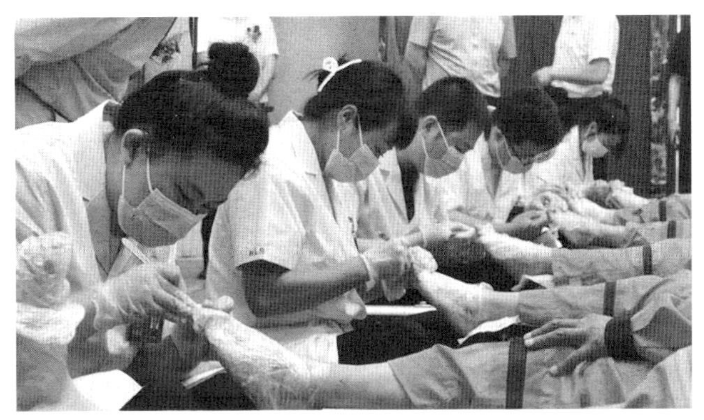

技能大赛实操现场。

7月1日上午,经过前期预赛选拔,来自全市10支代表队、30名修脚师,参加了在大连体育中心皇冠假日酒店举行的大连市第六届“工匠杯”职工技能竞赛暨全市修脚职业技能大赛决赛。

此次大赛是由大连市总工会、市科技局、市教育局、市人社局、团市委、市妇联等六部门联合主办,大连市财贸金融服务工会、大连朋朋修脚服务有限公司承办。市总工会、市人社局、团市委等部门有关领导和全国修脚非遗传承人近50人莅临赛场观摩指导。

大赛中的修脚赛项个人赛,分理论考试和实操考核两部分。其中,实操比赛脚模由大连新天地天顺环境清洁有限公司的环卫工人支持协助。

记者在现场看到,参加比赛的选手穿着整齐,比赛中,对技能手法控制得游刃有余。

此次大赛聘请的裁判长,也是全国修脚界的大咖级修脚师——来自扬州的省级修脚非遗传承人陆松林。陆老已经80岁了,比赛中,他认真观看每一位选手的修脚技艺并做出评判。陆老表示,“平、圆、光、净、柔”是对修脚技艺好坏的一个评判标准,在看过部分选手的修脚技艺后,陆老对大连修脚师的整体水平作了高度评价,尤其是对大连绝大多数的修脚师都采用了朋朋修脚独创的手术刀片修脚做出了肯定。“扬州目前修脚还采用传统的修脚刀,手术刀片最大的好处就是干净、卫生,而且,修出来的脚非常符合评判标准。我觉得,用手术刀片修脚,是值得全国推广的。”

市工商联党组成员副主席刘志林也在现场激励广大选手以赛促训、以赛促练、以赛促学、以赛选才,不断提升技能水平,激励职工技能成才,加强人才队伍建设,打造修脚产业品牌,助推城市振兴发展。

大连朋朋修脚服务有限公司创始人高广东表示,大赛为选手们搭建了技能成才的舞台,更激励了选手们匠心筑梦的热情,相信通过大赛定能有效促进修脚行业的不断发展,推动行业在城市建设中发挥积极作用。此次还可以与来自全国的修脚大咖交流,是一次不可多得的技能提升机会。

据了解,本次大赛设个人前五名和优秀奖,并颁发证书和奖金,大赛第一名将获得万元奖金,符合条件的还将优先推荐参加大连市级劳动模范和五一(劳动)奖评选,其他选手符合条件的可晋升相应技能等级,前三名还有机会到大连工人大学深造。

(大连日报 2024-07-02)

王艳:立德树人守初心 培根铸魂担使命

大连新闻传媒集团记者 许晓楠

工作中的王艳。受访者供图

学生学业有成,教师发展有道,优异的教育教学质量,鲜明的办学特色,让成立于2019年的中山区东港小学教育集团赢得了社会各界的高度赞誉,成为老百姓家门口的优质学校。

作为东港小学教育集团的领头人,东港小学教育集团总校长王艳带领全体教师敬业奋进、开拓创新,聚焦于为实现集团化办学愿景而进行办学模式改革和课程革新,先后获得辽宁省教育系统先进集体、辽宁省教育教学研训实践基地、辽宁省文明校园、辽宁省美育特色校、辽宁省智慧校园示范校创建单位、辽宁省集团化办学典型案例、全国中小学外语智慧教育实践基地等几十项殊荣。王艳本人也先后荣获辽宁省骨干校长、大连市"十四五"基础教育领军人才名校长工作室领衔名校长、大连市优秀教育工作者。今年被评为大连市先进工作者。

在近 30 年的教育生涯中，王艳始终不忘立德树人初心，牢记为党育人、为国育才使命。走上校长岗位的十几年来，她用实际行动、默默奉献和积极的心态去引领教师，用实干精神带动整个团队的成长。她恪守校长职责，培养有理想、有本领、有担当的时代新人，是学生为学、为事、为人的示范。

东港小学教育集团现有四个校区、5200 名学生、109 个教学班、268 名教师，是区域的第一个紧密型教育集团。王艳勇于实践，创新理念，形成了独特的办学思维和有效的教育教学智慧。集团以“行知教育”为办学理念，形成了“教育机制共建、教育资源共享、教育教学共研、教育过程共融、教育质量共控、教育发展共进”的集团化管理模式。系统架构了以教师行知成长学院项目为牵动的集团教师培训体系，抓住“三个重点”，实施“三大工程”，有力地促进了教师队伍的专业成长。集团现有省特级教师 1 人，省、市、区级骨干教师、名师近 60 人，共成立 4 个市区名师工作室，青年教师获得国家、省市级各级精品课、优质课百余节，研究的省、市、区级课题共 60 余项。

王艳深刻地意识到，学校特色的宽度和厚度决定了孩子健康快乐的广度和深度。实践中，她始终坚持“以学生成长为本”的教育理念，五育融合，落实核心素养，通过新生入学课程、觉悟修炼课程、主题特色课程、实践体验课程和思维训练课程等培养必备品格和关键能力，丰富多彩的课程满足了孩子们个性化发展的需求，丰富了学校教育内涵，落实了育人目标。学校在课程改革方面的探索，促进学生的全方位发展，得到社会的高度赞誉。

王艳一直潜心课堂教学研究，始终能够做到和老师们奋战在一线，坚持听评课，扎根课堂，研究课堂，在课堂实践中研究学生的成长规律，用真实行动回应教育高质量发展要求。作为全国小学优秀校长高级研究班学员和大连市领衔名校长工作室主持人，其先后多次在全国、省、市级现场会中进行引领和经验汇报，使学校的办学影响力不断扩大，在办学中走出了一条思想立校、实践强师、文化育人之路。

（大连日报 2024-07-03）

周元：青春向党 奋斗为民

大连新闻传媒集团记者 许晓楠

周元在工作中。受访者供图

“居民的需要就是我的工作,居民满意是我的工作目标!”这是西岗区人民广场街道黄河社区党委书记兼居委会主任周元牢记于心的工作原则。13 年来,在社区服务群众一线,周元用自己的“初心、爱心、热心、精心、恒心”,为群众做好事、办实事、解难事,无怨无悔地在社区岗位洒下青春的汗水。她先后被评为大连市三八红旗手、大连市优秀党务工作者,获大连市“新时代最美职工”等荣誉称号。今年被评为大连市劳动模范。

周元将基层社会治理工作延伸到志愿服务、特殊群体服务、惠老服务等最前沿,积极推动居民自治。围绕红色宣讲、家风家训、好人模范、廉洁文化、未成年人教育等主题,以春节、元宵等节日为主要节点,开展了剪纸、猜灯谜、包粽子、下围棋、捏面人、插花等群众性文化活动,用人们喜闻乐见、具有广泛参与性的方式,弘扬传统文化,建设文明家园。她根据志愿服务工作相关要求,结合季节特点和社区实际,积极号召辖区党员、在职党员、非公企业职工、楼组长、爱心人士等组建“睦邻”矛盾纠纷排查化解、“手拉手”特殊人群服务、“夕阳红”平安巡逻、“阳光”法治宣传等十余支志愿者服务队,义务为辖区百姓开展免费修脚、法律咨询、教育咨询、义诊等志愿服务,受到辖区居民的高度赞扬。

担任社区书记后,周元首先建立社区特殊群体台账,详细了解刑满释放人员、低保户、孤寡老人等具体情况,为他们解决实际困难。社区有一位刑满释放人员,独自一人带着女儿生活,女儿患上了抑郁症,对生活失去信心。周元帮助她看病,鼓励她好好生活。但是由于孩子严重抑郁,偷偷服药自杀,得知消息后周元立刻赶到医院,按照医生的指导帮助急救,并且还一趟趟去倒孩子洗胃出来的脏水,得知来回跑腿倒水的只是一名非亲非故的社区书记,医生也非常惊讶。最后孩子被抢救回来,周元也松了一口气。通过真心热心的服务,她赢得了居民的信任,大家都说:“周书记这人不错,待人亲热,不戴‘有色眼镜’。”

确保党和政府的政策惠及每一位符合条件的群众,是她的“心事”。她虚心学习,不懂就问,有人说“差不多就行了,多点少点能怎么了”,她却不这么认为。“我的‘差不多’就是对困难家庭的不负责任,该多就多,该少就少,我必须要问清楚、问明白。”一股子韧劲让她的业务工作得心应手,热情周到的服务也受到广大居民的交口称赞。一位困难居民每次来社区办事,都畏畏缩缩,连话都不敢大声说,很怕别人看不起她。而周元接待这位居民时,不但热情服务,还总拉着她说上一会儿话,聊聊家庭情况,几次下来,这位阿姨见到社区工作人员主动打招呼,她说:“周书记告诉我,别人没有看不起我,我更不能看不起自己。生活暂时遇到了困难,党和政府帮助我,等我渡过了难关,日子一定能好起来!”

(大连日报 2024-07-08)

大连市总工会利用数智化手段将更多资源分享给基层工会和职工

数字工会5年服务职工近1300万人次

记者 刘旭

“以前我们集团也举办过小型联赛,比赛信息需要一个个对名单、打印纸质文件盖章,耗时耗力。如今使用小程序太方便了,十几分钟全搞定。”日前,中车大连机车车辆有限公司物流中心职工张家楠参加了工会组织的大连职工足球超级联赛,他感叹在“大连市网上职工之家”小程序上实时查看比赛信息方便快捷。

辽宁省大连市总工会利用人工智能、大数据等技术,对赛事进行实时播报,多角度、多维度呈现赛况、球队和队员,为比赛增加了看点和趣味。这是大连市总用现代科技赋能提升工会服务效率与质量的有益探索之一。

2019 年以来,大连市总开启工会服务数字化、智能化行动,采集数据的同时建立起“高系数”安全保障体系,将更多工会资源分享给基层工会和职工,从组织丰富多彩的活动到提供嵌入生活的各项便利,现代科技悄然改变着工会的服务模式和职工的参与方式。

小程序开通,引来 2 万多份求职简历

2019 年 3 月,大连市总工会网络部刚成立,便遇到一个棘手问题:工会举办的线下招聘会,参与人数越来越少。为何如此?经调研发现,并不是职工没需求,而是工会、企业、职工三方在招聘时间上出现了“矛盾”。

工会提出,每周四举办一场大型线下招聘会;企业则希望打破周四定律,哪天有空就哪天来。一边是请来参加招聘会的企业,另一边是不太买账的职工,很难在时间、地点上统一起来。大连市总将化解“矛盾”的突破口落在了“数字工会”上。

2020 年,大连市总开通网上入会功能,并以此为基础开通“大连市网上职工之家”小程序。作为“数字工会”开发上线的第一个功能,“求职招聘”栏目一经上线,便有上万名企业职工注册入会,

汇集2000多家企业，职工可随时随地向企业投递简历，与企业人力资源互动沟通。“一时间2万多份求职简历投递给企业，这在传统招聘会上是不敢想象的。”大连市总工会网络部部长李诗洋回忆说。

初尝“数字工会”的甜头，大连市总想把步子迈得更大些。大连市总联合当地医保部门将双方数据打通，建设职工医疗互助“一站式”结算系统。这样一来，职工在办理出院结算时，住院信息也会一并反馈到工会系统。职工无须再次提交住院单据，就可在出院当天领到医疗互助保障金，这也从源头上保证了互助金发放的安全准确。

为进一步完善职工信息，大连市总还利用数字平台采集功能，汇集1亿余条基础数据，并建立一系列安全保障体系，正式进入了“数字工会”建设的快车道。

智能推送，48万人次户外劳动者扫码领水

大连市人民路上，刚送完一单的外卖小哥王欢感到有些口渴。他抱着试试看的心理走进了工会驿站，扫码过后领到了一瓶矿泉水。“这也太智能了。”王欢立刻将这一消息发到了骑手群里，“每天可领两瓶水，自助扫码，特别方便”。

这是2023年8月，大连市总开展“‘工’送清凉”活动中出现的一幕。2023年暑期，大连市总利用大数据以及地理信息技术进行定向推送，为全市户外劳动者开通了扫码领水权限。工会可从后台时时观测到每个驿站的送水情况，哪个驿站领水人最多、哪个时间段为领水高峰值，屏幕上一目了然。这些数据，对未来驿站的精细化建设提供了参考依据。“对于那些少有人光顾的驿站，会适时进行调整。”李诗洋说，活动开展一个月，共计48万人

次的户外劳动者通过扫码领到了矿泉水。

"'数字工会'借助高科技手段,更好地引领工会开展活动,要想把服务做好、做实,仍需在线下下功夫。"李诗洋说。

朱芳芳是大连市一家律师事务所的办公室文员,两年前她所在的大厦成立楼宇工会和共享职工之家,楼内的一些健身器材、舞蹈教室免费向大厦职工定期开放。可由于职工较多,"抢不到想用的健身器材"成了最大烦恼。楼宇工会的工作人员得知后,依托"大连市网上职工之家"小程序,为健身器材、舞蹈教室创建了二维码。职工扫码即可预约到访时间,这样既能避免时间上的冲突,还能提高共享职工之家的利用率。

一个个便捷、高效的服务职工案例,借助数字工会系统得以实现。如今,"大连市网上职工之家"小程序已经开发出几十个功能,其中"会聚良缘"功能引入了AI技术。通过数据汇总计算出不同行业、企业职工的单身情况、男女比例等信息,精准提供婚恋服务;融合AI智能技术与数据信息,建立职工个人画像,筛选匹配度高的婚恋对象。

科技赋能,工会资源分享给基层工会和职工

数字工会的一大特点是资源共享,如何通过大数据、云计算、物联网、人工智能等手段,将更多的工会资源分享给基层工会和职工,促进互联网和各级工会工作紧密融合成为大连市总工会当下的课题。

"我们将成熟的模块、数据分享给各级工会,可以大大降低基层工会组织活动的时间成本。"李诗洋说。

"慧看世界"活动是大连金普新区总工会与广大职工子女的美好约定,通过文化服务等活动为职工子女搭建认知主流价值观

的平台。

2023 年,金普新区总工会借助"大连市网上职工之家"平台,以"线上+线下"方式举办了 30 场的"慧看世界"公益活动,场均参与人数 1 万人。

金普新区总工会综合部部长花丽介绍,以往都是通过街道工会、行业工会将活动门票发给辖区职工,职工参与面小,门票虽然发出去了,还有许多职工不知道。2023 年,金普新区总工会将活动发到了"大连市网上职工之家"小程序,职工通过有奖问答,便可参与门票抽奖,参与人数扩大近百倍。

大连市总依托"大连市网上职工之家"小程序,搭建了多个工会模板,企业工会、行业工会都可借助平台举办活动。模板具有一键生成功能,短短十几分钟便可在网上向职工发出活动邀请。

如今,"大连市网上职工之家"服务平台已采集会员信息 200 万条,服务人次达 1290.34 万。

2023 年,"大连市网上职工之家"被中华全国总工会、中央网信办评为"全国互联网+工会普惠服务优秀平台市级十佳平台"。

(工人日报 2024-07-14)

初心

让劳模唱主角 让劳动者站"C 位"

实习生 张含弛 大连新闻传媒集团记者 许晓楠

中国职工文化体育协会是致力于职工文化体育建设的国家一级社团组织。作为本次邀请赛的主办单位之一,中国职工文化体育协会会长李守镇介绍了本次邀请赛的基本情况。

中央高度重视足球工作，习近平总书记多次作出关于足球工作的重要指示批示，国家出台《中国足球改革发展总体方案》，这为我国足球工作发展指明了方向。组织职工足球邀请赛目的就是通过开展职工足球活动搭建起增进职工和企事业单位之间交流的平台，通过发展职工足球运动加强职工文化建设、培育职工文化自信、推动健康中国建设，从而激发中国精神和中国力量，让积极向上的足球文化成为中国人民实现中国梦的正能量。

推动全国职工文化体育事业健康发展

突出“工”字特色，突出群众性特点，举办全国职工足球邀请赛，将展示我国职工群众的形象和力量，满足亿万职工的精神文化需求，从而为中国足球的普及性、群众性、基础性作出贡献。足球赛事作为一个集体项目，既需展示力量，更需团结协作，职工足球就是要体现中国职工的力量和团结精神。在开幕式上，将邀请全国著名劳动模范开球，参赛球员都是一线职工。让劳模唱主角，让劳动者站“C 位”，就是要向全社会传递劳动最光荣、劳动最崇高、劳动最伟大、劳动最美丽的观念，让全体人民进一步焕发劳动热情、释放创造潜能。透过比赛现场职工拼搏的身影，让人们看到一线职工的精气神，由此进一步增强企业、职工的信心，凝聚起大力推进中国式现代化的磅礴力量。

探索推动职工“文体旅+”融合发展

职工文化体育活动，要围绕党和政府的中心工作、企业的重点工作展开，主动服务经济社会发展。发展旅游业是推动高质量发展的重要着力点，中国职工文化体育协会积极探索以文塑旅、以旅彰文,推动文化体育和旅游相融合的新路径。本次邀请赛不仅是一次职工足球盛宴,更加重要的是以足球为媒,开展一系列富有城市特色的群众性文化活动,加强企业间业务交流合作,展示企业文化、职工文化和优秀品牌。依托承办城市大连丰富的文旅和体育资源,坚持以赛为媒、以游留客,通过联合中国足球协会举办职工文化体育与企业发展研讨会等方式,让“流量”变为“留量”,着力打好“文旅+体育”深度融合组合拳,吸引八方游客体验美好大连、活力大连,助力地方经济高质量发展。

擦亮大连足球金名片

大连足球有着光荣的历史和深厚的底蕴,大连人热爱足球、关心足球、支持足球,足球已成为大连人生活中不可或缺的重要部分。站在新时代的历史方位,大连市委、市政府高度重视足球工作,把振兴大连足球列入市委、市政府重要议事日程。从今年3月份开始,在全市范围内组织了职工足球、校园足球、社会足球联赛,取得了很好的效果。大连足球人口占全市人口的比例全国最高,在职业联赛方面,大连足球曾创造了辉煌历史。此次把全国职工足球邀请赛放在大连举办,就是要向全国展示大连、展示足球,让大家感受到大连既是一个浪漫、美丽的海滨城市,也是一个激情四射、充满生机的足球城。

职工文体活动有助于经济社会发展

职工文体活动助力企业经济效益。开展职工文体活动对职工、企业、社会是多赢。可以促进职工身心健康,可以将企业文化、企业精神展示出来,可以增强企业凝聚力、提升职工向心力等等。当下企业用工管理、绩效管理等进一步完善,对企业文体活动的时间、项目经费等也提出了新要求。在此情况下，需要基层创新文体活动的方式方法，其核心就是要紧紧围绕企业中心任务创新开展富有企业特色和职工喜闻乐见的文体活动，以此展示职工风采、树立企业形象，促进企业健康、持续、稳步发展。同时，有远见的企业管理层也会充分认识到职工文体活动的价值，看到文化长期潜移默化中形成的力量。

有利于服务地方、区域经济发展。本次足球赛主办方强调“文体旅+”，让职工文体活动与旅游丝滑地相融，与大连经济社会发展丝滑地实现融合。赛事主办方既让参赛企业在赛会期间展示企业的产品、形象，又在活动期间推出大连酒店、游轮消费等的相关优惠举措。对大连的“文体旅+”，就是通过让人们血脉偾张的足球狂欢，通过足球运动在绿茵场上的激情碰撞，增强人们对城市发展的信心；也让社会各界看到一个活力四射、昂扬奋进的大连，一个满怀信心走向高质量发展的大连，一个张开双臂拥抱四海宾朋的开放的大连。

城市需要找到一种载体、一种途径，把人们创新的信心、发展的信心鼓动起来。就像大连足球一样，通过足球的崛起，传递一种精神、一种气质、一种力量，凝聚成一种“不相信有干不成的事”的信心；要多开展这样的活动，使其成为凝心聚力的一个抓手、成为地方经济高质量发展的一份助力，进而迸发出中国工人阶级作为新时代主力军的强大力量。

（大连日报 2024-07-19）

倾心
打造职工文体活动品牌 服务发展新质生产力

实习生 张含弛 大连新闻传媒集团记者 许晓楠

辽宁省总工会党组副书记、副主席魏红江介绍,辽宁是共和国工业长子,产业基础雄厚、工业门类齐全。多年来,辽宁工会坚持以习近平新时代中国特色社会主义思想为指导,全面贯彻党的二十大精神,深入学习贯彻习近平总书记关于工人阶级和工会工作的重要论述,认真学习贯彻习近平总书记关于东北、辽宁振兴发展的重要讲话和指示批示精神,牢记"国之大者",主动找准工会工作与党的中心任务的结合点、切入点、着力点,组织动员辽宁千万职工奋进新征程建功新时代。

今年是中华人民共和国成立75周年,是实现"十四五"规划目标任务的关键一年,也是辽宁全面振兴新突破三年行动的攻坚之年。聚焦扎实推进高品质文体旅融合发展示范地建设,辽宁工会突出思想引领、文化赋能、活动牵引、品牌带动,聚焦工会三大专项行动,按照"高水平、群众性"要求,成功举办了辽宁省首届和第二届"先锋杯"职工乒乓球比赛、首届"先锋杯"职工篮球比赛,策划举办全省首届"先锋杯"职工羽毛球比赛、辽宁职工歌咏大赛,叫响做实"先锋杯"系列职工文体活动品牌,助力推进文化强省、体育强省、旅游强省建设,引导激励全省广大职工学思想、当先锋、建新功,为奋力谱写中国式现代化辽宁新篇章贡献力量。

举办2024年(大连)全国职工足球邀请赛是深化拓展"强国复兴有我""中国梦·劳动美"系列主题宣传教育活动,扎实推进"学思想、当先锋、建新功"系列活动的重要内容;是展现职工时代风采，丰富职工精神文化生活，提升职工生活品质，持续强化职工思想政治引领的务实措施；是对倾力打造“工”字特色职工文体活动品牌，服务发展新质生产力，推进高品质文体旅融合发展示范地建设的生动实践。

辽宁省总工会将坚持把打造新时代“六地”作为推动高质量发展的实践路径，以此次赛事为契机，坚持以文塑旅、以旅彰文、为推进高品质文体旅融合发展示范地建设赋能注入工会元素，引导职工积极投身辽宁全面振兴新突破三年行动火热实践中，以崭新业绩共同谱写“中国梦 · 劳动美”时代华章，唱响“咱们工人有力量”的时代强音。

（大连日报 2024-07-19）

匠心

突出“工”字元素 推进文旅融合

实习生 张含弛 大连新闻传媒集团记者 许晓楠

大连市副市长李大民介绍说，7 月 13 日在大连梭鱼湾足球场，55016 名观众现场观看了大连英博与苏州东吴的比赛，刷新了中甲联赛上座人数历史纪录，也创下了本赛季中超、中甲、中乙三级职业联赛的最高上座纪录，再次展现了大连作为足球城的独特魅力。

大连职工足球运动薪火相传历久弥新

大连人的足球热情与这座城市的历史一样悠久。早在 100 多年前的 1921 年 3 月 10 日，大连足球历史上的首支球队——中华青年会足球队正式成立,这标志着大连足球的正式起步。此后,大连足球不断发展壮大,形成了独具特色的大连足球文化。

大连工人的足球传承,是大连足球文化的重要组成部分。20世纪20年代后期,以工人为主的工华队成立。到1946年12月,在旅大职工总会成立之初,全市已有14支工人足球队;到1949年10月新中国成立时,增加到67支。

大连职工足球运动薪火相传,历久弥新。今年为进一步落实大连足球发展振兴部署,市总工会与市体育局共同承办了2024大连市足球超级联赛职工组比赛,这是近年来大连最大规模的职工足球盛事,全市70支队伍1705名职工报名参赛,历经3个月、29个比赛日、166场比赛,于6月21日在大连火车头体育场落下帷幕。夺得甲组冠军的辽宁港口集团职工代表队将代表大连参加此次全国职工足球邀请赛。

借助大连今年承办夏季达沃斯论坛、国际中体联足球世界杯等重要活动形成的良好氛围,大连市总工会、大连市体育局承办了这次邀请赛,是市总工会近年来首次承办全国单项职工体育赛事。

大连市委、市政府主要领导对赛事高度重视,专题听取筹备情况汇报。在组委会的指导下,在全市相关部门和参赛企业的支持配合下,市总工会、市体育局牵头制定方案,各工作组挂图作战,周密细致做好各项筹备工作。

赛事突出三方面特色

相比于其他足球赛,这次赛事突出三方面特色:

一是突出“工”字元素。不但参赛球员都是企业职工,赛事的服务保障人员,包括开幕式的表演人员,也都是来自全市各行各业的职工。通过举办球赛,让所有参加赛事的职工,都能够体验到工会“娘家人”的服务,感受到工会组织的温暖,进一步提升工会组织服务职工的能力，进一步增强广大职工的向心力、凝聚力、战斗力。

二是推进文旅融合。除了组织好赛事，还设计了参赛球队“三走进”等活动。利用比赛和训练间隙，组织外地球队队员走进企业，与劳模和职工面对面交流；走进大连，参加城市文化日活动；走进校园，了解大连青少年足球训练等情况。还以“职工文体旅+”为主题，开展专题研讨会。以球为媒，搭建职工和企业交流平台，助力辽宁打造高品质文体旅融合发展示范地，助力大连建设宜居宜业宜游的国际滨海旅游目的地。

三是提振信心力量。工会组织承担着团结引导广大职工听党话、跟党走的政治责任。把“大连、足球、信心、力量”作为这次邀请赛的主题，就是要通过组织广大职工参加足球运动，深入学习宣传贯彻党的二十大和二十届三中全会精神，唱响“咱们工人有力量”的时代最强音，奏响“中国梦·劳动美”的昂扬主旋律，激励广大职工进一步坚定信心、凝聚力量，为全面建设社会主义现代化国家团结奋斗。

“连超”为本次邀请赛积累了丰富的经验

在回答记者提问时，李大民特别提到，今年“连超”赛事的成功举办，为本次全国职工足球邀请赛积累了丰富的经验。

大连市足球超级联赛分为职工、校园、社会三个组别，参赛队伍共计 7666 支，参赛人数接近 20 万人，创我市业余联赛参赛人数历史新高。比赛于今年 3 月 23 日正式开赛，目前职工组、校园组的小学、初中、高中和中职组赛事已经结束，大学组待 9 月份开赛，社会组赛程过半，“连超”已经成为覆盖全域、贯穿全年、全民参与的群众性体育活动。总体的经验，可以概括为“三个找到”。

一是找到了协同办赛的“助推器”，调动发挥全市的力量和积极性。“连超”是全市性、综合性赛事，在赛事组织过程中，坚持横向协同,强化体育局、总工会、教育局、公安局、足协等部门和单位的协调配合,协调全市各级部门和组织群策群力、齐心协力,在不到一个半月的时间内,就形成方案、启动报名、开启比赛。

二是找到了足球群众的“生物钟”,真正让市民得实惠。我市坚持面向基层、面向一线,按照参赛队员“生物钟”开展比赛,社会组、职工组比赛尽量安排在周末或节假日期间,最大程度减小对参赛队员工作生活的影响。职工组比赛期间,积极协调企业行政方合理调配时间,就近安排体能和技术训练,最大限度避免运动伤害。

三是找到了数智化的“加速器”,提高了赛事管理能力。“连超”比赛利用人工智能、大数据等技术,实现了赛事申报、审核、管理、宣传和数据支撑五大功能,利用小程序网上报名、发布赛程赛事,实时查看积分榜、射手榜、红黄牌等信息,可以多维度对整体赛况、球队和队员情况进行分析呈现,提高球赛管理效率。设计了“我与连超一起了不起”等网上互动话题,发起线上评论、竞猜、抢票等活动,提升了市民群众的参与度和关注度。

(大连日报 2024-07-19)

用心

共享足球城与东北老工业基地“浪漫碰撞”

大连新闻传媒集团记者 许晓楠 彭杭 曲琦 叶明睿

在2024年(大连)全国职工足球邀请赛新闻发布会上,大连市体育局、市文化和旅游局、市工业和信息化局相关负责人,2024年(大连)全国职工足球邀请赛代言人足球名宿孙继海、大国工匠戴振涛分别介绍相关情况。

大连市体育局副局长苗治文就记者提出的“开展群众性文体活动对提升市民健康素质有何作用”进行了回答。为了满足广大市民群众日益增长的健身需求,我市积极开展形式多样的足球健身活动,在提升市民健康素质等方面发挥了积极作用。“以赛促练”,赛练结合,通过赛事活动,增强群众健身锻炼积极性,引导群众养成坚持运动健身的良好习惯,推动“我运动、我健康”理念深入人心。搭建展示平台,普及科学健身知识,交流培养情感及帮助参与者提升运动技能,增强身体素质,运动员相互交流,球迷互动,培养情感,愉悦身心。促进社会和谐,通过赛事活动中的团队合作和竞技比拼,培养市民群众荣誉感、抗压能力和积极向上的生活态度,丰富社会文化,提高生活质量和幸福感。体育让广大大连市民的生活更和谐、更团结、更健康、更美好。

大连市文化和旅游局副局长王文勇介绍了比赛期间“走进城市”等方面的活动安排。2024 年辽宁省高品质文体旅融合发展大会 5 月在大连闭幕,为贯彻会议精神,大连市文化和旅游局按照邀请赛组委会工作部署,把本次比赛作为践行文体旅高品质融合发展的重要工作,“大连文旅战线已做好充分准备,做好优质服务保障。”据介绍,大连市文化和旅游局设计印制了 1000 份大连导游图和大连宣传册,将连同大连文创产品一起分送给各位队员和工作人员;精心设计了专属精品旅游线路,包括特色景区、文化场馆、非遗展示等文体旅融合内容,并将组织大连旅行社协会承接各参赛队伍的旅游访问;联合我市部分星级饭店、A 级景区,推出了纪念版体验房券和门票;有关区市县和企业将提供大连特色产品和文创产品作为获奖奖品,丰富奖项内涵也借势推介宣传我市文旅产品。王文勇说:“全市文旅战线将全力以赴为参赛队伍做好产品推介和品质服务,以此进一步树立大连服务品牌。”

市工业和信息化局相关负责人李长春介绍,大连是一座足球底蕴和工业文化丰厚的城市,足球城与东北老工业基地的“浪漫碰撞”,会给参赛球员带来特别的体验。在此次邀请赛期间,市工业和信息化局将根据参赛队伍需求,邀请参赛队员走进恒力石化、大连造船、中车大连公司等我市重点工业企业。参赛球队将与这些企业进行“一对一”的全链条观摩交流,在以球会友的同时,为推动城市区域发展和企业发展搭建一个开放互通的平台,让我市企业做好“东道主”,与来自全国各地的同行结交友谊,也让各地的参赛职工能够深切体会到最具“大连味”的工业企业文化。同时,也希望通过此次走进企业的活动,进一步加强我市企业与各地企业间的交流,积极促成更多的产业合作,助推我市工业实现高质量发展新局面。

大连足球名宿孙继海说:“从 1987 年入选大连西岗区业余足球队,到 2016 年正式退役,我见证了大连足球城的辉煌,也同样感受到了大连职工足球作为足球文化的群众性基础土壤,为足球城的辉煌作出了历史性贡献。”他认为,全国职工足球邀请赛,不单纯是为了争夺金杯银杯,而是为了更好地为全国职工足球爱好者搭建沟通交流的桥梁,把职工足球的多元价值传递给社会各界,推动职工足球事业向系统化、整体化方向发展。同时,足球运动可以让职工身心更加健康,更有向心力,为企业发展和祖国建设作出更好的贡献。

大国工匠戴振涛表示,职工足球不仅是项强身健体的活动,在凝聚人心、提升职工队伍凝聚力和向心力方面,也发挥着越来越大的作用。足球比赛是一项集体竞技体育,和技术攻关、破解难题一样,需要团队每个成员为了同一个目标相互配合、共同努力。通过组队比赛,职工队伍凝聚力提高了,就能激发职工的工作热情和创造活力,把赛场上激发出的勇气和斗志,转化为爱岗敬业、奋发有为的动能,以饱满的热情投入到本职工作中去。

(大连日报 2024-07-19)

邀请劳模和大国工匠开球

实习生 张含弛 大连新闻传媒集团记者 许晓楠

中国职工文化体育协会副会长姜波介绍,作为足球赛中的一个重要环节,大赛通常会邀请重要嘉宾进行开球,宣布比赛开始。本次比赛邀请的重要嘉宾就是劳动模范、大国工匠。

本次球赛是全国职工足球邀请赛,"工"字是本次比赛的最大特色,用邀请劳动模范、大国工匠开球的方式,凸显了对劳动者的尊重,对劳动的尊重。同时,通过这种开球的方式,就是要向全社会传达一种价值观,即劳动最光荣、劳动最崇高、劳动最伟大、劳动最美丽,让大家在炽热的足球比赛的激情迸发中,同样感悟到炽热的劳动创造热情。

职工体育不完全等同于竞技体育。开展职工文化、体育活动,很重要的一点在于增强职工文化自信、促进职工身心健康、提升企业凝聚力、构建和谐劳动关系,并由此推动企业发展。同时,职工体育的广泛性、群众性也会为竞技体育夯实基础。本次职工足球赛目的不仅在于竞技,还在于让体育运动普及化、大众化,增强职工体质,培养职工的爱国主义、集体主义、顽强拼搏的精神。通过发展足球运动推动健康中国建设、激发中国精神和中国力量,让积极向上的足球文化成为中国人民实现中国梦的正能量。

(大连日报 2024-07-19)

全国大赛,就在大连!一起见证,铁人风采!

2024 年(大连)全国职工足球邀请赛将在大连梭鱼湾足球场和大连足球青训基地体育场进行。(8 月 2 日举办开幕式并揭幕战,8 月 13 日举办闭幕式暨颁奖仪式。)

此次邀请赛由中华全国总工会和国家体育总局指导,中国职工文化体育协会、辽宁省总工会、大连市人民政府主办,大连市总工会和大连市体育局承办。

大庆油田男子足球队

大庆油田男子足球队成立于 2024 年 5 月,34 名队员分别来自大庆油田所属 14 家单位的机关和生产一线,他们继承发扬大庆精神、铁人精神,苦干实干、为国献油,既是奔跑在球场上的球员,也是大庆油田各个岗位的业务骨干和优秀代表。队员张亮、苏雷等多年来深受大连足球氛围影响,技能水平得到大幅提高。

大庆油田是我国重要的石油生产基地，在几代石油人的共同奋斗下，打造了过硬的铁人式职工队伍，孕育形成了大庆精神、铁人精神，创造了举世瞩目的历史成就。大庆油田男子足球队将以2024年（大连）全国职工足球邀请赛为契机，充分学习借鉴大连足球的浓厚氛围、竞技水平和管理方式，突破自我、持续提升，深入培养选拔更多企业职工足球爱好者，不断完善职工足球梯队体系，引领带动大庆油田职工足球水平再上新台阶，努力将油城大庆打造成为黑龙江省足球名城，为“当好标杆旗帜、建设百年油

田”,实现“一稳三增两提升”奋斗目标,全面建设世界一流现代化百年油田作出新的更大贡献。

今年5月,大庆油田男子足球队首次参加中国石油天然气股份有限公司职工足球赛事,就以黑吉赛区第一名的成绩闯入决赛,并在决赛中以小组赛三场全胜、取得21粒进球的成绩进入淘汰赛,在半决赛和决赛中,他们力克长庆油田男子足球队和塔里木油田男子足球队,最终获得首届中油资本“产融杯”足球邀请赛总决赛冠军。

(新闻大连 2024-07-20)

全国大赛,就在大连!
时传祥精神,越擦越亮!

北京环卫集团职工代表队

北京环卫集团职工代表队组队于2020年7月,球员来自集团公司及分、子公司,均有着出色的足球技术和身体素质,对职工足球充满了热爱。

北京环卫集团(以下简称“集团”)是我国环卫行业唯一一家能够提供从公共空间清洁到固废收运,再到固废处理利用一体化服务的专业化集团公司,是集环卫规划、装备制造、投资运营于一体的环境综合服务商。集团的历史最早可以追溯到1949年,北平和平解放后北京市人民政府建立的 12 个清洁队和 1 个汽车队。目前,集团在京主要为中南海、天安门广场、长安街、副中心行政办公区等重点区域提供清洁和垃圾收运服务,并以市场化的方式为全国 60 座城市提供一体化环卫服务。

北京环卫集团足球队秉承“内强素质,外塑形象”的宗旨,打法上以进攻为主,注重团队配合和个人能力的发挥。球队中锋起到进攻支点作用,两个边路追求速度,中场指挥调度游刃有余,后防线整体年龄偏大但经验丰富,门将位置也是身高与门线技术并存的优秀球员。面对本次足球邀请赛,球队将以“友谊第一、比赛第二”为宗旨,聘请专业的教练团队,为球队提供科学的训练和技战术指导,将继承发扬“宁愿一人脏、换来万家净”的时传祥精神,以良好的赛绩赛风赛貌,展现京环人良好的精神风貌和永不服输的拼搏精神,为推动职工足球事业发展,团结引领集团职工为实现“政府放心、百姓满意、行业领先、职工幸福”的发展目标而努力奋斗。

自2021年参加中央直属机关职工足球联赛以来,球队在22场正式比赛中,取得了19胜1平2负,进105球失39球的成绩,在联赛中名列前茅。足球成为北京环卫的一张亮丽名片。

(新闻大连 2024-07-22)

孙伟:做自动化设备国产化道路上的一块铺路石

大连新闻传媒集团记者 许晓楠

“虽然自己所负责的工作普通而平凡,但每一件事都是公司整体运行的一部分,每一项工作都至关重要。”这是大连豪森瑞德设备制造有限公司装配车间钳工孙伟工作以来的信念。

孙伟在工作中。受访单位供图

自 2001 年加入豪森公司以来,孙伟一直专注于机械装配工作,从一名普通的学徒工,到如今成为公司装配技术核心骨干人才,他以实际行动做自动化设备国产化道路上的一块铺路石。工作 20 余年来,孙伟参与了 50 余个项目,如卡特彼勒、潍柴船机、福田发动机项目、采埃变速箱等,参与建造的项目曾获辽宁省科技重大专项、辽宁省首台(套)重大技术装备专项等,其中超重型 20 缸发动机柔性装配线项目获评第十届辽宁省优秀新产品奖。今年他荣获辽宁五一劳动奖章。

孙伟深知,一台设备的安全运行离不开精细的装配工作,大到一个工位,小到一颗螺母,都要认真组装,将设备不合格率风险降为零。在多年的工作经验积累中,他摸索出一套"一看、二查、三问"的设备装配方法,并无私地传授给徒弟们。一看,认真看设备图纸整体结构,了解设备形态;二查,详细检查各个设备部件细节,了解每处装配难点,提前预判,及时与设计人员沟通,解决问题;三问,遇到问题多和技术沟通,把问题问到根上。这套装配方法在孙伟师傅的徒弟中广为流传,收到显著的装配效果。

孙伟常说,一名合格的企业工人,除了有较强的事业心和责任感外,还要有主人翁精神,与企业荣辱与共。作为一名一线工人,他几乎每年都有一半以上的时间连续出差,在外地为客户现场进行维护服务,经常放弃双休日、春节和“五一”“十一”等假期,在客户改造现场帮助用户实现新机型改造投产,提升产能。

20 余年来,孙伟以专业知识和扎实的工作技能赢得了客户认同,以一丝不苟的工作态度和严格的自我要求为团队树立了榜样,以严谨的作风和友善包容的态度营造了良好的工作氛围。近年来,他配合技术研发人员攻克了公司重大课题,如发动机缸盖锁片安装机床、智能柔性装配单元、摩擦式托盘回转装置等装配技术难题,为公司多项技术的国产化付出了智慧与汗水。

孙伟在日常高强度工作的同时,不忘带徒传技,让更多年轻人成为企业技术的中坚力量。他整理了万余字的培训资料,编写了多项装配作业指导,累计教授徒弟 50 余人,悉心指导钳工学徒装配技能及方法。在传授过程中,他不厌其烦,有问必答,对每一个问题、每一个细节都周到细致耐心地讲解。在他的培养下,班组整体技能水平和员工职业素养都得到大幅提升。

(大连日报 2024-07-22)

全国大赛，就在大连！济南冠军，争创辉煌！

济南能源集团有限公司职工代表队

济南能源集团有限公司（以下简称“能源集团”）是经济南市人民政府批准的市属一级国有独资大型能源企业，目前以能源综合开发利用、市政公用工程设计与施工、新一代信息技术为 3 大主业，以清洁供热、燃气供应、工程设计、新能源投资、城市照明、新一代信息技术、资源开发为 7 大优势板块，拥有 10 家专业化子公司。能源集团于 2012 年 4 月成立的济南能源集团齐鲁暖万家足球队，其前身是济南热力集团齐鲁暖万家足球队，在能源集团工会大力支持下不断发展磨砺，2017 年球队正式亮相济南业余足球赛场，成为当时济南市唯一一支以国企职工为班底的职工球队。

球队现有稳定成员30人，分布于能源集团各分、子公司，球员中王友明、高震、王岳、刘思宁等，现均任职于能源集团所属济南热力集团，王友明、高震担任供暖管家，王岳、刘思宁担任供热管理工作，他们深耕民生服务一线多年，负责各自所在供暖片区的服务、运行和检修工作，事无巨细地守护着千家万户。在2024年全国职工足球邀请赛赛场上，球队将通过全情投入、配合默契和出色表现，积极展示济南能源人的时代风采，不断创造球队新的辉煌战绩，充分激发职工队伍生机活力，向着“打造全国一流综合能源服务企业”目标而努力拼搏，为加快建设“强新优富美高”新时代社会主义现代化强省会提供能源保障、贡献能源力量。

球队成立至今稳扎稳打，取得了多项殊荣。2017年至2018年，实现了济南市足球协会业余联赛丙级—乙级—甲级“三级跳”；2019年至2021年取得山东省“泉城联盟杯”职工足球联赛三连冠。2021年获得第十四届全运会群众组企事业十一人制足球比赛亚军；2023年11月获得第七届中国职工足球联赛总决赛季军。2024年3月获得济南市足协杯足球比赛冠军。

（新闻大连 2024-07-23）

全国大赛，就在大连！奋力续写，辽港新篇！

辽宁港口集团有限公司职工代表队

从“以港立市”到“以港兴市”，见证着辽港与大连悠久深厚的历史渊源。作为招商局集团北方母港，辽宁港口集团扎根大连，始终以“传承百年积淀，助力东北振兴”为使命，全力推进大连东北亚国际航运中心、物流中心和东北海陆大通道建设，为辽宁全面振兴新突破作出积极贡献。而提起大连足球，辽港人更是有说不完的话，诉不尽的情。为备战此次 2024 年（大连）全国职工足球邀请赛，辽港集团以下属大连港、营口港、盘锦港 3 个港区为班底，组成了辽港集团职工代表队。球队由来自集团各区域基层单位的 30 名员工组成，平均年龄 38 岁。

辽港集团职工足球队，永远是绿茵场上最亮眼的那一抹蓝色。他们将一如既往践行“奋斗创造价值、实干成就未来”的企业

核心价值观,在2024年(大连)全国职工足球邀请赛的赛场上,用拼搏和奋斗诠释“创新、担当、服务、奉献”的新时期“辽港精神”,续写辽港人为新时代东北全面振兴凝心聚力、团结奋进的崭新篇章。

辽港集团职工代表队曾多次获全国、省、市比赛殊荣:2017大连市职工足球赛获得冠军;2017中国职工足球联赛总决赛(昆明)获得亚军;2018“辽工振兴杯”辽宁省足球赛获得冠军;2019年中国职工足球联赛总决赛(珠海)十一人制精英组获得第五名;2024年大连市足球超级联赛(职工组)获得甲组冠军。

(新闻大连 2024-07-24)

全国大赛，就在大连！激情点燃，长春速度！

为职工业余文化生活增添一道亮丽色彩 长春市轨道交通集团有限公司职工代表队

长春市轨道交通集团有限公司职工代表队成立于 2010 年初，球员由集团公司各事业总部、机关部室及建设运营一线的足球爱好者组成，他们中有优秀共产党员、工会积极分子，也有先进工作者、技术能手，是长春市轨道交通行业的行家里手。多年来，球队规模不断壮大，不断有喜爱足球运动的中青年职工加入其中，为职工业余文化生活增添了一道亮丽色彩。

1998 年 7 月，经长春市人民政府批准，长春市轨道交通有限责任公司正式成立，负责组织实施长春市轨道交通的建设、运营

和管理工作。2009 年 5 月,长春市轨道交通有限责任公司更名为长春市轨道交通集团有限公司,经营范围为轨道交通、经营、管理及相关的城市交通客运等。目前集团的线网规划,已纳入长春城市总体规划新一轮修编的 2016 版线网规划,10 条线路线网总长 460 公里。其中 1、2、5、6、7 号线为地铁,长度 194. 4 公里;3、4、8 号线为轻轨,长度 110 公里;9、10 号线为市域快线,长度 155. 6 公里。集团建成运营的 10 项工程,分别为轨道交通 3 号线一期、轨道交通 3 号线二期、轨道交通 4 号线、轨道交通 1 号线、轨道交通 2 号线、轨道交通 8 号线、轨道交通 2 号线西延线、轨道交通 3 号线东延线、轨道交通 4 号线南延线、轨道交通 6 号线。运营里程 140. 8 公里。

长春市轨道交通集团有限公司职工代表队自成立起,先后获长春地铁首届全国城市轨道交通行业职工运动会足球赛冠军;全国足球业余联赛北区亚军;长春诚业中国足协杯资格赛“春城杯”长春市业余足球联赛超级组亚军。2021 年集团公司成立了职工足球协会,2023 年球队获得长春市第一届运动会暨首届职工运动

会足球比赛企事业组冠军、亚军。

本次邀请赛，球队派出领队、主教练、运动员共计 32 人组成的代表队，以“加强交流、增进友谊”为目的，在绿茵场上，用激情和速度，展现出长春轨道交通人不忘初心、砥砺前行、爱岗敬业、无私奉献的时代风采。

（新闻大连 2024-07-25）

全国大赛，就在大连！以球会友，“足”够精彩！

上海申通地铁集团有限公司职工代表队

在上海职工足球赛场上，活跃着这样一支队伍，他们在绿茵场上团结拼搏、活力四射。换上制服，他们又是列车司机、车站站务员、车场值班员。他们把营运安全当成履行社会责任的首要任务，忠于职守、严于律己。他们就是上海申通地铁集团有限公司职工足球队。

上海申通地铁集团有限公司是上海轨道交通投资、建设和运营管理的责任主体，也是中国城市轨道交通协会改革后首任轮值会长单位。

集团负责运营的上海地铁共 20 条线路，长度 831 公里，车站 508 座，地铁运营线路规模和列车保有量均位列世界地铁企业之首。目前全网工作日的日均客流约 1150 万人次，轨道交通占公共交通出行比例 76.2%，最高日客流 1340 万人次。集团以“申城地铁，通向都市新生活”为使命，践行以人民为中心的发展思想，坚持地铁文明引领城市文明，营造安全文明的出行环境，弘扬红色文化、海派文化和江南文化，打造贴近百姓的艺术殿堂、更具人文特质的城市“第二空间”，先后获亚太质量组织“全球卓越绩效奖”、全国质量奖等。上海申通地铁集团有限公司职工足球队的球员全部来自申通地铁一线岗位，在出色完成本职工作的同时，投身职工足球运动、打造集团足球文化。球队始终坚持严格的选拔标准，实行半军事化管理，除了参加各种职工足球联赛以外，还受邀参加各类企业间的交流赛，在上海“草根”足球圈里的影响力不断提升。球队还积极投身社会公益活动，与辅读学校、阳光之家等弱势团体结对共建，定期开展活动，用足球为特殊人士带去温暖和快乐，献上一份爱心。球队将在本次邀请赛中以球会友，打磨精神面貌和球队气质，与不同地区企业深化交流合作，不断

扩大申通地铁球队乃至企业的“朋友圈”。

球队曾获中国南车“联诚杯”足球邀请赛第三名、“森河杯”足球比赛冠军、“陈毅杯”足球比赛亚军、“浦发银行杯”足球比赛冠军、阜兴足球联赛季军等诸多殊荣，用实力展示了职工足球队的水平和风采。

（新闻大连 2024-07-26）

全国大赛，就在大连！首善标准，首创精神！

国网北京市电力公司职工代表队

国网北京市电力公司（以下简称“公司”）是国家电网有限公司的全资子公司。前身是1905年创建的京师华商电灯股份有限公司。2013 年更名为国网北京市电力公司,并沿用至今。公司职工足球队成立于 1984 年,球队球员均来自首都电力生产第一线。多年来,在公司足球协会的引领下,以推动足球运动发展、弘扬足球文化为宗旨,大家在完成好本职工作之余,利用工余时间坚持训练。无论是炎炎夏日,还是寒冷的冬天,球员们换了一茬又一茬,每周末的定期训练却从未间断过。在长年坚持不懈训练中,球员们的体能素质、竞技水平不断提升。同时,也增强了球员间的默契配合和团队精神,丰富了公司职工丰富的体育文化生活。

作为首都能源骨干企业和最大的公用事业单位,公司以电网规划建设、运行管理、电力销售和供电服务为主营业务,供电范围覆盖全市 16 个区、1.64 万平方公里,服务客户 900 余万户。公司坚持首都意识、首善标准、首创精神,在砥砺奋进、攻坚克难中走出了一条具有首都特色的高质量争先发展之路。公司球队秉承企业精神,积极进取、追求卓越,多次为企业赢得荣誉,先后获得全国行业足球比赛第三名、电力系统足球比赛第一名、全国第三届职工运动会足球比赛第一名、北京市第八届职工运动会男子足球第二名,并在北京市历届职工足球联赛上始终保持前三名。出色完成了代表中国工人、中国电力出访泰国、澳大利亚、日本等国家比赛任务,充分展示了中国产业工人良好的精神风貌和优秀的运动水平。

如今,这支在北京市足球界有40年历史的企业职工球队,将以热爱足球、享受足球的精神,本着参与、交流、学习的态度,积极投入到本次比赛中去。

(新闻大连 2024-07-27)

全国大赛,就在大连!
活力港口,奋勇争先!

山东港口日照港集团有限公司职工代表队

山东港口日照港集团有限公司(以下简称“日照港”)职工代

表队的 37 名队员分别来自日照港的各个岗位。球队始终秉持“政治合格、作风优良、敢打敢拼、勇争一流”的建队宗旨，始终保持“不服命、不服输、不服气”的奋斗风骨，事事争先、时时争先、人人争先，力争实现更大突破、取得更好成绩。

日照港是国家“六五”期间重点建设的沿海主要港口，自然条件优越，主航道水深达 20 米以上，是我国大型与超大型巨轮进出最多的港口之一，整体规划了石臼、岚山两大港区，已建成生产性泊位 76 个，是集航运、铁路、公路、管道于一体的综合性现代化物流枢纽。陆向，瓦日、新菏兖日 2 条千公里干线铁路、3 条高速公路、4 条国省道、5 条原油长输管道直通港口，是全国唯一拥有 2 条千公里铁路直通港区的港口，是全国原油连接管线最长的沿海港口。海向与 100 多个国家和地区通航，开通内外贸集装箱航线 80 余条。

山东港口日照港集团有限公司成立以来，日照港主动融入一体化改革，把握新平台、抢抓新机遇，向着具有高成长性、持续增长力、核心竞争力的一流港口不断前进。2023年，山东港口日照港完成货物吞吐量5.22亿吨，居全国沿海港口第6位，全球第8位；其中，7个货种居全国首位，9个货种过千万吨。

本次邀请赛，球队派出领队、主教练、运动员共计 24 人的代表队，将以“敢破敢立、敢闯敢试”的激情和血性，展现港口人积极向上、团结拼搏的良好精神风貌，以健康的体魄、昂扬的斗志向着“加快建设世界一流的海洋港口”坚实迈进。

（新闻大连 2024-07-28）

全国大赛，就在大连！火车头精神，沈铁风采！

中国火车头体协沈阳局集团公司职工代表队

中国火车头体协于 1952 年 6 月 30 日成立，至今已有 70 余年的历史，是新中国成立最早的全国行业体协。中国火车头体协沈阳局集团公司职工代表队球员均来自中国铁路沈阳局集团有限公司基层单位,平均年龄38.6岁。他们有的是工会主席,有的是工程师,但更多的是隧道工、列车员、线路工、钳工等一线职工。他们既是高铁和旅客列车安全的守卫者,也是职工精神文化生活的领跑者,始终为传播足球文化、弘扬体育精神释放着活力和动能。

中国铁路沈阳局集团有限公司,是中国国家铁路集团有限公司管理的18个铁路局集团公司之一,前身为“沈阳铁路局”。公司以铁路客货运输服务为主业,实行多元化经营。管辖线路营业里程14583公里,其中高铁3296公里,主要分布在辽宁、吉林省全境,内蒙古东部及黑龙江省南部、河北省东北部的33个市(州、盟)。直通客车可直达30个省、自治区、直辖市,高铁可直达福州、长沙、成都等19个省会和副省级以上城市。铁路货运畅通关内关外、连接沿海腹地,在“通关达海”的物流服务中承担重要职责。现有员工16.6万人。

中国火车头体协沈阳局集团公司职工代表队曾在全国铁路第十四届职工运动会男子足球比赛中获得亚军，参加本次邀请赛的 26 名球员将秉承和弘扬“火车头”精神，满怀新时代铁路人“勇当火车头，建功新时代”的炽热情怀，以对魅力足球的梦想与热爱，在赛场上交流技术、顽强拼搏，加强了解、增进友谊，充分展现沈铁人的精神风采。

（新闻大连 2024-07-29）

全市各级工会为一线职工“送清凉”

吴庆国 大连新闻传媒集团记者 许晓楠

“天气很热，大家经受着汗水的洗礼，坚守着邮政人的担当和责任，要注意防暑降温，工会为你们送清凉了！”在中国邮政集团有限公司大连市分公司邮区中心局邮件处理中心，邮件从卸车到分拣，再到归集装车，全部在传送带上完成。传送带不间断散发着热量，加之高温天气影响，使得车间内部温度居高不下，对职工体力、耐受力都是不小的考验。为了确保邮件处理时效，中心 400 多名职工顾不上高温带来的不适，执行倒班作业，24 小时坚守岗位。近日，市总工会一行来到该邮件处理中心车间，看望高温作业职工，送去西瓜、矿泉水等防暑降温用品。

入夏以来，我市气温持续攀升。为深入贯彻落实习近平总书记关于安全生产重要论述和市委关于安全生产部署要求，全市各级工会围绕在发展中保障和改善民生这一重大任务，把做好高温天气作业职工劳动保护作为维护职工安全健康权益、助力安全生产的重要举措，广泛开展以走访慰问、安全检查、健康关爱、文化娱乐、宣传教育为主要内容的 2024 年“平安度夏送清凉”活动，协助企业改善职工生产生活条件，持续推进工会驿站等服务阵地建设，用心用情做好维权服务工作，最大限度减少高温天气的不利影响，推动实现企业安全生产、职工安全度夏，以高水平服务保障护航“两先区”高质量发展。

市总工会党组成员带队，深入全市 156 家企事业单位，对 90137 名特殊环境作业职工、户外作业职工、重点项目职工和新就业形态劳动者进行集中慰问。发挥网上工会在联系职工、服务职工、凝聚职工方面重要作用，启动“‘工’送清凉，‘码’上就领”线上活动，采取工会驿站、户外劳动者服务点和连锁便利店相结合的方式，最大限度方便已录入工会实名制系统并取得电子会员卡的新就业形态劳动者、交巡警、环卫等职工通过“大连市网上职工之家”小程序，免费领取瓶装饮用矿泉水。

全市各级工会以“时时放心不下”的使命感责任感，下先手棋、打主动仗，持续深入为一线职工送去党和政府、工会组织的关怀关爱。中山区总工会出资，为“饿了么”、“T3 出行”等企业职工，环卫工人，重大工程职工，以及消防、应急、市政等单位户外作业一线职工，送去洗护用品、方便食品、防晒用品等物资。工会“能量小栈”、17 个工会驿站以及 40 个“‘工’送清凉，‘码’上就领”阵地，随时为户外劳动者饮水提供方便。西岗区总工会除了向所辖5个街道总工会下拨专项经费外，重点走访慰问了快递员、外卖配送员等新就业形态劳动者，以及公安、电力、环卫、物流、市场、消防等一线职工。沙河口区总工会依托户外温馨驿站打造职工健康清凉阵地，为户外劳动者提供解暑降温用品以及免费健康监测，邀请医护人员为户外劳动者开展爱心义诊，为企业职工送去茶叶、酸梅汤、绿豆汤等防暑降温饮品。甘井子区总工会依托职工文化广场，面向全区职工开展全国健身操舞展演比赛、职工文化作品巡演、播放电影等活动，缓解夏季高温作业疲劳，丰富职工业余文化生活。金普新区总工会持续推动服务阵地建设，为外卖配送行业工会联合会4个服务站点配备冰柜，为外卖配送员和快递员11个服务站点在高温时段配送雪糕。举办第二届金普新区职工夏季文化清凉节，依托新区工人文化宫等阵地开展职工文化活动，丰富职工夏季生活。长海县总工会针对海岛职工队伍特点和需求，走访慰问16家单位，为高温作业一线职工送清凉、送关爱、送服务。

中车大连机车车辆有限公司工会邀请医护人员，为高温作业职工开展防高温中暑健康科普讲座，安排流动体检车进企业、进班组为职工进行健康检查指导，提升职工应对高温天气安全防护意识。中铁九局大连分公司职工分布在“一带一路”沿线的4大洲10个国家，以及国内的东北、西南等各个省份。在“送清凉”活动中，公司工会根据区域天气情况、国别差异、地域特点，采购不同的物资对中外籍职工和农民工进行关怀慰问。为凝聚海外职工队伍力量，解除他们的后顾之忧，各地分公司工会干部陆续深入海外职工家庭，为家属送去诚挚问候，让每一位海外职工及家属都能感受到公司大家庭的温暖。

（大连日报 2024-07-29）

全国大赛，就在大连！一流强港，足球也强！

宁波舟山港集团有限公司职工代表队

宁波舟山港集团有限公司成立于 20 世纪 80 年代初期，由公司内热爱足球运动的各个岗位的员工自发组织而成，他们中有龙门吊操作员、值班调度、引航员、值班水手长等。球队本着锻炼职工身体，丰富职工业余文化生活的目的积极开展体育活动，近年来在浙江省海港集团工会的大力支持下，积极参加省市级的各项足球赛事，取得了不俗的成绩。

2015年8月,浙江省委、省政府作出全省港口一体化、协同化发展的重大决策,浙江省海港集团组建成立,成为国内第一家集约化运营管理全省港口资产的省属国有企业,注册资本达500亿元。2016年,根据省委、省政府的决策部署,浙江省海港集团与宁波舟山港集团按“两块牌子、一套机构”运作,是全省海洋港口资源开发建设投融资的主平台。浙江省海港集团先后完成了省内沿海五港和义乌陆港以及有关内河港口的全面整合,形成了以宁波舟山港为主体,以浙东南沿海温州、台州两港和浙北环杭州湾嘉兴港等为两翼,联动发展义乌陆港和其他内河港口的“一体两翼多联”的港口发展新格局。旗下拥有各类企业300多家,从业人员超3万人。经营板块主要包括港口运营、航运服务、金融、开发建设“四大板块”等。

作为浙江省海港集团主要经营的港口之一,宁波舟山港是我国大陆重要的集装箱远洋干线港、国内最大的铁矿石中转基地和原油转运基地、国内重要的液体化工储运基地和华东地区重要的煤炭、粮食储运基地,是国家的主枢纽港之一。截至2023年底,

宁波舟山港共拥有万吨级以上大型深水泊位 214 座,5 万吨级以上特大型深水泊位 134 座。已成为对接“一带一路”的重要枢纽、中国南方海铁联运业务量第一大港,航线总数超 300 条,辐射全球 200 多个国家和地区的 600 多个港口,拥有海铁联运班列 25 条,业务辐射全国 16 个省、65 个地级市。2023 年,宁波舟山港完成货物吞吐量 13.24 亿吨,连续 15 年位居全球第一;完成集装箱吞吐量 3530.1 万标箱,稳居全球第三。

宁波舟山港职工足球队将通过此次足球邀请赛,锻炼职工体魄,展现企业文化,增进与兄弟单位之间的友谊,凝聚合力,共同发展,为努力建设世界一流强港和世界一流企业贡献力量。

(新闻大连 2024-07-30)

2024年(大连)全国职工足球邀请赛即将燃情绽放
记者赛前探营 感受“工”字味道

吴庆国 大连新闻传媒集团记者 许晓楠

开幕式彩排。大连新闻传媒集团记者 吕文正 摄

8月2日,我市即将迎来2024年全国职工足球邀请赛,此次邀请赛由中华全国总工会、国家体育总局指导,中国职工文化体育协会、辽宁省总工会、大连市人民政府主办,大连市总工会和大连市体育局承办。目前赛事筹备阶段各项工作接近尾声。我市将为来自全国各地的职工代表队提供哪些温暖的赛事体验?昨日,记者来到大连足球青训基地,就竞赛组织、服务保障、活动安排等方面进行了探营采访。

16支参赛队伍已陆续抵达驻地

目前来自全国各地16支参赛队伍的493名球员、官员已陆续抵达驻地。今晚召开领队会暨抽签仪式,完成16支队伍的抽签分组。

记者了解到,本次邀请赛,主办方将根据参赛队伍数量和场地条件,合理安排比赛时间和场次,确保队员身体得到适当的调整。同时做好天气、交通应急预案,确保比赛顺利进行。

赛事已确定大连足球青训基地、大连梭鱼湾足球场等5块天然草坪比赛场地和3块人工草坪训练场地,并完善了两个场地布置。已完成参赛球队报名、资格审查和注册工作。完成秩序册、场地服务、房间分配、证件制作等工作。选派赛事协调员、比赛监督、裁判员,组建了主办方裁判员团队。规范了竞赛管理规程,落实了球童、担架员等场地服务团队。

展示大连城市温度和工会娘家人的贴心服务

记者了解到,赛事组委会制定了"1+7"全面保障方案,倒排工期、责任到人、挂图作战。大连市级层面召开了5次协调会议,市总工会召开4次周例会推进赛事筹备工作,强调细节、沟通、节俭、合力、认识、安全等关键点。

市总工会生活保障部部长孙健介绍,为保障赛事顺利进行,市总工会联合市公安局、市卫生健康委、市应急局、市市场监督管理局、市消防救援支队以及甘井子区等相关部门,针对安全保障、食药安全、医疗保障、交通安排等方面,进行周密安排,开展了各项风险排查,对驻地管理、训练与比赛场地安全进行细化服务,强化各个环节的风险防控。目前,各项工作已经准备就绪。

市总工会及直属企事业单位32名工作人员两人一组成立接待专班,对参赛16支球队一对一服务,为球员提供赛训、食宿、车辆等全流程服务保障。精心为外地职工球员安排210个住宿房间,楼内设置健身房、技战术讨论室等功能区,努力确保所有参赛人员处处被温暖、处处被服务,充分展示大连城市温度和工会娘家人的贴心服务。

“三走进”让外地球员感受大连、爱上大连

“这次全国职工足球邀请赛,有球队队员和嘉宾近600人齐聚大连,为做好他们的服务保障,我们做了大量细致的准备工作。”大连市教科文卫体工会主席胡伟介绍,“我们选择了最具大连足球元素的青训基地作为食宿行保障单位,让大家全程感受足球城的底蕴;邀请了在各级职业技能竞赛中荣获奖项的大连名厨为球员们制作大连老菜,让大家时刻感受浓浓的大连味儿和深深的工会情;我们在球队驻地设立了大连特色产品展销专柜,让球员们足不出户就能品尝大连特产、感受大连文化,进一步推动文体旅融合发展。”

除了组织好赛事,市总工会还协同市工信局、市国资委、市文旅局、市教育局,组织参赛球队开展“走进企业、走进城市、走进校园”城市文化日系列活动。利用比赛和训练间隙,组织外地球队队员,走进企业,与劳模和职工面对面交流;走进城市,精选我市文旅产品“老虎滩”号游轮、大连城市规划展览馆、滨海路、棒棰岛和世界音乐文化博物馆等组合精品线作为“走进城市”考察线路,体验大连的城市风采;走进校园,了解大连青少年足球训练等情况。大连市还为所有参赛队员和工作人员准备了大连导游图、大连文旅宣传册和大连文创小本各800册,为获奖球队准备了大连特色奖品。市总工会将会同各相关部门,完成好赛事组委会赋予的工作任务,全面展现大连标准、体现大连热情,让参赛的各支球队在大连度过一个难忘的职工足球赛季。

开幕式演出突出“工”字元素

75位职工激情擂响75面大鼓,寓意庆祝中华人民共和国成立75周年;220名基层职工精彩演绎职工全健排舞,欢迎来自全国各地的职工足球队……昨日下午,记者在青训基地看到,500多

名演员正在这里进行紧张的开幕式彩排。

本次赛事的主题为“大连、足球、信心、力量”。开幕式总导演李长林介绍：“为了突出本次赛事的主题，不仅开幕式的表演人员全部是来自全市各行各业的职工，我们在表演中也突出‘工’字元素，届时观众将体会到浓浓的‘工’字味道。”他还介绍，开幕式除了场内的精彩表演，观众席上也有惊喜，届时看台上的 3000 多名职工群众将共同完成整个演出的背景造型，展示大连的 TIFO（球迷在看台上展示的巨型画）文化。

（大连日报 2024-07-31）

全国职工邀请赛巡礼
高学历战队，斗志昂扬！

赓续红色基因　展现运动风采
中信银行股份有限公司职工代表队

中信银行职工足球队成立于 2014 年，在公司党委的领导下，球队继承了“中信”在足球领域的深厚底蕴，展现了“中信联合舰队”同心协力、昂扬向上的精神状态。

他们的队员全部来自中信银行各经营板块和各业务条线，平均年龄 32 岁，本科以上学历 100%，其中研究生学历占到一半以上。队里既有总行资深行业专家，也有基层一线业务骨干；既有在中信工作数十年的功勋标兵，又有新加入的名校青年才俊。

作为具有红色基因的国有金融企业，中信银行坚决贯彻党中央决策部署，聚焦实体经济重点领域和科技创新，积极发挥中信集团协同优势和政策优势,重点关注区域重大项目,深耕新科技、新经济客群和“卡脖子”关键领域,深入践行“五个领先”银行战略,不断提升服务实体经济和科创企业质效,持续为区域经济高质量发展注入金融活水、贡献金融力量,日益深化“让财富有温度”的品牌形象。2023 年末,中信银行总资产已突破 9 万亿元,存、贷款规模均超 5 万亿元,净利润三年复合增速达两位数,不良贷款量率连续三年保持双降。在英国《银行家》(*The Banker*)杂志最新公布的 2024 年全球银行 1000 强榜单中,中信银行一级资本全球排名第 18 位。

在银行工会的指导和支持下,中信银行职工代表队坚持科学赛训,以同心协力、昂扬向上的精神状态,多次在北京金融系统足球比赛中夺冠,代表了职工足球中金融系统的较高水准。

为备战 2024 年(大连)全国职工足球邀请赛,中信银行由行领导亲自挂帅,从全国范围选拔球员,经过周密部署、充分准备,他们将在比赛中赓续红色基因,乘风破浪、奋勇争先,赛出风格、赛出水平,展现中信银行人朝气蓬勃的运动风采。

(足球大连 2024-08-01)

全国职工邀请赛巡礼
中国五矿,爱拼敢赢!

展现金属资源保障主力军、冶金建设运营国家队风采
中国五矿集团有限公司职工代表队

中国五矿集团有限公司(简称“中国五矿”)成立于 1950 年,

是以金属矿产为核心主业、由中央直接管理的国有重要骨干企业,国有资本投资公司试点企业。截至 2023 年底,中国五矿资产总额超 1.1 万亿元,拥有 8 家上市公司,营业收入实现 9346 亿元,在世界 500 强排名第 65 位。中国五矿职工足球队由中国五矿旗下五矿地产、中冶焦耐、五矿发展、中冶交通、五矿矿业和中国三冶 6 家单位的足球运动爱好者组成,他们技术出色,经验丰富,配合默契。

70 余年发展历程中,中国五矿大致经历了三个主要阶段。自成立至改革开放前,中国五矿作为专业贸易公司,是新中国从事金属矿产品、五金制品及建材等进出口贸易的主渠道;改革开放后,中国五矿在市场经济中探索多元化、实业化发展道路,是中国最早"走出去"的企业之一;进入新世纪,中国五矿围绕金属矿业、开启了以重组并购为主要特征的战略转型,特别是 2015 年与同为世界 500 强企业的中冶集团进行战略重组。今日的中国五矿,拥有以金属矿产、冶金建设、贸易物流、金融地产为"四梁",以矿产开发、金属材料、新能源材料、冶金工程、基本建设、贸易物流、金融服务、房地产开发为"八柱"组成的"四梁八柱"业务体系。公司以成为"具有全球竞争力的世界一流金属矿产企业集团"为战略愿景,以"矿业报国、矿业强国"为初心使命,成为金属资源保障主力军、冶金建设运营国家队。公司科技创新能力突出,截至 2023 年底,拥有成建制的研究设计机构 14 家,国家重点实验室等各类国家级科技研发平台 46 个,科技活动人员 3 万人,累计有效专利达到 5.6 万件,主编、参编国际国家标准 1900 余项,综合科技实力位居央企前列。

步入新时代,在习近平新时代中国特色社会主义思想的指引下,全体五矿员工坚持世界一流的使命担当、自主创新的引领作用、问题导向的工作思维、精益求精的品质坚守、敢于胜利的奋斗精神,不断阔步前进。中国五矿职工代表队将在本次足球邀请赛赛场上践行中国五矿“敢于胜利的奋斗精神”，充分展现金属资源保障主力军、冶金建设运营国家队的时代风采，团结奋进、顽强拼搏，为打造具有全球竞争力的世界一流金属矿产企业集团而不懈奋斗。

（足球大连 2024-08-02）

逐梦绿茵　燃动滨城

——2024年（大连）全国职工足球邀请赛开幕式侧记

吴庆国 大连新闻传媒集团记者 刘春鹏

8月2日晚，2024年（大连）全国职工足球邀请赛开幕式暨揭幕战在大连梭鱼湾足球场隆重举行。
大连新闻传媒集团记者 王华 摄

8月2日晚，2024年（大连）全国职工足球邀请赛开幕式暨揭幕战，在大连梭鱼湾足球场隆重举行。2024 年（大连）全国职工足球邀请赛由中华全国总工会和国家体育总局指导，中国职工文化体育协会、辽宁省总工会、大连市人民政府主办，主题为“大连、足球、信心、力量”，于 8 月 2 日至 8 月 13 日在大连举办，分为小组赛和排位赛两个阶段，所有参赛球员均为在职职工。

19 时许，开幕式在大气磅礴的鼓阵灯光秀中拉开帷幕。75 位一线职工激情擂响 75 面大鼓，象征献礼新中国成立 75 周年。草坪上呈现出中山广场的俯瞰图，该广场是大连首个城市广场，也是国内唯一一个辐射形圆形广场。在欢快热烈气氛中，16 支参赛球队的教练员、运动员依次步入会场。主会场中，巨大的动态主题 TIFO 徐徐展开，该 TIFO 由“萌芽、绽放、家国、传承、澎湃”5 个主题词配以巨幅图片组成，由看台上的 3000 多名职工共同演绎完成。220 名基层职工表演的全健排舞，演绎出了鲜花、海浪、足球、笑脸等一幅幅精美图案。当“港东五街”巨型 TIFO 呈现时，现场气氛达到高潮。舞蹈《大国重器》生动诠释了“咱们工人有力量”的时代强音。由 16 名歌手和 30 名足球少年演唱的歌曲《奔跑》为开幕式画上了圆满句号。整台表演以大连元素为主，突出“工”字特色，以丰富的表达方式充分展现了国家、城市的发展变化,彰显了新时代大连百万职工昂扬向上的精神风貌。

揭幕战比赛,辽港集团队 5:0 大胜大庆油田队。
大连新闻传媒集团记者 王华 摄

大连市各级劳动模范和一线职工代表 1.6 万余人参加开幕式并观看比赛。本次赛事代言人,劳模工匠代表戴振涛、许振超和足球名将孙继海、张耀坤为揭幕战开球。“这次比赛专门请劳模开球,就是突出“工”字特色,让职工唱主角,让劳模站“C 位”,凝聚、展示中国工人的力量。”中国职工文化体育协会负责人李艳清说,大连是座足球城,足球运动历史悠久,广大职工热爱足球,各类职工足球赛事蓬勃发展,这种深厚的足球传统和文化氛围,为举办这次全国性的职工足球邀请赛提供了理想的舞台。大连市委、市政府高度重视足球工作,大连具备丰富的文化体育旅游资源以及赛事组织能力,相信赛事一定会推动大连的文体旅深度融合发展,也一定会让更多人感受到大连这座海滨城市的浪漫和美丽、激情和活力。

(大连日报 2024-08-03)

萨日娜：大连热情如昨，美丽升级

大连新闻传媒集团记者 许晓楠

大连新闻传媒集团记者 许晓楠 摄

“这是我第一次坐在球场里看足球！在这几万人的球场里，感受到了巨大的冲击力，大家这么热爱足球，因为足球给人们、给城市、给所有在场的职工带来了勃勃生机。”昨日，国家一级演员、中国职工影视戏剧协会会长萨日娜在接受记者采访时，表达了对大连梭鱼湾足球场、对 2024 年（大连）全国职工足球邀请赛揭幕战的喜爱。

萨日娜曾主演《闯关东》《人世间》等优秀电视剧，她演绎的“文他娘”等角色深入人心，广受职工群众喜爱。萨日娜曾荣获全国五一劳动奖章。她公益代言了“职工书屋”“送万福、进万家”等职工文化品牌，积极参与职工文化艺术活动，为推动职工群众文化活动尽己之力、建言献策。

“这次来大连,有一个特别的感受是热! 热情!”萨日娜告诉记者,大连是她最爱的城市之一,再次来到大连,她发现大连更美了,大连的美是传统和现代、历史和时尚相结合的美,街道那么干净。“30 年来,我亲历了大连的变化,唯一不变的是热情,那种热烈的对生命的热爱,充满了勃勃生机。大连是足球城,这次全国职工足球邀请赛选择在大连最好的季节举办,开幕式简单朴素,有味道,有文化感,希望有更多的体育赛事来大连举办。”萨日娜说。

萨日娜告诉记者,她与大连结缘于 1995 年,她在大连拍摄的一部电视剧《午夜有轨电车》,剧中她扮演一位有轨电车女司机。“这个戏拍了 21 天,有 14 天是有轨电车收工之后才开始拍摄,我度过了 14 个美丽的大连之夜。大连带给我的这份美好,这份浪漫,30 年来一直在延续。”萨日娜感慨,“拍摄期间,每一位大连人都向我传递着他们对这座城市的热爱,让我非常感动。”

这次来到大连,萨日娜发现大连的变化很大,很多建筑都不认识了,“但是那沉重的历史感还在,那些特别美好的建筑还在,又多了很多时尚的地方,像东港威尼斯水城。”萨日娜说,“唯一不变的是大连人对城市的那份热爱和骄傲,传递出这座城市的美好。”

拍摄电视剧《午夜有轨电车》时,有一天萨日娜和导演从中山广场路过,看到一片舞蹈的海洋,“整个中山广场特别欢腾,大家都在跳广场舞,那种美好深深打动了我们,当时导演说一定要把这个画面用到戏里。”因此,萨日娜也给大连提出建议:“大连是足球城,大连人同样也追求音乐之美、艺术之美,我想大连能不能打造成一个舞蹈之城。中国职工文化体育协会下设舞蹈协会、音乐协会、影视戏剧协会,可以把这些力量结合起来,请专业团体到大连演出,在大连开展有关职工舞蹈方面的竞赛、演出,让整个城市都欢腾起来。”

(大连日报 2024-08-04)

全国职工邀请赛巡礼 名酒先锋，稳中争先！

文化铸魂　运动强魄

四川省宜宾五粮液集团有限公司职工代表队

四川省宜宾五粮液集团有限公司(以下简称“五粮液集团”)是一家以酒业为核心，涉及现代制造、现代包装、现代物流、金融投资、健康产业等领域的大型国有企业集团，拥有 A 股上市公司 2 家(五粮液和宜宾纸业)，主要二级子公司 13 家，职工 4.6 万人，是白酒行业唯一四度问鼎质量管理领域最高荣誉的企业。五粮液集团职工代表队成立于 2016 年，由酿酒、制曲、包装、营销、质检、行政管理等公司各个部门 30 名职工组成(集团工会于今年成立“职工足球俱乐部”)，是一支年轻化的五粮液先锋队伍。球队坚持以“文化铸魂 运动强魄”为建队之基，着力培养和锻造“忠诚干净担当，感恩知足奋斗”的“五粮液”运动健儿。

五粮液集团主导产品五粮液酒，是中国浓香型白酒的典型代

表,连续 4 次荣获“国家名酒”称号,首批入选中欧地理标志协定保护名录。2022 年,集团公司实现销售收入 1555 亿元、利税总额 582 亿元、利润总额 373 亿元。五粮液品牌位列“2023 世界品牌 500 强”第 227 位、“2023 全球品牌价值 500 强”第 59 位。近年来,公司坚持创新发展,建成国家白酒产品质量检验检测中心、国家级企业技术中心等 7 个国家级创新平台;拥有以享受国务院政府特殊津贴专家、全国技术能手等为代表的国家级、省级专家人才 170 人,以宜宾杰出科技人才等为代表的市级骨干人才 500 余人,以品酒师等为主体的各类专业技术技能人才 1 万余人。

当前,五粮液集团坚持“稳字当头、稳中求进、多作贡献”工作总基调,深入实施“做强主业、做优多元、做大平台”发展战略,加快实现“5111”发展目标,即率先建成中国白酒行业首家世界 500 强、酒业主业销售收入超千亿元,多元产业销售收入超千亿元,努力打造产品卓越、品牌卓著、创新领先、治理现代的世界一流企业。球队将在本次足球邀请赛中,充分展现五粮液集团的企业文化魅力和职工体育精神,为五粮液集团建设成为“产品卓越、品牌卓著、创新领先、治理现代”的世界一流企业贡献力量。

（足球大连 2024-08-04）

刘建宏：中国只有一个足球城，叫大连！

大连新闻传媒集团记者 许晓楠

“中国只有一个足球城，叫大连！”昨日，来连主持“职工文化体育+”思考与对话活动的知名体育赛事评论员刘建宏告诉记者，“我很希望看到大连足球能够为中国足球探索出一条新路来，如何把中国足球的长远发展和短期进步结合起来，足球城应该担负起这个责任。”

此次应邀来连，刘建宏除了解说 2024 年（大连）全国职工足球邀请赛揭幕战，还将出席闭幕式，并做两个特别的直播，结合这次全国职工足球邀请赛，围绕中国企业职工足球的生存现状以及未来发展的一些路径，进行探讨和研究。

“我确实有两三年没来大连了，这次来，看到了新的变化，比如大连青训基地，还有非常漂亮的梭鱼湾足球场，星海湾大桥我也是第一次看到。能够感受到这几年大连的变化很大，至少我所熟悉的体育领域、足球领域，变化是肉眼可见的。”刘建宏说。

大连新闻传媒集团记者 许晓楠 摄

刘建宏还表示：“我们知道现在大连业余的群众性足球活动非常广泛，‘连超’有几百支队伍参加，不管是正式的比赛，还是这种业余的体育活动，非常普及，有着强大的群众基础。大连市总工会愿意和中国职工文化体育协会去探索中国企业职工足球的发展路径，我觉得把全国职工足球邀请赛放在大连举办，特别合适。”

（大连日报 2024-08-04）

全国职工邀请赛巡礼
银鹰战队，振翅翱翔！

把银鹰送上蓝天的球队
大连民航职工代表队

大连机场集团有限公司此次承担大连民航职工代表队组队任务。其前身为民航大连站，于 1973 年 4 月通航，2011 年 9 月改建为国有独资公司，机场占地面积 345 万平方米，符合 4E 级 Ⅰ 类国际机场标准，可供除 F 类以外各种大型飞机安全起降。作为东北地区进境口岸资质最为完善的机场，2024 年上半年，机场旅客量和航班量同比增速领先全国平均水平，国际旅客量继续保持东北领先，对日通航点数量、旅客量和航班量跻身全国前三。

建设中的大连金州湾国际机场位于金州湾东部海域，是国内首个离岸式“人工岛”机场，陆域面积 20 平方公里，空域条件良

好，地理位置优越。按照国际最高运行等级4F标准设计，大连金州湾国际机场坚持世界眼光、国际标准、区域特色、高点站位，统筹推进平安机场、绿色机场、智慧机场、人文机场及国际化新航城建设，构建“港产城”一体新格局，在连通世界的同时，也必将为城市高速发展赋予强劲动能。

大连民航职工代表队组建于2000年4月，会集大连民航单位的优秀足球爱好者。他们将“爱足球、爱生活、爱民航、爱大连”作为建队宗旨，让小小足球焕发出凝聚民航力量的强大磁场，让一方绿茵迸发出滨城男儿奋勇拼搏的一道闪电。

大连民航职工代表队践行“健康阳光、情系家乡、驰骋绿茵、足间燃情”球队文化，一路披荆斩棘，先后获大连市职工“四门足球赛”冠军、大连市第九届运动会季军、大连市第十届运动会亚军，中山区“足协杯”比赛冠军等多项荣誉。工作岗位上，他们坚守航班安全服务保障一线，赛场上，他们身披民航战袍，拥抱足球梦想。希望这支能把银鹰送上蓝天的球队，能在本届比赛中振翅翱翔，展示出东道主球队的奕奕风采！

（足球大连 2024-08-05）

全国职工邀请赛出线形势逐渐明朗（小组赛第二轮战报）

8月5日，2024年（大连）全国职工足球邀请赛结束了小组赛第二轮的争夺。辽港集团队、济南能源队、火车头队、北京环卫集团队均以两连胜的战绩领跑各组积分榜，末轮拿分便能够锁定小组第一晋级。

焦点战

宁波舟山港　2-4　五粮液集团

比赛开始仅45秒，宁波舟山港队后场抢断发动快速反击，王斌接队友右路传中头球冲顶破门帮助球队取得梦幻开局。10分钟后，在一次角球进攻中，五粮液集团队何魏门前撩射扳平比分。第37分钟，李先斌打出一记超远吊射破门，五粮液集团队在上半场完成逆转。易边再战，两队攻势不减，何魏用一脚远射帮助五粮液集团队将领先优势扩大。随后,宁波舟山港队高胜晗任意球直接破门缩小分差。比赛最后时刻,五粮液集团队李先斌头球破门,将最终的比分定格为2-4。

2024年(大连)全国职工足球邀请赛

新华网 1-3 火车头

比赛开始后,火车头队的战术策略更为积极主动,频频通过直塞寻找破门机会。第5分钟,叶长盛利用个人能力在大禁区前停球转身兜射远角破门。落后的新华网队加强反击,并创造了破门机会但未能取得进球。上半场补时阶段,新华网队防线忙中出错送给对手一记乌龙大礼,火车头队带着两球优势进入中场休息。易边再战,康健的点球破门将火车头队的领先优势扩大到3球。随后的比赛,火车头队牢牢掌控比赛节奏,新华网队缪俊逸比赛结束前打入一记精彩任意球。

2024年(大连)全国职工足球邀请赛

大庆油田 0-1 长春轨道交通

两队在中场的争夺颇为激烈,通过对中场的控制将比赛节奏掌握在自己手中。第14分钟,长春轨道交通队利用一次角球机会造成对手乌龙球打破场上僵局。第29分钟,陈梵争抢动作过大被主裁判出示红牌直接罚下,少一人作战的大庆油田队以只能通过反击寻求得分机会。易边再战,领先的长春轨道交通队持续发动攻势,利用人数优势在对手门前形成威胁。比赛结束前,大庆油田队对长春轨道交通队形成围攻之势,但未能将皮球送入对手大门,0-1遗憾落败。

(足球大连 2024-08-05)

全国职工邀请赛巡礼
新华力量，实力担当！

为建设具有广泛国际影响的一流新闻网站而奋斗
新华网股份有限公司职工代表队

新华网是国家通讯社新华社主办的综合新闻信息服务门户网站，是中国最具影响力的网络媒体和具有全球影响力的中文网站。成立于 2016 年的新华网股份有限公司职工代表队以新华足球俱乐部为班底，是新华社职工自发成立的足球运动爱好者社团，前身为新华社职工足球俱乐部，以促进新华社职工交流、职工足球水平、弘扬职工体育文化为宗旨。

新华网作为新华社所属唯一的国家级综合新闻类经营性门户网站和新华社全媒体新闻信息产品的主要传播平台，大力推进内容建设、经营模式、技术研发和管理机制的创新升级，巩固中央重点新闻网站排头兵地位，巩固并扩大具有全球影响力中文网站的领先优势，已拥有 31 个地方频道以及英、法、西、俄、阿、日、韩、德、葡等多种语言频道，日均多语种、多终端发稿达 1.5 万条，成为最具权威性和公信力的以新闻信息服务为主、多种业务线并存的“多语种、多终端、全媒体、全覆盖”的综合信息服务提供商。

2013年以来，以新华网股份有限公司职工代表队为主体的新华足球俱乐部，已组织九届“新华杯”新华社职工足球锦标赛，使得“新华杯”足球赛成为新华社系统内部具有影响力的单项群众体育赛事。新华足球俱乐部还代表新华社参加中央和国家机关运动会、中国足协媒体杯足球赛、中国网络媒体足球精英赛、“鲁能杯”央媒足球邀请赛等赛事，为新华社赢得了荣誉。球队将以本次邀请赛为契机，以球会友、团结协作、凝聚力量，为建成具有广泛国际影响力的一流新闻网站和有强大实力的互联网文化企业而团结奋斗。

（足球大连 2024-08-06）

辽宁大连:鉴茶制茶赛技艺 匠心筑梦入香茗

金雅银

自创茶艺项目比赛现场。赛事组委会供图

7月28日,在辽宁省大连市人民政府主办,市人社局、市教育局、市总工会、共青团大连市委员会共同承办的大连市第十四届职业技能大赛茶艺赛项暨大连市第六届茶艺师技能大赛中,来自大连交通技师学院的李双钰凭借自创茶艺作品一举夺魁。

10年前,大连市举办了首届茶艺师技能大赛,并将其纳入大连市职业技能竞赛中,由此奠定了大连市茶艺师技术人才的地位,并推动了行业快速发展。

此次大赛,来自大连市不同行业职工和中职院校师生等近 200 名选手,经过理论考核环节的激烈角逐,有 60 名选手晋级决赛,参与茶叶品质评鉴、规定茶艺和自创茶艺项目 3 个赛项的角逐。

"我们在国家级专家评委的指导下,参照全国职业技能大赛茶艺赛项的赛制和评分规则,进行了精心规划与布局,力求在赛事流程、赛场规划、竞演内容、表现形式、考评标准等方面全面对标省赛、国赛,实现新突破。"赛项执委会负责人表示,"在项目设置上,大赛广泛考查了选手在茶叶知识、冲泡技艺、茶艺表演等方面的技能与素质。"

李双钰是一名经验丰富的选手,在 2023 年大连市总工会举办的大连市第五届"工匠杯"职工技能竞赛暨全市茶艺技能大赛中,她凭借《寻·夏》获得茶艺师赛项亚军。高超的茶艺,让李双钰有了为世界经济论坛第十五届新领军者年会(2024 夏季达沃斯论坛)提供茶事服务的机会。本次比赛中,她以这一经历与感触为灵感,创作了《茶香远播美美与共》,独具一格的作品惊艳赛场。

本次大赛选手作品中,有的将茶艺与音乐、舞蹈等艺术形式相结合,通过旋律与舞动的节奏展现茶文化的韵律之美;有的将茶艺与书法、绘画等传统文化相结合,通过笔墨与色彩的交织展现茶文化的意境之美;有的带着孩子一起上台,通过讲述茶在家庭教育中的特殊魅力展现茶文化的博大包容。丰富多彩的表现形式不仅体现了茶文化的深厚底蕴,也展现了新时代茶文化的进步与发展。

(辽宁学习平台 2024-08-06)

全国职工邀请赛巡礼
怀强国心，展凌云志！

“航空报国，航空强国”
航空工业沈飞公司职工代表队

航空工业沈阳飞机工业(集团)有限公司(以下简称“沈飞”)坐落于沈水之滨、昭陵园畔，是以航空产品制造为核心主业，集科研、生产、试验、试飞为一体的大型现代化飞机制造企业，隶属于中国航空工业集团有限公司，公司占地面积800多万平方米，现有职工1.5万余人。

沈飞自建厂以来，职工足球比赛就伴随而生，60多年的职工足球文化沉淀，使得足球活动成为沈飞职工喜爱的群众体育项目。沈飞职工代表队于2007年成立，球员平时都分散在沈飞各个生产岗位上。沈飞工会大胆探索尝试职工足球俱乐部制建设，并紧紧抓住足球爱好者迫切需求，通过进一步整合内部资源，推动职工足球自我组织、自我管理，职工参与赛事全过程，让足球成为职工业余生活的一部分。特别是 2017 年至 2020 年沈飞职工足球联赛开展期间，一到周末比赛日，就是沈飞自己的“小中超”。

60 多年来，沈飞始终坚定“航空报国”初心，笃行“航空报国”使命，几代沈飞人薪火相传，不懈奋斗，填补了一系列国防建设的空白，诞生了一个又一个“第一”，谱写了中国航空工业发展的恢宏篇章，被誉为“中国歼击机的摇篮”。沈飞职工代表队将秉持“航空报国、航空强国”的理念，承载 45 万航空人的热切期盼，在 2024 年全国职工足球邀请赛中磨炼品质、享受快乐、锻炼体魄，以“忠诚奉献、自力更生、艰苦奋斗、勇攀高峰”的精神，与全国的职工朋友共同享受足球带来的激情与快乐。

（足球大连 2024-08-07）

全国职工邀请赛四强产生！（小组赛第三轮战报）

8 月 7 日，2024 年（大连）全国职工足球邀请赛结束了最后一轮小组赛的争夺。最终，辽港集团队、济南能源队、火车头队、北京环卫集团队分列各组榜首，晋级四强。

焦点战

中信银行 1-1 大连民航

主场作战的大连民航队立足中场，通过两翼撕开对手防线，打出几次有威胁的进攻。中信银行队则采取稳守反击的策略加以应对，同样取得了不错的效果。第 37 分钟，中信银行队防守时犯错送给大连民航队一粒点球，梁麒麟主罚一蹴而就。易边再战第 45 分钟,中信银行队张涛头球破门扳平比分。此后的比赛,双方均未能取得进球,1–1 的比分保持到终场。

济南能源　2–1　国网北京电力

面对小组垫底的国网北京电力队,实力占优的济南能源队虽然掌控住了比赛节奏,但并没有创造出破门机会。反而国网北京电力队在仅有的几次反击中给对手制造了足够的威胁。直到比赛第 42 分钟,国网北京电力队刘鸿东反越位单刀打破场上僵局。随后,济南能源队获得点球机会,胡君乐主罚被门将没收。第 55 分钟,济南能源队张文涛机敏前插,晃过门将打空门扳平比分。全场补时阶段,戴春雷门前补射破门,济南能源队逆转取得比赛胜利,锁定 B 组第一晋级。

(足球大连 2024–08–07)

全国职工邀请赛
济南能源、北京环卫集团晋级决赛

8 月 10 日,2024 年(大连)全国职工足球邀请赛结束了半决赛的争夺。济南能源队与北京环卫集团队携手晋级决赛,辽港集团队与火车头队将争夺本届赛事季军。

2024 年(大连)全国职工足球邀请赛
半决赛

辽港集团　1–1(4–5)　济南能源

主场作战的辽港集团队充分发挥出队员之间配合默契的优势,通过传切打开进攻局面。济南能源队虽然在场面上稍逊,但

其定位球进攻极具威胁。第73分钟,在一次定位球进攻中,济南能源队孙玉豪门前抢射打破场上僵局。全场补时阶段,辽港集团队孙丹乱战中攻入绝平进球,比赛进入点球大战。辽港集团队第一轮点球罚失,随后门将魏强将济南能源队第二轮点球扑出。直到点球大战第六轮,辽港集团队未能将点球罚进,济南能源队以总比分6-5战胜辽港集团队,晋级决赛。

火车头 0-1 北京环卫集团

整个上半场比赛,北京环卫集团队牢牢掌控比赛局面,火车头队比较直接的技战术也取得了一定的效果。易边再战,火车头队通过战术变化逐渐起势。第73分钟,北京环卫集团队门将王汝硒上演门线救险,挡出对手头球攻门。比赛最后时刻,场上雨势渐大,两队均加强远射以寻求破门机会。直到全场补时阶段,北京环卫集团队曹亚菲大禁区前转身撩射破门。最终,凭借这粒绝杀进球,北京环卫集团队1-0战胜火车头队,挺进决赛。

(足球大连 2024-08-10)

健全“五大工作机制”创新推动产业工人队伍建设改革走深走实

大连新闻传媒集团记者 许晓楠

近年来,大连市各级党委、政府、工会和企业勇于担当、积极作为,健全“五大工作机制”,创新推动产业工人队伍建设改革走深走实。产业工人听党话、感党恩、跟党走的信念更加自觉坚定;知识型、技能型、创新型产业工人队伍逐步壮大;产业工人主力军作用得到更好发挥；产业工人地位和待遇进一步提高；产业工人生活品质不断提升。

健全“三种精神”具体化工作体系
让劳模工匠和普通劳动者更有获得感

走入地铁 2 号线人民广场站，全国五一劳动奖章获得者许斌和薛伟莲的巨幅海报十分醒目，市民李女士说：“我每天上下班路过都会看到他们，十分亲切。”

市总工会树立让劳动光荣蔚然成风的工作导向，让更多劳模工匠和城市建设者都有出镜、出彩、出色的机会。选树“最美职工”，在市区主要路段、地铁公交站点、广告大屏等刊发“最美”照片，真正让先进典型从职工中涌现、典型事迹走近职工身边。组织劳模工匠家属参观大连工人运动史展室和劳模展室，增强劳模工匠家属的自豪感荣誉感，提升职业认同度；邀请 2024 年大连市全国、辽宁五一劳动奖章获得者，大连市劳动模范、先进工作者代表 300 人登上游船“海上看大连”；举办服务劳模家庭高考志愿填报公益讲堂，为教育系统劳模提供专业指导；举办劳模新春团拜会、开展为劳模拍摄全家福活动，并启动大连市级劳模（职工）疗休养基地挂牌工作，确定 6 家单位为首批大连市劳模（职工）疗休养基地；组织 280 余位劳模分 4 个批次赴省内省外四地进行疗休养活动。

健全劳动竞赛全链条机制
激发广大职工干事创业热情

市总工会聚焦全面振兴新突破三年行动和辽宁“六地”、大连“六个建设”目标任务，全面落实省总工会“三大专项行动”，以“百万职工大比武、振兴突破立新功”为主题，以推动新质生产力发展为目标，在全市各行业领域广泛开展主题劳动竞赛，引导激励广大职工立足岗位建功立业，实现了社会成效、企业治理、职工成长多方共赢的良好效应。

市总工会先后制定了《大连市总工会劳动和技能竞赛管理办法》和《大连市总工会劳动和技能竞赛活动支持资金管理和使用办法》并组织实施。去年，市总工会联合市发展改革委在全市重点工程、重大项目中联合开展以“比管理，比质量，比效率，比安全，比技能，创‘新时代大连全面振兴’新速度”为主题的劳动竞赛，根据不同项目性质、不同岗位、不同利益群体，制定符合项目实际的实施方案。在总投资达1079亿元的28个重点工程、重大项目中开展了主题劳动竞赛，有效地促进了工程、项目的推进。为此，市总工会专门拨付竞赛支持资金350万元，带动项目投入701万元，全市劳动竞赛累计投入1051万元。

今年，市总工会举办“‘一带一路’海外建设项目云端劳动竞赛”，中铁九局大连分公司、中建八局东北公司、中交一航局三公司、中国能建东电二公司等4家单位的12个海外建设项目参加劳动竞赛，参赛项目涉及塞尔维亚、埃及、刚果(金)等8个国家。所有赛事结果都通过“大连市网上职工之家”平台进行展示。

市总工会坚持“重点工程在哪里，劳动竞赛到哪里”的目标，突出项目和工程最需要的环节和职工最关心的问题。如中国石油大连石化公司工会正在围绕企业搬迁升级改造，以安全生产为主要内容开展的劳动竞赛，收效明显。

健全“三级”技能竞赛体系
提升产业工人职业发展能力

从2019年至2024年，我市已举办六届“工匠杯”职工技能竞赛，组织竞赛近400场次，60多名职工通过竞赛获评辽宁五一劳动奖章，106名职工被授予大连五一劳动奖章，近万名职工获得名次被通报奖励。通过大赛培养人才、选拔人才、激励人才成长，成为大连市总的品牌工作。今年,市总工会经与人社部门沟通协调,并征求联合主办部门意见,围绕“六个建设”目标任务,开展第六届“工匠杯”职工技能竞赛,确定60项分赛事共95个工种赛项,各项赛事也正在稳步推进。在赛项和工种确定方面,对标全国和辽宁省职工技能大赛项目,重点围绕发展新质生产力、科技创新、壮大新业态、凝聚新动能等方面,符合企业和职工需求。在赛会组织方面,成立由市总工会和相关委局领导组成的竞赛组委会。在比赛奖励方面,获得各赛项前五名的选手,分别给予1000~10000元的奖金,颁发名次证书;对符合条件的选手晋升相应技能等级,优先推荐参加大连市级劳动模范和五一劳动奖评选。

市总工会不断完善技能竞赛机制,广泛开展了市级、产业(行业)和区市县(开放先导区)级、院校和企业级的“三级”技能竞赛。2023年,产业(行业)和区市县(开放先导区)级技能竞赛即二类技能竞赛,共申请组织83项,实际使用资金772.57万元,申请并获得市总支持资金365.72万元;企业级技能竞赛即三类技能竞赛,申请组织实施189项,实际使用资金572.5万元,申请并获得市总支持资金263.5万元。2024年,截至上半年,开展及计划开展的技能竞赛数量分别为108项和275项,二、三类技能竞赛开展情况均较去年有所提升。

健全创新工作室闭环工作体系
推进科技成果转化

市总工会每年推荐选树一批国家、省市级劳模和职工创新工作室,同时发动县区工会和产业工会培树本级创新工作室。目前,全市国家级劳模创新工作室2个,省级45个,市级199个;省级职工创新工作室134个,市级246个。已涵盖全市所有行业和县区。今年要继续选树30个市级示范性创新工作室,给予每个工作室2万元补贴。依托市级以上创新工作室,拟扶持60个创新项目,每个项目给予最多20万元扶持资金。组织全市企事业单位职工进行技术创新项目申报。今年,共征集技术创新项目8000余项。经基层初评,报市总工会参加评审的项目为2278项。其中,群众性技术创新成果967项,“绝招、绝技、绝活”及先进操作法268项,合理化建议812项,专利奖励231项。

健全“劳模工匠创新智库”工作体系
集成发挥高端技术技能优势

市总工会根据自愿加入、自主管理、互助提升、共建共享的原则,吸纳毛正石、鹿新弟、李书乾等各行业优秀工程技术人员和知名劳模、工匠及科研院所专家成立“劳模工匠创新智库”,截至目前,共吸纳395名成员入库。以“劳模工匠创新智库”为依托,联合市教育局、市人力资源社会保障局、共青团大连市委员会、大连中华职业教育社开展“劳模工匠进校园”活动等。把劳模工匠德技教育纳入学校课程体系,担任学生德技辅导员,发挥劳模工匠示范引领作用。截至目前,我市优秀劳模工匠,分别到大连职业技术学院、大连市轻工业学校、大连电子学校、辽宁轻工职业技术学院等45所职业院校,开展了双向“五进”系列活动,即精神传承进校园、双师对接进校园、工读轮换进校园、岗位定制进校园、协同课题进校园活动。同时,我市优秀劳模工匠还到83个企事业单位开展劳模精神传承、技术技能培训活动。在“智库”的牵手下,企业与高校及科研院所的“校企合作”对接平台进一步搭建,在产学研用一体化的立项、调研、推进等环节集中发力。同时,大连在全国首创技术扶贫帮扶模式,组织劳模工匠走进新疆石河子市进行技术辅导,受到中华全国总工会的肯定和认可。

(大连日报 2024-08-10)

辽宁省大连市总工会：多措并举助力民营企业高质量发展

金雅银

民营企业中，工会工作者多是兼职，如何激励其工作热情和积极性？大连工会的办法之一是发放履职津贴补助，这也是大连工会支持民营企业高质量发展的一项具体举措。

亚洲渔港股份有限公司工会主席盖铁城就是一名享受履职津贴补助的受益者，他说："钱虽不多，但代表的是真感情，是对民营企业发展的真支持。"

工会支持民营经济发展，首先是在民营企业中广泛建会，夯实组织基础。大连市总工会在全市范围内扎实开展非公企业工会建设三年行动，联合多部门制定实施《关于开展非公有制企业和社会组织工会组建集中攻坚工作的通知》，制定《大连市总工会建会入会三年工作方案》《大连市非公有制企业工会兼职主席履职津贴补助办法》，进一步调动民营企业兼职工会主席履职尽责的积极性主动性创造性。

"工会与多部门建立常态化联系机制，广泛运用各种社会资源和手段，汇聚推动建会的强大力量，扩大了工会组织在民营经济中的覆盖面。"大连市总工会组织和基层工作部负责人表示，工会还优化"网上入会"渠道，打通网上接转会员组织关系通道，吸引广大民营企业职工加入工会组织中来。

作为民营企业，大连广连汽车租赁有限公司是全市第一家建立工会的网约车企业。"工会的成立，对维护公司广大驾驶员的合法权益，提升企业知名度和服务质量，促进行业健康发展具有重要意义。”公司工会负责人表示。

推动新业态企业建会、单独建会、联合建会等多种形式，推进“会、站、家”一体化建设，做到建起来、转起来、活起来。截至目前，全市实名制录入会员2026964人，工会组织11561个。其中，近三年新增工会组织2364个，涵盖民营企业、社会组织12815个。

“在省企业大会上，受到省委、省政府表彰，深感荣幸。”大连创新零部件制造公司负责人表示，虽然企业取得了一些成绩，但同时也会遇到一些难题，“招工难”就真切地摆在企业面前。

针对民营企业实际需求，今年以来，大连市总工会通过举办“助力民营企业发展 促进青年学子留连”校园专场招聘活动等多种形式，为民企引才拓宽渠道，解决包括大连创新零部件制造公司在内的诸多民营企业招工难题。

作为科技型民营企业，大连融科储能装备有限公司持续感受到来自工会的支持。“这些年，工会从荣誉给予到技术支持，再到真金白银的全方位支持，我感到很自豪。”公司工会主席郭宁表示，职工王世宇、李继荣工作室先后被授予辽宁省职工创新工作室，公司也荣获了辽宁五一劳动奖状，有了工会的支持，企业非常有信心。

盖铁城所在的亚洲渔港股份有限公司，有班组被授予辽宁工人先锋号，销售经理被授予大连市劳动模范，还有不定期的慰问。盖铁城说：“在各级工会的支持下，公司构建了和谐稳定的劳动关系，这是企业发展的最大动力。”

于工会而言，多举措助力民营企业高质量发展，正是工会在“围绕中心、服务大局”的定位之下，主动作为的集中体现，大连市总工会相关负责人表示，未来工会将持续致力于坚持和落实“两个毫不动摇”，为大连市民营经济发展提供更坚实的支撑。

（辽宁学习平台 2024-08-12）

全国职工邀请赛
济南能源夺冠，郭重 6 球获金靴

8 月 13 日，2024 年（大连）全国职工足球邀请赛决赛在大连足球青训基地打响。最终，济南能源队通过点球战胜北京环卫集团队获得本届赛事冠军，北京环卫集团队获得亚军，辽港集团队获得季军，火车头队获得第四名。

中国五矿队郭重以 6 粒进球荣膺赛事最佳射手。

决赛　首发名单　比赛进程

第 7 分钟，济南能源队右路起球，孙玉豪后点包抄头球破门，济南能源 1-0 北京环卫集团。

第 29 分钟，济南能源队获得角球机会，孙玉豪头球攻门被门将挡出。

第 31 分钟,济南能源队李德成铲射破门,但因越位在先,进球无效。

第 33 分钟,北京环卫集团队任子逸远射击中横梁。

半场战罢,济南能源队暂时 1-0 领先北京环卫集团队。

第 45 分钟，北京环卫集团队李超后点包抄推射破门，济南能源 1-1 北京环卫集团。

第 73 分钟，济南能源队孙玉豪门前铲射偏出。

第 79 分钟，济南能源队孙玉豪大禁区右侧打远角偏出。

济南能源队门将王希印扑点。

北京环卫集团队来秀罚出一记“勺子”点球。

（足球大连 2024-08-13）

辽宁省大连市总工会：援建水井添美景 乡间苹果挂满枝

盛夏时节，辽宁省大连市普兰店区沙包街道孙炉社区苹果种植大户刘洪章一大早就来到了自家的苹果园，望着眼前挂满枝头的苹果，满是喜悦之情。他知道，苹果的大好长势同工会援建的大口水井分不开。

从 2016 年开始，大连市总工会开始对孙炉社区进行定点帮扶，一帮就是 8 个年头。孙炉社区辖 13 个村屯，村屯之间较远，集体经济薄弱。大连市总工会帮扶以来，派驻三任驻村第一书记，累计投入资金 400 余万元。修建了大口水井 16 眼，过水桥 6 座，维修道路 2.3 万延长米，安装太阳能路灯 200 盏。一系列硬件投入和软环境建设，让孙炉社区各个村屯面貌焕然一新，经济有了一定程度发展，村民的幸福感不断提升。与此同时，普兰店区总工会也积极投入帮扶资金，助力乡村发展。

"社区位于水源保护区范围内，产业发展有局限性，要因地制宜开展工作。"今年 3 月，大连市总工会派驻的新一任驻村第一书记纪润坤说："目前村集体和村民有 95 座大棚，我们正依托这些优势项目做文章，从中寻找突破口，努力让产业兴、乡村美、村民富。"

作为大连市总工会派驻的"接棒"驻村第一书记，纪润坤首要做好的就是"接力棒"工作。他走进村民家中，详细了解急难愁盼问题。"村子屯与屯之间较远，我们希望再安装一些路灯。"面对新一任驻村书记，村民张述东直言不讳，王炉屯的村民们提出，希望建一条连接农田和村路的桥梁。除却基础设施的需求，村民们最关切的是发展苹果产业的难题——销售渠道窄，市场竞争力大，很难卖出好价钱。

面对诸多问题，纪润坤经过梳理及通过社区两委研究决定，拟在孙炉屯、王炉屯的主干道上安装 80 盏路灯，拟在王炉屯搭建过水桥一座，针对苹果产业发展受限问题，拟购买一座成品樱桃大棚用于发展集体经济，带动周围村民转型樱桃种植，目前，这些项目都在稳步推动落实中。今年,瓦房店市驼山乡泡子村也首次迎来了驻村的工会“娘家人”。驻村第一书记李洪伟经过走访了解,目前村民最迫切的需求是要解决照明问题,村两委将尽快推动项目落实落地。

据统计,自 2016 年以来,大连市总工会已对普兰店区沙包街道孙炉社区、瓦房店市三台满族乡东蓝旗村等多个村庄进行了定点帮扶,累计投入资金超过 570 万元,在助力乡村振兴的道路上充分展现了工会的责任与担当。

(辽宁学习平台 2024-08-20)

大连劳模朱先波:要把石河子徒弟培养成大国工匠!

“师傅您好,有没有板对接横焊的焊接教学视频,电焊条的就行!

“师傅,我参加第八届全国职工职业技能大赛,不锈钢焊接、铝合金焊接这块接触少,我想跟您多学一些!”

8 月 30 日,来到新疆八师石河子市参加第二届辽疆产业工人队伍技术交流暨大连 · 石河子劳模工匠人才创新协作行动的全国五一劳动奖章获得者朱先波指着手机,向记者展示他和徒弟刘壮壮一年来的沟通记录。微信里 200 余次的沟通中,刘壮壮虚心求教,朱先波耐心指导。朱先波很有信心:“要把石河子徒弟培养成大国工匠!”

2023 年 9 月，大连市总工会和石河子市总工会联合举办了首届辽疆产业工人技术交流活动，成立“大连·石河子劳模工匠人才创新发展联盟”。6 名来自大连的劳模工匠受聘成为联盟首批顾问，每名劳模工匠与企业 4 名相关工种职工签订跨地区名师带高徒协议，共收徒 24 人，帮助石河子市技工提升技能水平。全国五一劳动奖章获得者、中国船舶集团首席技师、大连造船非船事业部电焊班电焊工朱先波就是在这次活动中，与新疆天富集团发电产业检修分场检修工刘壮壮结缘。

“刘壮壮聪明好学，我就毫无保留教他，大家都是奔着一个目标，两地一家亲。”朱先波一边打开手机里的操作技术视频一边表示，提高焊接技能，离不开系统演示和技艺传承。手工电弧焊仰脸单面焊双面成型操作技术，是大连造船劳模工匠经过 20 余年总结提炼出来的智慧结晶。朱先波自费 1 万多元购买了电弧高清摄像机，拍摄制作了该操作技术的完整视频，全部推送给刘壮壮，并跟踪指导和讲解。

今年 8 月，刘壮壮跟随新疆生产建设兵团八师石河子市劳模工匠一行来连交流,朱先波带他们在自己的创新工作室话家常、聊技术。得知刘壮壮在备战第八届全国职工职业技能大赛,还有3个主要参赛项目没接触过时,朱先波特意留下刘壮壮进行现场一对一、手把手教学。刘壮壮回到新疆以后,朱先波通过微信发送操作视频,与现场培训相结合。学到真本领的刘壮壮难掩激动:“不锈钢与铜管焊接、铝管对接水平焊缝以及不锈钢管板角焊缝是这次比赛的项目之一。师傅毫无保留地给我讲解了技术要领,还让大连造船其他师兄弟带着我实际操作,对我未来的发展有很大帮助!”

朱先波还抽时间编辑制作了“复杂不锈钢焊接技术研究”等3篇培训课件送给徒弟,作为“课后作业”回去学习完成。该课件也是朱先波多年来对数个不锈钢焊接攻关项目的系统技术总结。在朱先波看来,技能培训不能简单地告诉徒弟答案,而是要启发他们的创新思维能力,提高解决复杂技术难题的能力,才能成为掌握关键核心技术的大国工匠。

同样得益于朱先波的,还有全国技术能手、新疆天业集团管网管理中心主任邵旭鹏。前不久,朱先波作为推荐人,推荐刘壮壮、邵旭鹏参加2024年大国工匠培养对象推选活动,邵旭鹏成功入选。在朱先波的指导下,邵旭鹏还总结提炼了碱性焊条仰板焊接打底技术,提高了焊接的可靠性和工作效率。

(大观新闻 2024-09-02)

罗宗敏：攻克氦气供应的“卡脖子”问题

大连新闻传媒集团记者 许晓楠

工作中的罗宗敏。受访者供图

罗宗敏，天邦膜技术国家工程研究中心有限责任公司总经理助理兼工程部部长。近年来气体膜分离作为一种高效分离技术被广泛研究，作为一名在该领域深耕多年的专家，罗宗敏凭借其深厚的专业知识和丰富的实践经验，与团队成员一同在成套气体分离技术解决方案上取得了一系列显著的成就，为我国自主气体膜分离技术的发展作出重大贡献。2023年，因在气体膜分离技术开发、推广中的出色表现，他获得中国膜工业协会“膜行业优秀工程师”荣誉称号。今年荣获辽宁五一劳动奖章。

罗宗敏长期致力于气体膜分离技术的研究与应用，2022年他与团队成员一同联合相关合作单位成功开发了“膜分离+变压吸附法天然气提氦成套技术工艺包”,确立了我国在膜分离天然气提氦技术领域的国际领先地位。罗宗敏的工作不仅仅局限于技术研发和应用,在参与公司多个国家、部委重大科研项目课题过程中也作出了重要贡献,如“中国科学院西部行动计划”“中国科学院重点部署项目”以及“中国科学院战略性先导科技专项”等。在这些重大科研项目中,罗宗敏充分展现了他的技术研发能力与项目管理能力。特别是在基于膜分离技术的氦气提取领域,罗宗敏与团队成员一同克服了重重困难,完成了一系列技术攻关,取得了突破性的进展。这些成果不仅提升了我国在该领域的国际竞争力,也为国家的战略资源安全保障作出了重要贡献。他的这些工作证明了科技创新在促进社会与经济发展中的关键作用,同时也为后来的研究者和工程师们树立了良好的榜样。

2019 年,罗宗敏负责中国科学院重点部署项目“基于膜分离的氦气提浓技术研究”项目膜组件研制及系统集成方案,在公司原工作基础上进一步优化了膜分离技术氦气提取工艺。2021 年,他负责中国科学院战略性先导科技专项提氦膜装备系统集成方案研发,在自主知识产权的天然气提氦技术开发过程中作出了突出贡献。2022 年,结合多年的研究成果和工作经验,以其作为第一发明人的核心专利为基础,负责总体方案及全流程工艺开发的“膜分离+变压吸附法天然气提氦成套技术工艺包”在中国石油和化学工业联合会组织的院士专家团评审中获得一致认可,被认为“工艺流程合理、能耗低、技术指标先进、环境友好”,同时评审委员一致认为“该工艺包国内首创、工业应用性强,设计指标达到国际领先水平,建议加快建设工业装置”。2023 年,以该工艺包为基础的天然气提氦项目在中国石化某气田已正式开工建设,预计项目建成后将成为全球首套大型常温法贫氦天然气提氦装置,显著提升我国稀缺战略资源氦气自主供给能力,对保障我国军工、航天、高能物理、电子和医疗等领域的氦气供应具有战略性意义,为解决我国氦气供应的“卡脖子”问题作出了重要贡献。

（大连日报 2024-09-03）

技术交流结硕果
工会对口援疆工作增实效

吴庆国 大连新闻传媒集团记者 许晓楠

“去年 9 月，大连劳模工匠为企业技术工人面对面传授技艺。今年再次走进天业，让我实实在在地感受到了‘智力援疆’的硕果。”新疆天业集团纪委书记、监事会主席王伟说。

为进一步贯彻落实中华全国总工会“劳模工匠助企行”工作要求和《关于在全面加强新时代劳动教育中充分发挥工会组织作用的指导意见》，贯彻落实辽宁省 · 新疆生产建设兵团对口支援工作座谈会和大连市对口援疆工作部署，日前，大连市总工会和石河子市总工会联合开展了第二届辽疆产业工人技术交流活动。

近年来，大连市总工会始终把对口援疆工作作为一项重要政治任务，发挥劳模工匠作用破解石河子企业发展难题，助力石河子青年技能人才培养，项目制扶持为职工办实事，协同推进民生援疆，确保党中央、省委、市委对口援疆决策部署在工会不折不扣贯彻落实。

培育工匠人才的新高地

“我们是来自十师屯富电厂的焊工，得知消息后，驱车 5 个多小时，慕名来向大师们学习技术！”9 月 3 日，在新疆天富集团杨建立创新工作室，十师屯富电厂创新工作室领衔人栗思营难掩激动之情。

“新疆生产建设兵团的工业起源于石河子,发展壮大石河子现代化产业体系,需要一支高素质技术工人队伍作为支撑。而大连工业基础雄厚,劳模工匠辈出,智力援疆优势显著。”石河子市总工会副主席张舒建介绍,2023年开展首届活动,成立“大连·石河子劳模工匠人才创新发展联盟”。大连劳模工匠创新智库中的专家型、领军型技能人才成为联盟顾问,通过师带徒、手把手技术传承,把多年总结积累的“绝招绝技绝活”,毫无保留地教给徒弟。截至目前,连石两地“一师多徒”结对14组。挂牌成立创新工作室3个,其中结盟创新工作室1个。通过师带徒、徒再收徒,目前两地师徒梯队已达150多人。

成立创新联盟,师徒签约结对,技能人才共享,打造了培育工匠人才新高地。在不久前评选的10位“兵团工匠年度人物”和10位提名人物中,有5位来自石河子。

破解技术难题的智囊团

日前,在联盟顾问马树德的指导下,新疆天富集团红山嘴电厂将导叶的加工用时由2小时缩短到1.5小时,并经过退火处理,缩短了安装时间,提高了使用寿命。

“石河子企业需要什么,劳模工匠就准备什么,让技术帮扶更加精准、更加有效。”大连市总工会党组成员、副主席于春凯表示。

针对新疆天富能源天河热电分公司所使用的变频器模块故障,去年,联盟顾问李书乾通过监测电压,调整供电变压器变比挡位,使电厂112台变频器安全运行。在新疆天富能源燃气分公司,联盟顾问刘丛堂解决了DCS控制系统接地故障,并解除了仪表的安全隐患。在新疆天业集团天辰化工有限公司,联盟顾问指导岗位技术人员,解决了多轴加工程序出现的问题。

一年来,两地工会协同,聚焦需求清单,通过现场指导、全程跟踪,点对点破解发展瓶颈。截至目前,已针对“卡脖子”技术难题提出了 150 余项个性化解决方案。

两地企业往来的助推器

“推动连石两地建立职工创新创效联盟,为促进两地企业交流合作打下基础。”中车大连机车研究所有限公司周湘晔说道。作为企业工会代表,周湘晔全程参与交流活动,探索建立跨区域、跨行业的职工创新工作室联盟,联合开展技术攻关、技能培训,促进连石两地企业交流合作。

牵动企业跨区域交流,赋予了智力援疆新的内涵。今年 9 月,石河子技能人才来连交流,石河子开发区投资服务中心一行,对大连某机械生产企业生产的油莎豆收获机很感兴趣。据企业工会主席王忠革介绍,大连的设备能提高收获效率百分之三十以上。在石河子第二天,王忠革便来到该中心,双方对合作充满信心。

劳模工匠精神的播种机

“面对面领略大国工匠风采,感觉浑身充满了力量。”9 月 5 日,石河子师范学校 2024 级舞蹈专业新生马尔担说。应石河子职业技术学院、师范学校、卫生学校邀请,大连劳模工匠团队陆续走进石河子校园,线上线下为万余名在校学生上好“开学第一课”,传播劳模工匠精神。

从浙江大学硕士毕业后扎根一线,迅速成长为继电保护领域技术骨干的董明;从一名体育生,成长为登上辽宁省科技创新最高领奖台的初永春;自学多项技能,技术革新改造达上百项的“万能工”刘丛堂……大师们的奋斗足迹,感染着一颗颗年轻的心。部分劳模工匠还担任德技辅导员和客座教师。

石河子卫生学校党委委员、纪委书记陈峻表示,劳模工匠闪耀课堂,凝聚起青年学子“技能改变人生,技能成就梦想”的共识。

汇聚智力资源,激发奋进动力。大连市总工会依托组织、人才、资金优势,坚持以智力援疆为突破口,统筹推进全面援疆工作。2018 年以来,累计向石河子提供援助资金 338.6 万元,其中项目制援助职工活动中心、工人文化宫等建设资金达 268 万元,助力石河子职工提升生活品质。

“大连和石河子无血缘有亲情、有距离无隔阂,交往跨越数千公里。”新疆天业集团职工、兵团劳模买买提·艾力说。

(大连日报 2024-09-09)

大连庄河
举办农产品快速检测技能大赛

记者 刘旭 通讯员 刘晓梅

9 月 12 日,辽宁省大连市庄河市第三届“工匠杯”职工技能竞赛暨全市农产品快速检测技能大赛拉开帷幕,来自全市各单位和各乡镇的 60 名选手参加了农产品快速检测技能大赛。

本次大赛由庄河市总工会主办,庄河市农业农村局、庄河市市场监督管理局、庄河市长岭镇人民政府、庄河市光明山镇人民政府、庄河市仙人洞镇人民政府、庄河市步云山乡人民政府协办。

本次大赛由理论考试和实际操作两部分组成。理论考试主要考核《中华人民共和国农产品质量安全法》、《中华人民共和国食品安全法》、农残快速检测理论及标准、检验检测基础知识以及实验室操作常识等;实际操作按照抽签顺序依次进行快检操作,以小白菜为比赛样品,选手采用酶抑制快速检测技术进行检测,由裁判现场对选手的检测结果和操作情况进行打分，最后依据理论考试成绩的 30% 和实际操作成绩的 70% 两项成绩之和进行排名。

比赛现场，每位选手都全神贯注地沉浸在操作实践中，有条不紊地进行指定样本的检测作业，动作精确利落，态度一丝不苟，表现出扎实的技术功底和娴熟的技能技艺，展示了“庄河农检人”的良好形象和崭新风貌。经过一番激烈角逐，最终，来自庄河市检验检测认证技术服务中心的侯辰侠获得第一名，来自庄河市检验检测认证技术服务中心的刘亚冰和王路、庄河市河东蔬菜批发服务中心的张先江、庄河市大郑镇人民政府的苗淼分获第二名到第五名。

通过此次竞赛活动，进一步提升了我市农产品质量安全检测人员的技能水平，规范检测工作的科学性、严密性和准确性，推进了我市农产品质检体系能力建设，将技能竞赛成果转化为基层检测技术人才培养选拔、弘扬工匠精神、筑牢质量安全防线、保障庄河市农业高质量发展的重要手段，保证人民群众“舌尖上的安全”。

（工人日报 2024-09-15）

大连市沙河口区总工会举办“缘定沙区，奔赴山海”户外交友活动

记者 刘旭 通讯员 蔡雨杉

9 月 7 日，“缘定沙区，奔赴山海”户外交友活动在辽宁大连

圣亚海洋世界鲸鱼广场浪漫开场。36 名单身青年职工参加此次活动,在涛声和海风中寻找命定的另一半。

活动由大连市沙河口区总工会主办,大连市总工会、沙河口区妇女联合会、沙河口区团区委、大连圣亚旅游控股有限公司共同协办。

活动现场,每一位到场的参与者领取专属号码牌,并在彩色小纸条上写下代表自己的特点,放入盲盒墙中。在简单的热身破冰之后,"众里寻'TA'"的游戏正式拉开序幕。男生与女生各自围成一圈,通过盲盒中的线索,开始了寻找另一半的奇妙旅程。有的迅速锁定目标,有的则"眉目传情"巧妙求助,现场笑声与欢呼声此起彼伏。无论是成功配对还是接受对视 10 秒的"甜蜜惩罚",大家都勇敢地迈出了相识的第一步。

接下来的小组互动 PK 环节,更是将现场气氛推向了高潮。从"爱不释手"的复杂手链解谜,到"背对背拥抱"的默契接力,再到"爱的魔力转圈圈"的趣味接力,每一个游戏都考验着团队的智慧与默契,也让彼此之间的情感悄然升温。最令人兴奋的莫过于"爱情保卫战"了。在激烈的踩气球比赛中,大家不仅展现了速度与策略,更在保护队友气球的过程中体会到了责任与担当。随着夕阳西下,活动迎来尾声。嘉宾们纷纷在卡片上写下对心仪对象的心里话,或是对未来幸福生活的憧憬,在心动配对环节互赠心声卡片。最终,6 对嘉宾现场牵手成功,在掌声与祝福中踏上新的浪漫旅程。

(工人日报 2024-09-15)

大连市劳模工匠跨越数千里来到兵团八师石河子市，帮助企业解决技术难题，开展“师带徒”活动——

一场组团式的跨区域技术援助

记者 刘旭 吴铎思 通讯员 吴庆国

阅读提示　辽宁新疆两地工会聚焦技术帮扶、人才培养、创新赋能，搭建劳模工匠创新联盟，签订名师带高徒协议。两年时间里，两地劳模工匠“一师多徒”结对 14 组，为企业解决“卡脖子”技术难题 150 余个。

日前，第二届辽疆产业工人队伍技术交流暨大连 · 石河子劳模工匠人才创新协作行动启动仪式在新疆生产建设兵团第八师石河子市工人文化宫举行。仪式上举办了“师带徒”签约仪式，两地劳模工匠交流分享了成长经历。

这是自 2023 年该项活动开展以来，来自辽宁大连的劳模工匠再次跨越 3800 多公里来到兵团八师石河子市，开展组团式智力援疆行动。截至目前，大连劳模工匠已针对兵团八师石河子市相关重点企业提出的 150 余个技术难题提供解决方案，并进行跟踪指导。

心里想着远方的徒弟

“师傅，有没有板对接横焊的焊接教学视频？”“师傅，我要参加第八届全国职工职业技能大赛，不锈钢焊接、铝合金焊接这块接触少，技能不足，我想跟您多学一些！”新疆天富集团发电产业检修分场检修工刘壮壮向师傅——中国船舶集团首席技师、大连造船非船事业部电焊班电焊工朱先波发来求助信息。

2023 年 9 月,大连市总工会和八师石河子市总工会联合举办首届辽疆产业工人技术交流活动,多位大连市劳模工匠来到八师石河子市企业交流送技。活动中宣布,“大连 · 石河子劳模工匠人才创新发展联盟”成立,6 名来自大连的劳模工匠受聘成为联盟首批顾问,每名劳模工匠与企业 4 名相关工种职工签订跨地区名师带高徒协议,共收徒 24 人。

朱先波就是在这次活动中与刘壮壮结下缘分。一年来,师徒不能及时见面,只能用微信表达对彼此的挂念。心里想着远方的徒弟,朱先波自费购买了电弧高清摄像机,拍摄制作了手工电弧焊仰脸单面焊双面成型操作技术的完整视频,全部推送给刘壮壮,并进行跟踪指导和讲解,同时将自己多年来对数个不锈钢焊接攻关项目的系统技术总结编制成课件送给刘壮壮。

2024 年 8 月,刘壮壮跟随八师石河子市劳模工匠一行来大连交流。朱先波不仅对刘壮壮进行现场一对一、手把手教学,还把自己多年来带徒体会和经验总结倾囊相授,并把自己编写的师徒培训计划等内容送给刘壮壮学习,帮助他带出更多徒弟。

学到真本领的刘壮壮难掩激动:“师傅毫无保留地给我讲解了技术要领,还让大连造船其他师兄弟带着我实操,这对我提高技能水平有很大帮助。”

辽疆两地续写“师徒情”

在第二届辽疆产业工人队伍技术交流活动上,大连派出“中华技能大奖”获得者、一汽解放大连柴油机有限公司高级技师鹿新弟等 8 位劳模工匠,启动仪式当天签约了 8 位徒弟。

在新疆交流期间,劳模工匠深入重点企业生产一线,围绕加快现代制造业高端化、智能化、绿色化发展，培育青年技能人才，助力企业转型升级创新发展等方面，提供针对性的技术帮扶。同时，两地通过成立创新工作室、跨区域师徒结对、劳模进校园等形式，赋能工匠培养和创新驱动，为当地企业高质量发展注入强劲动力。

新疆天业（集团）有限公司涉足热电、化工及新材料、电石等多个领域。该集团通过八师石河子市总工会，邀请大连劳模工匠深入企业生产一线进行专业技术指导。

劳模工匠们对电气设备、生产设施、焊接工艺、创新工作室规范化建设等四大类、43 个技术难题逐一进行分析指导，提出可行性解决方案，并通过“师带徒”模式，手把手指导，共建创新工作室，积极为企业培育工匠型技能人才。

“大连劳模工匠团队不仅为企业带来了专业技术指导和技能人才培养的宝贵经验，他们身上展现出的劳模精神、劳动精神、工匠精神，也深深地感染了我们。”新疆天业集团工会主席李彤说。

（工人日报 2024-09-18）

辽宁省大连市总工会：外卖小哥当起驿站服务监督员

金雅银

近年来，工会驿站如雨后春笋般，在辽宁省各地陆续建立起来，广大新就业形态劳动者在此驱寒避热，舒心休憩，享受工会带来的贴心服务。但职工的需求在变，工会的服务不能一成不变。

大连市总工会以智能化升级与严格管理并举，一手打造24小时智能化工会驿站，提供全方位贴心服务；一手抓服务品质提升，撤销不合格驿站。这种"有进有出"的管理模式，不仅彰显了工会对职工需求的精准把握，更体现了工会对高质量发展的不懈追求，让工会服务真正走进职工心里。

空调、冰箱、急救医药箱、手机充电器……走进位于大连市中山区中国铁塔股份有限公司大连市分公司"骑手之家"工会驿站，骑手们可以享受优质且智能化的服务，这是大连市总工会打造的首批两家24小时智能化工会驿站之一。

该驿站毗邻中山广场人民路，交通便利、设施齐全，骑手们可以在这里休息、充电、热饭，甚至进行简单的医疗急救处理。驿站的智能化管理和远程监控系统的应用，更是确保了驿站在无人管理状态下的安全运行，为骑手提供了一个安心、舒适的休息环境。

"这次的升级服务更贴心了，再晚我们也有地方休息了。"外卖配送员朱奎说。

聚焦数智工会建设，职工需求在哪里，工会的服务就应该在哪里。大连市总工会生活保障部负责人说："今年，市总工会根据职工需求，在深入摸底调研基础上，针对环卫工人、外卖配送员等户外劳动者早出晚归的现象，联手县区、街道、产业、行业工会，大力推进24小时智能化工会驿站建设，努力破解以往户外劳动者不敢进、不愿进、不便进的问题。"

另一家24小时智能化工会驿站——中山区海军广场"海之骑"工会驿站，引进了先进的智能管理系统，户外劳动者可以通过人脸识别或扫码在任何时段进入驿站，感受24小时"不断电"的服务保障。在工会驿站里，空调、冰箱、电视等一应俱全。驿站不仅提供多项服务，还可以为夜间工作的外卖配送员等提供休憩服务，真正满足了户外劳动者的个性化需求。"有了24小时智能化工会驿站,随时可以进入驿站休息,这是我们的第二个‘家’。”饿了么中山站站长胡云平说。

多年来,大连市总工会和县(区)总工会、产业工会通过自建和共建等方式,在全市相继建起 600 多个工会驿站,联动各级工会协同开展暖心关爱、健康关爱等服务。同时,组织志愿者深入新就业形态劳动者群体中,开展工会暖“新”大集活动,宣传服务举措,吸引新就业形态劳动者入会。

一手升级打造 24 小时智能化工会驿站,一手撤销作用发挥不到位的不合格驿站。大连市总工会双管齐下,不断将工会驿站提质升级。

一些驿站在运营过程中会出现管理不规范、作用发挥不到位等问题,大连市总工会聘请监督员进行监督,对不合格的予以撤销。骑手小于就是一名监督员,他发现一个工会驿站只能提供给手机充电 3 至 5 分钟的服务,且不提供一次性水杯。他将这一情况进行反馈,该驿站在被要求整改后仍未达标,随后被撤销。2023 年,大连市总工会对不符合条件的 247 个工会驿站予以摘牌,并新增了 59 个工会驿站,对保留的 478 个加以规范。

大连市总工会相关负责人表示,将继续坚持“试点先行、示范带动、全面推进、品牌提升”的工作思路,进一步加大 24 小时智能化工会驿站建设扶持力度,联合各级工会、各方资源,为户外劳动者群体打造集权益维护、就业服务、健康关爱等于一体的智慧便捷服务站点,拓展工会驿站服务功能,提升服务精准化水平,更好地搭建起工会组织服务户外劳动者的“连心桥”。

(辽宁学习平台 2024-09-24)

辽宁省大连市总工会：
“订单式”授课激发学生报国志

金雅银

全国劳动模范鹿新弟在校园宣讲。大连市总工会供图

鹿新弟、毛正石、朱先波……当这些大名鼎鼎的劳模工匠走进充满青春活力的校园时，会与学生碰撞出怎样的火花？是技艺的传承，是精神的启迪，还是对未来无限可能的共同探索？

“劳模是很崇高的荣誉，要通过不断地努力奋斗才能获得，要具有爱岗敬业、甘于奉献的精神……”9 月 26 日，在辽宁轻工职业学院，全国劳动模范、一汽集团首席技能大师鹿新弟为学校师生作了题为“匠心筑梦 报效祖国”的专题报告。

技术强国、匠心传承、报效祖国，鹿新弟就上述话题逐一与大家进行分享，讲述自己在 37 年的职业生涯中如何从一名普通的技术工人成长为全国劳动模范，在技术领域潜心钻研获得成就，助力员工成长以及报效国家的故事。

大国工匠讲得认真，200 余名师生听得仔细，不时报以热烈掌声。

“通过报告，我们深刻认识到了工匠精神的内涵，也更加明确了自己的学习目标和人生方向。将以鹿老师为榜样，下苦功夫、练真本事，争做劳模精神、工匠精神的践行者和传承人。”同学们表示。

此次交流碰撞，是大连市总工会开展“劳模工匠进校园”活动的一幕生动场景。为大力弘扬劳模精神、劳动精神、工匠精神，从2021 年开始，市总工会联合市教育局、市人社局、团市委、大连中华职业教育社等单位，开展“劳模工匠进校园”活动。3 年累计开展活动 550 场，让广大师生有了近距离接触行业精英、领略劳模风采的宝贵机会。

劳模工匠作为各自领域的佼佼者，他们的先进事迹与奋斗精神无疑是激励青年学子成长成才的最好教材。

“和学校传统教育方式相比，劳模工匠进校园更具感染力，对学生触动很大。”辽宁轻工职业学院党委书记王运河说，“通过面对面接触，让学生们知道榜样就在身边，而非高不可攀。学校将继续邀请劳模工匠走进校园，鼓励更多学生走技能成才、技能报国之路。”

“听了大国工匠毛正石老师的成长经历，我的择业观发生了改变，立志从基层干起，把点滴小事做好。”辽宁轻工职业学院学生刘德汉说。

有针对性的活动才能收到好的效果。据大连市总工会劳模工匠创新智库办公室负责人房卫介绍，去年，市总工会开展劳模工匠“订单式”进校园活动，各学校根据自身实际情况上报服务需求。创新智库内 110 余位劳模工匠的相关课程一经推出，就被“点订”了 300 余场。今年，市总工会又从创新智库中征集涵盖电工及电气、机械制造、精神传承、班组建设、工艺美术、教育、医学、工程技术管理等类别的课件 263 个，按照时间顺序安排劳模工匠走进校园,免费授课。目前已组织劳模工匠深入职业院校等开展讲座 97 场,培训 444 课时,受益人数达 1.9 万余人次。

鹿新弟和毛正石走进辽宁轻工职业学院、朱先波走进大连市第八十四中学、臧兰兰走进大连海洋学校……劳模工匠们走进不同学校“按单”服务,不但带给师生们一堂堂鲜活生动的思政课,更将“劳动最光荣、劳动最崇高、劳动最伟大、劳动最美丽”的观念深深植根于青年学子心中。

(辽宁学习平台 2024-10-14)

辽宁:大连职工之家“考”出 170 余个“模范生”

金雅银

在辽宁省欧姆龙(大连)有限公司,每当提及职工之家,职工们无不竖起大拇指。公司工会提供的一系列贴心服务,让广大职工感受到“娘家人”的温暖与关怀。今年 9 月,该公司工会荣获“全国模范职工之家”荣誉称号。公司党委书记、工会主席徐洪飞说:“公司将关爱职工视为企业发展的核心要务,高度重视职工之家的建设,不仅在硬件设施上力求完善,更在软件服务上注重满足职工的多元化需求。只有拥有稳定的职工队伍,企业才能持续稳健发展。”

辽宁省欧姆龙(大连)有限公司工会取得的成绩,是大连市总工会积极推进新时代“职工之家”建设的生动写照。“职工之家建设一直是市总工会的重点工作,特别是省总工会‘三走进’专项行动启动以来,我们通过一系列扎实有效的措施,进一步推进这项工作。”据大连市总工会组织和基层工作部负责人介绍，今年，市总工会继续发力，把建设50家“会、站、家”一体化职工健康驿站和5个心理服务中心，列入一年一度的“我为职工办实事”项目中。

大连市职工之家建设工作可追溯到20世纪80年代。当时，大连市各级工会积极落实全国总工会相关工作部署，制定了建设职工之家的具体标准，有计划、有步骤地推进职工之家建设，取得丰硕成果。40年来，大连市各级工会荣获“全国模范职工之家”80多个，涌现出一大批省、市级模范职工之家。

工会工作只有与时俱进，才能更好履行服务职能。2022年，为进一步深化职工之家建设，大连市总工会制定了《全市企事业单位职工之家建设AAA等级创建工作方案》，推进“会、站、家”一体化建设及村（社区）职工之家建设。该方案中，企业工会AAA等级工作标准量化考评内容涵盖了26项关键指标；在事业单位工会AAA等级工作标准量化考评工作中，设置了多达22项考评内容。

高标准、严要求，为建设高水平职工之家提供了坚实保障。经过考评，全市产生AAA等级模范职工之家170多个，覆盖会员20余万人。“考”出来的职工之家服务质量明显提高，职工满意度也直线上升。

大连市总工会还下拨专项经费，全力打造涵盖村（社区）共享职工之家、楼宇职工之家、工会驿站等多种形式的新时代“职工之家”。以建设村（社区）职工之家为例，2022年，市总工会计划利用两年时间投入1000万元，对符合条件的村（社区）职工之家予以扶持，至2023年末已对1533家村（社区）职工之家补助766.5万元，使村（社区）职工之家成为宣传党的路线、方针、政策的阵地和展示工会形象、服务工会会员的平台，打通了服务职工“最后一公里”。

大连市总工会相关负责人表示，面对职工需求多元化趋势，市总工会将在推动职工之家建设过程中不断创新方法，激发组织活力，让基层工会组织真正建起来、转起来、活起来，切实推动新时代“职工之家”建设实现高质量发展。

（辽宁学习平台 2024-11-13）

辽宁省大连市中山区总工会：共享职工之家带火楼宇经济

金雅银

大厦共享职工之家特色活动吸引职工参与。中山区总工会供图

“静区”内，茶道、插花、美妆等活动让人倍感宁静与愉悦；“动区”里，瑜伽、自由搏击、室内高尔夫等活动充满时尚气息……11月14日午休时间，在辽宁省大连裕景国际中心大厦“趣中心”，来自大厦内的职工们沉浸在丰富多彩的活动之中。

“趣中心”是大连市中山区总工会打造共享职工之家的成果

之一。在市、区两级工会支持下，“趣中心”的服务水平得到了质的提升，不仅配备了健身器材、设有女职工关爱室，还为大厦员工提供了一个功能齐全的综合性活动场所，供大厦职工工作日使用。

中山区是大连市的中心城区，有职工会员15万人，商务楼宇47座，税收超亿元大厦22座。近年来，中山区总工会紧密结合区域实际和职工需求，于2021年提出在大厦中建设共享职工之家的设想，决定将其作为一项长期性、基础性、战略性任务来抓。省总工会“三走进”专项行动启动以来，区总工会加大力度推进此项工作走深走实。截至目前，全区已建成大厦共享职工之家15个，年均服务职工超过5万人次。

“大厦共享职工之家的建设由产权单位或运营单位工会根据各自特色制定个性化建设方案，区发展改革局协调楼宇产权单位，无偿对场地装修等提供支持，工会承担提供设备器材、师资课程资源等关键服务保障任务。”中山区总工会党组书记、主席吴笑姝介绍说。

大厦共享职工之家不但要建起来，还要转起来。自大连裕景国际中心大厦共享职工之家成立以来，已举办200多场活动，还推动驻厦单位新建工会26家。有了“工”字招牌，大厦招商入驻率由70%提升至90%，彰显了共享职工之家在促进楼宇经济繁荣、增强职工凝聚力方面的重要作用。上方港景大厦有144家企事业单位和社会组织入驻，这里的“海之云”共享职工之家面积达400平方米，划分为休闲功能区、多功能区、学习功能区，能满足职工多元化需求。成立至今，已举办430余场次共享活动，惠及职工超过2.1万人次，成为大厦职工的“打卡地”。

希望大厦“望暄”、锦联国际大厦“锦心荟”、远大大厦“云上南山”……虽然15个大厦共享职工之家名字不同,风格各异,但贴心、暖心、细心的服务理念却是相同的。一个个独特的空间,寄托了职工对美好生活的憧憬与期待。

中山区总工会将持续深化大厦共享职工之家建设,探索组建楼宇工会联合会,开展“午间一小时”“职工夜校”等活动,不断推进服务阵地数智化建设,推动形成“一楼宇一特色、一街区一品牌”工作格局,真正把大厦共享职工之家打造成具有鲜明区域特色、受职工群众欢迎的“温暖港湾”,让每一名职工都从中感受到更多归属感、获得感与幸福感。

(辽宁学习平台 2024-11-19)

辽宁省大连市总工会:智慧“海之骑”架起“连心桥”

金雅银

11月15日中午,记者在位于辽宁省大连市中山区北斗街109号的“海之骑”工会驿站看到,注册为工会会员的“小哥”刷脸便可进入驿站。记者了解到,管理人员可通过中控系统,远程对驿站内的灯光、空调、门锁进行控制,并与这里的人员通话,服务确实方便快捷。

“海之骑”工会驿站是大连市总工会与中山区总工会贯彻落实辽宁省总工会“三走进”专项行动工作部署,共同打造的大连首个提供24小时智能化服务的工会驿站。这里设施、功能齐全,能满足新业态劳动者“累了歇脚、渴了喝水、饭凉加热、闲时充电”等现实需求。驿站还专为从事户外工作的女职工设置了母婴室，确保她们的隐私安全。

自今年 7 月 17 日正式启用以来，"海之骑"工会驿站已累计服务新业态劳动者 3120 余人次。8 月的一天，外卖送餐员李博飞凌晨 3 时结束工作回家，到家门口发现钥匙不见了。他打了几个开锁电话，对方要么不能来，要么要高价。他刷脸走进驿站，一觉睡到天亮。"真把这里当家了。"他说。

"海之骑"工会驿站不仅为新业态劳动者提供贴心服务，还充分满足了他们沟通交流、接受培训等需求。中山区海军广场街道春海社区联合饿了么等新业态站点，在这里开展急救培训活动。据统计，4 个月来，仅饿了么中山站就组织骑手开展各类培训活动 10 余次。

及时回应职工需求，"海之骑"工会驿站做得出色。据海军广场街道春海社区工会专干由美介绍，驿站投入使用时正值盛夏，单一的矿泉水已不能满足骑手的需求。驿站根据骑手建议，短时间内就增加了多个品种的冷饮和雪糕，免费提供给骑手。"没想到工会这么重视我们的建议，工作效率这么高。"饿了么中山站站长胡云平说。

服务职工无止境。未来，大连市总工会将继续与各级工会合作，整合多方资源，进一步加大对 24 小时智能化工会驿站建设的扶持力度，努力为新业态劳动者群体打造一个集权益维护、就业服务、健康关爱等于一体的智慧便捷服务平台，更好地搭建起工会组织服务新业态劳动者的"连心桥"。

（辽宁学习平台 2024-11-21）

“AI 红娘”链接最特别的缘分

大连新闻传媒集团记者 许晓楠

大连市总工会组织的线下交友活动现场。

网上,因 AI 算法相遇,通过人工智能模型等技术手段,实现会员个性的精准捕捉和匹配;线下,爱情辩论会、恋爱自习室、桌游遇、鼓圈交友等活动,内容丰富,形式多样,让会员进一步增进了解,最终成功牵手脱单。

这是大连市总工会“AI+会聚良缘”婚恋交友平台运营一年多的“业绩”。自 2023 年 5 月正式上线以来,该平台已促成 210 人登记结婚,并于日前荣登全国总工会 2024 年第 4 期创新案例。

希望更多人通过工会“AI 红娘”找到幸福

“相遇一周年,结婚、置业、生娃,自从遇见你,一成不变的生活突然走上了幸福的快车道。珍惜缘分,希望我们永远都是彼此最美好、最幸运的遇见。”今年“双 11”,中山区司法局职工刘琪在微信朋友圈晒出了记录一年来她和丈夫相知相遇、从甜蜜小两口变三口之家的九宫格照片，亲朋好友纷纷点赞祝福。

刘琪在朋友圈晒出自己的幸福一周年。图片由受访者提供

刘琪出生于 1988 年，之前因为工作忙、社交圈子有限等原因，婚姻问题一直没有解决。“几次相亲也没遇见合适的人，社会上的相亲平台和活动也参加过，但是各种不靠谱的婚托、套路和乱收费等现象让人望而却步。”刘琪对记者说。

2023 年在单位工会的建议下，她注册成为大连市总工会“AI+会聚良缘”婚恋交友平台的会员。注册时，会员可以把自己的教育程度、工作背景、形象、家庭信息等罗列出来，“AI 红娘”通过个人信息精准匹配，为其提供专业“一对一”重点推荐服务。刘琪在会员中选中了王硕，两人相识后，参加了几次市总工会开展的线下活动。随着了解的逐渐深入，他们发现彼此性格契合、志趣相投。其间，工会线下“红娘”还为他们提供了个性化情感建议,帮助他们真诚交流、增进感情,最终两人携手步入了婚姻殿堂。

“我在中山区司法局上班,他是一家企业的管理人员,我们两人的生活、工作圈子没有任何交集,如果没有大连市总工会‘AI+会聚良缘’婚恋交友平台,很难成就我们这段姻缘。”刘琪深有感触地说。

“有工会‘娘家’把关,交友信息真实。今年1月我俩登记结婚,现在我们已经有了自己的宝宝。感谢工会,感谢‘AI红娘’,为我们链接最特别的缘分,让我从劳心伤神的相亲路拐上了甜蜜幸福的快车道,开启新的人生旅程。”刘琪说,“我也希望更多人通过工会‘AI红娘’找到幸福!”

平台上线一年多 促成210人登记结婚

“工会的‘AI红娘’,又准又快!”大连市总工会“AI+会聚良缘”婚恋交友平台的会员们纷纷点赞。

大连市工会单身会员只需登录大连市总工会“网上职工之家”小程序,点击进入“会聚良缘”板块,即可提交个人信息注册加入该平台,享受“AI红娘”服务。在大连市职工会聚良缘数据指挥中心的后台,记者看到,用户信息统计数据实时更新。截至记者发稿时,注册用户5530人,月活跃人数1234人,年活跃人数3839人。自2023年5月平台上线至今,已促成结婚登记人数210人。

在5530名用户中,本科学历最多,占58.90%;研究生学历其次,占13.94%;大专学历占19.17%;大专以下占7%。职业云图显示会员职业主要为公务员、工程师、教师、财务人员、医生等。会员所属行业中,公共管理、社会保障和社会组织占比最大,其他还包括卫生和社会工作、教育、科学研究和技术服务业、居民服务修理和其他服务业、文化体育和娱乐业等。会员爱好排行依次为旅游、生活、散步、运动、朋友聚会、睡懒觉、看电影、逛街等。

从会员的性别结构看,男性为 40%,女性为 60%。年龄结构中,30 岁至 40 岁最多,占 48.66%;20 岁至 30 岁占 43.45%;40 岁至 50 岁占 6.73%。收入分布 6000 元至 10000 元最多,其余依次为 3000 元至 6000 元、10000 元至 20000 元、3000 元以下、20000 元以上等。

工会服务数字化智能化 建立高系数安全保障体系

"这个平台让我最安心的是平台信息的真实性和个人信息的安全性。"一位会员告诉记者,他此前曾通过商业交友平台交友相亲,"每个平台的费用多则两三万元,少则六七千元,但是基本上都是交钱签完合同后婚恋平台给安排 3 到 10 个人见面相亲,每次见面相亲的人实际情况都和相亲平台描述的相差太远,很多人的个人信息都不真实。"

近年来,大连市总工会开启工会服务数字化、智能化,同时建立起高系数安全保障体系。记者了解到,在"AI+会聚良缘"平台,不仅他人信息真实性得以保证,自己的个人信息也十分安全。大连市总工会网络部工作人员告诉记者,平台与民政部门、公安部门数据打通,实现婚恋人员的婚姻状态、工作单位、身份信用的真实可靠,突出婚恋平台权威性的特点。同时,借助主流 AI 平台的识别能力,对职工在上传个人照片、发送私信过程中出现的违规信息进行智能审核,保证上传图片的合规性,同时减轻后台人员的工作负担。

(大连日报 2024-12-03)

大连国际航运中心大厦主体结构封顶

全市重点工程劳动竞赛掀起热潮

李文东 吴庆国 大连新闻传媒集团记者 许晓楠 吉存

大连国际航运中心大厦工程项目。大连新闻传媒集团记者 钟启钢 摄

昨日,在大连国际会议中心东南侧,由中国建筑第八工程局有限公司东北分公司承建的大连国际航运中心大厦工程项目完成主体结构封顶。市重点工程劳动竞赛总结会议暨大连国际航运中心大厦项目主体结构封顶仪式同日举行,总结部署全市重点工程劳动竞赛工作。

中建八局东北分公司大连国际航运中心大厦项目党支部书记丁齐钰表示,去年以来,参加市重点工程重大项目主题劳动竞赛暨大连国际航运中心大厦工程劳动竞赛的全体工程建设者紧紧锚定目标，坚持通过竞赛提升施工进度、优化施工流程、提高工程质量，使得该项目提前 154 天完成主体结构施工，并获评 ISA 国际安全奖和国家级安全生产标准化工地，获得发明专利 2 项、QC 成果 5 项。在劳动竞赛期间，共开展评比 12 次，项目生产效率提高 5%以上，工程建设全面迈向新阶段。

两年来，市总工会聚焦全市中心工作，联合市发改委组织开展了大连国际航运中心大厦工程劳动竞赛等 48 项重点工程主题劳动竞赛，通过比管理、比质量、比效率、比安全、比技能，推进工程进度、安全生产、施工质量综合提升。市总工会和相关项目企业累计投入近 1700 万元资金，深入持久地开展劳动竞赛，激发广大职工参赛热情和创造潜能。为切实发挥好市重点工程重大项目主题劳动竞赛在示范引领、提质增效方面的重大推动作用，市总工会为竞赛单位开展相关业务培训，推动建立竞赛推进、信息通报、问题会商和先进表彰等机制，各参赛单位结合实际，将竞赛目标层层分解，在工程质量、安全、进度等各环节形成闭环管理模式。全市数万名重点工程建设者在先进制造业、重大基础设施建设、新能源产业等领域当先锋、打头阵，掀起了重点工程劳动竞赛新热潮，赋能大连“两先区”高质量发展。

“工作中干什么，竞赛中就赛什么，有利于形成竞赛驱动、人才成长和企业发展相互促进的良性循环。”中建八局东北分公司大连金州湾机场项目党支部书记黄守乐说，“在今年参与的大连英歌石房建二标段 EPC 总承包项目劳动竞赛中，各参建单位积极引入新技术、新工艺，优化施工流程，确保了工程质量与管理效率双提升。目前项目主体施工全部完成,全面进入实验室工艺施工阶段。45 天完成 145 万立方米的土方回填,90 天完成首个地块全面封顶,加快了科学城的建设。"在金普新区南部城区城市更新项目劳动竞赛中,多个项目部围绕安全文明、施工质量、管理创新等方面展开比拼,深入挖掘潜力,广大一线建设者充分发扬逢山开路、遇水架桥的无畏精神,保质保量完成各项施工任务,目前各参赛项目施工已接近尾声。航海时代海洋文旅城劳动竞赛项目位于金石滩 5A 级国家旅游风景度假区内,主要建设内容涵盖海洋探索世界等文旅休闲项目。参加劳动竞赛以来,项目各施工组牢牢抓住技术创新主动权,实现了项目方案创新与建设提速的双重目标。

据介绍,昨日完成主体结构封顶的大连国际航运中心大厦项目位于东港商务区,由 1 栋塔楼、4 层裙楼和 3 层地下室组成,总建筑面积达 15. 79 万平方米。塔楼地上 55 层,建筑总高度 245. 95 米,结构形式为钢筋混凝土框架核心筒,是一座集销售配套、租赁办公、地下车库及人防为一体的综合体项目。该项目对于进一步强化大连在辽宁沿海经济带的龙头城市地位、促进航运产业高质量发展将发挥重要的平台支撑作用,对加速推进大连东北亚国际航运中心建设具有里程碑意义。

(大连日报 2024-12-19)

市总工会3年投入经费1亿元

“工匠杯”职工技能竞赛“新标准”“新纪录”不断涌现

大连新闻传媒集团记者 许晓楠

全市机器人应用技能大赛比赛现场。受访者供图

全市护理技能大赛比赛现场。受访者供图

全市汽车维修技能大赛选手正在进行汽车喷漆比拼。受访者供图

传统工种有绝活儿　新兴产业亮“数智”

起重设备应用技能大赛兼具趣味性与精准性,展现了操作人员的精湛技艺;花艺技能大赛凭借“夏之梦”和“浪漫之约”等充满诗意的主题,充分展现了选手们对美的不懈追求与精彩创造……

60 项赛事涉及 95 个赛项或工种,既有传统铸造工、钳工、铆工进行精彩比拼,也有虚拟现实应用、无人机应用等新技术领域工人的激烈较量,第六届“工匠杯”职工技能竞赛以“百万职工大比武、振兴突破立新功”为主题,重点围绕推动科技创新、壮大新业态、凝聚新动能等方面,紧跟时代潮流和新兴产业行业设置赛事、赛项、工种。自 6 月以来,广大参赛职工登台打擂,纷纷亮绝活儿展绝技,最终 1000 余家机关、企事业单位的 2700 名选手在决赛中获奖。

竞赛有效激发了职工创新创造创效活力，一批行业工种“新标准”“新纪录”竞相涌现。近期举行的大连市第六届“工匠杯”职工技能竞赛暨 2024 年群众性技术创新活动总结大会通报表扬了第六届“工匠杯”职工技能竞赛优胜选手、优秀组织单位。

“数字工匠”赋能新质生产力发展

随着裁判员一声令下，操控协作机器人和服务机器人的参赛选手各自开工，装配、调试、编程、上料、分拣等整套实操动作一气呵成，一批操作技能高超、具有创新思维、熟练运用数智技术的“数字工匠”，通过全市机器人应用技能竞赛脱颖而出。

本次竞赛的组织者之一，大连奥远电子股份有限公司创新事业部项目经理寇宗海表示，作为推进新质生产力的重要新引擎，“机器人”已成为引领我市未来产业发展的关键力量。全市机器人应用技能竞赛聚焦机器人应用重点领域，通过搭建“机器人+”应用创新实践平台，提升全市职工利用工业机器人、机器视觉、工业网络智能控制等技术能力，培育机器人发展和应用生态，赋能高质量发展。

备受瞩目的全市无人机应用技能大赛的实操竞技包括无人机零部件及装配工具检查、机体组装、飞控系统和动力系统安装、系统调试、飞行测试等环节。比赛不仅考验选手们的判断能力和操作速度，更重要的是考查实操经验和技术实力。比赛为各行各业从事无人机科研和应用的广大职工提供了一个展示职业技能的机会和实战比拼的舞台，以推动技术攻关、生产发展、人才建设为主线，促进全社会对无人机应用人才的培养，进一步激发全社会共同关注无人机产业发展的热情。

纺织服装行业是大连的传统优势产业。全市纺织服装行业技能大赛主办方表示,在新的历史条件下,要主动拥抱新浪潮,变制造为“智”造,以本次大赛为契机,挖掘和培养更多的技术能手,推动产业技术创新,提高产品质量和品牌影响力,让“大连制造”成为全国乃至世界的知名品牌。

构建三级联动的职工技能竞赛

作为全市仓储物流行业技能大赛最具观赏性的项目,叉车司机赛项今年设计了掌上明珠、精益“球”精两个项目,考查选手对叉车准度、精度的掌控性。在精益“球”精项目中,最精彩的一环是选手以叉车稳稳地叉取一个标准篮球,并从一点转移到另一点,安置到一根窄钢管的顶部,整个过程除了叉车行驶发出的机械声响外,场上场下每个人都屏住呼吸,直至两个篮球被稳稳安置在“球托”上。

作为市级一类竞赛,市第六届“工匠杯”职工技能竞赛的成功举办,带动了全市二类和三类职工技能竞赛的广泛开展,各区市县总工会、产业工会共组织开展二类竞赛 110 项,基层工会共组织开展三类竞赛 258 项,构建起了市总工会、区市县总工会和产业工会、基层工会齐抓共管、三级联动的大竞赛大练兵格局,充分激发了广大职工的劳动热情和创造潜能。

中山区总工会共开展了 11 个赛项,其中欢乐主持人大赛以“寻找中山文旅代言人”为主题,创新打造助力文旅融合发展的职工技能竞赛升级版;西岗区总工会开展了以养老护理、家政服务、物流技能、安全护理等为主要内容的技能竞赛 23 项;沙河口区总工会开展了 21 项技能竞赛，为区域经济高质量发展注入新动能；甘井子区总工会制定的医务技能、养老护理、消防安全、果树修剪、雕刻、公安技能、教师技能 7 个大赛事吸引了辖区职工的广泛参与；高新区总工会开展的涵盖机器人视觉、AI 项目管理等 10 项前沿科技赛事，职工参与度空前高涨；旅顺口区总工会推动技能竞赛向农业、新就业形态领域延伸；金普新区总工会职工技能竞赛工种数量创历史新高；瓦房店市总工会举办的新型职业农民苹果套袋和樱桃分拣技能大赛，吸引了近千名新型职业农民参加；庄河市总工会开展了全市消防行业职业技能大赛，共吸引 398 名消防从业人员一展技能风采。

六届“工匠杯”近万名职工获通报奖励

大连市第六届“工匠杯”职工技能竞赛各项赛事不仅突出了大连特色，有力地推动了行业发展，奖励也相当吸引人：获得个人赛第一名的选手，除奖励 1 万元外，还将被优先推荐参评大连市级劳动模范和五一劳动奖；同时，市总工会资助各赛项的前三名且符合条件的优秀选手到大连工人大学深造；获得团队赛一等奖的奖励 2 万元。

2022 年，市总工会承诺 3 年投入经费 1 亿元助力大连“两先区”高质量发展，截至目前，市总工会在“工匠杯”职工技能竞赛、支持二类和三类技能竞赛、创新工作室建设、群众性技术创新等活动中投入资金达 1.0024 亿元，超额完成既定目标任务。

自 2019 年以来，大连市“工匠杯”职工技能竞赛每年举办一届，一大批行业工种“新标准”“新纪录”竞相涌现，160 余名职工通过竞赛获得表彰，1500 余名职工职业技能等级得到晋升，近万名职工获得通报奖励。大连市总工会通过建立健全激励机制、用好用活竞赛结果,助力攻克重点领域“卡脖子”技术难题,培养造就了一批具有自主创新能力和核心竞争力的高技能领军人才、能工巧匠。

(大连日报 2024-12-31)